W0350762

L'ÉNIGME DE L'ARRACHE-CŒUR

LES ENQUÊTES DE LÉONARD DE VINCI

LUCA ARNAÙ

Traduit de l'italien
par Fanny Montas

City
Roman

© City Editions 2023, pour la traduction française
© 2021, Newton Compton editori s.r.l.
Publié pour la première fois en langue italienne
sous le titre *Le dieci chiavi di Leonardo*.
La présente édition a été publiée avec l'accord de MalaTesta Lit. Ag., Milan, Italie, conjointement avec Books and more agency #BAM, Paris, France. Tous droits réservés.

Visuel de couverture : © Newton Compton editori
ISBN : 978-2-8246-2208-8
Code Hachette : 61 9214 7

Collection dirigée par Christian English & Frédéric Thibaud
Catalogues et manuscrits : city-editions.com
Conformément au Code de la Propriété Intellectuelle, il est interdit de reproduire intégralement ou partiellement le présent ouvrage, et ce, par quelque moyen que ce soit, sans l'autorisation préalable de l'éditeur.

Dépôt légal : Juin 2023

Prologue

25 mars 1481, Nouvel An florentin, Florence

Elle avait du mal à se souvenir de ce qui s'était passé ce soir-là. Mais elle se savait prise au piège. Lorsqu'elle reprit ses esprits, elle était entièrement nue, les bras attachés à un crochet de boucher suspendu au plafond, les poignets si serrés qu'elle ne sentait presque plus ses mains engourdies. Elle regarda autour d'elle. Elle se trouvait dans une petite pièce aveugle entièrement dallée de pierres, éclairée au centre par un brasero à même le sol. Devant elle, il y avait une porte en bois. Rien d'autre.

Lucrezia della Torre était une des jeunes femmes les plus belles de Florence, et une des plus riches aussi. Le jour même, elle avait eu l'honneur d'inaugurer les célébrations du Nouvel An en défilant dans les rues de Florence, escortée par un groupe de nobles et précédée de la bannière de la ville. Élégamment vêtue de la robe de brocart bleu que sa mère avait fait confectionner pour l'occasion, Lucrezia avait déposé le traditionnel bouquet de fleurs devant l'image de la Madone trônant sur l'autel de la basilique de la Santissima Annunziata. Tout Florence avait suivi la procession dans un silence religieux : une magnifique vitrine pour sa famille et son père, *messer* Alfonso Orso della Torre, l'un des *Dieci di garanzia*, les plus proches conseillers de Sa Seigneurie Laurent de Médicis.

Terrifiée, elle sentait son cœur battre à tout rompre. La peur l'empêchait de réfléchir. La douleur dans ses bras était devenue insupportable : elle essaya de se hisser sur la pointe des pieds pour tenter de relâcher la tension dans ses bras. Les hommes de la milice de l'*Otto di Guardia* étaient forcément en train de fouiller Florence pour la retrouver, saine et sauve. Du reste, se répétait-elle, rien ne pouvait lui arriver : elle n'avait que dix-sept ans et toute la vie devant elle. Elle était trop intelligente, trop riche, trop belle. Non, il ne lui arriverait rien de grave, elle en était persuadée.

Ces pensées l'aidèrent à se tranquilliser un peu. À présent, la panique ne lui serrait plus la gorge comme un nœud coulant. Bientôt, les gardes de son oncle, *ser* Pardo dei Giovannini, le très puissant commandant de la police secrète des Médicis, viendraient la libérer. Son ravisseur serait torturé, passé au fer rouge, puis écartelé par le bourreau au *pratello di Nemi*, la place des exécutions publiques. Son corps démembré serait ensuite exposé devant les portes de la ville en guise d'avertissement envers ceux qui s'imaginaient pouvoir enlever en toute impunité la fille d'un illustre gentilhomme.

Il fallait qu'elle prenne sur elle. Qu'elle sorte de là vivante. Qu'elle garde son sang-froid et qu'elle empêche la peur de lui brouiller l'esprit. Elle tenta de se hisser encore davantage sur les orteils pour soulager les muscles de ses bras endoloris. Elle tourna la tête pour voir ce qui se trouvait derrière elle.

Elle ne se souvenait plus très bien du moment précis où elle avait été enlevée. La procession avait été suivie de la messe de la Saint-Sylvestre, à l'issue de laquelle elle était rentrée chez elle. Son père, comme à l'accoutumée, s'était arrêté pour échanger quelques mots avec des notables et des amis présents au service. Elle, en revanche, avait décidé de partir sans l'attendre : il y avait une fête au *palazzo* della Torre ce soir-là et elle voulait avoir le temps de se préparer. Elle était sortie par une porte latérale de la basilique en compagnie de *monna* Bernarda, sa servante.

Comme elles bavardaient, ni elle ni sa domestique n'avaient remarqué que quelqu'un les suivait.

Elle n'avait pas vu son ravisseur : la seule chose dont elle se souvenait, c'était une voix. La voix d'un vieil homme, lui sembla-t-elle, qui l'avait appelée depuis l'entrée déserte d'un bâtiment plongé dans la pénombre. Elle avait voulu se retourner mais n'en avait pas eu le temps. Un coup sec s'était abattu sur sa nuque, puis elle avait ressenti une douleur fulgurante, et le monde qui l'entourait s'était éteint. Et elle avait repris conscience là, dans cette pièce plongée dans l'obscurité, nue, attachée, avec un violent mal de crâne. Du sang dégoulinait de ses cheveux sur son visage.

Un bruit l'arracha à ses pensées et l'effroi la saisit à nouveau. D'abord, elle perçut le grincement d'une porte qui s'ouvrait derrière elle, puis des bruits de pas pesants dans son dos. Elle tira de toutes ses forces sur la corde qui lui enserrait les poignets puis relâcha tout le poids de son corps. Ça ne servait à rien, si ce n'est qu'à lui faire encore plus mal. Elle était prise au piège. La terreur montait en elle à mesure que les bruits de pas se rapprochaient. Tout son courage et la certitude d'être sauvée avaient fondu comme neige au soleil. Lucrezia poussa un cri de désespoir. Elle brama, pleura, et soudain la porte devant elle s'entrouvrit. Lorsque l'homme entra dans la cellule, le cri de Lucrezia se transforma en un glapissement d'horreur étouffé.

Première bolge

Au fond les pécheurs étaient nus :
du milieu jusqu'à nous, ils venaient de face,
au-delà ils allaient avec nous,
mais à plus grands pas,

comme les Romains, en raison de la foule,
l'année du Jubilé, avaient mis au point
la manière de passer le pont,

de sorte que d'un côté tous les gens aient le front
vers le château et aillent à Saint-Pierre,
et de l'autre côté aillent vers le mont.

Ici et là, sur le rocher brunâtre,
je vis des démons cornus avec de grands fouets,
qui les frappaient cruellement par-derrière.

Dante Alighieri, *La Divine Comédie*, chant XVIII

Son ravisseur tenait à la main une torche allumée avec laquelle il raviva le feu dans le brasero. La pénombre fit place à la lumière. Il portait une longue tunique noire couverte de signes dorés et un masque en cuir tanné aux traits de démon. Deux cornes de bélier étaient attachées sur les côtés de sa tête. Il était de petite taille mais bien proportionné ; un physique qui évoquait la force d'un prédateur félin. Ses yeux, surtout, perçants même à travers les deux trous de son couvre-chef, avaient quelque chose d'effroyable. Des yeux sans pitié. Dans lesquels on décelait une lueur de folie.

— Je vous en supplie, *messer*, libérez-moi… Je ne dirai rien à mon père.

Lucrezia tenta de le supplier dans l'espoir de l'émouvoir. Après tout, elle savait y faire avec les hommes, elle savait moduler sa voix pour faire d'eux ce que bon lui semblait. Elle savait comment les séduire pour obtenir leurs faveurs. Alors elle donna le meilleur d'elle-même, essayant même de charmer son ravisseur avec un de ces sourires qui avaient séduit des dizaines de prétendants.

L'homme, immobile, resta un moment dans l'encadrement de la porte à l'observer derrière son masque, à scruter chaque millimètre de son corps nu. Enfin, il fit un pas vers elle. Dans la lumière du feu, elle vit ses yeux fous. L'iris aussi sombre qu'une flaque d'eau sale, la pupille dilatée, les taches jaunâtres et les veines rouges du blanc de l'œil…

— *Signore*, dites-moi ce que vous voulez. Mon père est un des hommes les plus riches de Florence. Si vous me ramenez chez moi, il saura vous récompenser, il vous couvrira d'or…

Ses paroles ne semblèrent pas toucher le diable noir qui se tenait devant elle. D'ailleurs, Lucrezia eut l'impression qu'il ne l'avait même pas entendue.

— Je vous en supplie, monsieur, ne me tuez pas…

Ces derniers mots sortis de sa gorge desséchée ressemblaient plus à un grêle gémissement qu'à une supplique. L'homme tendit un bras et un de ses doigts effleura le visage de la jeune femme. Sa main était froide. Il lui caressa la joue, puis descendit sur ses épaules malmenées par la position inconfortable dans laquelle elle se trouvait. Il posa ensuite une paume glacée sur ses seins et appuya légèrement. Pourtant, dans ce geste Lucrezia ne sentit aucune pulsion lubrique. On aurait plutôt dit que cet homme répugnant au visage dissimulé se demandait s'il devait faire l'acquisition d'une nouvelle pouliche pour ses étalons. Soudain, il prit un téton entre ses doigts et le pinça, fort. La jeune femme eut le souffle coupé de douleur, puis elle se mit à sangloter.

— Ma famille est liée à celle de Sa Seigneurie Laurent de Médicis !

Il était si près d'elle à présent qu'elle entendait sa respiration entravée sous le masque. Elle essaya encore de l'amadouer. Elle savait qu'elle était belle. Très belle. Depuis sa plus tendre enfance on le lui répétait à l'envi. Blonde, avec des yeux bleus angéliques, une silhouette svelte et harmonieuse, des courbes là où une femme devait en avoir. Elle avait à peine dix ans lorsque son père avait commencé à recevoir les premières demandes en mariage. Dès lors, des prétendants de tous âges et de tous horizons avaient défilé : banquiers fortunés, marchands opulents, aventuriers fascinants. Des artistes et des poètes lui avaient dédié des œuvres, espérant un simple sourire en retour.

— Faites ce que vous voudrez de moi, *messer*, je ne protesterai pas et n'essaierai pas de m'enfuir. Je suis encore vierge et sans expérience, mais je vous donnerai quand même du plaisir, vous verrez ! Ne me tuez pas, je vous en supplie...

Elle était prête à tout pour sortir vivante de cette cellule. Elle ne pouvait plus respirer et la douleur provoquée par la position dans laquelle elle se trouvait était devenue intolérable. La panique lui brouillait l'esprit. S'offrir à lui était peut-être son seul espoir de salut. Une fois satisfait, ce monstre la laisserait rentrer chez elle.

Mais visiblement, le démon en face d'elle n'avait prêté aucune attention à ses paroles. Tout à son inspection, il tourna autour de la jeune femme, avant de s'arrêter derrière elle. Lucrezia sentit à nouveau la main glacée du diable noir lui caresser le dos, puis descendre sur ses fesses, comme pour lisser les moindres imperfections de sa peau. Son regard inquisiteur était encore plus brûlant qu'une flamme.

Puis, pour la première fois, elle entendit sa voix. Non qu'il s'agît de véritables mots ou d'une phrase ayant le moindre sens. Non, c'était plutôt un chant guttural, sourd, une sorte d'incantation monocorde rendue plus sombre encore par le lourd couvre-chef démoniaque.

— Pape Satàn Asmodeus, Pape Satàn aleppe. Pape Satàn Seth, Pape Satàn Ishtar, Pape Satàn Lucifer, Pape Satàn Baal, Pape Satàn Behemoth, Pape Satàn aleppe...

Des mots apparemment dénués de sens, répétés en boucle comme une parodie obscène des laudes grégoriennes que Lucrezia chantait à l'église durant les offices religieux. L'homme marchait autour d'elle sans hâte aucune, en marmonnant comme pour lui-même l'obscur chant funèbre. Il s'immobilisa devant elle. D'un mouvement rapide de la main il dénoua un lien jusqu'alors invisible : sa robe noire glissa et tomba à ses pieds. Il se retrouva entièrement nu devant elle. Le corps éclairé par les reflets du brasero était celui d'un homme d'âge mûr, à la peau très pâle, dont le pénis mince et flasque pendait entre deux cuisses décharnées. Il n'avait aucun embonpoint ; au contraire, ses muscles étaient bien saillants. Mais davantage que cette nudité inquiétante, c'est ce que l'homme portait enroulé autour de ses hanches qui fit plonger Lucrezia dans les affres de l'horreur. Elle crut d'abord à une ceinture en cuir rouge ordinaire, mais lorsqu'il la détacha, elle comprit de quoi il s'agissait : un fouet avec plusieurs longues tresses de cuir se terminant chacune par des petits crochets pointus.

— Pape Satàn aleppe. Pape Satàn…

L'étrange cantique funèbre devenait de plus en plus entêtant. Soudain le démon noir fit claquer son fouet comme pour en tester la résistance. Puis il s'approcha d'elle et leva le bras. Et la jeune femme hurla. D'abord de peur, puis de terreur, et enfin de douleur. Il frappa encore, de plus en plus fort. Il lacéra sa chair en redoublant de frénésie à chaque coup, laissant des sillons profonds, violacés et sanguinolents là où les petits crochets avaient labouré la peau blanche de la jeune femme. À mesure que les coups s'abattaient sur elle, la douleur s'intensifiait : jusqu'à ce jour, Lucrezia ignorait qu'un être humain pût souffrir aussi intensément. Elle hurlait à pleins poumons. Et tandis qu'il se déchaînait impitoyablement sur elle, la battant à mort, déchiquetant chaque centimètre de peau de son corps, le petit pénis entre ses jambes s'était redressé, fier et droit comme un drapeau. Après dix coups, le tortionnaire ménagea une pause pour reprendre son souffle. À cet instant, l'obscurité, dans sa miséricorde, tomba enfin, tel un rideau, devant les yeux de la jeune femme, l'arrachant momentanément à la douleur. Et à ce chant funèbre.

— Pape Satàn, Asmodée, Seth, Ishtar…

Lorsque Lucrezia revint à elle, elle fut immédiatement replongée dans ce cauchemar de douleur et d'effroi. L'homme était penché entre ses jambes. Malgré les hautes flammes dans le brasero, elle sentit quelque chose de froid. Et une soif intense lui brûlait la gorge. Avec ses yeux gonflés, elle ne distinguait guère qu'une silhouette floue. Elle s'efforça de plisser les paupières et à sa grande surprise, elle constata que le bourreau avait ôté son masque. Et il était toujours entièrement nu. La peau blanche de son ventre et de sa poitrine était couverte d'étranges marques rouges tracées avec le sang de la jeune fille et, avec ses doigts, il dessinait au sol une grande étoile à cinq branches, autour de ses pieds. Il paraissait totalement absorbé par son travail, plongeant la main dans la flaque de liquide rouge et visqueux qui s'était formée sous elle, traçant de mystérieux symboles sur les dalles de pierre. Malgré l'épouvante, elle ne trouva pas la force de crier. Les coups de fouet avaient lacéré sa peau douce comme de la soie et exposé la chair et les muscles. Le précieux fluide vital s'écoulait en petites rigoles le long de ses jambes, elles aussi largement atteintes par les coups de fouet. Tout vacilla autour d'elle. Elle sentit, non sans un sentiment de délivrance, qu'elle allait bientôt quitter ce monde infernal de douleur et d'abomination. Lorsqu'elle émit un faible gémissement, l'homme se tourna vers elle. Elle vit alors ce visage, sans son masque monstrueux de démon noir, et le reconnut immédiatement.

— C'est vous, Excellence ?… Mais pourquoi ? Vous êtes l'ami de mon père…

Sa voix n'était plus qu'un faible râle. Avait-elle vraiment dit quelque chose, d'ailleurs ? L'homme, la face barbouillée de sang, se leva. Sous ses cheveux coupés à ras, sur le front, il avait tracé une croix rouge inversée. Il plongea son regard perçant dans celui de la jeune femme puis il s'approcha à quelques centimètres de son visage. Et pour la première fois, il lui parla.

— Il est écrit : « Toi, la femme, tu ne conduiras pas ton homme au péché… »

Puis il leva le bras et Lucrezia vit qu'il tenait à la main un long couteau tranchant. Tout devint noir. Son âme quitta son corps, s'enfuit loin de cet être infernal, de cette sombre cellule glaciale.

1

29 mars, lavoir public de la prison de Stinche

La puanteur fit froncer le nez à l'homme, écœuré. Il devait y avoir une carcasse d'animal quelque part, derrière le vieux bac installé au pied du mur de la prison. Ainsi, en plus de devoir travailler les pieds dans l'eau froide toute la sainte journée pour son gredin de patron, il devrait aussi supporter cette odeur nauséabonde. Cennino avait désormais presque quarante-cinq ans et était employé depuis son jeune âge par Arnolfo le Tisserand, un artisan réputé dans toute la ville de Florence – et même au-delà – pour ses couvertures moelleuses en pure laine. L'employé passait le plus clair de son temps au lavoir de Stinche, à frotter et récurer les vêtements que de riches clients leur déposaient à la boutique, située dans le quartier de Greci.

Pendant que patron s'en mettait plein les poches, lui, il devait trimer par tous les temps, les mains plongées dans une eau constamment glaciale, été comme hiver, pour nourrir Mariona, sa femme, et leurs sept satanés marmots. Le problème – et ça, Cennino le savait pertinemment –, c'était qu'il aimait le vin autant que le sexe. Presque à chaque fois que Mariona lui avait ouvert ses cuisses grasses et moites, il avait réussi à lui faire un gosse. Et voilà, maintenant il avait une ribambelle de bouches à nourrir à la maison et il ne pouvait pas s'accorder une minute de repos. Et quelles bouches ! Sa femme aurait avalé un bœuf si on lui en avait servi un entier.

Il se dirigea vers le grand bac d'eau. Il aimait bien y aller très tôt le matin, souvent quand il faisait encore nuit, pour obtenir une place au premier rang et ne pas avoir à jouer des coudes. L'homme jeta au sol le gros baluchon rempli de pièces de laine colorées qu'il portait sur le dos. Allez, il fallait se mettre au travail, maintenant. Plus vite il terminerait son service, plus vite il pourrait retourner à la boutique chercher d'autres vêtements à laver. Ce radin d'Arnolfo le payait à la pièce, de sorte que plus Cennino lavait, plus il gagnait d'argent, et plus Mariona mangeait. Quelle vie…

Et cette puanteur ! Elle lui rappelait l'époque où, jouvenceau encore, il avait combattu sous la bannière des Médicis. À l'époque, les emplois les plus pénibles étaient déjà occupés par des pauvres hères comme lui. Y compris enterrer les morts après les grandes batailles et durant les sièges. C'est exactement ce que lui rappelait cette odeur pestilentielle : l'odeur de la chair en décomposition qui s'échappe des fosses communes où l'on balance les morts – et parfois les blessés – de l'armée ennemie.

Il fallait faire quelque chose, faute de quoi il allait finir par vomir. Ah, comme il aurait aimé avoir une bonne flasque de chianti sur lui ! La perspective de passer la journée dans cette puanteur n'était pas supportable. Tout en marmonnant et en jurant dans sa barbe, Cennino regarda autour de lui. Il était encore tout seul au lavoir. S'il y avait eu des domestiques ou des apprentis dans les parages, il les aurait envoyés voir ce qui sentait si mauvais. Mais il devait bien se rendre à l'évidence, il n'y avait pas un chat. Il extirpa une petite couverture de laine rouge du gros baluchon, l'enroula autour de sa tête et se couvrit le nez. Puis il avança jusqu'au fond du lavoir, là où se trouvait le bac proprement dit. Quelle odeur… Ça devait être un chien d'une sacrée taille ! Il jeta un coup d'œil derrière le muret et entrevit quelque chose qui dépassait. Celui qui avait tué cette pauvre bête avait bien fait les choses ; la bestiole dissimulée derrière le bac était apparemment enveloppée dans une sorte de chiffon bleu, tout taché de sang noirâtre et figé. *Il devait trop aboyer*, songea Cennino, qui n'aimait guère les chiens. Pour autant, il ne comprenait pas pourquoi on avait laissé ce pauvre cabot dans un lieu public, alors qu'il aurait suffi d'aller un peu plus loin jeter la carcasse directement dans l'Arno. Et vogue la galère !

Tout en maintenant la couverture sur son nez, il s'approcha du bout de tissu bleu qui dépassait. Il s'accroupit malgré son dos qui le faisait souffrir, attrapa le bout de l'étoffe et tira avec force. Il comptait bien se débarrasser au plus vite de cette chose malodorante et se mettre enfin au travail tranquillement. Le tissu n'offrit aucune résistance, Cennino bascula en arrière et se retrouva sur les fesses, le chiffon souillé bleu dans la main.

Maudissant Dieu, la Vierge Marie et tous les saints, Cennino inspecta le tissu. Chose étrange, ce n'était pas un simple bout d'étoffe mais une robe entière. Même si elle était sale, déchirée par endroits et froissée, Cennino vit tout de suite qu'il s'agissait d'un modèle de luxe. En tant que blanchisseur, employé dans un magasin de textile, il connaissait bien les tissus. Que Dieu le maudisse si ce n'était pas du brocart ! Et du brocart de première qualité, tellement cher que la manche à elle seule valait autant qu'un mois de labeur au lavoir ! Seule une dame fortunée pouvait s'offrir une robe pareille. Quel dérangé du ciboulot avait utilisé un vêtement aussi précieux pour envelopper la carcasse d'un chien crevé ? Cennino allait examiner la robe de plus près ; peut-être parviendrait-il à la nettoyer suffisamment pour la rapporter à Mariona. Il se redressa à grand-peine, le dos et les fesses encore endoloris par sa culbute. Puis il se pencha derrière le bac du lavoir, et ce qu'il vit le tétanisa. Le souffle coupé, muet de stupeur, il ne cria même pas. Pour se calmer, il respira profondément et l'odeur pestilentielle le prit à la gorge. Il lui fallut un moment pour maîtriser son haut-le-cœur. Puis il se pencha à nouveau derrière le bac. À présent, le soleil s'apprêtait à se lever et la lumière du jour commençait à éclairer les moindres recoins du lavoir. Et c'est là qu'il les vit, les yeux, bleus, grands ouverts. Sans vie. Il fallait avertir la milice de toute urgence…

2

Anchiano, hameau de Léonard, près de la ville de Vinci

— À présent, si vous voulez bien m'accorder encore un peu de votre précieuse attention, je vais vous montrer comment l'homme, je l'affirme, peut voler. Oui, même si le Seigneur ne l'a pas doté d'ailes comme les hirondelles ou les faucons, tout être humain, s'il est correctement soutenu par des moyens mécaniques, pourra descendre en piqué de la coupole du sieur Brunelleschi et planer au-dessus de la ville. Exactement comme un oiseau ! Et si à la fin de ce cours vous me faites l'honneur de me suivre sur la terrasse, je vous montrerai comment…

Léonard observa avec amusement les mines stupéfiées de ses jeunes élèves. Même pour ceux qui fréquentaient son atelier depuis un certain temps, voler demeurait un sujet de fascination. En réalité, à l'exception de son jeune assistant, le fidèle Iacopo Bencini – un robuste garçon de seize ans aux longs cheveux noirs, aux traits de statue grecque et à l'œil alerte –, le maître soupçonnait tous ceux présents dans la pièce de ne pas croire un traître mot de ce qu'il venait de dire. Mais bientôt, il en était persuadé, ils changeraient d'avis. Il avait bien l'intention de les épater.

Depuis qu'il avait décidé d'accueillir des apprentis dans son atelier, voilà déjà quelques années, sa passion pour l'enseignement ne s'était jamais démentie, et sa réputation croissante de brillant scientifique et d'inventeur, ainsi que de peintre hors pair, avait incité quantité de familles aisées de Vinci et des environs à lui confier l'éducation de leurs enfants.

Ce matin-là, dans la grande salle du rez-de-chaussée de la vaste demeure située au sommet de la colline d'Anchiano, une dizaine d'enfants, tous âgés de six à douze ans, étaient assis par terre en demi-cercle, dans le peu d'espace libre qu'il restait parmi les objets les plus insolites occupant une bonne partie de la pièce. Il y régnait un désordre effarant : des toiles à moitié peintes, des sculptures commencées et jamais achevées, des machines, des treuils, des cordes, des vis, des roues et des leviers. Des serpentins et des alambics étaient posés sur des étagères fixées aux murs, à côté de bocaux contenant des formes étranges plongées dans des liquides de couleur. Dans un coin, un automate en armure, à moitié assemblé, reposait sur un support, non loin d'un modèle de char de guerre qui pouvait avancer sans être tracté par des chevaux. Toutes sortes de machines étaient suspendues au plafond. Et une gigantesque aile en bois et en toile, d'une longueur d'au moins six bras, évoquant une aile de chauve-souris géante, était suspendue au-dessus de la grande fenêtre, derrière laquelle on apercevait la campagne toscane. Tout était recouvert d'une épaisse couche de poussière et festonné de toiles d'araignée.

Cette pièce était une véritable allégorie de sa vie : géniale, bien remplie, chaotique, pleine de projets commencés et jamais terminés, et de questions souvent non résolues. Ses jeunes élèves étaient au cœur de cette effervescence. Léonard était convaincu que s'il parvenait à titiller leur curiosité concernant les lois de la physique qui régissent le monde et, plus généralement, à leur transmettre la soif des connaissances, il en ferait des hommes meilleurs, mieux armés pour affronter la vie. Il aimait enseigner. Et l'argent qu'il recevait pour son travail de précepteur servait à acheter les matières premières destinées à ses expériences.

Âgé d'une trentaine d'années, malgré ses indéniables talents artistiques, maître de Vinci était loin de rouler sur l'or. Sa petite école privée lui permettait tout juste de joindre les deux bouts.

— Maintenant, regardez…

Il déroula avec précaution une grande feuille de papier, entièrement couverte de notes et de dessins à l'encre sépia, représentant des engrenages, des tirants et des poulies complexes. Au centre du dessin figurait une représentation de deux grandes ailes mécaniques, identiques en tout point à celle fixée au plafond au-dessus de lui. Voler, c'était toute sa vie, sa passion absolue.

Un court instant, il regarda les mines ravies de ses élèves. Puis, lissant de la main l'épaisse barbe blonde qui encadrait son visage, il poursuivit :

— Comme vous le savez, j'en suis certain, l'homme parcourt depuis longtemps les mers, les lacs et les rivières, en bateau. Apercevoir un pêcheur évoluer sur l'eau dans sa barque n'a rien d'étonnant pour vous. Mais comment réagiriez-vous si vous voyiez soudain un homme – équipé d'ailes, bien entendu – voler dans le ciel comme un grand aigle ? Moi, je vous dis que dans l'air, comme sur l'eau, on peut voler, et les résultats de mes recherches vous prouveront que ce que je vous dis aujourd'hui est la stricte vérité…

Il les tenait dans sa main. Le silence régnait dans la pièce, au point que l'on aurait presque pu croire que tout le monde se retenait de respirer, par peur d'interrompre l'exposé.

— À présent je vais vous expliquer les origines de ma théorie. Vous verrez que tout vous semblera aussi simple que…

— Maître de Vinci ? l'interrompit cependant une voix, coupant court à l'explication.

Le vieil Arrigo, un paysan qui l'aidait à s'occuper de son vignoble et de ses champs, se tenait dans l'encadrement de la porte. Et à ses côtés, il y avait un homme. Un véritable géant, à vrai dire, puisqu'il dépassait d'au moins une longueur de bras la chevelure blanche de son compagnon et devait être aussi lourd qu'un bœuf. Doté d'une épaisse moustache foncée assortie d'une barbichette, l'homme portait un uniforme rouge, blanc et bleu, et le casque décoré de plumes jaunes qui indiquaient son rang de chef de la milice de l'*Otto di Guardia e Balìa*, la redoutable police secrète de Sa Seigneurie Laurent de Médicis.

— Êtes-vous bien maître de Vinci, l'inventeur ?

L'espace d'un instant, Léonard eut dans l'idée de répondre par la négative. Il n'aimait pas les soldats ; d'ailleurs il se méfiait de tous les hommes en uniforme. Il en concevait même une véritable peur. Naguère, il avait souvent eu affaire à la milice et à la police, à des accusateurs et à des juges, et il avait fait de la prison. Même s'il avait finalement été lavé de toutes les accusations portées contre lui, il avait risqué la potence et était ressorti moralement brisé par cette expérience. Ainsi, il avait appris à ses dépens qu'il valait mieux se tenir à l'écart des enquêtes et des tribunaux. Mais dans les circonstances présentes, entouré de ses élèves, il ne pouvait nier son identité.

— À votre service, dit-il avec un signe de tête avant de poursuivre d'une voix hésitante. J'espère qu'il ne s'agit pas d'une nouvelle accusation ou d'une peccadille, cette fois…

L'homme le toisait du haut de sa stature. Les plumes de son casque atteignaient presque le plafond. Léonard crut déceler un petit ricanement derrière la formidable moustache sombre. Le soldat était probablement au courant des accusations qui avaient amené le génial inventeur à être traduit en justice, pour une histoire de sodomie.

Tout avait commencé cinq ans plus tôt, par deux lettres anonymes l'accusant d'avoir eu des relations sexuelles avec un garçon de dix-sept ans, un certain Jacopo Saltarelli, connu pour vendre des charmes au plus offrant. Grâce aux auteurs inconnus de cette double dénonciation, ses deux meilleurs amis, Bartolomeo di Pasquino et Leonardo, un jeune homme de la très puissante famille Tornabuoni, apparentée aux Médicis, furent également entraînés dans cette sale histoire. On les accusa tous trois d'avoir participé à des orgies sodomites, une accusation qui aurait pu les conduire droit au bûcher puisque dans cette ville, les relations homosexuelles étaient punies par la peine capitale.

Ce n'est que grâce à l'intervention de protecteurs influents de leur ami que le tribunal avait rapidement classé l'affaire, les renvoyant tous chez eux acquittés *cum conditione ut retumburentur*, et priant le ciel pour qu'aucune autre plainte ne soit déposée contre eux. L'effroi laissé par les jours passés derrière les barreaux de la prison de Stinche avait convaincu Léonard de se tenir à carreau et il avait cessé de fréquenter non seulement la taverne de Ribaldo, mais également ses joyeux compagnons issus de la haute société florentine. Il avait même sérieusement envisagé de quitter sa ville bien-aimée et de s'installer dans le duché de Milan.

— Ne vous inquiétez pas, maître de Vinci, vous n'avez rien à craindre. Mais *ser* Pardo dei Giovannini m'a chargé d'un message pour vous. Il a besoin de vous et aimerait vous voir…

Si Léonard hésita un instant à suivre le garde, en entendant le nom du redoutable commandant de la police secrète des Médicis, il sut qu'il n'avait pas le choix. Personne à

Florence ne pouvait se permettre de lui opposer un refus. Mais qu'est-ce que *ser* Pardo pouvait bien lui vouloir ? Léonard n'avait jamais eu l'occasion de le rencontrer en personne, mais il savait que le grand chef de la police connaissait bien sa famille et avait même été l'ami de son grand-père et de son père. Il en fallait généralement beaucoup moins pour éveiller sa curiosité. Mais d'abord, il devait finir sa leçon sur le vol.

— Si vous voulez bien me laisser le temps, je vous accompagne dès que le cours est terminé. Il me reste simplement une petite démonstration à faire. Suivez-moi sur la terrasse, les garçons. Et couvrez-vous bien, car le vent de mars peut être traître. Bencio, passe devant nous et dépêche-toi de préparer la machine volante ; il ne faut pas faire attendre *ser* Pardo quand il demande votre présence. Quant à vous, monsieur, je vous invite à nous accompagner. Vous allez assister à quelque chose de rare et tout à fait passionnant !

Léonard gravit la volée d'escalier menant à l'étage supérieur, suivi du petit groupe passablement excité de jeunes élèves. C'était une belle journée ensoleillée et venteuse à la fois, presque un avant-goût de printemps. Idéale pour ce qu'il avait l'intention de faire. Au milieu de la petite terrasse trônait un mystérieux objet dissimulé sous une toile grossière. Le jeune assistant de Léonard l'attendait, prêt à recevoir ses instructions. De cette hauteur, la campagne toscane qui partait de la colline escarpée où se trouvait le bâtiment semblait s'étendre à perte de vue dans une immobilité parfaite. Un brouhaha d'enthousiasme s'éleva du groupe de jeunes spectateurs : Léonard vérifia que personne ne manquait à l'appel et vit également, non sans un certain plaisir, que le géant en uniforme, debout près du parapet, piaffait lui aussi d'impatience d'assister à l'expérience.

— Maintenant, je vais vous demander de vous taire.

Puis, d'un geste ample, tel un comédien accompli, il attira l'attention générale sur l'objet caché.

— Bencio, si tu veux bien découvrir l'aviomobile...

L'expression de stupéfaction du public le ravit. Sur une sorte de perchoir, une machine volante en sureau, un bois léger qui poussait sur les collines florentines, semblait prête à s'élever dans les airs. Les ailes, d'une longueur de plus de deux bras, étaient une copie conforme – bien qu'à plus petite échelle – de celle en forme de chauve-souris exposée dans l'atelier. Léonard marqua une pause, satisfait du silence de son auditoire. Il s'approche de la machine ailée lentement pour laisser monter la tension parmi son jeune public.

— Comme vous pouvez le constater, cette machine volante est identique à celle que je vous ai fait voir tout à l'heure sur mes dessins. À présent, je vais vous montrer qu'elle est capable de voler...

Sur ces mots, il actionna le levier qui maintenait le modèle au socle. La machine dévala à toute allure la rampe en bois menant au bord de la terrasse, accompagnée par la clameur des garçons ébahis. Puis, une fois la rampe franchie, la machine ailée se jeta dans les airs et survola les arbres en contrebas, avant de continuer sa route au-dessus de la vallée, dans un lent vol plané. La colline d'Anchiano était l'endroit idéal pour cette expérience audacieuse : souvent fouettée par une brise chaude, elle dominait la ville de Vinci et ses environs. À mi-chemin, poussé par un léger courant ascendant, l'aéronef reprit de l'altitude, poursuivit sa descente tout en douceur, puis vint frôler les vignes et, comme Léonard l'avait calculé, finit par atterrir sans dommage dans un champ de blé.

— Alors ?

On entendait les mouches voler. Les garçons, bouche bée, semblaient avoir assisté à un véritable miracle plutôt qu'à une expérience scientifique. Et maître Léonard se délecta tout particulièrement de la mine éberluée du garde, qui fixait, la bouche grande ouverte, l'endroit exact où la machine volante avait atterri. *Ah, tu rigoles moins, maintenant, hein ?* songea l'inventeur, fort satisfait. Sans tarder, il se dirigea vers l'escalier.

— Messieurs, le cours est terminé pour aujourd'hui. Remettez tout en ordre et ne laissez pas traîner vos papiers. Toi, Bencio, va récupérer la machine, et fais bien attention de ne pas l'abîmer. Ce n'est pas un jouet, on ne s'amuse pas avec. Quant à vous, soldat, je me passerai de vos commentaires. Allons-y. Son Excellence n'aime pas qu'on la fasse attendre. Vous êtes à son service, vous devriez le savoir.

3

Sur la route de Vinci à Florence

Après être descendu dans la cour de la maison, Léonard fila droit vers la vieille calèche qu'il utilisait lorsqu'il se rendait en ville, c'est-à-dire rarement. Mais le gigantesque soldat l'arrêta d'un geste de la main.

— Par ici, maître de Vinci… Son Excellence vous offre l'un de ses meilleurs destriers, pour que vous puissiez être chez lui au plus tôt. C'est un cadeau. Florence est à plus de vingt-cinq milles, alors avec votre charrette, ça prendrait une demi-journée…

Deux chevaux à la robe brune, harnachés avec soin, étaient attachés à une clôture. Deux superbes bêtes. Deux champions pur-sang à n'en pas douter, du genre de ceux élevés dans les écuries personnelles du domaine de *ser* Pardo, importés d'Espagne et destinés uniquement aux nobles les plus riches de Florence.

L'inventeur n'aimait pas spécialement monter à cheval. Bien sûr, il savait *comment* monter, mais comme souvent chez lui, il s'agissait plus de connaissances théoriques que pratiques. Cependant, cette fois, il n'avait guère le choix. Il devait s'exécuter. Il se dit qu'il allait simplement imiter le géant en uniforme qui, malgré sa taille, sauta en selle avec une agilité époustouflante. Bien sûr, quand vint son tour de monter, Léonard resta paralysé à mi-hauteur.

— Allez, *maestro*, on n'a pas toute la journée !

Le rictus qui avait passablement agacé le jeune inventeur en voyant le soldat pour la première fois, ce rictus moqueur, était réapparu sur les lèvres du soldat. Léonard grimpa tant bien que mal sur la croupe du pauvre destrier, maudissant cette force qui semblait attirer comme un aimant tous les objets de la création vers le bas.

— Là, gentil, gentil, susurra Léonard, bien content d'avoir enfin réussi à monter en selle, en caressant l'encolure du cheval. Je t'appellerai Giotto, si ça te va. C'est un grand honneur pour moi…

Le cheval souffla, puis, sans attendre un signal de son nouveau maître, emboîta le pas du pur-sang du milicien qui partait déjà au trot sur le chemin menant à la sortie de la propriété.

Ils voyagèrent à bonne allure pendant plus de deux heures, en silence, avant d'arriver près de la petite église de San Bartolomeo, sur le mont Oliveto. De là, ils jouissaient de l'une des plus belles vues de la région, un panorama qui laissait à chaque fois Léonard sans voix. Devant lui, au creux de la vallée entre les collines de Fiesole et de Settignano, s'étendait Florence, protégée par ses murs infranchissables. L'Arno, majestueux et placide, coulait à ses pieds, interrompu seulement par les quatre ponts qui reliaient les deux rives de la ville. Plus bas, une route serpentait vers la porte de San Frediano. Le grand dôme de Brunelleschi, enchâssé dans la superbe cathédrale de Santa Maria del Fiore, se détachait de ce paysage de rêve. Un peu plus loin, Léonard aperçut également les ouvriers au travail sur le chantier de Santa Maria del Carmine.

On voyait également nettement le *palazzo* dei Giovannini, à quelque distance des silhouettes immanquables du Bargello et de la tour du Palagio Novo, siège de la seigneurie. Il suffisait de traverser le quartier de l'Oltrarno, de franchir le fleuve au pont de la Carraia, et bientôt ils déboucheraient dans *via* Larga, où se trouvait l'entrée de la résidence de *ser* Pardo.

Quelle ne fut donc pas sa surprise lorsqu'ils arrivèrent en vue de la porte de San Frediano et qu'au lieu de filer directement vers le cœur de la ville, ils bifurquèrent à droite dans une rue qui menait, du moins à première vue, dans la direction opposée. Léonard connaissait mal cette partie de la ville, qui s'était développée ces dernières années bien au-delà des murs. Tout ce qu'il savait, c'est que ce secteur était occupé principalement par des pêcheurs et des bateliers. Et que, dans la campagne environnante, on élevait les fameux porcs de race *cinta senese*, ainsi que des bovins *chianina*, tout aussi recherchés, dont la viande garnissait les tables des invités de Laurent de Médicis.

— Où va-t-on ? On ne passe pas par là pour aller chez *messer* dei Giovannini…

— Je n'ai jamais dit que je vous conduisais chez *ser* Pardo, *maestro*. On est presque arrivés, vous n'allez pas tarder à le savoir.

Léonard était fatigué et avait faim.

— Ne pourrait-on pas s'arrêter pour manger un morceau quelque part ? C'est l'heure de déjeuner, et avec le ventre plein, on réfléchit mieux.

— Je ne pense pas que ceux qui nous attendent aient très envie de réfléchir. Et je peux vous garantir que lorsque vous découvrirez pourquoi on vous a demandé de venir, manger sera le cadet de vos soucis. Vous serez même bien content de n'avoir rien avalé avant d'arriver !

Sur une route longée par un ruisseau, flanquée de parcelles prêtes à être mises en culture, de petits vergers et de potagers de choux, ils prirent l'un des virages au galop et faillirent percuter de plein fouet une patrouille de gardes qui bloquait la route. Les hommes portaient les uniformes rouges et or de la garde des Médicis : le commandant de la patrouille leva un bras pour arrêter les deux cavaliers, mais, dès qu'il eut reconnu le grand soldat, il leur fit signe de poursuivre leur chemin. Les deux hommes passèrent ainsi deux autres patrouilles en faction sur la route durant les quelques minutes que dura encore leur trajet. Qu'avait-il bien pu se passer de si terrible pour empêcher l'accès à tout le monde, sauf à eux ? Et depuis quelques centaines de mètres, une odeur nauséabonde flottait dans l'air. Cette odeur pestilentielle ne laissait aucun doute sur la proximité du bétail.

À présent, leur destination était claire. À moins de cinq cents pas de là se dressait le mur de pierre sombre qui entourait la vaste ferme d'élevage et les bâtiments qui abritaient les abattoirs des Médicis. Et devant le portail de la cour intérieure, on avait posté au moins vingt gardes armés jusqu'aux dents, prêts à défendre le terrible secret qui se cachait derrière les enclos empuantis des porcs et des bœufs de Laurent le Magnifique.

Deuxième bolge

Les rives étaient incrustées de pourriture,
car les émanations d'en bas s'y encroûtent,
insupportables à la vue et à l'odeur.

Le fond est si profond, qu'on ne peut le voir
de nulle part à moins de monter sur l'échine
de l'arc, là où le rocher est le plus élevé.

Nous vînmes là ; et de là dans la fosse en bas
je vis des gens plongés dans une fiente
qui semblait tirée de latrines d'humains.

Et pendant que de l'œil je scrutais le fond,
j'en vis un à la tête si chargée de merde,
qu'on ne pouvait reconnaître s'il était laïc ou clerc.

Dante Alighieri, *La Divine Comédie,* chant XVIII

Dès l'instant où il descendit de cheval, Léonard aperçut une cohorte d'officiers de la milice se diriger vers lui à grands pas. Au milieu du groupe se détachait la silhouette raide d'un homme grand et mince d'une soixantaine d'années, portant une longue barbe tachetée de blanc qui encadrait une bouche aux lèvres minces et exsangues, courbées vers le bas, donnant au visage une expression de tristesse infinie. Ses iris étaient tellement noirs qu'ils se confondaient avec les pupilles, ce qui lui conférait un regard à la fois menaçant et juste. Contrairement aux autres, qui arboraient l'uniforme jaune, rouge et bleu de la garde des Médicis, l'homme portait une tunique noire courte, resserrée à la taille par une ceinture de la même couleur, sur un pantalon également noir. On disait qu'il s'habillait toujours de la sorte, depuis plus de trente ans, depuis le jour où son épouse adorée Bianca Tornabuoni était morte en couches en donnant naissance à leur fils unique, mort lui aussi. Un habit de deuil, donc, sans fioritures, sans décorations, sans grade. D'ailleurs, *ser* Pardo n'avait pas besoin de symboles extérieurs pour se faire respecter : la déférence de tous ceux qui l'entouraient sautait aux yeux, il était clair qu'on avait affaire au commandant suprême. Deuxième homme le plus puissant après Laurent de Médicis, *ser* Pardo était une véritable légende à Florence. Une légende aussi sombre que son habit. Personne ne l'avait jamais vu rire : il avait la réputation d'être aussi cruel qu'implacable. Pour lui, des mots comme « pardon », « clémence » et « grâce » n'avaient pas de sens. C'est à *ser* Pardo que Laurent, fou de chagrin après le meurtre de son jeune frère Giuliano, avait confié la mission de mettre fin, dans le sang, au complot fomenté par la famille rivale des Pazzi. C'est Pardo en personne qui avait arraché la langue et les oreilles de Francesco Jacopo et de Renato de Pazzi, avant de leur passer la corde autour du cou, de les éventrer et de suspendre les cadavres aux boyaux exposés aux fenêtres du Palagio Novo. Rien d'étrange donc à ce que les jambes de Léonard tremblent face à un personnage jouissant d'une réputation aussi sinistre.

— Alors c'est vous, maître Léonard de Vinci ? demanda *ser* Pardo en le dévisageant. J'ai bien connu votre grand-père, Antonio le notaire, et je suis fier de pouvoir dire que je suis un ami de votre père.

— Votre amitié est un honneur pour toute ma famille. Je tiens également à vous remercier pour le splendide cheval que vous m'avez offert…

— Allons tout de suite à l'essentiel, maître Léonard. Vous aurez l'occasion plus tard de vous montrer reconnaissant pour le cheval, mais pour le moment, il n'y a pas un instant à perdre. Puis-je compter sur vous et vos services ?

Léonard aurait aimé savoir, au moins, ce que *ser* Pardo attendait de lui, mais il avait déjà renoncé à obtenir une réponse dans l'immédiat. En revanche, à la question que lui posait l'homme en noir, il n'y avait qu'une réponse possible.

— Bien entendu, je suis votre serviteur !

Toute autre formulation, mal interprétée, aurait pu le conduire entre les mains d'un bourreau.

— À la bonne heure. Maintenant, suivez-moi…

Ser Pardo le prit par le bras et le conduisit vers l'entrée d'un des bâtiments de plain-pied. Deux robustes gaillards coiffés des casques à plumes incurvés de style espagnol, armés jusqu'aux dents, se tenaient devant la porte. Ils tenaient deux hallebardes brillantes et aiguisées à la main.

— Ce que vous allez voir ne devra pas sortir de ces murs. Pas aujourd'hui, ni demain. Jamais.

La voix de *ser* Pardo n'était plus qu'un chuchotement. Sans même attendre la réponse, évidente, le chef suprême de la police secrète fit signe aux deux hommes de s'éloigner de la porte pour les laisser entrer. À l'intérieur, les remugles d'urine et d'excréments d'animaux saturaient l'air. La surface au sol était divisée en deux longues parties, désertes, séparées au milieu par une mangeoire pleine de foin.

— C'est ici que d'ordinaire on garde les veaux destinés à l'abattage. Maître Léonard, que savez-vous de l'élevage du bétail ?

— Pas grand-chose, *messer* Pardo.

— Bon, alors je vais vous expliquer deux ou trois choses avant de vous montrer la raison pour laquelle je vous ai fait venir jusqu'ici.

D'un large geste du bras, l'homme désigna les enclos vides.

— Normalement, ce bâtiment peut contenir environ deux cents têtes. Vous sentez cette odeur ?

— Comment ne pas la sentir... C'est tellement nauséabond que mes narines n'y sont pas encore habituées...

— L'une des principales ressources des grandes exploitations bovines, c'est le purin, qui, comme vous le savez, est utilisé pour fertiliser les champs et surtout les vignes. Vous seriez surpris d'apprendre quelle quantité d'excrément est produite chaque jour dans une ferme comme celle-ci. Et si celui des porcs n'est pas utilisable dans les champs, celui des bovins est récupéré par les agriculteurs et les vignerons. Maintenant, venez par ici. Comme vous pouvez le voir, les ingénieurs de la seigneurie ont conçu des petits canaux de drainage pour que le purin puisse être facilement poussé dans ce conduit, le long du mur principal. Le purin passe par ces deux ouvertures que vous voyez dans le mur, là-bas, et finit dans un grand réservoir, dehors. Une fois bien dilué avec l'eau du ruisseau, grâce un système de vannes, une partie du purin part fertiliser les champs et les vignes environnants, et l'autre partie est vendue aux paysans qui en font la demande.

L'homme conduisit Léonard à l'extérieur en passant par une petite porte.

— Tôt ce matin, des ouvriers sont venus actionner la vanne, là-bas, pour permettre à cette mer de purin de s'écouler vers les champs. Et ils ont découvert ça…

Une grande fosse, remplie à ras bord des précieuses bouses de vache diluées, avait été creusée dans le sol. D'un côté, près du système de vannes, il y avait un promontoire qui permettait aux employés d'aller ouvrir et refermer les vannes pour laisser s'écouler les excréments des animaux. C'est là que se dirigea *ser* Pardo dei Giovannini, talonné par deux miliciens qui ne le quittaient pas d'une semelle. Léonard leur emboîta le pas. Sur les planches de bois du promontoire, quelque chose attira son attention. Quelque chose de scintillant et de coloré qui miroitait dans les rayons du soleil. Il s'approcha et resta littéralement cloué sur place : ce qu'il avait vu briller de loin n'était autre qu'une mitre épiscopale. Une de ces coiffes pointues, dorées, parées de pierres précieuses et semi-précieuses que les évêques portaient lors des grandes cérémonies. Et il y avait autre chose encore : à côté, on avait posé une étole richement décorée des symboles de l'Église et deux bijoux d'une incroyable facture ; un superbe crucifix en or massif, avec diamants et turquoises, aussi grand qu'une main ouverte, qui à lui seul devait valoir autant que tous les porcs et les bœufs de la ferme, et une bague épiscopale, manifestement en or massif, sertie d'un saphir de la taille d'un œuf de pigeon. Qui avait bien pu laisser des choses aussi précieuses ici, dans la partie la plus fétide de cette porcherie ? Léonard ne comprenait pas. Mais il y avait encore autre chose.

— Vous voyez cette poulie, là-bas ? Ça sert à hisser les seaux, pour que les paysans fassent le plein d'engrais.

Ser Pardo lui indiquait à présent un solide bras de bois retenant une épaisse corde qui s'enfonçait dans le lac de purin, à leurs pieds.

— Vous deux, actionnez la poulie !

Les soldats commencèrent à tirer sur la corde, qui sortit lentement de la surface immonde, révélant progressivement ce qui y était attaché. Au début, Léonard ne vit qu'une masse brune, entièrement couverte de purin, qui ne ressemblait à rien de particulier. Mais soudain, du réservoir nauséabond émergèrent d'abord deux pieds, ligotés, puis un corps humain. Le cadavre, apparemment celui d'un homme d'âge adulte, était couvert de purin de la tête aux pieds et donc méconnaissable, mais on voyait que les mains étaient attachées dans le dos, et la victime était entièrement nue. Les deux soldats tirèrent encore davantage sur la corde, puis ils firent pivoter le bras de bois et déposèrent le corps sur le promontoire.

— Venez, maître, approchons-nous. Voyez-vous, nous avons de bonnes raisons de penser qu'il s'agit d'une personne très importante qui a disparu depuis deux jours, maintenant. Mais avant d'entrer dans les explications qui vont s'imposer, vérifions l'identité de ce pauvre homme. Toi, apporte-moi de l'eau !

Quelques instants plus tard, un garde lui tendait un seau d'eau rempli à ras bord. *Ser* Pardo le fit basculer d'un geste théâtral sur la tête du corps sans vie.

— C'est bien ce que je craignais, confirma-t-il avant de se tourner vers Léonard. Voici monseigneur Aldebrando D'Este, évêque émérite de Sienne, prince de l'Église de Rome, confesseur personnel de l'épouse de Sa Seigneurie, *madonna* Clarice, et premier conseiller spirituel de Laurent de Médicis.

Léonard était abasourdi. À Florence, tout le monde connaissait, de réputation, ce saint homme. Il était apparenté aux Estensi, seigneurs de Ferrare, et issu d'une famille noble d'origine longobarde. On estimait qu'un jour il aurait pu succéder au pape Sixte IV. Il s'agissait d'un des conseillers les plus écoutés à la cour de Laurent le Magnifique. Et son influence ne se limitait pas à la sphère du spirituel : dans les milieux informés, on disait aussi qu'il s'intéressait de près à la politique et à la gestion du pouvoir. Un homme influent, donc, même si certains mauvais esprits n'hésitaient pas à l'accuser, ouvertement, d'utiliser l'art subtil de la flatterie pour se faire entendre et obtenir faveurs et richesses de la part de son puissant protecteur.

— Aldebrando da Siena ? *Ser* Pardo, vous saviez déjà que c'était lui ?

— Oh, pas besoin d'une enquête approfondie, dit l'homme en noir, visiblement content de pouvoir expliquer comment il en était arrivé à cette conclusion. L'évêque avait disparu depuis deux nuits de sa chambre du palais épiscopal. Et il n'était certainement pas parti de son plein gré puisqu'hier encore il devait assister, en petit comité, à un conseil convoqué par Sa Seigneurie Laurent de Médicis. Quand les religieuses qui s'occupent de nettoyer ses appartements ont signalé sa disparition soudaine, on a fait fouiller sa chambre, espérant trouver quelques indices. Mais malheureusement, tout ce qu'on a pu constater, c'est qu'il s'était bel et bien volatilisé. Et que les habits sacrés que vous voyez ici, d'une grande valeur, avaient disparu de son coffre privé. Donc logiquement, quand les ouvriers nous ont prévenus ce matin qu'un corps avait été retrouvé dans la fosse à purin et qu'ils nous ont décrit les objets présents sur les lieux du crime, il n'y avait guère de doute sur l'identité du malheureux.

L'explication de *ser* Pardo était convaincante. Léonard secoua la tête.

— Mais qui a pu le tuer de cette façon ? Certainement pas un voleur, puisque les bijoux ont été laissés sur place.

— Eh bien, ce sera à vous de me le dire. C'est pour ça je vous ai fait venir dès que le corps a été découvert. On dit de grandes choses sur vous, maître Léonard. On m'a fait l'éloge de vos talents, de votre sagacité, on m'a parlé de vos découvertes. L'évêque Aldebrando n'avait pas que des amis à la cour de Laurent de Médicis. L'enquête officielle risque donc d'être entravée par des luttes de partis et d'influence. Ceux qui l'ont tué vont faire tout ce qui est en leur pouvoir pour que personne ne connaisse la vérité. Et ce soir, quand on apprendra sa mort, je peux vous dire que pas mal de gens en ville trinqueront à cette nouvelle.

Ser Pardo s'arrêta un instant pour scruter Léonard en silence, comme pour essayer de savoir ce que valait vraiment ce jeune homme.

— Il me faut quelqu'un qui puisse enquêter officieusement sur cette mort, quelqu'un qui soit ouvert d'esprit. Quelqu'un sans lien avec le monde politique, avec les guelfes ou les gibelins, sans accointances avec telle ou telle famille. Qui ne prenne pas parti pour l'empereur ou le Saint-Père. J'ai besoin de quelqu'un qui soit uniquement du côté de la vérité. Inutile de vous préciser que ce crime peut provoquer un véritable tremblement de terre à Florence. Trouvez le coupable et vous pourrez me demander ce que vous voudrez. Échouez, et vous subirez ma colère. À partir de maintenant, vous avez les pleins pouvoirs de la police, je vous fournirai un laissez-passer qui vous ouvrira toutes les portes, vous serez mes yeux et mes oreilles. Aldebrando était un saint homme, un très bon ami à moi. Je veux mettre la main sur ceux qui l'ont assassiné. Je compte sur vous ! Vous arriverez à les attraper, n'est-ce pas ?

Ce qui sortit alors de la bouche de Léonard, d'un filet de voix presque inaudible, était la seule réponse envisageable qu'un homme qui tenait à la vie pouvait donner à *ser* Pardo dei Giovannini.

— Oui, je les attraperai. En tout cas, je m'y emploierai, de toutes mes forces…

4

Faubourgs de Florence, abattoirs des Médicis

Léonard était très embêté. Par le passé, toutes ses expériences en matière d'enquête s'étaient avérées n'être ni plus ni moins que des questions de bon sens à résoudre. Certes, il avait réussi à démasquer le voleur d'aumônes de l'église de San Donato, mais ç'avait été un jeu d'enfant : il avait suffi de saupoudrer la serrure de la boîte des offrandes des fidèles d'un pigment coloré qui tachait de rouge indélébile ceux qui la touchaient. Puis il avait passé en revue tous les gens croisés à l'église ce jour-là et découvert le coupable : le sacristain. Il avait également résolu l'énigme d'un riche propriétaire terrien littéralement mort de peur parce que, toutes les nuits, il voyait une silhouette drapée dans un manteau blanc traverser la cour de sa maison et était convaincu qu'il s'agissait du fantôme de sa défunte épouse. Dans ce cas également, il n'avait fallu qu'un tant soit peu de bon sens pour régler l'affaire : il avait piégé le spectre en tendant des câbles dans la cour et lorsque le prétendu fantôme de feue l'épouse avait trébuché et s'était cassé la figure, Léonard, aidé de plusieurs serviteurs, lui avait sauté dessus et l'avait capturé. Il s'agissait tout simplement de la fille du propriétaire, qui profitait des croyances de son père pour aller retrouver son bien-aimé tous les soirs. Certes, ces petites énigmes vite résolues lui avaient valu une certaine réputation, mais de là à penser qu'il était capable de découvrir le meurtrier du jeune Aldebrando…

Ne pouvant se permettre de refuser ce que *ser* Pardo lui avait demandé, Léonard ne mit pas bien longtemps à comprendre qu'il allait devoir se creuser les méninges pour échafauder un plan qui puisse véritablement l'aider à découvrir la vérité. Et s'il comptait obtenir des résultats concrets, il devait appliquer à cette enquête la même rigueur scientifique qu'il utilisait pour ses expériences.

— *Ser* Pardo, puis-je vous demander de faire immédiatement évacuer cet endroit ? Et j'aimerais que tous ceux qui se sont approchés de ce ponton laissent leurs chaussures ici. Par ailleurs, je vais vous demander d'envoyer quelqu'un chez moi chercher mon assistant, Bencio, qui doit venir me rejoindre ici avec un grand sac de poudre de plâtre...

Le chef de la police secrète le scruta un instant puis fit un signe de tête aux gardes qui l'entouraient.

— Retirez vos souliers et éloignez-vous. Tout ce que maître de Vinci vous demandera doit être considéré comme un ordre émanant de moi. Allez, dépêchez-vous.

Bencio arriva aux abattoirs de Médicis peu de temps avant le coucher du soleil, dans une petite charrette tirée par un vieil âne. Il était essoufflé et ses yeux, où brillait une lueur de curiosité, s'arrondirent néanmoins de peur en voyant les cohortes de soldats armés. C'est la curiosité de ce jeune homme qui plaisait tant au maître Léonard de Vinci : sa soif innée de connaissances, son désir d'apprendre et de découvrir sans cesse de nouvelles choses. Cette affinité entre eux avait convaincu Léonard de l'adopter, comme un fils. Au demeurant, l'inventeur n'aurait probablement jamais d'enfant étant donné son ignorance de l'art qui consiste à faire la cour à une dame afin de la conquérir. Il préférait une formule mathématique à un baiser, une nouvelle invention à une soirée galante. Et ses élèves à toutes les domestiques de la maison de Vinci.

En revanche, il s'était attaché à Bencio, son Bencio, bien plus qu'à nulle autre personne. Tant et si bien que la scolarité du garçon terminée, Léonard avait décidé de le garder à l'atelier et l'avait engagé comme assistant. Le jeune homme désormais âgé de seize ans était dégourdi, intelligent, vif. Le fait qu'il soit par ailleurs beau comme un dieu grec ne gâchait rien.

Ainsi, quand il le vit arriver, Léonard l'accueillit avec un grand sourire.

— Courage, Bencio, la nuit va bientôt tomber et nous avons beaucoup de travail à faire.

Pendant qu'il attendait son assistant, l'inventeur ne s'était pas tourné les pouces. Toute la zone de la petite jetée avait été délimitée par une corde tendue entre une douzaine de poteaux prélevés sur la clôture d'un champ voisin. De la charrette, ils déchargèrent une pelle, des truelles de maçon et, surtout, un énorme bac en bois du genre de celui que *monna* Tonia utilisait pour faire la lessive à la ferme d'Anchiano.

— Tu as bien apporté le plâtre, j'espère ?

Le garçon acquiesça et descendit du véhicule. Il attacha l'âne à un poteau, puis attrapa un grand sac en toile de jute pouvant contenir une vingtaine de kilos de farine. Il le déposa aux pieds de son maître, attendant des instructions.

— Maintenant, écoute bien, tu dois faire exactement comme moi.

Avec l'aide de Bencio, Léonard remplit le grand bac de plusieurs seaux d'eau, puis versa lentement la fine poudre de plâtre.

— Remue bien, maintenant. Qu'il n'y ait pas de grumeaux. Et que ça ait une bonne consistance.

Il surveilla le garçon tandis que celui-ci mélangeait le plâtre dans le bac, puis, après avoir vérifié que la densité convenait, il en préleva une petite quantité à la pelle et se dirigea vers la scène du crime. Le cadavre, encore recouvert de purin, gisait là où les soldats l'avaient déposé. Autour du corps, sur le ponton, il y avait des dizaines d'empreintes de pas, plus ou moins récentes, laissées par ceux qui avaient dans un premier temps marché dans le purin et la boue qui recouvraient la zone autour du grand bassin malodorant, puis avaient foulé les planches du ponton. En prenant bien soin de regarder où il posait les pieds, maître Léonard passa par-dessus la corde protégeant la scène du crime et, sourcils froncés par la concentration, versa lentement le plâtre encore liquide sur les empreintes les plus proches de lui. Ensuite, truelle à la main, il nivela la fine couche.

— Allez, Bencio, donne-moi un coup de main si tu ne veux pas que la nuit tombe avant qu'on ait terminé. Il faut faire un moulage de toutes les empreintes de pas devant vous. Avec l'aide du bon Dieu, on aura fini avant la tombée de la nuit. Et une fois que le plâtre se sera solidifié, qu'on aura numéroté les empreintes et qu'on les aura reportées sur une carte, on sera en mesure de reconstituer le parcours de tous ceux qui ont foulé ce ponton depuis…

Il marqua une pause puis se tourna vers un petit attroupement d'employés qui observaient la scène à quelque distance.

— Messieurs, pouvez-vous me dire quand il a plu pour la dernière fois par ici ?

Un homme âgé, à la peau sombre, tannée comme du cuir, à la bouche édentée, intimidé par la présence des gardes, lui répondit d'un filet de voix :

— Hier soir, juste avant la fermeture. Il commençait à faire nuit quand les premières gouttes elles sont tombées.

Léonard lui fit un signe de tête pour signifier qu'il l'avait entendu et le remerciait, de sorte que le vieil homme se sentit obligé de lui donner plus de détails.

— Et pis je peux vous dire que c'tait une sacrée averse. Un vrai déluge ! Après, heureusement, ça s'est calmé. En tout cas, quand il s'est mis à pleuvoir, tout le monde a arrêté de travailler et on est tous rentrés chez nous.

Comme pour reprendre une leçon interrompue, Léonard poursuivit ses explications à Bencio.

— Ainsi que je te le disais, grâce à ces empreintes en plâtre, nous allons pouvoir reconstituer le parcours de ceux qui se sont approchés du ponton depuis hier soir jusqu'à... jusqu'au coucher du soleil ce soir ! Étant donné que cet endroit est assez isolé, avec un peu de chance, nous réussirons à identifier ceux qui ont tué l'évêque. Les empreintes de pas parlent, mon garçon. Elles parlent. Il faut juste savoir les lire.

Le meurtre du pauvre Aldebrando da Siena remontait probablement à la nuit précédente. Après la fermeture des abattoirs, même. Sinon, l'un des préposés à la vente de fumier ou à l'entretien de la grande fosse à purin aurait remarqué, pendant la journée, la poulie déplacée et donc le corps attaché au bout. La pluie battante dans la soirée avait certainement effacé toutes les empreintes précédentes, ce qui permettait à maître Léonard de disposer d'une zone propre, sans vieilles empreintes. Et de transformer le ponton en une sorte de tableau noir où, grâce au mélange de boue et d'excréments, chaque mouvement des personnes présentes sur les lieux du crime avait laissé une trace, une marque bien distincte. Dommage qu'à première vue il soit bien compliqué de déchiffrer cette carte pestilentielle et brouillonne.

Avec l'aide du fidèle Bencio, chaque empreinte fut recouverte d'une fine couche de plâtre, juste avant que l'obscurité de la nuit n'engloutisse les abattoirs.

— Maintenant, il faut prier pour qu'il ne pleuve pas et attendre que le plâtre sèche.

Léonard scruta le ciel scintillant d'étoiles, qui promettait de rester sec et calme au moins jusqu'au lendemain. Puis il se tourna vers son assistant.

— Ramasse toutes les chaussures des hommes présents et mets-les dans un sac. Ils pourront les récupérer demain.

Ser Pardo était assis à quelques mètres de là sur un banc apporté spécialement de la maison du responsable des abattoirs des Médicis. Il était entouré de deux soldats tenant chacun une torche à bout de bras. À côté de lui, sur un tabouret recouvert d'un grossier torchon à carreaux rouges et blancs, un verre de vin à moitié vide et une assiette froide avec de la viande salée, des légumes marinés et du pain frais. Le chef de la police secrète avait à peine touché à la nourriture. Il avait grignoté la viande et le pain tout en suivant les moindres mouvements de Léonard et de son assistant. Et écouté, en silence, sans en perdre une miette, les explications du jeune inventeur.

— Chaque chaussure, chaque botte, a des marques caractéristiques sous la semelle, qui la rendent unique, des marques qui nous donnent des indications sur qui porte cette chaussure tous les jours, où va cette personne, si elle marche beaucoup, comment elle marche. Avec un peu de chance, on ne va pas tarder à en savoir un peu plus…

— Eh bien, *messer* de Vinci, pour l'instant je suis satisfait de ce que j'ai vu. Je crois avoir choisi la bonne personne. Si vous êtes capable de me fournir les résultats que j'attends de vous, nous deviendrons de très bons amis. Maintenant, le soleil est parti se coucher et moi, je suis trop vieux pour rester ici et mettre mes pauvres os à l'épreuve plus longtemps. Je crois que je vais rentrer à Florence…

Ser Pardo dei Giovannini se leva péniblement, puis, soutenu par l'un de ses lieutenants, s'avança en boitillant vers le cheval sellé que l'on avait fait avancer à quelques pas, au bord du bassin. Après plusieurs heures passées sur un banc dans l'humidité de cette soirée de mars, le puissant chef de la police secrète peinait à se donner des airs de jeune homme. Son corps endolori trahissait un côté vulnérable et humain pour le moins inhabituel chez lui.

La voix de Léonard brisa le silence de la nuit et tout le monde se tourna vers lui.

— *Ser* Pardo, attendez un instant…

— Qu'est-ce qu'il y a, encore ?

Le commandant semblait contrarié par cette nouvelle interruption, impatient qu'il était de monter sur son cheval pour filer retrouver la chaleur de son confortable palais du centre de Florence.

— Vos souliers, dit Léonard d'un ton ferme malgré son air contrit d'écolier. Vous avez oublié de laisser vos souliers…

Un silence de mort s'abattit sur la ferme, comme si les bœufs et les cochons retenaient eux aussi leur souffle face à une telle insolence.

— Pardonnez mon audace, *signor* Pardo, mais vous avez foulé la scène du crime et devez donc laisser vos chaussures ici. En théorie, vous pourriez vous aussi être le meurtrier de l'évêque…

L'un des gardes dégaina son épée, prêt à corriger de sa lame l'impudent maître d'école de campagne.

— Misérable, retire ce que tu viens de dire !

Il fit un pas menaçant vers Léonard mais la voix de *ser* Pardo l'arrêta, une voix qui, comme toujours, n'admettait pas la contradiction.

— Lâche cette dague si tu ne veux pas finir écartelé avant le lever du jour ! Le *signor* de Vinci a raison. S'il doit trouver qui a tué ce pauvre Aldebrando, il ne doit se fier à personne. Et je lui ai donné carte blanche pour démasquer le coupable.

Puis, après s'être libéré des gardes qui le soutenaient, il se baissa pour retirer ses coûteuses bottes de cuir françaises, aussi noires que son habit. L'effort lui provoqua une douleur qui lui tira une grimace. Une fois déchaussé, il alla déposer en personne ses bottes dans le grand sac que Bencio tenait à la main. Puis il retourna à son cheval en chaussettes, pataugeant dans la boue et le purin. D'un geste, il arrêta le garde qui lui offrait son aide et, dans un mouvement gracieux, il monta en selle et s'enfonça dans la nuit sans avoir prononcé un autre mot, talonné par son escorte.

Léonard attendit de les voir disparaître dans l'obscurité puis éclata de rire. Un rire irrépressible, inextinguible, qui le fit pleurer et hoqueter. Bencio regardait son maître convulser sous l'effet de ce fou rire alors que ses dents claquaient encore d'émotion et de peur.

— Maître de Vinci... Vous êtes devenu complètement fou. Vous avez accusé *ser* Pardo dei Giovannini d'être un assassin : dans d'autres circonstances, ça suffirait à vous envoyer croupir pendant des années dans une cellule de la Stinche. Mais vous, vous n'hésitez pas ! Fallait-il vraiment le forcer à marcher pieds nus dans de la bouse de vache ? Et puis, qu'est-ce que vous avez à rigoler comme ça ? Ça vous amuse tant que ça de jouer avec votre vie ?

Mais Léonard, incapable de se contrôler, continuait à rire à gorge déployée. Bientôt, Bencio s'inquiéta vraiment du rire nerveux de Léonard.

— Maître de Vinci, vous vous sentez bien ? Auriez-vous perdu la raison ? La peur vous aurait-elle rendu fou ?

— Ah, Bencio... commença Léonard avant qu'un nouvel éclat de rire l'interrompe.

Haletant, il fit de son mieux pour reprendre ses esprits.

— Bencio... Les bas... Les bas !

Le garçon ne comprenait toujours pas ce qui provoquait une telle hilarité chez son maître.

— Les bas... parvint à baragouiner Léonard en pouffant toujours. Il avait des bas troués... Un gros trou au talon. *Ser* Pardo dei Giovannini, l'homme le plus puissant de Florence, avec des bas troués ! L'habit ne fait pas le moine, mon petit Bencio, ça se confirme !

5

30 mars, Anchiano, près de Vinci, résidence de Léonard de Vinci

Ils furent de retour chez eux en fin d'après-midi. Le plâtre avait mis presque toute la nuit à durcir. Léonard avait ensuite voulu attendre les premières lueurs de l'aube pour dessiner un plan exact du ponton, numérotant chaque repère à la craie de couleur et le reportant sur le papier afin de pouvoir reconstituer tel ou tel parcours à volonté. Avec l'aide par Bencio, il avait également recopié fidèlement la position du corps de la malheureuse victime et de chaque objet, précieux ou non, retrouvé sur la scène du crime. Il avait également utilisé du plâtre pour reproduire d'étranges marques imprimées dans la boue. Une fois le travail terminé, Léonard rassembla toutes les empreintes dans un grand sac de jute, qu'il avait auparavant fait remplir de paille et de feuilles séchées. Il fallait impérativement que tous les moulages, même les plus petits, arrivent intacts à son atelier. C'est seulement en quittant les lieux que l'inventeur donna la permission aux gardes somnolant au bord du bassin de déplacer le corps du pauvre évêque, qui avait passé toute la nuit sur le ponton.

— Mettez le corps dans un endroit frais et sec, leur conseilla l'inventeur en désignant le cadavre d'une main. Et veillez à ce qu'il soit touché le moins possible jusqu'à ce que je puisse l'examiner. Il ne doit pas être lavé. Les obsèques ne pourront avoir lieu que lorsque je vous en donnerai l'autorisation.

Puis, après avoir bien calé le sac contenant les moulages dans la charrette de Bencio, ils prirent le chemin du retour, prenant soin tout au long du voyage de ne pas endommager leur précieux chargement. Léonard était tellement exténué qu'après avoir remis les rênes de Giotto au garçon, il s'installa à l'arrière, parmi les outils et des sacs d'empreintes, et s'endormit immédiatement.

Le lendemain matin, le petit Lupo, l'un des jeunes élèves que Léonard employait dans son atelier en tant qu'apprenti, réveilla Bencio de bonne heure. Âgé d'à peine dix ans, l'enfant était tout l'opposé du nom que ses parents, vignerons dans les collines florentines, avaient jugé bon de lui donner[1]. Blond aux yeux bleus, de frêle constitution, le petit garçon possédait cette beauté encore enfantine, assortie d'une belle vivacité d'esprit. C'est pour cette raison que l'inventeur avait décidé de faire de lui son apprenti. Et pour une somme dérisoire, un panier de légumes par semaine, ainsi que quelques bouteilles de bon vin, Léonard le laissait également assister aux cours qui se déroulaient dans la grange transformée en salle de classe, en compagnie d'une dizaine d'autres jeunes élèves.

— Debout, Bencio, debout !

Lupo dut secouer l'assistant un bon moment pour l'arracher à un profond sommeil.

— Réveille-toi, allez… Maître Léonard m'envoie te dire que le trachéodrome est prêt.

Bencio émergea lentement et finit par ouvrir les yeux. Il se sentait frais et dispos après avoir dormi aussi longtemps. Dans le ciel toscan, le soleil se levait, une nouvelle belle journée s'annonçait en ce début de printemps.

— Allez, lève-toi donc !

---

1. *NdT* : *Lupo* signifie « loup » en italien.

Lupo tenait une petite assiette à la main et dans l'assiette, un gros morceau de fromage de chèvre affiné et un bout de pain de la veille pour Bencio, qui mourait de faim et se jeta avidement sur la nourriture.

— Prêt ? Qu'est-ce qui est prêt ?

Dans la phrase que le garçonnet avait prononcée, il y avait un mot entièrement nouveau aux oreilles du jeune apprenti. Un quoi ? Un trachéodrome ?

— Viens, tu verras bien. Il t'attend dans la grange.

Il fallait se lever, à présent. Bencio se frotta les yeux, dompta autant que faire se peut ses boucles indisciplinées avec les mains, puis suivit le blondinet dans la grange. Quelques curieux s'étaient agglutinés devant la porte. Tout le monde essayait de jeter un coup d'œil à l'intérieur et d'écouter ce qui se disait. Bencio joua des coudes et se fraya un chemin parmi ses jeunes compagnons. La porte de l'atelier était entrouverte, et à l'intérieur on entendait la voix inimitable de maître de Vinci.

— Non, non, Arrigo ! Le bras gauche doit être plus haut, la jambe gauche, davantage pliée… Ça ne va pas… Penche la tête plus en arrière. Tout doit être au cordeau ; plus nous représenterons la réalité avec fidélité, moins il y aura de place pour l'erreur dans nos déductions.

Le jeune assistant entra dans la grande salle sur la pointe de pieds et en resta bouche bée : la carte annotée et détaillée que Léonard avait dessinée la veille sur la scène du crime était présentement clouée à un mur largement éclairé par les rayons du soleil. Et tous les moulages des empreintes de pas avaient été placés au sol sur une reproduction du dessin de l'inventeur, dans la position exacte dans laquelle ils avaient été trouvés sur les lieux. Et ce n'était pas tout : au milieu de cette scène, Arrigo, mouillé et grelottant comme un poussin, était couché dans la même position que celle du cadavre du malheureux Aldebrando da Siena.

Une position, songea Bencio, probablement bien difficile à tenir pour un homme plus tout jeune. Mais quand Léonard était dans sa phase créative, il n'attachait guère d'importance à ce genre de détails.

— Arrête donc de gigoter, Arrigo. Les morts ne bougent pas…

L'inventeur semblait totalement absorbé dans ses pensées. Comme possédé, il allait et venait d'un bout à l'autre de la grange, plantait un peu partout des petits piquets de bois et entre chaque piquet tendait des fils de laine de couleur provenant sans doute des belles pelotes de *monna* Tonia, la femme du métayer – par ailleurs chargée de la cuisine et du ménage chez l'inventeur.

Toute la grange avait ainsi été transformée en une reproduction grandeur nature de la scène de crime de l'abattoir. Avec un gros avantage : il suffisait de monter sur le balcon de l'escalier menant à la terrasse pour avoir une vue d'ensemble de la scène. Loin de la boue liquide et de l'odeur fétide, les empreintes blanches reproduites à partir des moulages en plâtre se détachaient avec une clarté absolue. L'inventeur aperçut enfin son assistant.

— Ah, Bencio, te voilà… Ce n'est pas trop tôt ! Bon, approche. Retire tes chaussures, s'il te plaît, et va te mettre là-bas…

Dans un coin, en bon ordre, on avait aligné toutes les chaussures et les bottes récupérées la veille sur le lieu du crime. Sur certaines, on avait noué un bout de laine de couleur.

— Tu vois, j'en ai déjà identifié plusieurs…

Léonard attrapa une paire d'élégantes bottes, marquées d'un fil bleu, et fit signe à Bencio de s'approcher de la fenêtre. Il tenait à la main un objet inhabituel, que Bencio avait néanmoins déjà vu : une loupe, voilà comment l'inventeur appelait cet outil. Une pièce de verre ronde et convexe, d'un peu plus d'un *quattrino* de diamètre, soit à peine dix centimètres, avait été meulée selon les plans dessinés par le maître de Vinci, et sertie dans une monture en cuivre, puis assortie d'un manche en bois. Comme le maître l'avait expliqué à son assistant, elle servait à voir des choses d'ordinaire invisibles à l'œil nu. Léonard l'utilisait principalement pour insérer des détails cachés dans ses tableaux. Cette fois, cependant, loupe à la main, c'est sur l'une des bottes qu'il se concentrait.

À travers le verre, la surface du cuir paraissait lisse et propre.

— Regarde, tu vois comme c'est usé à côté du talon, là ? La partie supérieure, à cet endroit, est légèrement fendillée, et elle dépasse un peu sur le côté… Viens par là !

Léonard le prit par le bras et l'entraîna vers le trachéodrome. Parmi les différents fils tendus, il en désigna un de la même couleur que celle du bout de laine sur les chaussures, bleue.

— Baisse-toi ! lui ordonna Léonard en approchant sa loupe du premier moulage en plâtre identifié par la même couleur. Tu vois, là ? Et là ? ajouta-t-il en désignant du doigt des petites marques incrustées dans le plâtre. La semelle est usée près du talon. Et l'égratignure, là, est causée par ce petit bout de cuir qui dépasse. Étant donné qu'il s'agit des bottes de *ser* Pardo, nous savons à présent quel parcours notre vénéré protecteur a suivi l'autre jour en arrivant sur la scène du crime. On peut même retracer son chemin avec précision. Maintenant, regarde à ton tour, et dis-moi ce que tu vois… Les empreintes de pas avec le fil en jaune ont toutes en commun la marque d'un clou manquant et d'une fissure sur la pointe gauche du pied. Il s'agit des vieilles bottes usées d'un garde. Et les circuits des deux autres gardes sont marqués en jaune foncé et en orange. Le fil de laine vert, c'est moi. Tu vois un peu comment je me suis jeté sur l'évêque Arrigo ?

Bencio répondit à la plaisanterie de son mentor avec un sourire. Mais Léonard s'était déjà replongé dans les parcours dessinés au sol.

— Maintenant, montre-moi tes chaussures pour que je puisse aussi éliminer les empreintes que tu as laissées, même si, vu ton parcours, je peux déjà les identifier avec une quasi-certitude, presque mathématiquement. C'est toi qui as coulé le plâtre des moulages, donc toutes ces marques qui vont et viennent entre les autres empreintes, et qui sont indiquées par ce fil violet, ce sont les tiennes. Tes chaussures sont faciles à reconnaître parce que sous la gauche, il y a un gros trou en plein milieu de la semelle.

Un rapide coup d'œil à la semelle de la chaussure fatiguée de Bencio confirma la thèse de l'inventeur.

— Donc, commenta Bencio, sept personnes ont foulé la scène du crime : *ser* Pardo, moi, vous Maestro, trois gardes, et…

— Et l'assassin ! le coupa l'inventeur. Celui qui a porté Aldebrando jusqu'au bassin, l'a attaché à la poulie et l'a plongé dans la fosse à purin. Regarde, voilà la série d'empreintes de pas non identifiés, là, avec le fil noir. Et ce n'est pas fini : en observant les marques laissées au sol près de la poulie, tout du moins celles qui n'ont pas été effacées par le seau d'eau de *ser* Pardo, on peut déduire un tas d'autres éléments. Par exemple, que la victime était déjà morte, ou du moins inconsciente, que le meurtrier est un homme d'un certain âge, aisé, peut-être même riche, certainement de très bonne famille en tout cas. Une personne qui a voyagé jusqu'en Provence, et qui possède au moins un cheval. Il s'agit également de quelqu'un qui a eu un accident autrefois, qui s'est cassé la jambe. Il est légèrement moins grand que moi, pèse entre deux cents et deux cent vingt livres. Et il aime les tenues noires très recherchées…

6

Les conclusions de maître Léonard laissèrent Bencio sans voix. Comment avait-il réussi à découvrir tout cela à partir de quelques moulages en plâtre et de bouts de laine colorée ? Bencio n'eut même pas à poser la question pour obtenir les explications qu'il attendait.

— Le fait que la victime était déjà morte ou inconsciente, on le voit grâce aux empreintes de l'assassin, développa Léonard en se penchant pour ramasser l'un des plâtres marqué de fil noir. Tu vois, Bencio, là, c'est le chemin qu'a emprunté notre homme pour accéder au ponton, au bord de la fosse. Là, en revanche, ce sont les empreintes qu'il a laissées pour retourner à l'abattoir, après avoir jeté le cadavre et préparé sa petite mise en scène. Maintenant, regarde et dis-moi si tu remarques quelque chose de différent entre les empreintes laissées à l'aller et celles du retour…

Le garçon s'inclina pour examiner les deux jeux de plâtres. À première vue, ils semblaient identiques, mais en y regardant de plus près, on constatait une nette différence.

— Vers la fosse, tu vois comme les empreintes sont profondes et bien marquées ? Bien plus profondes que celles laissées dans la boue sur le trajet du retour…

Bencio comprit tout de suite.

— Il portait donc quelque chose sur le dos, un poids, conclut-il. Le corps de l'évêque ?

— Exactement. À noter qu'il n'y a pas d'autre jeu d'empreintes. Donc, soit notre homme a porté sa victime sur le dos, soit notre Aldebrando savait voler. Et l'évêque avait déjà perdu connaissance ou, comme je le crois, était déjà mort. S'il avait été conscient, il aurait lutté, il se serait débattu. Or, la démarche du meurtrier est tout à fait normale. Certes, alourdie par le corps, mais aussi régulière qu'un métronome. Si l'homme avait transporté une personne non consentante, ça se verrait dans sa démarche. Ses pieds auraient laissé toutes sortes de marques dans la fange, causées par des changements de posture pour garder l'équilibre. On remarquerait, dans la boue, des petits glissements, des vacillements… Alors que là, c'est tout le contraire, les empreintes sont nettes et espacées à intervalles réguliers. La victime était donc inconsciente. Ou, plus probablement, déjà morte.

Bencio regarda attentivement le chemin tracé par le fil noir. Maître Léonard avait raison, le meurtrier avait foncé droit sur la poulie. Une fois sa charade macabre installée, il était revenu sur ses pas, à nouveau sans la moindre hésitation, très sûr de lui, maître de tous ses mouvements. Ces pas réguliers montraient à quel point le criminel était resté d'un calme olympien, certain de ne pas être pris sur le fait par des fermiers ou des employés. Aucune hésitation, aucun instant de doute. Il était allé droit au but, comme s'il avait simplement exécuté un plan mis au point avec minutie.

— Maître, mais comment pouvez-vous affirmer qu'il s'agit d'un homme d'un certain âge, de bonne famille, qui est allé sur les terres de Provence, qui s'habille en noir ? Vous allez même jusqu'à dire combien il pèse, et sa taille… Et puis, qu'est-ce que c'est que cette histoire d'accident de cheval ? Auriez-vous, en mon absence, inventé aussi une boule de cristal pour percer les mystères de ce que l'on ne voit pas ?

— Simple observation, Bencio. Je t'assure, il suffit de bien regarder et de n'omettre aucun détail, même le plus insignifiant. Viens avec moi.

Il s'avança vers le trachéodrome et se baissa pour attraper un plâtre marqué du noir du meurtrier.

— Voici l'empreinte du pied gauche. Maintenant, il nous faut le droit. Là-bas, lui indiqua-t-il de la main, va me le chercher. Et passe-moi la loupe.

L'élève obéit puis se campa à côté du maître, attendant des explications qui n'allaient pas tarder à venir. D'un doigt, Léonard désigna successivement un ensemble de petites marques dans le plâtre.

— Regarde. Que vois-tu ?

— On dirait l'empreinte d'une botte, dit le garçon qui tenait à se montrer à la hauteur et redoutait de passer pour un idiot.

— Affirmatif, c'est une botte. Mais ce n'est pas tout. Regarde sur le moulage comme la marque du talon est bien définie. On voit même les marques de couture sur le côté. De la belle ouvrage, un travail de précision. La découpe de la semelle est impeccable, il s'agit probablement d'un cuir de qualité. Ce sont de belles bottes de gentilhomme, certainement pas des bottes de l'armée ou des godillots bon marché. De toutes les chaussures que nous avons récupérées, seules les bottes de *ser* Pardo présentent ces caractéristiques, cette finesse. Donc, si notre homme peut s'offrir des bottes aussi coûteuses, c'est qu'il est riche. Maintenant, continue à regarder…

Bencio fixa longuement les moulages mais malgré ses efforts, il ne parvenait pas à relier les marques laissées dans le plâtre à une quelconque information pertinente à l'enquête.

— Maître, je regarde, mais…

L'inventeur caressa sa longue barbe blonde, un geste systématique lorsqu'il s'apprêtait à faire une démonstration à ses élèves.

— Mais tu ne vois rien ! C'est bien là le problème, tu regardes sans observer. Tes yeux s'arrêtent à l'apparence des choses, ils ne voient pas leur véritable signification. Tu regardes et tu restes en surface…

Il se remit à exhiber le plâtre qu'il tenait à la main puis, subitement, se dirigea vers l'un des établis collés au mur, et y prit un petit pied à coulisse en métal.

— Si tu mesures la profondeur de l'empreinte, et que tu la compares avec l'empreinte laissée par les chaussures de quelqu'un que tu connais bien, tu peux te faire une idée du poids de notre homme. Par ailleurs, en mesurant la longueur et la largeur de la semelle et en les multipliant à la bonne échelle, tu peux aussi obtenir sa taille. Le corps humain est régi par des proportions précises. Tiens, prends les empreintes avec le fil vert, là… Et les pourpres, aussi.

Bencio lui remit un moulage entouré d'un bout de laine verte.

— Tu te souviens du chef de la milice de l'*Otto di Guardia e Balìa* qui est venu me chercher ? Il était grand, massif… Un mastodonte de près de trois cents livres. Ça, ce sont ses empreintes de pas. Grandes, profondes… Prends le pied à coulisse et mesure-les, tu obtiendras un premier ensemble de chiffres à comparer.

Léonard s'empara ensuite des plâtres marqués de laine pourpre.

— Et voici mes chaussures. Un sujet dont on connaît le poids et la taille. Mesure-les aussi. Après, il suffit de comparer les résultats avec ceux du meurtrier pour comprendre qu'on a affaire à un individu qui ne pèse pas plus de deux cent vingt livres. Et qui est un peu moins grand que moi. Tu vois, il s'agit d'un simple calcul mathématique…

Il s'empara à nouveau des empreintes de l'assassin. D'un signe de tête, il invita son assistant à l'étudier à la loupe. À l'endroit où le talon avait été cloué à la semelle, le moulage présentait une marque qui s'étendait d'un côté à l'autre de l'extérieur de la botte, moins claire et définie au centre, plus marquée et profonde de part et d'autre. Cette fois, Bencio avait la réponse

— Des étriers ! C'est une marque laissée sur les bottes par des étriers. Vous aviez donc vu juste, cet homme est un cavalier. Et si le métal a marqué le cuir de cette façon, cela signifie que l'individu se déplace souvent à cheval…

— Et très peu à pied puisque la semelle n'est pas du tout usée. Et il y a encore autre chose. Maintenant, Bencio, comparons les moulages des deux pieds, le droit et le gauche…

Éclairé par les derniers rayons de soleil qui entraient par la fenêtre de la grange, Léonard de Vinci se pencha à nouveau sur les empreintes de l'homme responsable de la mort de l'évêque.

— En les mettant l'un à côté de l'autre, on constate que le gauche est beaucoup plus usé. La chaussure, beaucoup plus esquintée. Tiens, ici, sur le côté droit de la semelle… Regarde, même le talon est bien plus abîmé de ce côté-ci.

— On dirait que cet homme traînait tellement ce pied-là qu'il a fini par user le cuir plus rapidement. Comme s'il… boitait ! Notre homme boite du pied gauche !

Le garçon n'était pas peu fier de son raisonnement, comme s'il venait de remporter un prix. Léonard sourit devant un tel enthousiasme.

— Exact ! Il boite en effet, même si ce n'est que légèrement. Il traîne un pied comme s'il s'était cassé la jambe et que la fracture ne s'était jamais parfaitement ressoudée. Une chute de cheval, peut-être ? Probablement, même si j'admets qu'il ne s'agit que d'une supposition.

Puis l'inventeur se tourna vers la carte qu'il avait dessinée de l'endroit où le corps de l'ecclésiastique avait été retrouvé.

— À présent, Bencio, après nous être intéressés aux détails, intéressons-nous à la scène du crime dans son ensemble. Voyons si elle pourrait aussi nous fournir quelques informations. Regarde bien : vois-tu une différence entre les deux parcours de cette couleur et les autres ?

Tout en parlant, l'inventeur avait suivi du doigt le parcours noir du mystérieux assassin et le parcours bleu, qui indiquait les mouvements de *ser* Pardo.

— Les pas sont plus courts ?

— Tout à fait. Et si tu regardes de plus près encore, tu constateras que les pieds restent bien à plat au sol, en même temps, et plus régulièrement que ceux des individus marqués des autres couleurs. Sauf, bien sûr, ceux de *ser* Pardo, qui est, nous le savons déjà, plus âgé que les hommes présents à l'abattoir avec nous. Petits pas, recherche de l'équilibre… Ces deux caractéristiques nous indiquent qu'il s'agit donc de deux individus plus âgés que les autres. L'observation de la vie quotidienne et mes études d'anatomie m'ont appris qu'à l'approche de l'âge mûr, puis de la vieillesse, l'animal humain modifie sa démarche. Ses pas deviennent plus courts, et pour rester en équilibre, il a tendance à prolonger le laps de temps où les deux pieds sont en contact avec le sol. C'est pour cette raison que nous pouvons affirmer avec quasi-certitude qu'il s'agit d'un homme plus tout jeune. Même si le fait qu'il ait transporté le corps, certes de petite taille, de monseigneur Aldebrando jusqu'à la fosse, sans l'avoir posé une seule fois, plaide pour une personne encore robuste et en bonne condition physique. Un homme qui a pourtant largement dépassé la cinquantaine. Un soldat, peut-être. En tout cas, quelqu'un qui, par sa profession, a l'habitude de l'exercice physique.

À ce stade, un portrait du meurtrier commençait à se dessiner. Bencio pouvait presque se figurer l'homme sur la scène du crime, il le voyait, sur le trachéodrome, se déplacer le long du chemin bordant la fosse à purin, son macabre fardeau sur le dos, puis t faire demi-tour et s'enfoncer dans la nuit.

— Et le reste ? La Provence, les vêtements noirs ?

Le visage de Léonard s'illumina d'un large sourire.

— Alors là, mon garçon, j'ai triché. Rien de tout cela ne peut être déduit à partir des empreintes de pas.

— Et donc ? Maître, est-ce une simple supposition de votre part, au petit bonheur ?

L'inventeur affichait l'expression du chat qui joue avec une souris.

— Grand Dieu, non… Simplement, les empreintes de pas, les moulages, n'ont rien à voir là-dedans. Mais sur la scène du crime, vois-tu, j'ai trouvé ce bouton. Il se trouvait dans un endroit que personne d'autre n'avait foulé, à part notre criminel. Le bouton était là, par terre mais bien en surface, parfaitement propre et sec. Donc, c'est qu'il n'était pas à cet endroit avant la grosse averse. Je suis en droit d'en déduire que ce bouton provient, très probablement, d'un vêtement de notre homme.

Sur ces mots, Léonard fourra la main dans la poche de sa tunique et en sortit un fin disque noir, un peu plus petit qu'un florin.

— Quels secrets recèle ce petit objet ? s'interrogea à voix haute Léonard, avant, comme à son habitude, de fournir la réponse. La chance sourit aux audacieux, mon garçon. Et là, le sort nous a donné un sacré coup de main : il ne s'agit pas d'un bouton comme les autres. Au contraire, c'est un véritable bijou, fabriqué à la main par quelqu'un de très doué. Ce bouton est en corne, une belle corne, pas n'importe quel bout d'os. Et cette jolie fleur de lys en relief, gravée sur le devant, saute tout de suite aux yeux. J'ai d'abord pensé qu'il s'agissait du symbole de notre chère

Florence, mais en retournant le bouton, j'ai remarqué cette petite inscription estampillée au dos : « MA G-IOANNIS-SARTOR-AQ-SEXT-F-M-S-AD-MCDLXX. »

— Je ne comprends pas, maître. On dirait une langue étrangère.

— C'est du latin, Bencio, simplement du latin. Seulement, à la manière des épigraphes, cette inscription contient plusieurs abréviations. « MAG » signifie *magistro*, AQ SEXT est la ville d'Aquae Sextiae...

— Je n'ai jamais entendu ce nom.

— Il s'agit du nom romain d'Aix, capitale du duché de Provence, une belle ville du sud de la France, près d'Avignon. Mais laisse-moi terminer, si tu veux bien. Les trois lettres « FMS » correspondent à la phrase *Fecit manum suam*, « Fait de ses propres mains ». Et « AD MCDLXX » est l'année 1470. Nous pouvons donc traduire l'inscription par : « Fait de la main de maître Jean, tailleur d'Aix, en 1470. » Et ça, bien sûr, c'est la fleur de lys française. Un superbe travail. Un objet qui a dû être acheté sur place, voire fabriqué sur commande. Et qui a dû coûter une coquette somme, aussi. Le bout de fil resté attaché à ce petit trésor nous indique par ailleurs la couleur du costume porté par notre homme. Et c'est un fil de soie noire très précieuse, justement. Noire comme son âme de damné...

Troisième bolge

De la bouche de chaque trou sortaient
les pieds d'un pécheur et ses jambes
jusqu'à la cuisse ; le reste était dedans.

Les plantes des pieds étaient enflammées ;
pour cela les articulations étaient secouées si fort,
qu'elles auraient rompu cordes et liens d'osier.

Comme la flamme sur des objets huileux
monte par le bord pour envahir toute la surface ;
celle-ci allait ainsi des talons aux pointes.

Dante Alighieri, *La Divine Comédie*, chant XIX

Les cris de l'homme parvenaient étouffés aux oreilles de son tortionnaire. Et ils diminuaient en volume, comme si le prisonnier s'éteignait lentement, telle une bougie consumée. Du bord du trou creusé dans le sol, on ne voyait que ses pieds qui gigotaient encore, secoués par des tremblotements, ses orteils pâles, longs et maigres, désespérément contractés en un spasme. Les ongles étaient abîmés, sales et cassés, non coupés depuis un certain temps, presque recourbés comme des griffes. Noirs de crasse. L'assassin avait d'ailleurs été stupéfait de voir l'état de ces pieds. Ils l'avaient presque hypnotisé. Qu'un homme aussi connu dans la ville, considéré par beaucoup comme un modèle de vie et de vertu, ait des pieds aussi sales et négligés était bien étrange. Que des chaussures faites du plus beau cuir puissent dissimuler autant de crasse était tout bonnement ahurissant.

Le démon avait revêtu sa longue tunique noire. Son masque de diable était pour le moment posé à côté de lui. Il sourit, comme pour lui-même. Ce qu'il s'apprêtait à faire serait digne de cette crasse inattendue. Ce n'était que justice. L'homme aux pieds sales paierait deux fois. D'abord, parce qu'il s'agissait d'un impie, prêt à vendre ce qu'il possédait de plus sacré en échange de quelques pièces, simplement pour s'enrichir. Ensuite parce que, après des années de tromperie, de vol et de manigances, il avait réussi à se faire passer pour un saint, un homme juste, un élu du peuple, un bienfaiteur. Alors qu'en réalité ce n'était qu'un sale bonhomme dégoûtant. À l'intérieur comme à l'extérieur. Et pour cela, il allait souffrir et mourir. Mais pas encore, rien ne pressait. La touche finale, l'expiation ultime, viendrait en temps voulu.

Pas de pitié, pas d'hésitation. Préparer cette âme impure à la transformation serait long, douloureux, barbare, inhumain. Mais en fin de compte, il lui faisait un cadeau extraordinaire en permettant à son âme d'aller toquer à la porte de l'enfer avec la certitude qu'on lui ouvrirait et qu'on lui ferait une place parmi les rangs des âmes diaboliques. En le choisissant comme pécheur de la troisième bolge, en réalité il lui permettait de s'élever : au-delà des portes de la mort, il traverserait le Styx, non pas en tant qu'âme damnée, mais en tant que diable, un diable prêt à rejoindre ses semblables au cœur des ténèbres, là où ses péchés et sa perversion seraient appréciés à leur juste valeur. Quelle aubaine, quelle consécration… Il en arrivait presque à envier l'homme qui croupissait dans le trou : une fois sacrifié, il serait accueilli par le gardien d'Amon et considéré comme un égal.

Le supplice infernal enduré par sa victime durait déjà depuis plusieurs heures mais le pire restait encore à venir. Il l'avait d'abord forcé à le suivre jusqu'au lieu de torture, puis il l'avait obligé à retirer le couvercle de pierre qui dissimulait le trou, étroit et profond, tel un minuscule puits. Ensuite, après lui avoir fait boire un gobelet d'eau dans lequel il avait dilué quelques gouttes d'une potion qui lui avait fait perdre conscience, il l'avait poussé dans le trou, tête la première. À présent, satisfait, il admirait son travail : tout était parfaitement conforme au contenu des versets éternels.

Il contempla la scène un bon moment, fasciné, comme on étudie une œuvre d'art. Depuis deux heures maintenant, son prisonnier avait repris reconnaissance, la tête au fond de ce trou tout juste assez large pour ne pas le broyer dans une étreinte mortelle. Au début, l'homme avait donné des coups de pied furieux pour tenter de s'extirper du piège. Il avait bramé, supplié, demandé la pitié et le pardon pour les péchés qu'il avait commis, et même pour ceux qu'il s'était imaginé avoir commis. Puis, progressivement, ses protestations avaient diminué en intensité. Pour finir par cesser complètement. Le captif s'était apparemment évanoui : pendant quelques minutes, il était resté silencieux, inerte, de sorte que le bourreau le croyait déjà mort, étouffé dans ce minuscule espace.

Aux yeux de l'assassin au masque de démon, ne pas pouvoir achever le rituel en cas de mort prématurée de sa victime aurait été une véritable catastrophe. Tous ses efforts auraient alors été vains. Il aurait fallu choisir un nouveau pécheur pour le sacrifice, et tout recommencer à zéro. Mais soudain, sa victime se remit à se tortiller et à pousser des hurlements. Le démon esquissa un sourire, entendant dans ces gémissements le plus beau des hosannas.

Le moment était venu. Il ferma les yeux, se recueillit en se balançant d'avant en arrière, puis commença à réciter son funeste mantra :

— Pape Satàn, Asmodeus, Pape Satàn aleppe. Pape Satàn Ishtar, Pape Satàn Lucifer...

Puis il se redressa, s'empara du masque et l'enfila. Il était prêt pour le sacrifice. L'homme dans le trou semblait lui aussi avoir compris l'importance du moment : il avait subitement cessé de crier et de se débattre. Ses pieds crasseux, telles deux branches sèches d'un étrange buisson, s'étaient immobilisés. Le tortionnaire s'approcha du trou. Il tenait un grand récipient rempli d'un liquide noir et épais entre les mains. Sans cesser d'ânonner son cantique infernal, avec d'amples mouvements ritualisés, il versa le contenu du récipient sur la peau tendre de la plante des pieds de sa victime, sur ses chevilles anguleuses. Il regarda le liquide huileux dégouliner le long des mollets, l'imagina couler entre les cuisses. Puis il s'arma d'un flambeau et l'approcha des pieds, juste assez pour enflammer la poix. Dans un éclair de lumière, des flammes embrasèrent soudain les deux pieds. Et l'homme coincé dans le trou se mit à crier, crier, et crier encore… Mais le démon pensait déjà à la phase suivante. Il ne devait pas se laisser déconcentrer, il ne pouvait pas se permettre de laisser mourir le pécheur trop tôt. Il tenait à le voir souffrir, s'approcher des portes de la mort, mais il fallait l'extraire encore vivant avant d'achever le rite…

7

2 avril, sur la route d'Anchiano à Florence

Au chant du coq, maître Léonard et Bencio étaient déjà à mi-chemin entre Vinci et Florence. L'inventeur avait décidé de passer le dimanche chez lui afin de réfléchir à tête reposée aux étapes suivantes de cette singulière enquête. À présent, cependant, il n'y avait plus un instant à perdre : le corps de l'évêque Aldebrando devait être examiné avant qu'il ne se décompose. Les deux hommes s'étaient donc levés très tôt, avant le lever du jour, avaient englouti un petit déjeuner frugal que *monna* Tonia leur avait préparé, et avaient sauté sur leurs montures.

Grâce au long trajet effectué trois jours plus tôt sur le dos de Giotto, Léonard craignait moins le véloce quadrupède et se sentait plus à l'aise en selle. Aux premières heures du jour, Florence était en vue.

Avant de quitter la scène du crime, *ser* Pardo lui avait dit que le corps de l'évêque serait transporté à la morgue du Bargello et mis à sa disposition s'il jugeait utile de l'examiner dans le cadre de l'affaire. De nombreuses questions restaient encore sans réponse ou en attente d'une confirmation. La perspective de disposer d'un cadavre qu'il pourrait examiner à sa guise réjouissait l'inventeur. Mettre la main sur un cadavre n'était pas courant et la passion de Léonard pour l'anatomie était bien connue : il étudiait depuis longtemps les ouvrages du grand anatomiste français Guy de Chauliac et parcourait régulièrement les pages d'*Anathomia* de Mondino dei Luzzi. Il avait toujours été fasciné par le fonctionnement du corps humain, à tel point que, pour assister à des dissections anatomiques, il avait à plusieurs reprises fait le long voyage jusqu'à Pise, suite à la décision de Laurent de Médicis de transférer l'école de médecine florentine dans cette ville.

Les deux cavaliers franchirent la porte de San Frediano au moment où les cloches de l'église voisine d'Ognissanti sonnèrent trois heures. Dans les rues, l'activité battait son plein et Léonard dut ralentir l'allure pour éviter de renverser les piétons imprudents qui grouillaient dans le quartier de l'Oltrarno. Les gens entraient et sortaient des multiples boutiques d'orfèvres, d'artisans et de marchands de tissu installés dans les rues menant au Ponte Novo della Carraia.

— Nous y sommes.

Tout absorbé qu'il était dans ses pensées, Léonard n'avait pas décroché un mot depuis leur départ de la résidence d'Anchiano. Et Bencio, qui le connaissait bien, avait évité de lui adresser la parole. De loin en loin, le maestro pouvait se montrer franchement brusque et grossier si quelqu'un osait interrompre le processus de sa pensée complexe. Et le jeune apprenti avait appris, à ses dépens, à ne pas le déranger. Au demeurant, c'était la première fois que Bencio se rendait en ville, il était intrigué par tout ce qui se passait autour de lui et affichait une expression de fascination mêlée de confusion.

Les deux cavaliers progressèrent au pas dans les rues pavées de la ville puis longèrent le Lungarno jusqu'au pont que les gens appelaient le Ponte Novo dei Beccai.

— Maître de Vinci, d'où vient cette affreuse odeur ?

Bencio se pinçait le nez et essayait de respirer uniquement par la bouche. L'air était en effet chargé d'une terrible puanteur qui, à cet endroit précis, s'élevait des eaux du fleuve et prenait les passants à la gorge.

— Ne fais pas attention à cette puanteur, ça ne va pas durer, sourit Léonard. Tu sais, ça n'a rien de surprenant, voilà presque quarante ans que les bouchers de la ville occupent tous les commerces installés près du pont. Et les bouchers n'ont aucun scrupule à déverser dans le fleuve les restes des carcasses d'animaux transformés en rôti et autres plats.

Toujours au pas, ils bifurquèrent vers le cœur de la ville. On apercevait déjà la tour du Palagio Novo, la résidence de Sa Seigneurie Laurent de Médicis. Ils n'avaient parcouru que quelques mètres dans une ruelle lorsque le cheval de Bencio commença à montrer des signes d'agitation.

— Qu'est-ce qui se passe, maître ? s'enquit Bencio.

Giotto, lui aussi, semblait apeuré et hésitait à avancer dans la rue étroite flanquée des hauts murs du palais des Médicis.

— Mieux vaut mettre pied à terre… Nos amis pourraient être gênés.

Cet énième mystère pour le jeune apprenti ne semblait avoir aucun secret pour Léonard. Non sans difficulté, le maître descendit gauchement de Giotto et continua à pied.

— Mon cher Bencio, prépare-toi à voir quelque chose de tout à fait extraordinaire.

Confirmant ses paroles, un long rugissement leur parvint d'un coin de la ruelle. Suivi d'une réponse en chœur de cris de bêtes, de halètements et de feulements. Le fidèle assistant de Léonard se crut un instant arrivé devant les portes de l'enfer.

— N'aie crainte, mon garçon, les bêtes qui nous accueillent de ces cris sont bien gardées…

Un peu plus loin, la rue s'élargissait et débouchait sur une petite place. Là, un attroupement de badauds se pressait sous un auvent. C'était précisément de cet endroit que provenaient le charivari et les rugissements. Sous la structure adossée au Palagio Novo on apercevait plusieurs cages aux solides barreaux. Et à l'intérieur, des animaux à l'air féroce s'agitaient nerveusement.

— Des lions, Bencio. Ce sont des lions. Et celui-là, là-bas, avec le pelage roux strié de noir, c'est un tigre qui a été offert à Sa Seigneurie par le sultan de Constantinople : il vient des lointaines forêts des Indes.

Les deux hommes étaient arrivés à hauteur de l'enceinte abritant quantité d'animaux exotiques. Des lions, des tigres, et même un grand nombre de serpents venimeux, arrivés à Florence depuis les régions les plus éloignées du monde, offerts aux Médicis par quelque souverain ou ambassadeur. Cette tradition remontait à plusieurs siècles : à Florence, on élevait toutes sortes de bêtes sauvages, vouées à devenir des bêtes de foire tout en incarnant le pouvoir et le prestige florentin. Parmi ces animaux on comptait notamment des *marzocchi*, de robustes lions africains, tellement appréciés qu'ils étaient devenus le symbole de la ville.

— Dommage que nous n'ayons pas le temps de nous arrêter et d'observer ces belles créatures, mais le temps nous est compté. Et le corps de Son Éminence l'évêque Aldebrando nous attend pour nous fournir des réponses.

Ils arrivèrent enfin à destination. L'architecture massive et menaçante du Bargello plongeait la ruelle dans l'ombre. Au bas des marches menant à l'entrée, les deux voyageurs furent accueillis par le géant moustachu qui les avait conduits, deux jours plus tôt, d'Anchiano aux abattoirs.

— Maître Léonard, je vous attendais, dit-il en tendant la main pour se présenter enfin. *Ser* Pardo m'a demandé de me mettre à votre entière disposition. Mon nom est Lapo Caperna, je suis le chef de l'*Otto di Guardia e Balìa*. N'hésitez pas à vous adresser à moi pour toute demande.

— Vous remercierez le sieur Pardo pour une telle attention. Je souhaiterais examiner le corps de l'évêque et je vais avoir besoin d'un grand seau d'eau tiède, de plusieurs bocaux en verre propres, de quelques chiffons, et c'est tout. J'ai apporté tout ce dont j'ai besoin par ailleurs.

D'un geste du bras, il fit signe au fidèle Bencio de descendre de cheval et de décharger les deux sacs attachés à la selle.

— Laissez-le passer !

À quelques mètres des marches montant à l'entrée principale, une petite porte en bois brut s'ouvrait sur un sous-sol en contrebas. À l'intérieur, l'odeur nauséabonde de la mort retournait l'estomac. Mais Léonard sembla à peine remarquer la puanteur et s'engouffra avec impatience dans le petit escalier menant au niveau inférieur. Le garde lui non plus ne semblait pas spécialement incommodé, du moins en apparence, par l'odeur insoutenable. Bencio, quant à lui, se couvrit le nez avec les mains et s'efforça de respirer par la bouche, mais l'odeur de la chair en décomposition était prégnante. Il dut se faire violence pour suivre l'inventeur dans les marches étroites, éclairées par une unique torche fixée au mur.

— Par ici ! leur lança le géant à moustache en se dirigeant vers une deuxième porte.

Derrière, dans la pièce, l'odeur était encore plus fétide et l'obscurité, presque totale, rompue seulement par quelques faisceaux de lumière encadrant deux petites fenêtres, obstruées par de lourds rideaux sombres empêchant quiconque de regarder à l'intérieur. Ils se trouvaient à la morgue, l'endroit où étaient entreposés les corps des prisonniers qui périssaient dans les donjons du palais et ceux des condamnés ayant été exécutés. Sans oublier, plus généralement, les cadavres de tous ceux qui avaient eu le malheur de perdre la vie dans des circonstances suspectes, ou qui rendaient l'âme dans un lieu public. Les corps étaient amenés ici en attendant d'être remis à leur famille ou à la vénérable confrérie de la Miséricorde, puis enterrés. Le chef de la milice de l'*Otto* alluma une petite lampe et se dirigea d'un pas assuré vers le fond de la pièce, où les attendait le cadavre de l'évêque Aldebrando. Dans la lueur chancelante de la lampe, le visage de la victime, grossièrement rincé par l'eau jetée par *ser* Pardo, formait une tache blanchâtre dans l'obscurité. Le reste du corps était recouvert d'une croûte noirâtre et malodorante. Le cadavre de l'évêque gisait sur une petite table en marbre.

— J'ai besoin de lumière, de beaucoup plus de lumière, déclara Léonard.

Sans hésiter, le maestro tira d'un coup sec sur les épais rideaux noirs protégeant les fenêtres et la lumière du soleil envahit subitement les moindres recoins de la pièce. Les ombres et les ténèbres disparurent en un éclair, révélant le contenu macabre de la morgue. Deux autres corps sans vie avaient été disposés l'un à côté de l'autre sur une sorte d'étagère adossée aux murs de la pièce nue, et recouverts de vieux tissus miséreux, tachés et élimés. Bencio, perturbé et fasciné à la fois, semblait incapable de détacher son regard des corps inanimés qui se trouvaient devant lui.

— Qui sont ces malheureux ?

— Celui-là, c'est le corps d'un homme qui a été repêché hier dans l'Arno. Malheureusement, il devait être dans le fleuve depuis plusieurs jours, il est bien amoché. Par l'eau, d'abord, mais aussi à cause des poissons, qui avaient commencé à s'y attaquer. On ne sait pas encore de qui il s'agit, mais ses traits physiques correspondent à ceux d'un vieil ivrogne qui avait l'habitude de trouver refuge, la nuit, dans une cabane au bord de l'eau. Et d'après ses compagnons de beuverie, il avait disparu…

Le soldat découvrit alors le cadavre d'un homme rondouillard, d'un âge indéterminé. Le corps était gonflé à cause de son séjour prolongé dans l'eau. Les morsures des poissons et des rats, ainsi que les chocs contre les pierres et les piliers des ponts, l'avaient passablement endommagé. Vu l'inclinaison de la tête, qui n'avait rien de naturel, de toute évidence le cou avait été brisé. Il ne portait plus que ce qui ressemblait à un tricot rouge en lambeaux couvrant partiellement le haut de son corps. Et rien d'autre. Ensuite, Lapo Caperna s'approcha du deuxième cadavre.

— Le corps de cette jeune fille, en revanche, a été retrouvé au lavoir de Stinche. Vu l'état du cadavre, elle est morte depuis plusieurs jours, c'est certain. Dieu nous en préserve, mais nous craignons que ce soit Mlle Lucrezia della Torre, la fille de *messer* Orso, conseiller de Sa Seigneurie. Sa fille a disparu le jour de l'An, en rentrant de l'église. Sa dame de compagnie, *monna* Bernarda Bui, a été retrouvée morte elle aussi, la tête fracassée, et depuis, malgré les recherches, il n'y a aucune trace de sa jeune maîtresse. Dans sa folie meurtrière, l'assassin a laissé le visage intact, et bien que les chairs aient déjà commencé à se décomposer, la ressemblance avec la malheureuse Lucrèce ne laisse guère de doute. *Ser* Pardo est allé chercher le père, ils vont venir ici pour l'identifier, comme ça, il n'y aura plus le moindre doute... D'ailleurs, nous vous serions reconnaissants si vous pouviez jeter un coup d'œil à cette jeune femme. Vous serez peut-être capable de trouver des indices qui nous permettraient de mettre la main sur le coupable.

Le moustachu retira délicatement le drap souillé, dévoilant le visage tuméfié et bleui par la mort d'une jeune fille.

— Qui que soit cette pauvre créature, sa mort n'a été ni rapide ni paisible. Celui qui l'a tuée s'est déchaîné sur elle comme une bête. Ça fait des années que je fais ce travail et je n'ai jamais rien vu de pareil : à part le visage, il l'a littéralement écorchée vive. C'est pour ça que *ser* Pardo aimerait bien que vous examiniez le corps, pour comprendre ce qui lui est arrivé. Avant de le remettre à la famille et de lui ôter tout espoir...

La journée de Léonard allait être longue. Il avait beaucoup de questions à poser à ces pauvres morts et espérait qu'ils lui fourniraient quelques réponses.

8

Léonard était satisfait. L'évêque lui avait apporté de nombreuses réponses. Peut-être pas toutes définitives, et qui ne lui permettaient pas de répondre à la question la plus importante, car il ne connaissait toujours pas le nom du meurtrier, mais l'évêque avait ajouté quantité de pièces à la mosaïque qui commençait à se dessiner.

Ce n'était pas la première fois que Léonard disséquait un corps, mais jusqu'à ce jour, il s'était toujours agi d'expériences à visée pédagogique, destinées à assouvir sa soif de connaissance, son envie d'étudier le corps humain et son fonctionnement. Cette fois, c'était différent, le corps d'Aldebrando da Siena était là pour lui révéler ses secrets. Et maître Léonard était déterminé à ne rien laisser passer. Pas le moindre indice. L'une des questions les plus cruciales concernait la façon dont le pauvre évêque avait été assassiné, mais en même temps, l'inventeur était convaincu qu'en l'observant avec minutie, il pourrait découvrir un tas d'autres petits indices tout aussi précieux. Et c'est effectivement ce qui se passa.

Après avoir retiré le vieux tissu élimé qui recouvrait le corps, Léonard fit une première évaluation de l'aspect extérieur du corps. L'odeur qui en émanait était immonde, un mélange de purin et de mort qui rendait l'atmosphère de la morgue irrespirable. Au point que Bencio fut obligé de sortir de la pièce dans la précipitation, secoué par des convulsions. Ce n'est que quelques minutes plus tard, une boule de coton imbibée d'essence parfumée enfoncée dans chaque narine, que l'assistant parvint à retourner auprès de son maître pour l'aider à autopsier le corps. Léonard, quant à lui, ne semblait même pas sentir cette puanteur, entièrement absorbé qu'il était par sa besogne. Le chef de la garde, peut-être habitué aux remugles des corps en décomposition après des années passées sur les champs de bataille, ne semblait lui non plus pas spécialement dérangé par l'odeur pestilentielle.

Les yeux du cadavre étaient grands ouverts ; la bouche, comme figée dans un ultime cri de désespoir. Le soldat s'empara d'un grand seau d'eau sous la table de marbre et s'apprêta à le jeter sur le corps, mais Léonard l'arrêta dans son élan.

— Arrêtez, mon ami, la hâte est souvent mauvaise conseillère, dit-il en posant une main sur le bras du chef. Laissez-moi d'abord examiner le corps, puis nous aurons tout le temps de le laver.

Il se pencha sur le corps et commença à l'observer de près, prenant soin de ne pas le toucher pour ne pas laisser de traces susceptibles de l'induire en erreur par la suite.

— Bencio, passe-moi la loupe.

Pendant dix bonnes minutes, Léonard passa le corps en revue, loupe collée à l'œil. Mais sans que rien ne retienne son attention. Comme s'il craignait de blesser ce corps sans vie, l'inventeur essaya de déplier les doigts d'une main avec une précaution. Il n'y eut guère de résistance. La rigidité cadavérique avait maintenant complètement quitté ces pauvres membres ratatinés. D'après ce que Léonard avait retenu de ses études préalables, cela signifiait que plus de deux jours s'étaient écoulés depuis la mort d'Aldebrando. Mais ça, il le savait déjà.

Il regarda ensuite le corps dans son ensemble. Comme il l'avait constaté lors de la découverte du cadavre à l'abattoir, les mains et les pieds étaient attachés. D'ailleurs les liens étaient tellement serrés qu'autour des poignets et des chevilles le dépôt accumulé était encore plus noir que sur le reste du corps, et mêlé de sang, signe que ces blessures remontaient avant la mort.

— Si le sang coule, mon cher Bencio, c'est que le corps est encore vivant... Une hémorragie abondante aux endroits où les bras et les jambes ont été attachés signifie que cet homme est resté en vie pendant un certain temps avec les membres immobilisés. Et qu'il s'est débattu.

Sur la poitrine du défunt, Léonard remarqua une blessure profonde. Là, le sang avait jailli abondamment et avait coagulé avec du purin, formant une épaisse croûte brunâtre. Léonard voulut examiner la blessure de plus près mais il était impossible d'en distinguer la forme ou la profondeur sans retirer toute cette fange au préalable. Il décida de remettre à plus tard cette partie de son autopsie.

Puis il s'intéressa aux liens sur les pieds et les mains.

— Donne-moi la pince et une lame bien tranchante... la lancette.

Il saisit la corde nouée autour des poignets et la coupa d'un coup sec, en faisant bien attention de ne pas toucher aux nœuds. Il répéta l'opération avec la corde autour des chevilles. Puis il s'avança vers la fenêtre pour capter le plus de lumière possible et observa les liens. On aurait dit deux bouts d'une même corde, faits du même matériau. Et ce n'était pas du simple chanvre tissé, oh non : la corde était fine, probablement faite de brins de laine de bonne qualité, résistants. Il scruta longuement les extrémités des brins à la loupe, puis tendit les deux bouts de corde en les tenant par les deux extrémités. En tout, elle faisait environ deux bras de long : la partie utilisée pour lier les pieds était plus longue que celle qui avait servi sur les poignets de la victime. Et plus Léonard l'observait, plus il était convaincu qu'il ne s'agissait pas d'une corde ordinaire.

— Passe-moi cette bassine d'eau, dit-il en désignant du doigt un petit récipient blanc en émail.

Il rinça soigneusement les cordes puis retourna les étudier près d'une fenêtre. Dans la lumière du soleil, bien que tachées de sang, les cordes étaient devenues blanches.

— Intéressant, très intéressant.

Derrière lui, le soldat Caperna observait la scène avec curiosité.

— Vous voyez, ici ? lui montra Léonard en brandissant les deux extrémités. Ici, et là, ç'a été coupé. On voit clairement les fils de laine effilochés. Alors que de l'autre côté, les extrémités sont…

— Plombées ? dit le soldat en le devançant.

— Exact. Tenez, prenez la loupe et regardez. Regarde, toi aussi, Bencio. C'est un travail d'orfèvre : ils ont utilisé un très bon fil de coton blanc au bout de la corde pour qu'elle ne s'effiloche pas, développa Léonard avant de se saisir du lien le plus long, celui utilisé pour lier les chevilles de l'évêque Aldebrando. Et regardez ici, il y a quatre nœuds. Celui-ci sert à nouer la corde, mais les trois autres sont identiques en tous points. Et ce sont des nœuds très particuliers…

Bencio colla son nez à la corde : elle présentait en effet trois nœuds, espacés d'une largeur de paume.

— Foi, espérance et charité, déclara Lapo Caperna en rompant le premier le silence. C'est un cordon, un cordon antonien. Ils l'ont ligoté avec un cordon que les moines utilisent sur leurs scapulaires. Ces trois nœuds représentent les trois vertus théologales de la vie monastique…

Durant les heures qui suivirent, ils découvrirent de nouveaux indices. Lorsque Léonard acheva la dissection du corps d'Aldebrando da Siena, il avait appris beaucoup de choses. Par exemple, que l'homme était déjà mort lorsqu'il avait été jeté dans la fosse à purin. Ses voies respiratoires étaient dégagées, ce qui signifiait qu'il ne respirait plus au moment où il avait été immergé dans la fange. Une autopsie approfondie ne serait pas nécessaire pour déterminer la cause du décès. Il suffisait de débarrasser le corps de l'infâme croûte qui l'enveloppait comme une cosse pour constater la présence d'une plaie béante sur le torse de l'évêque.

— Allez Bencio, sois courageux et aide-moi à maintenir écartés les bords de cette entaille.

Lorsque Léonard plongea la main dans la poitrine du cadavre, il sut que ses soupçons se transformaient en réalité macabre.

— Le cœur n'est plus là ! Et en voyant l'état des artères et des veines qui le reliaient au corps, on peut affirmer sans l'ombre d'un doute que quelqu'un lui a littéralement arraché le cœur. Et vu la quantité de sang dans la blessure, malheureusement, ce pauvre homme était encore en vie quand c'est arrivé… *Signor* Caperna, envoyez immédiatement quelqu'un vider la fosse à purin ! Et fouiller les abattoirs de fond en comble. Il faut savoir si le meurtrier a jeté son sinistre trophée à l'endroit où nous avons retrouvé le corps. Ou alors…

Léonard marqua une pause, comme s'il remontait le fil de ses pensées. Enfin, il reprit là où il s'était arrêté.

— … Ou alors il a emporté le cœur d'Aldebrando.

Quatrième bolge

J'étais déjà tout disposé
à regarder le fond à découvert,
baigné par des pleurs d'angoisse ;

et je vis par le cercle de la vallée
venir des gens, en silence et en pleurs, marchant
du pas des processions en ce monde.

Comme mon regard se baissait sur eux,
chacun m'apparut tordu de manière extraordinaire
entre le menton et le haut du buste,

car leur visage était tourné vers les reins,
et ils devaient marcher à reculons,
empêchés qu'ils étaient de regarder devant.

Dante Alighieri, *La Divine Comédie*, chant XX

— Maudit, sois maudit, double traître.

L'homme se libéra du lourd fardeau qu'il portait sur les épaules. Il avait beau n'avoir fait que quelques pas, le poids de ce corps l'avait épuisé. Il s'efforça de ralentir sa respiration et les battements de son cœur, qui s'emballait sous l'effet de l'effort et de la fatigue. Il prit soin de le hisser sur la balustrade sans le déséquilibrer, puis le poussa en arrière, et le corps disparut dans l'obscurité de la nuit. Il entendit distinctement le bruit du cadavre tomber dans l'eau. Puis, le silence… Il fallait faire vite. Ne pas rester à découvert. Et si l'obscurité lui offrait la protection dont il avait besoin pour passer inaperçu, l'idée d'être remarqué par quelqu'un l'inquiétait. Et puis, malgré l'heure tardive, on risquait toujours de croiser quelqu'un rentrant chez lui après avoir passé la soirée dans une taverne ou un lupanar du centre de Florence.

Débarrassé de son fardeau, il sentait à présent le sang de sa victime couler dans son dos. Il était chaud, tout à l'heure, mais le vent qui soufflait sur le fleuve cette nuit-là l'avait rendu glacial. Il était littéralement trempé de sang, mais grâce à ses vêtements noirs, on ne remarquait rien. Son regard furetait de tous les côtés. Sous ses pieds, le fleuve coulait paisiblement et devant, la rue était déserte. On n'entendait aucun bruit, hormis celui de l'eau. Voilà, une fois encore, il s'était acquitté de sa mission. Et tout s'était déroulé selon le rituel prévu. Il n'en était pas moins contrarié pour autant. Il ne s'était pas encore remis de la surprise qu'il avait eue juste avant, lorsqu'il avait pénétré dans le logement du Lungarno, à quelques pas du pont de la Santa Trinità, là où ce pécheur menait son existence sordide. Un être répugnant et abject. Un bouffon immonde.

Ouvrir la serrure de la porte de la demeure du pécheur de la quatrième bolge avait été un jeu d'enfant. Une fois à l'intérieur, il avait attendu un bon moment, caché derrière un épais rideau de velours rouge. Lorsque le quidam avait fini par rentrer, il l'avait longuement guetté, d'abord intrigué, puis de plus en plus horrifié et dégoûté. Il l'avait vu se débarrasser de ses vêtements et de ses oripeaux, exhiber sa vraie nature. La stupeur lui avait tiré un petit cri qui aurait pu révéler sa présence. Et ce n'est qu'en répétant en boucle dans sa tête ses sombres prières qu'il avait réussi à reprendre ses esprits et maîtriser son haut-le-cœur.

Comment avait-il pu tromper son monde pendant si longtemps ? Il regrettait déjà que cette abomination ne puisse être punie qu'une fois. Lorsqu'il était arrivé derrière lui, à pas de loup, aussi silencieux qu'un serpent, il avait senti monter la nausée à l'idée de le toucher. Mais il avait une mission à accomplir. Et il avait minutieusement choisi sa victime. Désormais, il ne pouvait plus reculer. Satan était avec lui.

Dans la chambre à coucher, l'homme se tenait devant un grand miroir à l'imposant cadre sculpté de créatures mythologiques, d'étoiles et de planètes. Le monstre de dépravation, nu, semblait en admiration devant son corps gras, grotesque. Le meurtrier s'était déplacé prudemment, sans faire de bruit, mais quelque chose avait signalé sa présence : le pécheur l'avait probablement aperçu dans le reflet alors qu'il s'approchait, par-derrière, dans la pénombre. Et il avait vu son expression de curiosité se transformer en pure terreur en voyant le masque de démon qu'il portait. L'homme avait essayé de se retourner, de se défendre. Mais il n'avait pas été assez rapide. Il était flasque, mou. En un instant, il s'était jeté sur lui et lui avait emprisonné la tête dans ses bras – une technique qu'il avait apprise sur les champs de bataille. Il lui avait tordu le cou d'un mouvement sec. Le pécheur n'avait même pas eu le temps de pousser un cri de terreur. Le bruit d'un os qui se brise avait résonné dans la pièce silencieuse. Le grand corps s'était alors agité de spasmes puis s'était affaissé au sol en libérant une flaque d'urine. Il avait brièvement croisé le regard de cette créature hideuse et fourbe qui méritait vraiment de mourir. Puis il avait sorti sa dague du fourreau attaché à sa ceinture. Heureusement, l'homme n'était pas encore mort lorsqu'il avait commencé à s'acharner sur lui avec sa lame.

9

Florence, morgue du Bargello

Durant cette étrange journée, une deuxième surprise de taille attendait Léonard lorsqu'il examina le corps de la jeune femme.

Au début, l'inventeur estimait que disséquer le corps de la jeune femme assassinée serait une perte de temps, un examen sans intérêt pour l'enquête concernant la mort d'Aldebrando da Siena. Mais il ne souhaitait pas contrarier *ser* Pardo, de sorte qu'une fois l'autopsie du corps de l'évêque achevée, il jeta un rapide coup d'œil au cadavre torturé de la jeune femme. Et très vite, à cause de la manière inhabituelle dont elle avait été tuée, de l'extraordinaire férocité démontrée par son tortionnaire, et à cause de ce qu'il découvrit lors d'une première observation sommaire, le *maestro* ne tarda pas à être convaincu qu'un examen plus approfondi allait s'avérer nécessaire.

La jeune femme avait été frappée avec une violence inouïe, sauvage, à l'aide d'un fouet ou d'une verge, et avait fini écorchée vive. Mais, chose incroyable vu l'état dans lequel son meurtrier l'avait laissée, elle n'avait pas succombé aux blessures qui sillonnaient presque tout son jeune corps. Elle était morte parce que le meurtrier lui avait arraché le cœur. Comme Aldebrando. Le crime s'était déroulé exactement de la même façon. Et l'entaille dans la poitrine était si semblable sur les deux corps que cela excluait, *a priori*, toute hypothèse liée au hasard.

Mais en quoi ces deux homicides pouvaient-ils bien être liés l'un à l'autre ?

Léonard n'avait jamais vu un tel déchaînement de violence de sa vie. Il désigna la plaie sur la poitrine de la jeune fille, juste sous le sein gauche, là où le meurtrier avait enfoncé la main pour lui arracher le cœur.

— Un seul et unique coup de couteau... Net, asséné par quelqu'un qui connaît bien le corps humain et a l'habitude de manier une arme blanche. Pas forcément un chirurgien, peut-être un soldat. Ou un bûcheron. Ou simplement un chasseur habitué à dépecer ses proies.

C'était un travail soigné. L'incision, profonde, témoignait d'un geste précis. Malgré la beauté de la jeune femme, il ne s'agissait donc pas d'un crime passionnel, mais froid, prémédité et exécuté à la perfection. L'homme qui avait mutilé ce pauvre corps n'avait pas choisi sa victime au hasard. Il n'avait pas non plus agi sous l'impulsion d'un moment de folie.

Le chef de la milice se pencha pour mieux voir.

— Il a utilisé un couteau parfaitement aiguisé. Après, il a écarté les côtes et enfoncé la main. Il a pris le cœur qui battait encore à pleines mains et l'a arraché d'un coup sec.

Comme pour l'évêque, dans le cas de cette malheureuse, le trophée macabre du tortionnaire avait disparu. Léonard n'avait plus besoin d'attendre le rapport des hommes partis fouiller les abattoirs à la recherche du cœur d'Aldebrando : déjà il savait qu'ils ne trouveraient rien. Sans connaître la raison qui poussait ce monstre à arracher le cœur de ses victimes, Léonard se doutait qu'il s'agissait là d'un acte fondamental au sein d'un rituel très élaboré de mise à mort. Mais parviendrait-il à décrypter les différents éléments qui s'assemblaient lentement pour former une seule et même mosaïque de sang, de folie et d'horreur ?

— Bencio, apporte-moi la bassine et les chiffons. On va essayer de nettoyer toutes ces blessures pour découvrir ce qui les a causées.

Le corps était recouvert d'une épaisse couche de sang presque uniformément coagulé. Il fallut un bon moment pour réussir à l'en débarrasser. Et c'est à nouveau Lapo Caperna qui parla en premier.

— Je connais ce genre de lacérations. C'est l'œuvre d'un martinet, un genre de fouet.

Bencio l'interrogea du regard. L'expression du soldat était celle de quelqu'un frappé de désolation, comme si le spectacle du corps déchiqueté le touchait personnellement.

— Jadis, moi aussi j'ai eu droit à la caresse du chat à neuf queues.

À ces mots, l'homme commença à déboutonner son pourpoint bleu paré, sur les manches, des trois frises rouges indiquant son rang. Il le retira, se retourna et remonta le bas de sa chemise blanche en coton grossier. Son dos était couvert de cicatrices. Et les marques semblaient courir jusqu'aux flancs, là où le fouet avait atteint la peau plus tendre de la poitrine.

— Vingt coups, pour avoir été pris la main dans le sac à voler du vin dans la cave du commandant… Je ne sais toujours pas s'il m'a fait fouetter parce que j'étais soûl en service ou parce que j'avais pillé sa réserve personnelle de morellino. À partir de ce moment-là, je peux vous dire que j'ai filé doux.

Puis son regard se posa sur le corps de la jeune fille.

— Mais là, poursuivit-il, allez savoir combien de coups de fouet elle a reçus, elle. Pauvre gamine. Moi, après vingt coups, je me suis évanoui et j'ai dû rester à plat ventre pendant une semaine. Ce fou furieux lui en a bien asséné une centaine de fois, au bas mot.

Léonard se pencha à son tour sur le cadavre, loupe à la main.

— Bencio, passe-moi la pince à bec…

Il se saisit de l'instrument de sa propre invention – une sorte de longue pince à la pointe incurvée et légèrement aplatie, idéale pour attraper avec précision quelque chose de minuscule. D'un geste d'une grande douceur, il préleva un petit objet pointu logé dans la chair déchiquetée du dos.

— Tiens, tiens… Qu'est-ce que c'est que ça ? On dirait à un éclat de bois, une écharde.

— Plutôt de l'os, observa judicieusement Lapo Caperna. Probablement de l'os de mouton. On en attache souvent des petits bouts pointus à l'extrémité des neuf lanières du fouet, pour les alourdir et les rendre plus coupantes. Donc plus fatales. Les os les plus longs des moutons, notamment ceux des pattes, sont particulièrement bien adaptés à ce genre d'emploi parce qu'ils se brisent facilement en petits fragments pointus. Et ils déchirent la peau en profondeur. Messieurs, si vous voulez mon avis, celui qui a fait ça voulait vraiment lui faire expier tous ses péchés.

La jeune femme était vraiment magnifique : celui qui l'avait tuée, dans sa folie meurtrière, n'avait épargné que son visage.

— Vous avez raison, dit Léonard. La mort de cette malheureuse a été lente et douloureuse…

Il observa les grands yeux bleus désormais sans vie et le visage encore intact quoique déjà altéré par les symptômes évidents de la décomposition. Puis, d'un geste de la main d'une grande humanité, il ferma les paupières de la victime.

— Savoir ce qui a déclenché une telle fureur nous aiderait à découvrir qui est cet « Arrache-Cœur ». Une telle violence, si elle est forcément le fruit d'un esprit malade, doit aussi avoir de profondes racines.

Le soldat eut un sourire amer.

— L'Arrache-Cœur ? Voilà qui sied parfaitement à ce monstre...

À présent, Bencio avait fait de son mieux pour débarrasser le corps de la couche de sang séché.

— Comme elle est belle... Ce monstre n'avait-il donc aucune pitié ?

D'un geste las, le garçon laissa tomber le tissu souillé dans la bassine, où l'eau prit une teinte cramoisie. Léonard, lui aussi, était perdu dans ses pensées. Qu'est-ce que l'évêque de Sienne avait en commun avec cette pauvre fille encore non identifiée ? Qui était le monstre qui rôdait dans Florence pour massacrer ses victimes et leur arracher le cœur de la poitrine ? Et pourquoi l'assassin avait-il attaché Aldebrando avec une ceinture de moine ? Avait-il voulu laisser un message derrière lui ou s'agissait-il simplement de la première chose que l'Arrache-Cœur avait à portée de main à ce moment-là ?

Le bruit de quelqu'un qui frappe à la porte vint interrompre ses réflexions.

— Vite, Bencio, recouvre ces corps, ils méritent un peu de dignité. Et vous, ser Caperna, allez voir qui vient nous déranger...

Le soldat alla ouvrir et sortit de la pièce, pour revenir aussitôt, suivi de *ser* Pardo et d'un homme d'une quarantaine ou d'une cinquantaine d'années, vêtu d'un costume élégant, le visage pâle presque entièrement recouvert d'une épaisse barbe noire rehaussée de quelques poils blancs sur les pommettes. Ses yeux étaient cerclés d'un halo sombre, creux. *Voilà la mine de quelqu'un n'a pas dormi depuis plusieurs jours*, songea Léonard. C'est *ser* Pardo qui rompit en premier le silence de la morgue.

— Maître Léonard, veuillez m'excuser d'interrompre vos investigations, mais je tenais à accompagner mon vieil ami, le *signor* Alfonso Orso della Torre. Il faut lui rendre le corps de sa fille pour qu'il puisse lui donner une sépulture digne de ce nom. Et je ne pouvais pas lui demander d'attendre plus longtemps. Nous voulions savoir si vous avez découvert quelque chose qui puisse nous mettre sur la piste de l'assassin.

Léonard n'avait pas d'enfant mais il imaginait très bien ce que le pauvre homme devait ressentir.

— Vous pouvez entrer, si vous vous sentez d'attaque...

— J'aimerais la voir, si c'est possible... Laissez-moi la voir une dernière fois.

D'un geste de la main, l'inventeur fit signe au père de s'approcher de la table de marbre. Puis, doucement, il souleva la partie supérieure du tissu pour ne laisser apparaître que le visage de la jeune fille morte.

— Seigneur Dieu... Lucrezia, ma petite...

Les jambes du pauvre homme se dérobèrent sous le coup de la douleur. Il se serait certainement effondré, terrassé par l'émotion, si le soldat ne l'avait pas soutenu. *Ser* Pardo posa une main sur l'épaule de son ami.

— Orso, je sais que cela ne sera qu'un maigre réconfort, mais je vous promets que nous allons retrouver le meurtrier de Lucrezia, et vous serez au premier rang lorsque le bourreau l'écartèlera. Je vous le promets. À présent, laissez-moi appeler ma chaise à porteurs personnelle, on va vous ramener chez vous. Vous n'êtes pas en état de monter à cheval.

Le père de la jeune victime se laissa conduire à la porte sans opposer de résistance, les épaules voûtées, écrasé par un fardeau visiblement trop lourd pour lui. Mais avant de partir, il se retourna une dernière fois.

— Maître de Vinci, dites-moi au moins si ma fille a souffert...

Non, la mort a été immédiate, mentit piteusement Léonard. Elle ne s'est probablement rendu compte de rien.

— L'a-t-il violée ? Dites-moi la vérité, l'exhorta le père, affligé, d'une voix d'outre-tombe.

— Non, elle est intacte. Elle est encore vierge. Il n'a pas abusé d'elle…

L'homme se redressa, fit un pas vers l'inventeur et le regarda droit dans les yeux.

— Vous allez l'attraper, n'est-ce pas ?

C'était la deuxième fois en quelques jours que l'on posait cette question à Léonard de Vinci. Si les paroles de *ser* Pardo à l'abattoir, devant le corps de l'évêque Aldebrando, avaient sonné comme un ordre, ceux du sieur Orso ressemblaient à une supplication. À nouveau, les mots qui franchirent les lèvres de Léonard, s'exprimant alors d'un filet de voix, constituaient la seule réponse envisageable.

— Oui, je l'attraperai. En tout cas, je vais m'y employer, de toutes mes forces…

10

3 avril, Anchiano, près de Vinci,
résidence de Léonard de Vinci

Après sa rencontre éprouvante avec le sieur Orso et *messer* Pardo, Léonard passa le reste de la journée à étudier les résultats des examens des corps de l'évêque Aldebrando et de la malheureuse Lucrezia. S'il ne faisait aucun doute qu'une seule et même main était derrière ces crimes, l'inventeur ne voyait vraiment pas ce que les deux victimes avaient en commun. Un distingué prélat de l'Église de Rome et une jeune fille de bonne famille… On leur avait arraché le cœur de la poitrine dans un acte d'une violence presque inhumaine. Léonard avait posé les dessins des corps mutilés réalisés à la morgue, ainsi qu'une liste des nouveaux éléments, sur un chevalet où trônait également le portrait en cours du coupable. Mais il se sentait en proie à l'angoisse et à l'horreur. Derrière son apparente force de caractère se cachait une âme sensible. C'était un artiste, pas un guerrier. Et se retrouver confronté à tout ce sang, cette barbarie, cette mort, l'avait profondément perturbé.

La veille, après avoir examiné les deux cadavres, il avait quitté le Bargello à l'heure des vêpres et était rentré à Anchiano tard, ivre de sommeil. Il avait trouvé un prétexte et demandé à Bencio de rester à Florence : il ressentait le besoin d'être seul. Le trajet dans l'obscurité de la nuit avait été rempli de tourments. Léonard avait besoin de chasser de son esprit tous les fantômes de la folie de la journée. Enfin, en montant la dernière côte vers Anchiano, il s'était laissé aller à pleurer.

La nuit fut agitée. Assailli de visions terribles et de cauchemars, Léonard goûta difficilement au plaisir du sommeil, de l'oubli.

Au matin, il sortit du lit très tôt. Le soleil n'était pas encore levé que déjà il triait ses notes sur le grand bureau de son atelier. Et il travailla sans interruption toute la journée durant. Grâce à un examen de la profondeur des plaies laissées par le fouet, de l'inclinaison des marques, et à de savants calculs, il comprit que les coups avaient été portés avec dextérité et précision, par quelqu'un qui n'utilisait certainement pas un fouet pour la première fois. L'angle des lacérations avait également révélé que l'homme était droitier et de taille moyenne. Une fois ces informations recueillies, Léonard ne voyait pas ce qu'il pouvait faire de plus.

À l'heure du coucher du soleil, l'inventeur était en proie à un mal de tête foudroyant et à une grande confusion. Il se sentait impuissant face à tant d'horreur. Peut-être avait-il eu tort d'accepter la mission de *ser* Pardo. Il aurait mieux fait de lui dire qu'il ne se sentait pas à la hauteur, que cela dépassait ses compétences… que la traque aux assassins n'était pas son métier.

Il n'avait même pas faim et ignora les appels de *monna* Tonia. Il fila à la grange où, dans un coin dégagé d'outils, de maquettes et d'objets en tout genre, il s'était aménagé un espace pour dormir avec une paillasse, une bonne couverture chaude, une cruche et une bassine remplies d'eau fraîche et propre. Non loin, Bencio, revenu de Florence, dormait encore. Léonard passa une main sur les cheveux bouclés de son assistant : on aurait cru un ange descendu du ciel. Une fois la lumière éteinte, l'esprit de Léonard, tout comme la nuit précédente, passa à nouveau en revue l'ensemble des informations rassemblées ces derniers jours. Il fit mentalement l'inventaire de ce qu'il savait à présent : l'Arrache-Cœur était un homme d'un certain âge, aisé et de bonne famille. Un cavalier qui portait des bottes de cheval de qualité. Léonard savait également qu'il boitait légèrement, qu'il était de taille moyenne, bien proportionné et en bonne forme, plus costaud que son apparence pourrait le laisser croire puisqu'il avait transporté le corps de l'évêque sur son dos sur une bonne distance. Il savait aussi que le criminel s'habillait en noir, portait des vêtements coûteux, achetés dans le sud de la France, non loin d'Aix-en-Provence. Et que c'était probablement un proche de l'Église étant donné qu'il avait attaché Aldebrando avec une ceinture de soutane et avait fouetté à mort la pauvre Lucrezia avec un fouet bien particulier : en effet, un certain nombre d'hommes d'Église utilisaient ce genre de martinet pour se purifier des péchés et faire pénitence. Mais cette proximité avec la religion n'empêchait pas le meurtrier d'être un homme habitué aux pires violences, un homme capable de disséquer un corps, de manier le couteau. Un homme qui ne faisait preuve d'aucune pitié envers ses victimes. Il s'agissait probablement d'un ancien soldat, d'un mercenaire, d'un homme de guerre. Ou peut-être d'un médecin ? Un chirurgien ? Il excluait d'autres activités comme celle de la boucherie : occuper un emploi où l'on abattait des animaux ne cadrait pas avec les éléments montrant que, de toute évidence, l'Arrache-Cœur évoluait dans un milieu aisé et raffiné. Et la violence avec laquelle il frappait semblait plus caractéristique de quelqu'un qui aimait infliger des blessures plutôt que les soigner.

Léonard comptait bien utiliser toutes ces découvertes pour dresser un portrait aussi rigoureux que possible du coupable mais pour le moment, ce portrait était encore trop vague, applicable à un bon un tiers des Florentins qui fréquentaient la cour de la seigneurie au Palagio Novo.

Exténué, il passa de l'état de veille au sommeil sans même s'en apercevoir.

Cinquième bolge

Comme dans l'arsenal des Vénitiens,
bout l'hiver la poix tenace,
pour radouber les bateaux endommagés,

qui ne peuvent naviguer – de cette façon
l'un fait son navire neuf et l'autre calfate
les flancs de celui qui a fait plusieurs voyages ;

l'un répare la proue et l'autre la poupe ;
d'autres font des rames
et d'autres tordent des cordages ;
tel ravaude les voiles de misaine et d'artimon.

Dante Alighieri, *La Divine Comédie*, chant XXI

4 avril, chantiers navals de Mezzana,
hameau de Lastra a Signa

Un jour ou l'autre, tout partirait en fumée. Comment était-il possible que les ouvriers ne comprennent pas qu'avant de s'en aller, il fallait s'assurer que le feu était bien éteint sous les chaudrons où bouillait la poix servant à calfater le fond des navires ? Le gardien secoua la tête en voyant la mince colonne de fumée noire qui s'élevait dans le ciel à peine éclairé par les premières lueurs de l'aube. La fumée provenait de l'un des chantiers où étaient entreposés les bateaux au carénage nécessitant des travaux d'entretien ou de réparation. Comme d'habitude, c'était à lui d'éteindre une braise laissée sans surveillance par les ouvriers. Et cette fois, c'était grave : la veille, les ouvriers avaient dû quitter le chantier en laissant le feu se consumer, au risque de déclencher un incendie à grande échelle. Heureusement, il était là pour monter la garde et s'était levé tôt ce matin-là, avant le chant du coq.

Il s'arma d'un seau et s'achemina vers l'Arno. Devant lui se trouvaient les pontons de ce qu'on appelait le port intermédiaire, c'est-à-dire les quais où accostaient les navires chargés de marchandises destinées aux Florentins. L'homme s'approcha de l'eau qui coulait placidement vers la mer, plongea le seau dans le fleuve et le remplit. Puis il se dirigea en boitant vers l'endroit d'où provenait la fumée. Il connaissait le chantier naval comme sa poche, sa pauvre poche trouée. Il y travaillait depuis plus de trois ans, depuis qu'il avait perdu une jambe dans la bataille de la Molinella, sous le commandement de Pierre de Médicis, et Sa Seigneurie l'avait récompensé en lui offrant ce travail. Une bien maigre récompense puisque, avec le misérable traitement qu'il recevait chaque mois, il parvenait à grand-peine à subvenir aux besoins de sa femme et de ses jumeaux. À quinze ans, ses deux fils n'avaient apparemment rien de mieux à faire que de jouer au ballon avec leurs amis, au lieu de chercher un emploi sérieux qui aurait permis à leur père de se reposer un peu et d'aller faire une partie de pêche sur le fleuve.

La fumée provenait apparemment du chantier de *maestro* Gillo, l'un des premiers à avoir obtenu une licence délivrée par les autorités portuaires pour ouvrir un atelier de radoubage près des quais. Dans la lumière pâle de l'aube, le gardien apercevait déjà la lueur des flammes se refléter sur les murs et sur les bateaux sortis de l'eau pour être réparés. Fallait-il d'ores et déjà courir demander de l'aide aux villageois pour éteindre les flammes ? À vrai dire, avec sa jambe de bois, il aurait bien du mal à courir. Mieux valait évaluer la situation avant de semer la panique. La plupart des habitants de Mezzana étaient probablement encore au lit à cette heure-ci. Oui, il allait d'abord voir comment ça se présentait, il aviserait ensuite.

Seau à la main, le gardien clopina aussi vite que possible vers l'endroit d'où venait la lueur, juste derrière un muret de pierres sèches. Il s'approcha : il s'agissait effectivement du terrain exploité par maître Gillo. Maudits ouvriers ! Il y aurait forcément des dégâts, et tout ça à cause de leur manque de vigilance. Il contourna le muret et découvrit enfin la scène : cette fois, les ouvriers avaient commis une faute très grave et quelqu'un allait devoir payer pour leur négligence : ils avaient carrément oublié d'éteindre le grand feu central, celui qui servait à chauffer la poix, la rendait fluide et collante, prête à appliquer au pinceau sur le fond des bateaux pour les étanchéifier. L'énorme chaudron en fonte était suspendu à un grand treuil au-dessus du brasero, qui crépitait encore – chose totalement incompréhensible puisqu'une nuit entière s'était écoulée depuis que le dernier ouvrier avait quitté le chantier naval. Le gardien entendait distinctement le clapotement du liquide noir et gras qui bouillonnait à l'intérieur. Si le chaudron, laissé sans surveillance par une bande d'irresponsables, s'était renversé, une catastrophe serait arrivée, la poix aurait pris feu et du chantier il ne serait resté qu'un tas de cendres.

Qui sait, songea le gardien, peut-être aurait-il droit à un petit quelque chose pour avoir évité un désastre. Il s'avança vers la petite écluse qui amenait l'eau du fleuve servant à éteindre les feux. Soudain, il s'immobilisa et renifla l'air : il y flottait une drôle d'odeur. Retenant son souffle, il arriva à hauteur de l'écluse. Il tourna la poignée qui ouvrait la vanne et, non sans un certain soulagement, entendit le glougloutement de l'eau du fleuve s'écouler rapidement vers le brasier. Le feu grésilla puis s'éteignit dans un souffle au contact du liquide froid. Ouf ! Une bonne chose de faite. Le soleil n'était pas encore levé et s'il ne voulait pas trébucher, il fallait allumer la lanterne qu'il portait. Il allait faire le tour du terrain pour jeter un coup d'œil et s'assurer que tout danger était écarté. Il ne cessait de penser aux flammes sous le chaudron : quand il était arrivé, on aurait dit que quelqu'un venait juste de remettre du bois, comme pour attiser le feu. Les flammes étaient hautes, le feu, récent. Étrange, très étrange. Il fallait tirer ça au clair. Après, il retournerait tranquillement à sa cabane, au bord du fleuve.

À présent, le feu était éteint. La poix avait également commencé à refroidir, on n'entendait plus de bruit à l'intérieur du chaudron. Le mystère de l'odeur restait entier. Sa lanterne à bout de bras, en hauteur, il regarda mais ne vit rien : il faisait encore trop sombre. Bon, autant rentrer, se dit le gardien, se réchauffer un peu, et quand le jour se lèverait, il reviendrait sur les lieux chercher l'origine de cette puanteur. Un dernier petit coup d'œil au chaudron et ensuite, il s'offrirait un bon verre de vin rouge, chaud et épicé. En essayant de ne pas perdre l'équilibre, le gardien gravit les trois planches du marchepied utilisé par les ouvriers pour mélanger la poix bouillante. Il se pencha par-dessus le bord du grand chaudron. Quelque chose dépassait de la surface noire qui commençait à se solidifier. Qu'était-ce donc que cette chose blanchâtre ? Il dirigea la lumière de sa lanterne au-dessus de… et resta figé d'horreur. C'était une main, une main décharnée. Et au centre du chaudron émergeait ce qui ressemblait à un corps humain, presque entièrement recouvert de noir, défiguré par la chaleur, la chair cuite à point comme un chapon rôti pour une soirée de Noël.

11

Anchiano, près de Vinci,
résidence de maestro Léonard

Léonard avait bien dormi cette nuit-là, peut-être même trop. Le soleil était déjà levé lorsqu'il fut tiré du sommeil par la main pesante de Lapo Caperna.

— Maître de Vinci, il y a eu un nouveau crime abominable. *Ser* Pardo pense qu'il pourrait s'agir d'une autre victime de l'Arrache-Cœur et nous demande d'aller voir sur place.

Le temps de se passer de l'eau sur le visage, d'enfiler une chemise et un pantalon, et les deux hommes étaient déjà en selle. Ils arrivèrent sur le quai du port intermédiaire peu après trois heures. Sur place patrouillaient déjà un grand nombre de soldats de l'*Otto di Guardia e Balìa.* La zone était surveillée par quantité d'hommes en uniforme, et cette fois, *ser* Pardo, qui se rappelait les précautions prises par Léonard aux abattoirs, avait donné l'ordre de ne pas s'approcher à moins de dix pas de l'endroit où le corps avait été retrouvé. Deux sabots en piteux état et trois paires de bottes usées avaient déjà été alignés juste à l'extérieur de la zone protégée par des soldats armés d'épées et de hallebardes.

— Voilà les souliers de ceux qui se sont approchés du cadavre, expliqua *ser* Pardo après les avoir salués. Donc vous n'aurez pas besoin de les demander, cette fois. Et nous gagnerons du temps. Suivez-moi. Je vous préviens, le spectacle n'est pas beau à voir, ni à sentir.

Léonard fit signe à Bencio de détacher de la selle le sac contenant les outils dont il pensait avoir besoin. Puis, précédé du milicien Caperna, il se dirigea vers une zone délimitée par un vieux muret.

Au centre trônait un grand chaudron en fonte, suspendu à l'imposant bras mobile d'un treuil, et dessous, un feu éteint entouré de mortier. Un liquide noir et visqueux dégoulinait du bord du chaudron. À quelques pas de là, deux bateaux renversés sur de solides tréteaux en bois, sans mât, en attente de réparation, gisaient comme deux grosses baleines échouées. Mais ce qui flottait dans l'air du chantier naval n'était pas uniquement une odeur huileuse de poix. Il y avait une odeur sucrée aussi, comme celle de la chair brûlée. Et nul besoin d'être un scientifique comme Léonard de Vinci pour comprendre qu'elle provenait bien du chaudron.

— Avant de vous approcher, dit Léonard, attachez ça à vos chaussures pour que nous puissions les distinguer des marques laissées au sol par le coupable.

L'inventeur remit à ses deux compagnons de voyage des petits bouts de corde à passer sous la semelle de leurs souliers, ce qui rendrait leurs empreintes aisément identifiables.

Ensuite, les trois hommes s'avancèrent prudemment vers le chaudron suspendu en prenant soin de ne pas marcher sur les traces laissées par ceux qui avaient foulé la scène du crime. L'odeur pestilentielle ne laissait aucun doute sur ce qui les attendait. D'autant plus qu'au sol, à quelques mètres du feu, ils découvrirent une large tache couleur rouille, pas encore absorbée par l'argile imperméable des rives de l'Arno.

— Du sang, constata Lapo Caperna en passant un doigt sur le liquide. Presque frais, il n'est pas là depuis bien longtemps, depuis hier soir, peut-être.

Le soldat fonça droit vers les marches, mais au moment où Caperna allait fouler la première, la voix de Léonard l'arrêta d'un cri.

— Halte ! Ne bougez plus !

Le soldat s'immobilisa, un pied en l'air, comme si un serpent venimeux avait fait irruption devant lui. Léonard, oubliant ses précautions, se précipita vers la première marche.

— Regardez !

Du bout du doigt, il désigna une empreinte dans la vase. Une empreinte nette, entière, parfaitement dessinée dans la boue huileuse. L'empreinte d'une botte abîmée par des étriers. Identique à celle qui, dans le trachéodrome, avait porté le fil noir. La marque du meurtrier, la signature de l'Arrache-Cœur.

— Bencio, ne lésine pas sur la quantité de plâtre. J'ai besoin d'une copie parfaite, pour la comparer avec celles de la grange. Même si je suis quasiment certain qu'il s'agit de la même empreinte. Et donc du même homme.

En faisant bien attention à l'endroit où il posait les pieds, Léonard s'approcha à son tour du chaudron. Il grimpa sur le marchepied et s'avança pour voir ce que le criminel lui avait réservé comme surprise. Une surprise d'une horreur absolue.

Cette fois, l'Arrache-Cœur s'était surpassé et lui avait concocté une scène vraiment digne de l'enfer. Un homme – ou du moins ce qu'il restait d'un corps ayant bouilli pendant plusieurs heures dans la poix – était immergé dans le chaudron. Le crâne blanc, presque entièrement dépouillé de ses chairs, contrastait avec le noir qui recouvrait tout. Ce qui avait été une main vivante jusqu'à la nuit précédente émergeait à présent de la surface. Elle était collée par la chaleur à la fonte, agrippée au rebord, même si les heures de cuisson avaient réduit à néant les muscles de la main et du bras. On aurait dit que la victime de cette abominable mascarade était sur le point de bondir hors du chaudron sacrificiel. Un détail attira l'attention de Léonard : sur l'annulaire du cadavre il y avait un épais anneau d'or.

— Bencio, passe-moi la pince, dit-il à son assistant sans même se retourner. Et va chercher un bout de tissu propre pour y déposer la main de ce pauvre bougre.

La chaleur intense avait calciné la chair de l'homme de sorte qu'il fallut à Léonard plusieurs tentatives avant de réussir à saisir la main avec sa pince allongée, puis à la décrocher, lentement, du bord en fonte. Et ce n'est que lorsque le membre fut déposé dans un bout de tissu propre que l'inventeur put retirer l'anneau du doigt.

Il s'agissait d'une pièce de joaillerie fine, en or massif, gravée de la fleur de lys de Florence et des boules des Médicis. Une pièce de luxe faite sur commande, que très peu de gens pouvaient s'offrir en ville. Il ne fallait pas tarder à extraire les restes du cadavre du chaudron sinon la poix, en se solidifiant, les empêcherait de récupérer la dépouille suppliciée.

— Il l'a jeté dans le liquide bouillant. Mais si l'idée que nous nous sommes faite du *modus operandi* de l'Arrache-Cœur s'avère, la victime était déjà morte. Je suis prêt à parier que lorsque nous le sortirons de là, nous verrons que son cœur a été arraché lui aussi. *Ser* Pardo, où avez-vous retrouvé les vêtements du malheureux *signor* Baldinotto dei Guicciardi ? J'espère que vous avez eu le bon sens de ne pas les toucher.

Pendant un instant, Léonard tira une certaine satisfaction de l'expression étonnée du commandant en chef des gardes de la seigneurie. Puis *ser* Pardo sourit.

— Bien sûr, vous l'avez deviné à l'anneau ; à Florence, seul le gonfalonnier de justice porte une bague comme celle-ci. Félicitations, maître de Vinci, vous êtes très doué. En effet, nous avons trouvé ses vêtements au pied du muret qui délimite le site, là-bas. Il y avait aussi la cape rouge au col d'hermine, avec les étoiles dorées, que portait Baldinotto. Et personne n'a touché à rien. Tout est resté dans l'état dans lequel l'a laissé celui qui a assassiné le prévôt. Si vous voulez, je peux vous accompagner pour voir par vous-même…

12

5 avril, Florence, palais du Bargello,
cabinet privé de ser Pardo

— Il est maintenant clair, ser Pardo, que c'est un seul et même homme qui tue…

Le puissant chef de la police secrète des Médicis avait accueilli Léonard dans son cabinet de travail, au deuxième étage du Bargello : une pièce dépouillée, presque monacale, avec deux grandes fenêtres à meneaux donnant sur la *via* Ghibellina, inondant de lumière le vaste bureau en bois sombre entièrement recouvert de papiers, de parchemins et de manuscrits.

Léonard était arrivé tôt ce matin-là. Après avoir franchi l'imposante porte de bois cloutée, il avait confié Giotto à deux palefreniers venus à sa rencontre dès son entrée dans la splendide cour à arcades. Un garde en uniforme déboula alors de l'escalier pour le conduire sans attendre au cabinet de son commandant. Léonard n'eut guère le temps d'admirer, dans l'antichambre, les splendides plafonds voûtés ornés de fresques représentant un ciel constellé d'étoiles ; la porte du bureau de *ser* Pardo dei Giovannini s'ouvrit dans la minute.

Le commandant de la milice des *Otto* l'attendait, assis dans un simple fauteuil en bois : la pièce de travail de ce soldat habitué à l'inconfort de la vie militaire au front était dépourvue de tout faste, tout luxe.

— Asseyez-vous, Léonard, lui enjoint-il d'un signe de tête avant d'aller droit au but. Dites-moi tout ce que vous savez…

L'inventeur ne se fit pas prier. Après tout, il était impatient de montrer ses capacités de déduction à un personnage aussi important. Ainsi, il expliqua en détail à son interlocuteur comment il en était arrivé à ses conclusions. Mais *ser* Pardo ne se laissait pas facilement impressionner par quelques astuces logiques et ne se satisfaisait pas non plus de simples beaux discours. L'homme écouta en silence, sans faire de commentaire ni hocher la tête. Puis, lorsque Léonard eut terminé son explication, il le bombarda de questions.

— Un homme d'âge moyen, donc, qui a fait la guerre, a un lien avec la religion ou un ordre monastique, s'habille en noir et a voyagé en Provence. Cela pourrait être moi, en fait... Vous brossez là un portrait qui correspond à la moitié des notables de la seigneurie, mon cher Vinci. Mais je suis impressionné, aucun de mes sous-officiers n'aurait pu faire mieux. À présent, il faut aller plus loin si nous voulons coincer cet assassin. Vous avez carte blanche. Faites-en bon usage. J'ai demandé à Lapo Caperna de rester à votre service. Grâce à lui vous pourrez obtenir des hommes et des moyens illimités...

— Votre Seigneurie... l'interrompit soudain un soldat qui venait de faire irruption dans le bureau, ce qui lui valut un regard courroucé de *ser* Pardo. Pardonnez cette intrusion mais on vous demande de toute urgence. On vient de retrouver un autre cadavre...

Léonard chevaucha comme un forcené au milieu de la nuit, ayant décliné l'invitation de *ser* Pardo à passer la nuit au Bargello dans l'une des chambres disponibles pour les hôtes de passage. Une fois rentré chez lui, il était tellement éreinté qu'il peina à garder les yeux ouverts, mais il savait que s'il allait se coucher, le sommeil ne viendrait pas : il voulait d'abord savoir si l'intuition qu'il avait eue quelques heures plus tôt dans la crypte du monastère de Santa Lucia de Monteorlando était fondée ou le simple fruit d'un souvenir confus. L'énième mise en scène effroyable dont il avait été témoin là-bas lui avait fourni l'élément clé qu'il attendait. L'élément qui lui permettait enfin d'apercevoir ce que l'Arrache-Cœur cachait au fond de son âme noire.

Il lui avait suffi de descendre au sous-sol du monastère pour que le monde du tueur sans visage lui ouvre enfin ses portes.

Cette fois, la victime avait été précipitée la tête la première dans une sorte de puits étroit qui s'ouvrait dans le sol de la crypte. L'homme était littéralement encastré dans le trou qui ne mesurait que quelques largeurs de main. Et ses extrémités inférieures, des pieds jusqu'aux genoux, étaient carbonisées. Ses jambes avaient été rongées par le feu au point d'être réduites à deux moignons noircis et informes. Sur le reste du corps, et sur le visage aussi, les brûlures causées par le liquide enflammé dégoulinant vers le fond avaient fait des ravages.

Léonard, Bencio et Lapo Caperna avaient passé la scène du crime au peigne fin. En vain. Puis, les gardes de *ser* Pardo les avaient aidés à extraire du trou étroit ce qui restait du pauvre homme, avant de déposer sa dépouille sur un linceul apporté par le prieur. Les recherches n'avaient rien donné : le sol en terre battue de la crypte était sec et compact, il ne présentait aucune trace. Mais il avait suffi à Léonard de regarder le cadavre pour comprendre que la victime de Monteorlando avait également eu le cœur arraché de la poitrine.

Cette fois, pourtant, quelque chose ne collait pas avec le spectacle barbare qui s'offrait à lui : les jambes de l'homme, ou du moins ce qui restait de ses membres consumés par les flammes, étaient couvertes de bleus et de blessures, preuve que le tortionnaire avait brûlé les pieds de la victime alors que celle-ci était encore vivante. Elle s'était débattue, avait cherché désespérément un moyen d'éteindre le feu qui lui brûlait les jambes. L'homme, la tête au fond du trou, s'était cogné à maintes reprises contre les parois de pierre. Et les marques de ces souffrances étaient gravées dans sa chair. Mais, à l'instar de la pauvre Lucrezia et de l'évêque Aldebrando, la mort n'était survenue que lorsque le meurtrier avait décidé de mettre un terme au supplice de sa victime et lui avait ouvert la poitrine pour lui arracher le cœur, un cœur qui battait encore.

Pour ce faire, il avait forcément dû extraire l'homme du trou, et l'y remettre ensuite, une fois mort. Mais pourquoi ne pas simplement laisser le cadavre à l'extérieur, par terre ? Pourquoi le replacer dans le trou alors que l'assassin risquait à tout instant d'être surpris par un moine curieux ou insomniaque ?

La réponse s'imposa soudain à Léonard comme une évidence : l'Arrache-Cœur voulait que l'homme soit retrouvé exactement dans cette position, coincé dans ce trou, à l'envers, avec les jambes brûlées. C'était son message, sa façon de dire au monde qu'il avait une mission à remplir et qu'il ne reculerait devant rien avant de l'avoir accomplie.

C'est à cet instant que Léonard comprit. Comment avait-il pu ne pas y penser avant, lui qui était peintre, pourtant, et un artiste pleinement accompli ? L'Arrache-Cœur, à sa manière, aspirait également à être considéré comme tel : dans son esprit malade, ses actes devaient accéder au statut d'œuvres d'art.

Les plantes des pieds étaient enflammées ;
pour cela les articulations étaient secouées si fort,
qu'elles auraient rompu cordes et liens d'osier.

Les vers de *messer* Dante Alighieri lui revinrent en mémoire et franchirent ses lèvres sans le moindre effort.

Oui, tous les indices de ces deux journées éprouvantes concordaient, ils formaient un schéma précis et indiscutable.

— Le Malebolge, murmura Léonard, presque intimidé par le poids de cette découverte.

Chaque souvenir, chaque indice, chaque meurtre prenait un tout nouveau sens. Quand il s'était dit que la scène du corps cuit du pauvre gonfalonnier était digne de l'enfer, il avait vu juste. C'était précisément là que l'Arrache-Cœur comptait les emmener.

Quand Bencio se réveilla, il trouva son maître dans l'atelier, plongé dans ses réflexions. Léonard s'était manifestement levé tôt car une dizaine de feuilles de papier, couvertes de symboles, de dessins et de son écriture indéchiffrable, s'entassaient déjà sur son bureau.

Le jeune homme s'arrêta quelques instants devant le bureau pour jeter un coup d'œil aux croquis au fusain réalisés par son mentor : Léonard avait une mémoire prodigieuse, il le savait bien, mais l'extrême précision de son trait impressionnait toujours l'assistant. Il avait dessiné les moindres détails anatomiques de la plaie constatée sur la cage thoracique de l'évêque, les lésions laissées par les coups de fouet sur la peau de la jeune Lucrezia. Bencio vit aussi des reconstitutions graphiques d'un tas d'autres détails liés à chaque crime : le crâne écorché et recouvert de poix du gonfalonnier, les nœuds de la corde utilisée pour ligoter Aldebrando. Et à côté de chacun des crimes de l'Arrache-Cœur, une série de chiffres romains : I-XVIII pour Lucrezia della Torre, II-XVIII pour Aldebrando da Siena, III-XIX pour l'homme sans nom retrouvé dans le trou, V-XXI pour le malheureux Baldinotto dei Guicciardi. À côté du numéro IV-XX, un point d'interrogation et deux mots mystérieux : « cou brisé ». La voix de l'inventeur le fit sursauter.

— Eh oui, Bencio, il manque encore un cadavre. Et quand on le retrouvera, il aura le cou brisé. En plus de ne plus avoir de cœur.

— Comment le savez-vous, maître ?

— C'est simple, il suffit de lire…

Léonard pointa un index vers un petit lutrin en bois sur lequel reposait un grand ouvrage au papier luxueux, provenant de chez Fabriano, relié en cuir florentin. Bencio n'avait jamais rien vu de semblable : contrairement à tous les livres qu'il avait pu lire, celui-ci ne semblait pas avoir été écrit à la main. Les lettres étaient toutes identiques, parfaitement alignées, l'encre, d'une couleur uniforme. Sur la couverture, un simple titre en lettres d'or : *La Comédie*.

— *Maestro*, est-ce là une de vos œuvres d'art ?

— Tu me flattes, mon bon ami. Mais cette fois, on m'a devancé. Ce que tu as devant toi est un ouvrage imprimé de *La Comédie*, une œuvre écrite par le plus grand poète que Florence ait jamais produit, *ser* Dante Alighieri. Et ce volume est l'œuvre sublime du *maestro* Evangelista Mei da Foligno. Depuis neuf ans, avec le typographe allemand Giovanni Numeister, un disciple du célèbre père de l'imprimerie, maître Gutenberg, il compose les caractères pour reproduire cette œuvre que *ser* Giovanni Boccaccio qualifiait de « divine ». Il s'agit d'un volume extrêmement rare. Donc je te demande de ne jamais poser tes mains sales sur ses pages…

Le jeune assistant avait l'air perplexe.

— Mais quel est le rapport entre ce livre et l'Arrache-Cœur ?

Léonard sourit sournoisement en voyant le visage intrigué de son disciple préféré.

— Mon cher Bencio, grâce à ces vers, nous allons pouvoir prédire les prochains méfaits de notre homme ! Enfin, disons que notre assassin s'inspire de ces tercets immortels. Mais le résultat est le même, nous avons là la possibilité de savoir à l'avance ce qu'il projette de faire.

Léonard s'approcha du volume et chaussa une paire de lentilles installées sur une monture métallique. Bencio l'avait déjà vu plusieurs fois utiliser cet objet qui lui permettait de voir mieux. L'*ocularium* n'était donc plus une source d'étonnement pour lui.

— Hier, quand nous sommes entrés dans la crypte du monastère et que j'ai vu ce pauvre corps fourré dans le trou, les pieds calcinés par les flammes, j'ai eu une sorte de révélation. Comme si j'avais déjà vu cette scène. Et en effet, je l'avais déjà vue… dans ce livre, précisa Léonard en posant l'index sur l'une des illustrations du chant XIX de *La Comédie* de Dante. Celui que tu vois, là, c'est le pape Nicolas III. Dante l'a placé dans la troisième bolge des fraudeurs, celle qui abrite les simoniaques, des hommes qui font commerce des objets sacrés.

Sur l'illustration imprimée on apercevait le poète en personne accompagné de Virgile, observant une petite vallée pleine de trous d'où émergeaient les jambes des damnés, plongés dans la terre la tête la première, les plantes des pieds tourmentées par le feu.

— Comme le prieur Bertolo a dû te l'apprendre au catéchisme, Bencio, à la Pentecôte, le Saint-Esprit se manifeste aux apôtres sous la forme d'une flamme au-dessus de leurs têtes. Pour Dante, les simoniaques, en vendant ce qui est sacré pour de l'argent, ont piétiné cette flamme. C'est pour cette raison qu'ils sont soumis à cette brûlure sans fin. La loi du châtiment est le fil conducteur de toute *La Comédie*…

— Maître Léonard, êtes-vous en train de me dire que l'Arrache-Cœur a voulu reproduire, en vrai, ce que l'illustre poète a décrit dans ses vers ?

— Exactement. C'est ce qu'il a fait jusqu'à présent pour tous les autres meurtres. Prends la pauvre Lucrezia, par exemple. Fouettée à mort, comme cela arrive dans la première bolge aux proxénètes et aux séducteurs, fouettés par des diables jusqu'à ce qu'ils soient écorchés vifs. Ou Aldebrando da Siena, noyé dans du purin comme les flatteurs de la deuxième bolge. Dans l'ordre chronologique vient alors la troisième victime, dont nous venons de parler. Si l'on suit les vers de Dante, l'inconnu du monastère était un simoniaque, puni dans la troisième bolge. Quant au gonfalonnier Baldinotto dei Guicciardi, il a été plongé dans de la poix bouillante, comme les escrocs de la cinquième bolge.

Bencio admirait les illustrations du livre qui, à première vue, reproduisaient fidèlement les crimes sur lesquels ils enquêtaient. Il désigna un groupe de damnés que l'on forçait à marcher à reculons, la tête retournée sur le cou dans une atroce torsion.

— Maître, que pensez-vous de cette image ?

— Tu as l'œil, Bencio. Comme je te le disais tout à l'heure, il manque encore un corps à l'appel, celui d'un devin. Et son cou sera tordu et brisé… Au rythme où va notre homme, nous n'allons pas tarder à avoir de nouveaux meurtres : selon le livre, il reste encore cinq bolges, et l'Arrache-Cœur n'est pas du genre à laisser son travail à moitié fait. Il manque les hypocrites, les voleurs, les conseillers perfides, les semeurs de discorde et les faussaires. Et encore, s'il se limite au Malebolge ! Je crois bien que Florence va bientôt pleurer de nouvelles victimes. À moins que l'on parvienne à arrêter ce fou qui se prend pour un démon de l'enfer…

Sixième bolge

Ils avaient des capes aux capuchons baissés
devant les yeux, faites sur le modèle
de celles que l'on fait à Cluny pour les moines.

Dehors elles sont dorées, tant qu'elles éblouissent ;
mais dedans toutes de plomb, et si lourdes,
que celles de Frédéric auraient semblé de paille.

Ô manteau éternellement épuisant !
Nous tournâmes nous aussi à gauche
avec eux, attentifs à la triste plainte.

Dante Alighieri, *La Divine Comédie*, chant XXIII

Florence, catacombes de Santa Reparata, dans la crypte de la cathédrale de Santa Maria del Fiore

Entrer dans la cathédrale avait été un jeu d'enfant. Il n'avait même pas eu à se cacher. Personne, en le voyant, ne l'aurait soupçonné d'être là pour autre chose qu'une activité parfaitement légale. Les deux gardes qui surveillaient habituellement l'entrée principale de Santa Maria del Fiore l'avaient immédiatement reconnu lorsqu'il avait émergé du coin de la rue et s'était dirigé vers l'entrée des cryptes. D'ailleurs les deux hommes avaient même blêmi, pris en flagrant délit : il avait bien vu qu'ils jouaient aux dés, même si l'un d'entre eux avait essayé de les fourrer à la va-vite dans sa chemise usée. Un bref instant, il s'était dit qu'il pourrait déclencher un scandale, les dénoncer, les faire punir, puis assister, non sans plaisir, à la séance de coups de fouet auxquels son témoignage les condamnerait forcément. Mais cet après-midi-là, il avait mieux à faire et préféra passer devant eux comme si de rien n'était, gratifiant d'un simple salut de la tête les deux sentinelles qui s'étaient mises au garde-à-vous.

Quelqu'un l'attendait. Et il ne pouvait pas se permettre d'être en retard. Sinon, tous ses efforts pour maintenir la pécheresse en vie assez longtemps auraient été vains. Elle devait être à la limite de ses forces, à présent. S'il attendait plus longtemps, il finirait par la retrouver morte. Et il ne pouvait pas permettre qu'une chose aussi fâcheuse se produisît, pas avant d'avoir achevé la transsubstantiation et le sacrifice d'ouverture de la sixième bolge. Cette fois-ci, il fallait bien laisser les deux sentinelles s'en tirer à bon compte. Qui sait, vu leurs mauvaises habitudes, il pourrait probablement les surprendre une autre fois. Et là, ils tâteraient du fouet.

Il s'empara d'une torche accrochée au mur et l'alluma avec une bougie posée sur un petit autel latéral. Puis, sans perdre un instant, il s'enfonça dans l'escalier qui descendait vers les cryptes. Très peu de gens connaissaient cette partie des catacombes de Santa Maria del Fiore, réservée aux sépultures d'illustres Florentins. Et presque personne ne savait ce qui se trouvait sous la cathédrale de Florence. Une nouvelle église avait été construite sur l'ancienne basilique de Santa Reparata, mais quand on connaissait bien les souterrains, on arrivait à accéder aux vieux caveaux de l'ancienne église, construite elle-même sur le site où les Romains vénéraient la déesse Cybèle, la dame des enfers. C'était un véritable dédale de galeries, avec quantité de pièces et des passages secrets.

Il arriva devant le caveau qu'il cherchait. Sur une pierre tombale était écrit : « *Corpus magni ingenii viri Philippi S. Brunelleschi florentini.* » Il jeta un rapide œil autour de lui pour s'assurer qu'il n'y avait personne puis s'avança vers l'un des sarcophages en marbre collé au mur. D'une main osseuse, il poussa, dans l'ordre, certaines des lettres en laiton qui composaient le nom d'un évêque mort voilà fort longtemps dans la sainteté. Ce serviteur de Dieu, réduit à présent à quelques vieux os, était désormais l'indigne gardien du secret de Satan, le prince du péché, l'ennemi juré de son divin maître. Et ses restes serviraient à jamais à garder la porte de l'enfer.

Dans un crissement, la grande pierre tombale s'écarta légèrement du mur, suffisamment pour révéler une petite porte nichée derrière. Sans un bruit, l'homme se faufila dans le passage et se retrouva dans une antichambre, devant une lourde porte en bois. Sur l'arche, en lettres d'or, on pouvait lire les mots du divin poète :

C'est par moi que l'on va dans la cité plaintive :
Aux tourments éternels c'est par moi que l'on arrive :
C'est par moi que l'on arrive à l'exécré séjour.
Laissez toute espérance en entrant dans l'Enfer !

Avant de franchir le seuil, il se dévêtit entièrement, enfila l'une des robes rituelles accrochées au mur et l'un des masques de démon bien rangés sur une étagère. Des masques d'une grande valeur, payés une fortune, qu'il avait rapportés de ses voyages. Ils avaient été fabriqués à partir de peau humaine, tannés et travaillés, de sorte qu'ils reproduisaient les véritables traits des princes des ténèbres.

— Pape Satàn Asmodeus, Pape Satàn aleppe. Pape Satàn Seth...

Tout en psalmodiant, il franchit une porte à doubles battants et pénétra dans une grande salle circulaire. Elle pouvait contenir une bonne vingtaine de personnes. Au centre, des volutes d'encens s'échappaient d'un brasero. Les murs étaient plaqués d'un marbre aussi noir que les dalles de pierre au sol, où s'étalait, en bronze doré, une grande étoile à cinq branches, le pentacle, au centre duquel on avait représenté la tête d'un bouc, le symbole du diable. Il salua son maître en s'inclinant puis traversa la salle des rites pour entrer dans le Saint des saints, le véritable sanctuaire de cette cathédrale satanique.

C'est là que l'attendait la fille, celle qui avait été choisie pour offrir son cœur de pécheresse au Seigneur du mal. La sixième bolge, celle des hypocrites, serait bientôt ouverte. Il entra par une petite porte.

Les murs de cette ultime pièce étaient eux aussi entièrement noirs, à l'instar du grand autel au fond de la salle. Au milieu trônait un sarcophage, une véritable œuvre d'art réalisée près de deux siècles plus tôt pour y accueillir la dépouille de l'abbé Arnolfo da Collodi. Sur le cercueil doublé de plomb, entièrement doré à l'extérieur, on avait représenté l'ecclésiastique dans l'étreinte glaciale de la mort, vêtu de son habit, le capuchon rabattu sur le visage, un chapelet et une croix dans ses mains jointes sur sa poitrine. Le sculpteur avait réalisé un très beau travail : celui qui regardait ce bas-relief avait vraiment l'impression que le frère dormait à poings fermés. La robe avait été ciselée avec précision, on distinguait chaque pli, chaque bouton, chaque boucle et chaque couture. Une sépulture vraiment digne d'un prince. Pendant des décennies, ce cercueil avait contenu le corps de l'homme pour lequel il avait été conçu, mais à présent, ses ossements se trouvaient quelque part, jetés au hasard dans un recoin sombre d'une crypte. Et le sarcophage était désormais occupé par un autre corps. Un corps vivant.

Elle était là depuis plusieurs jours maintenant, survivant uniquement grâce à l'air qui circulait à l'intérieur du cercueil par les petits trous qu'il avait pris soin de percer dans les parois de bois et de plomb. Il tendit l'oreille mais ne perçut aucun son. Un court instant, il craignit d'être allé trop loin, d'avoir mal calculé combien de temps une femme enfermée dans un cercueil pouvait tenir. Cette petite catin était jeune et en bonne santé, selon ses calculs elle aurait dû être capable de tenir jusque-là sans boire ni manger… Puis il perçut quelque chose, un bruit faible, comme quelque chose qui peine à se mouvoir. Ah, elle était donc encore en vie ! Dans quelques minutes et il la sortirait de là. Il la libérerait. De ses péchés. Pour toujours. Il lui offrirait la gloire ultime, une nouvelle existence parmi les démons de l'enfer.

Le moment était venu. Tout était prêt pour le sacrifice. Sans la moindre difficulté, il fit sauter les deux boulons qui maintenaient le sarcophage fermé, puis l'ouvrit d'un grand geste. La puanteur qui se dégageait de l'intérieur était effroyable : celle qui, quelques jours auparavant, était encore sœur Maria de Médicis, une jeune novice du couvent de San Gerolamo, la nièce favorite du grand pécheur Laurent, n'avait plus rien d'humain. Sa beauté proverbiale s'était envolée. Ses yeux étaient écarquillés, la peau de son visage hâve, parcheminée, avait pris une teinte jaunâtre. Une mousse blanchâtre s'était solidifiée autour de sa bouche. Mais plus impressionnantes encore étaient les mains de la jeune femme : à force de gratter le plomb qui tapissait l'intérieur du cercueil, elle avait fini par s'arracher les ongles et le bout de ses doigts ressemblait à des moignons sanguinolents. La jeune femme ne donnait aucun signe de vie, mais en écoutant attentivement, on pouvait encore percevoir un faible râle. Le manque de nourriture, et surtout d'eau, l'avait sans doute plongée dans le coma. Heureusement, Satan soit loué, elle était encore en vie. C'était la seule chose qui comptait.

Saisi d'une frénésie mystique, il s'empara de la dague posée sur l'autel et se pencha sur le corps gisant dans le sarcophage : d'un geste impérieux, il coupa d'abord la guimpe, puis la robe, de haut en bas, exposant ainsi les seins de la pécheresse.

— Putain, putain, sale putain…

La voix de l'homme montait en puissance dans le silence de la crypte et se transforma en un cri qui résonna comme un écho :

— Sale putain !

L'instant d'après, l'Arrache-Cœur sembla retrouver son calme. Il s'approcha à nouveau lentement du cercueil ouvert. L'heure de la transsubstantiation était arrivée, la sixième bolge allait lui ouvrir ses portes.

— Malheur à vous, scribes et pharisiens hypocrites, car vous êtes comme des sépulcres blanchis, beaux au-dehors, mais à l'intérieur, remplis de dépouilles mortuaires et de toutes sortes d'immondices. Vous aussi, de l'extérieur, aux yeux des hommes, vous semblez justes, mais à l'intérieur, vous n'êtes qu'hypocrisie et iniquité.

Puis, d'un geste expert, il plongea la lame entre deux côtes, juste sous le sein gauche de la femme. Le corps de la novice tressaillit, comme sous l'effet d'un spasme, mais aucun son ne sortit de sa bouche et ses yeux restèrent fixés dans le néant. Le démon enfonça alors une main dans l'entaille qui saignait abondamment. Ses doigts n'eurent aucun mal à trouver le cœur visqueux et chaud de la malheureuse. Il le comprima entre ses doigts, satisfait de sentir qu'il battait encore. Puis, d'un coup sec, il l'arracha de la poitrine et le brandit devant lui.

— Satan, ce cœur bouffi de péchés est pour toi, aide-moi à m'accomplir dans le mal ! Je te fais don de la vie de la sixième pécheresse et t'offre un nouveau démon pour tes légions.

Puis, sans la moindre hésitation, il porta le cœur encore chaud à sa bouche et mordit dedans, en arrachant un morceau. Il mastiqua, avala, et mordit à nouveau dans la chair. Ses lèvres, son visage étaient barbouillés de sang. Et il continua à manger. Lorsque soudain, un hurlement dans la crypte l'obligea à s'arrêter.

13

8 avril, dimanche de la Passion, Anchiano, près de Vinci, résidence de Léonard de Vinci

Ser Pardo avait l'air fatigué. Il arriva à cheval de bon matin, accompagné de son fidèle serviteur Caperna. Léonard, avant de se mettre au lit, épuisé par l'intense activité des jours précédents, avait envoyé le métayer Arrigo à Florence pour informer *ser* Pardo d'avancées décisives dans l'enquête. Et le commandant suprême de la police secrète l'avait prévenu qu'il viendrait le voir le lendemain matin. Ainsi, quand *messer* dei Giovannini arriva à Anchiano, tout était prêt : Léonard avait eu la journée du samedi pour mettre de l'ordre dans ses découvertes et tout était en place. Lorsque *ser* Pardo entra dans la salle de classe laboratoire où maître de Vinci donnait ses cours, il passa un long moment devant le grand panneau de bois sur lequel avaient été fixées les feuilles de papier avec les dessins et les notes sur les meurtres de l'Arrache-Cœur.

Bencio les avait accrochées selon la chronologie suggérée par les versets de *L'Enfer* de Dante. Avec un morceau de craie, il avait entouré les feuilles d'un rectangle et indiqué en haut de chaque case le numéro de la bolge à laquelle chaque crime se référait, le type de péché que le meurtrier attribuait apparemment à la victime, et le nom de la victime, lorsqu'il était connu. Le panneau n'était que partiellement rempli ; il restait un espace vide à la quatrième place, et à partir de la sixième, les cases étaient également vides. Mais la pièce exposée la plus frappante était une grande feuille de papier montée sur un chevalet, dans un angle de la salle. On y voyait l'ébauche au fusain d'un homme, un homme au visage encore indéfini. Si le visage était à peine esquissé, en revanche d'autres parties de son corps étaient clairement représentées. L'homme dessiné portait un habit noir de bonne facture et des bottes françaises en cuir. Il avait une carrure moyenne, bien proportionnée. Et à côté du portrait figuraient tous les éléments que Léonard avait pu recueillir au cours de ses investigations.

Le chef de la police secrète de la seigneurie écouta en silence, visiblement convaincu par les arguments et les illustrations de l'inventeur. À Florence, il y avait donc un mystérieux assassin qui tuait en suivant à la lettre *La Divine Comédie*. Et il se montrait impitoyable, reproduisant exactement, avec un grand souci du détail, les châtiments que l'œuvre de Dante avait assignés à chaque type de damné. Avec une différence, néanmoins : cet assassin-là leur arrachait le cœur.

Léonard avait beaucoup réfléchi à cet aspect des meurtres. Que l'Arrache-Cœur ait endossé le rôle de juge, ainsi que celui de bourreau, était indéniable. De toute évidence, il choisissait ses victimes parmi les personnalités notoires de Florence, faisait d'elles le symbole du Mal personnifié et les punissait pour leurs fautes. Mais leur arracher le cœur de la poitrine ressemblait plutôt à une sorte de sacrifice. En outre, il fallait prendre en compte la forte composante religieuse clairement présente depuis le début : la ceinture de moine, le meurtre d'un évêque, l'utilisation d'un fouet semblable en tout point à celui utilisé par les hommes d'Église pour s'infliger des châtiments corporels. L'homme qui tuait ainsi ses semblables, de sang-froid, se prenait très certainement pour un démon vengeur. Alors pourquoi, après avoir pris la peine de mettre au point des mises en scène élaborées directement inspirées de *La Comédie*, pourquoi le criminel s'écartait-il du récit en leur arrachant le cœur ? Ça, il n'arrivait pas à l'expliquer.

Lucrezia della Torre aurait fini par mourir des blessures infligées par le fouet. Aldebrando, avec ses mains et ses jambes attachées, se serait également noyé dans la fosse à purin. Sans parler du pauvre Baldinotto, cuit dans la poix, ou de l'inconnu dans le trou en forme de puits, brûlé vif. Les priver de leur cœur venait en plus, c'était un acte gratuit dans le processus de mise à mort. Léonard était persuadé que le fait de tuer ces pauvres gens – qui seraient de toute façon morts des tortures qu'ils avaient subies – à l'arme blanche était une étape, un rituel de passage vers la mort. Mais pourquoi se donner tant de peine pour mettre en scène les bolges infernales et finir pas poignarder ses victimes ? Et qu'était-il arrivé aux cœurs arrachés ?

Ser Pardo avait raison. Cette question était centrale. Ce coup de couteau pour ouvrir la poitrine, la main plongée dans la cavité thoracique pour se saisir du cœur et l'extraire alors qu'il palpite encore, le soin apporté à cette étape alors que la victime, bien qu'à bout de forces, est encore vivante… Oui, c'était dans ce geste que se cachait la véritable raison des crimes de cet homme. Si Léonard découvrait cette raison, il réussirait probablement à coincer l'Arrache-Cœur. La clé était à portée de main, il le sentait, mais il n'arrivait toujours pas à percer ce mystère.

— *Ser* Pardo, je suis persuadé que dès que nous découvrirons ce que ce monstre cherche dans le cœur de ses victimes, nous aurons la clé qui permettra de l'attraper, dit Léonard en s'approchant à son tour du panneau couvert de feuilles. Que pensez-vous de la culpabilité que l'Arrache-Cœur semble attribuer à ses victimes ?

Il faudrait comprendre si notre homme choisit les malheureux protagonistes de ses mises en scène au petit bonheur ou pour une raison bien particulière, s'il choisit par exemple des personnes connues à Florence pour leur comportement répréhensible. Cela pourrait nous être très utile pour protéger ses prochaines victimes et d'éventuelles proies. Que pouvez-vous nous dire sur Lucrezia della Torre ? Était-elle vraiment une séductrice ? Et ses compagnons d'infortune ?

— Certes, comme en attesteraient tous ceux qui fréquentent le Palagio Novo, l'évêque Aldebrando était quelqu'un qui savait se faire apprécier des puissants. Le fait qu'il fût un flatteur était bien connu de tous : il n'aurait pas porté la mitre de Sienne s'il n'avait pas su entretenir de bonnes relations avec tout le monde. Notre cher évêque était passé maître dans cet art. Sinon, comment le fils d'un simple marchand de tissus, riche en or, certes, mais totalement dépourvu de sang royal, aurait-il pu prétendre au trône papal ? Sa Sainteté Sixte IV n'est plus toute jeune, et beaucoup prédisaient un grand avenir à notre évêque. Ce qui pouvait apparaître à certains comme de la pure flatterie était considéré par beaucoup comme un véritable don pour la politique. Non, on ne devient pas conseiller de Sa Seigneurie Laurent simplement par la flatterie. Aldebrando, derrière des apparences mielleuses et ses flatteries à outrance, cachait un grand appétit, de grandes ambitions. Quant à *ser* Baldinotto dei Guicciardi, il avait récemment été nommé capitaine de justice. Cet homme avait consacré sa vie à la politique, il était très lié à Sa Seigneurie Laurent et à la famille des Médicis. Si je suis votre raisonnement, notre homme l'accuse d'être un escroc, c'est-à-dire d'avoir fait passer son intérêt personnel avant l'intérêt public. La même accusation que Jacopo dei Pazzi avait portée publiquement contre lui quelques mois avant les crimes, sans pour autant être en mesure de prouver quoi que ce soit. Personnellement, je pense que ses ennemis faisaient surtout référence au fait que *ser* Baldinotto était entièrement dévoué à Sa Seigneurie. Ce n'était pas son propre intérêt qu'il défendait, non, il cherchait constamment à préserver les intérêts de son puissant protecteur. Mais si cela devait être considéré comme une faute, alors il n'y aurait pas assez de place dans toutes les prisons de Toscane pour accueillir les gens comme lui. Je le connaissais bien, moi. Peut-être n'était-il pas le politicien le plus fin de la ville, mais de là à l'accuser d'escroquerie et à le faire mariner dans de la poix bouillante…

Le grand chef de la police secrète désigna les dessins représentant le corps mutilé de Lucrezia della Torre.

— Selon Dante, l'Arrache-Cœur aurait donc tué cette pauvre fille pour l'ériger en symbole de séduction. Mais y a-t-il sur terre une jeune femme aussi belle et aussi riche que cette pauvre créature, qui n'ait pas, au moins une fois dans sa vie, utilisé sa beauté pour obtenir ce qu'elle veut ? Et la malheureuse enfant n'avait que dix-sept ans ! S'il avait voulu se donner la peine de chercher un peu mieux, l'assassin aurait facilement pu trouver d'autres séductrices parmi les courtisanes florentines, toutes bien plus délurées et coupables que Lucrezia.

Léonard écoutait attentivement, concentré sur ce que *ser* Pardon venait de dire.

— Je suis bien d'accord avec vous. Donc, il est capital de comprendre pourquoi il a choisi précisément ces personnes comme personnification des péchés. Je ne pense pas que notre bourreau ait choisi ses victimes au hasard. Bien au contraire, je suis convaincu qu'il les a sélectionnées car elles faisaient partie de l'entourage proche de Sa Seigneurie. Ce qui a probablement limité le choix. Il aurait trouvé de pires séductrices, de pires flatteurs et escrocs s'il avait étendu son terrain de chasse à toute la ville. Mais il a dû faire de nécessité vertu. C'est comme s'il resserrait le cercle de son Malebolge personnel autour de la personne de Laurent de Médicis…

Ser Pardo acquiesçait aux conclusions auxquelles l'inventeur était parvenu.

— Tout à fait. Et si je comprends bien, nous n'allons pas tarder à découvrir l'identité de l'homme retrouvé la tête en bas dans un trou puisque je pense être en mesure de reconnaître et donner un nom à tous ceux qui fréquentent le Palagio Novo. Découvrir de qui il s'agit ne devrait pas être bien compliqué.

— Oui, moi aussi je crois que maître de Vinci a raison, intervint Lapo Caperna, qui s'apprêtait une fois de plus à prouver qu'il avait parfaitement suivi la démonstration de Léonard. L'assassin veut attirer notre attention sur les péchés commis par les proches de Laurent le Magnifique : Aldebrando était son père spirituel, Lucrezia, la fille de son ami et conseiller *signor* Orso della Torre. Et *ser* Baldinotto, une sorte d'éminence grise de Sa Seigneurie concernant les ordonnances à Florence. Le fait que notre homme vise le cercle restreint du Magnifique pourrait peut-être bien nous faciliter la tâche. Grâce au livre, on sait ce qu'il a l'intention de faire, maintenant. De notre côté, il va falloir identifier et protéger les éventuelles victimes à venir de l'Arrache-Cœur.

— Le meurtrier agit comme s'il voulait montrer au monde à quel point le cœur de la seigneurie est rongé par la corruption, comme s'il croyait que monseigneur Laurent en personne était à l'origine de la dégradation des mœurs des Florentins, expliqua l'inventeur en s'emballant soudain, comme s'il déroulait le fil logique d'une intuition. Oui, on dirait qu'il nous montre la voie vers le Magnifique, cible ultime de sa folie meurtrière. On dirait qu'il veut tout balayer sur le chemin qui mène au Magnifique, pour l'empêcher de se défendre le moment venu. Je ne serais pas surpris qu'il ait réservé le rôle principal à Sa Seigneurie à la fin de sa performance macabre ! Bencio, apporte-moi le livre !

Il se mit à feuilleter les pages avec fébrilité.

— La dernière bolge, c'est celle des faussaires. L'illustre poète lui a consacré deux chants, les XXXIX et XXX. On y condamne ceux qui trompent leur prochain en leur montrant ce qui n'existe pas. Il y a ceux qui contrefont de la monnaie, ceux qui essaient de transformer des métaux en or, ceux qui racontent des mensonges, ceux qui trompent en se faisant passer pour quelqu'un d'autre. Et pour châtiments, fléaux et maladies terribles attendent ces pécheurs. Écoutez ça : « Quelle plainte cela ferait, si des hôpitaux de Valdichiana, de juillet à septembre, et de la Maremme et de la Sardaigne, les maux étaient réunis en une seule fosse ; celle-ci était telle, et il en sortait une puanteur comme celle qui vient des membres pourris. » En d'autres termes, si entre juillet et septembre, tous les malades se retrouvaient confinés dans les hôpitaux de la Valdichiana, de la Maremme et de la Sardaigne, on y verrait des souffrances semblables à celles de la bolge, et la puanteur qui s'en dégagerait rappellerait celle des membres en décomposition.

La situation était claire, même si, par sa folle complexité et l'ambition débridée qu'elle trahissait, on peinait à y croire vraiment. Y avait-il véritablement à Florence un détraqué qui conspirait pour tuer Laurent de Médicis en suivant les tercets immortels de *La Divine Comédie* de *ser* Dante Alighieri ? Le silence tomba sans la salle, puis *ser* Pardo dei Giovannini reprit la parole.

— Maître de Vinci, je crois que le moment est venu d'informer Sa Seigneurie de votre enquête et de vos conclusions. Je vais essayer d'organiser une audience avec vous ce soir, après la messe solennelle à la cathédrale. Compte tenu de ce que nous avons découvert, je ne pense pas que nous aurons beaucoup de difficultés à obtenir une entrevue. Votre hypothèse sur le but de notre homme me paraît tout à fait fondée : le Magnifique est en danger et il doit être averti au plus vite !

14

Florence, Palagio Novo, salle du Conseil

— … Ainsi, *messer* de Vinci, vous êtes en train de me dire que je suis en danger, c'est bien ça ? Moi, l'homme le mieux protégé de Florence. Croyez-vous vraiment que votre disciple de *ser* Alighieri soit aussi puissant que cela ? Comment l'avez-vous appelé, déjà ? Ah oui, l'Arrache-Cœur. Un nom fort intéressant, qui siérait bien à une cantate ou à une tragédie. Mais permettez-moi de vous dire que ce joli sobriquet ne lui sera d'aucune utilité pour se frayer un chemin jusqu'à moi…

Léonard garda le silence quelques instants afin de bien peser ses mots. Le seigneur de Florence l'avait reçu aussitôt, probablement intrigué par le rapport de *ser* Pardo. Comme tous les Florentins, l'inventeur d'Anchiano connaissait bien le faciès si singulier de son seigneur. Le grand nez aquilin rendait les traits de son visage, du moins à première vue, grossiers. Mais ce qui frappait surtout les gens qui le rencontraient, c'étaient ses yeux sombres, animés d'un éclat perçant où se lisait un mélange de ruse, de vivacité et d'arrogance. Sa Seigneurie avait le regard d'un homme parfaitement conscient de son immense pouvoir, un homme qui n'a aucun scrupule à en jouir pleinement pour parvenir à ses fins. Et en même temps, ce regard laissait transparaître une intelligence hors du commun. Une intelligence qui, associée à un instinct qui le guidait dans des choix parfois difficiles pour réussir à gouverner, l'avait porté au pouvoir. Officiellement, il ne possédait pas le moindre titre de noblesse, mais en réalité, il était le maître absolu de Florence, le dirigeant *de facto* de la ville, qui gouvernait en tirant toutes les ficelles en coulisse, tel un marionnettiste.

Le petit groupe de visiteurs avait été introduit dans une grande salle plongée dans la pénombre. De part et d'autre de la porte, deux gardes armés de hallebardes, dans leurs pourpoints parés du symbole des boules des Médicis, se tenaient immobiles comme des statues. Celui que l'on appelait le Magnifique était là, et à la droite de Sa Seigneurie, installé dans un confortable siège de cuir tanné, un homme que maître de Vinci reconnut immédiatement, le *signor* Ludovico Gabriele Malagutti, élu quelques mois plus tôt à l'un des deux postes de magistrat que comptait Florence. À sa gauche était assis *ser* Carlo Caracciolo, le second magistrat, en fonction depuis plus d'un an après sa réélection mais approchant de la fin de son mandat. Depuis deux siècles, Florence mettait à la tête de son système judiciaire des prévôts venus d'autres provinces, des hommes de renom choisis parmi les législateurs d'autres villes. Ces magistrats restaient en fonction pendant six mois et pouvaient être réélus trois fois avant d'être définitivement priés de quitter la ville.

Les deux magistrats étaient on ne peut plus différents : Malagutti, avec son crâne dégarni et son rire contagieux, avait un air résolument jovial. Originaire de Reggio nell'Emilia, dans le duché d'Este, il avait vu sa réputation d'érudit confirmée lorsqu'il avait obtenu une chaire prestigieuse à l'université de Bologne. Contrairement à beaucoup d'illustres juristes, il aimait s'habiller de couleurs vives et semblait toujours de bonne humeur. Mais en quelques mois, les Florentins avaient appris à le craindre : son rire tonitruant avait souvent accompagné des condamnations à mort. Et c'est à coups de remarques ironiques et de traits d'esprit qu'il confiait au bourreau bon nombre de ceux qui avaient le malheur de se retrouver sur le banc des accusés. Il avait une femme et deux enfants. Son appétit était proverbial. Et pas seulement en matière de nourriture : il aimait l'argent, les cadeaux coûteux, les vêtements de luxe et les belles femmes, de préférence de petite vertu.

Malagutti était aussi haut en couleur et jouisseur que le second magistrat semblait austère et docile : Carlo Caracciolo approchait la soixantaine et venait de Naples, ville où il avait pratiqué le droit pendant près de quarante ans avant d'être appelé au siège de la plus haute magistrature de Florence. Veuf, sans enfant, il avait été réélu quelques jours plus tôt pour son dernier mandat. Le Magnifique lui faisait une confiance aveugle. Toujours vêtu d'une sobre toge noire, il arborait également une perruque blanche, ramassée en une simple queue-de-cheval nouée avec un ruban. Et il portait des gants : un héritage de l'étiquette rigide de la cour napolitaine imposée par le roi Ferdinand Ier d'Aragon, le souverain le plus hypocondriaque de toute l'histoire du royaume de Naples, qui recommandait l'utilisation de cet accessoire pour éviter le contact entre les hommes, et ainsi, la propagation des maladies contagieuses. Du choléra, surtout. En dehors de son petit faible pour les gants et les faux cheveux, le magistrat Caracciolo jouissait d'une réputation d'homme juste et intègre. En ville, tout le monde s'accordait sur ce point.

Ser Pardo, tout de noir vêtu, l'air toujours aussi peu amène, avait pris place à côté de lui, tandis que de l'autre côté, près de Malagutti, se trouvait le sieur Alfonso Orso della Torre, en tenue de deuil en mémoire de la pauvre Lucrezia. Autour d'eux, la grande salle était entièrement plongée dans l'obscurité. Au-dehors, les dernières lueurs du coucher du soleil s'étiraient dans le ciel de Florence.

— Je vous l'accorde, *messer* de Vinci, reprit Laurent Magnifique, l'idée que tous ces crimes soient l'œuvre d'une même personne est décidément bien intrigante. Je suis donc d'accord avec vous pour dire que nous avons affaire à un seul et même assassin, et un assassin d'une sauvagerie sans nom. Mais qu'est-ce qui vous fait penser qu'il compte venir ici, dans ce palais ? Et qu'il voudrait me tuer… ?

— Monseigneur, ce serait une grave erreur de sous-estimer notre homme. Jusqu'à présent, il a pu tuer sans être dérangé puisque personne n'était au courant de son existence. Personne ne le recherchait. Il a donc pu approcher ses victimes sans éveiller le moindre soupçon. Désormais, il risque de se montrer encore plus impitoyable, et plus attentif à ne laisser aucune trace derrière lui. Le fait qu'il ait choisi des personnes proches de vous pour ses rituels de mise à mort nous montre qu'il s'agit de quelqu'un qui est libre de circuler dans ce palais, quelqu'un qui fait partie de votre cercle personnel, et qui a accès à ces lieux. Si nous ne nous trompons pas, il continuera à tuer. Jusqu'à ce qu'il atteigne son but, vous.

L'idée qu'il puisse être victime d'un complot semblait faire son chemin dans la tête du seigneur de Florence. Ce n'était pas la première fois que les Médicis étaient la cible d'une conspiration.

— Et comment compte-t-il me tuer, si je peux permettre ? Vous dites que l'Arrache-Cœur suit les vers de Dante Alighieri, donc j'imagine que vous avez déjà une idée du sort que cet assassin me réserve…

Léonard y avait longuement réfléchi et n'avait plus le moindre doute sur la question.

— Une idée très précise, oui. Dans le dernier chant de Malebolge, les faussaires sont punis par de terribles plaies et maladies. Et je crois que notre homme a une connaissance suffisante de l'anatomie humaine pour lui permettre d'infecter votre personne avec un mal mortel. Jusqu'à présent, le tueur du Malebolge a suivi à la lettre les descriptions de *La Comédie* ; je crois que cette fois encore, il appliquera les paroles du poète. Je pense qu'il a l'intention de vous faire attraper une grave maladie : la peste noire, ou une fièvre mortelle. Ou bien il pourrait essayer d'utiliser une substance pour empoisonner votre sang. Toutes ces maladies mortelles, selon l'Arrache-Cœur, seraient susceptibles de purifier votre âme. Tout en faisant mourir votre corps…

— Balivernes, Votre Seigneurie ! Voilà un ramassis de balivernes inventées ni plus moins pour attirer votre attention.

La voix franche, aussi menaçante et tranchante que les accusations qu'elle venait de proférer, fit grimacer l'inventeur. Il n'avait pas remarqué que dans la salle, dans une tunique noire et blanche et enveloppé d'une cape sombre avec un grand capuchon couvrant son visage, se trouvait un autre homme. Il était assis dans une alcôve, dans la partie la plus sombre de la pièce. Et jusque-là, il avait pris soin de ne pas signaler sa présence.

— Calmez votre impétuosité, père Fernando. Laissez-moi écouter les explications et les conclusions du *signor* de Vinci. Et vous, mon ami, permettez-moi de vous présenter le père Fernando Ignatius d'Oviedo, de l'ordre dominicain, inquisiteur de notre Sainte Église, mandaté par Sa Sainteté Sixte IV pour m'aider, je cite, à « expulser Satan de notre chère Florence ».

— Votre Seigneurie, vous n'allez pas croire les élucubrations de cet homme, cet… inventeur. Léonard de Vinci, moi, vous ne m'aurez pas, je connais votre passé louche et sordide. Et si ça ne tenait qu'à moi, vous auriez été brûlé sur le bûcher voilà déjà des années. Ne croyez pas que je n'aie pas remarqué comment, avec votre reconstruction fantaisiste, vous essayez de vous attirer la bienveillance de Sa Seigneurie en vous faisant passer pour ce que vous n'êtes pas. Vous n'êtes pas en train d'essayer de sauver la vie du seigneur de Florence, non, avec vos fables absurdes, vous êtes tout bonnement en train de faire perdre un temps précieux à notre seigneur !

Laurent lui fit signe de se taire.

— Père Fernando, allons, je vous en prie. *Ser* Pardo m'a fourni d'excellentes références sur cet homme. Et j'ai l'intention d'écouter ce qu'il a à dire jusqu'au bout.

Le frère tenta de riposter mais un geste du seigneur de Florence le contraignit au silence. Laurent le Magnifique se tourna à nouveau vers Léonard.

— Mais pourquoi la bolge des faussaires ? D'autres péchés me représenteraient mieux, me semble-t-il, car je suis loin d'être un homme exempt de défauts ou de vices... mais faussaire ?

Léonard s'était posé la même question et sa réponse était prête.

— Eh bien, voyez-vous, Votre Seigneurie, le fait que l'illustrissime poète ait placé ce péché dans la dernière bolge de l'enfer indique qu'il le considère comme un péché qui englobe tous les autres. Le faussaire est celui qui se montre tel qu'il n'est pas, qui cache ses vices et ses péchés. Il trompe son monde, promet tout en sachant déjà qu'il ne pourra pas tenir ses promesses. C'est celui qui ment, aussi. Ou celui qui défend avant tout ses propres intérêts en prétendant rechercher le bien commun. Visiblement, notre assassin voit en vous l'origine de tous les maux de Florence...

Bien que le meurtrier ait agi en toute impunité jusqu'à présent, Léonard était convaincu que Laurent de Médicis pouvait encore être épargné. Mais pour éviter un malheur, il fallait agir prudemment, et sans perdre une minute. Et avant tout, ne pas rater l'occasion de cette rencontre avec Laurent de Médicis pour faire avancer l'enquête. Car c'était peut-être le Magnifique lui-même – c'est du moins ce que Léonard espérait au fond de lui – qui pourrait le mettre sur la bonne voie, apporter de nouveaux éléments au portrait qui prenait forme dans la grange. Léonard était notamment convaincu que le puissant seigneur de Florence pourrait l'aider à découvrir le nom de la victime aux pieds brûlés, tout comme il pourrait l'aider à percer le mystère de la quatrième bolge, celle qui manquait à l'appel macabre.

— Eh bien, *messer* de Vinci, j'attends d'entendre pourquoi je serais en danger... Je n'aime pas être dérangé à l'heure du dîner, et j'espère que cette entrevue justifiera les explications que je vais être obligé de fournir à *mona* Clarice, ma bien-aimée, qui m'attend impatiemment à l'étage.

Si l'épouse du Magnifique attendait véritablement Laurent à dîner ce soir-là, elle finit probablement par manger seule ou par aller se coucher à jeun. L'explication de Léonard se termina tard dans la nuit, il fournit au seigneur de Florence quantité de détails. L'inventeur informa les personnes présentes de chaque piste suivie, de chaque preuve recueillie, de chaque hypothèse retenue et de chaque reconstitution effectuée. Au début, le Magnifique écouta l'exposé d'un air absent et quelque peu irrité. Mais à mesure que progressait le récit du *maestro* de Vinci, on voyait à l'expression du visage de Laurent le Magnifique que l'inventeur avait capté son attention. Il se mit à poser des questions, de plus en plus de questions, et de plus en plus pertinentes. Ses conseillers aussi demandaient régulièrement des précisions.

Léonard sortit de sa sacoche les moulages en plâtre des empreintes de pas relevées à l'abattoir et celle faite près du chaudron de poix, il exhiba le bouton avec l'inscription, ouvrit le livre de *L'Enfer* de Dante et indiqua les versets et les illustrations. Tous les yeux étaient maintenant fixés sur le visage barbu de l'inventeur d'Anchiano. Léonard, en bon orateur, profita du changement d'attitude de son auditoire. Maintenant qu'il avait sa pleine attention, il ne lui restait plus qu'à poser une dernière question.

— *Signori*, avez-vous une idée de l'identité de notre homme ? Comme je vous l'ai déjà expliqué, je suis convaincu qu'il s'agit d'une personne que vous connaissez bien, que vous croisez souvent. Quelqu'un qui prétend être votre ami et votre conseiller et qui vit à vos côtés, au quotidien…

Pour mieux souligner son propos, Léonard tira également de sa sacoche le portrait réalisé à partir de tous les indices recueillis jusqu'à présent. Bien que les traits du visage ne fussent indiqués que par des lignes encore vagues, le dessin semblait assez fidèle à ce qu'ils savaient pour l'instant de l'Arrache-Cœur.

— Regardez ce dessin. Peut-être saurez-vous donner un visage au serpent que vous nourrissez dans votre sein…

Laurent de Médicis se saisit du portrait et l'observa attentivement.

— Je suis désolé, *messer* de Vinci. J'apprécie votre art et vos compétences, mais si je devais jeter en prison tous ceux qui ressemblent à ce croquis, les cachots du Bargello n'y suffiraient pas. Ça pourrait être n'importe qui. Y compris *ser* Pardo. Ou même vous, père Fernando…

L'inquisiteur, qui se retrouvait soudain dans la position inconfortable de possible suspect, avait l'air très mal à l'aise.

— *Madre de Dios*, j'étais sûr que Vinci réussirait à empoisonner votre esprit avec ses mensonges. Votre Seigneurie, vous ne croyez tout de même pas que…

Le Magnifique leva la main et l'homme d'Église se tut.

— Maintenant, *messeri*, si cela ne vous dérange pas, l'heure est venue pour moi de me retirer dans mes appartements…

— Pardonnez-moi, insista Léonard, mais j'aimerais savoir si d'aventure un religieux, connu de la cour des Médicis, n'aurait pas disparu. Quelqu'un qui aurait pu être absent lors d'un appel, par exemple. Un frère, un prêtre qui aurait pu être accusé, par quelque calomniateur bien entendu, de « simonie ».

À sa grande surprise, ce ne fut pas le Magnifique qui leva le voile sur l'identité du disparu. Ni un de ses illustres conseillers. C'est l'inquisiteur qui prit la parole.

— Votre Seigneurie, j'ai bien peur qu'il s'agisse du pénitencier de San Marco… *Fra* Alfonso da Poppi semble s'être volatilisé depuis dimanche, après la messe des vêpres. Ses frères l'ont cherché partout mais ils n'ont trouvé aucune trace de lui. À entendre l'hypothèse de ce profanateur, le mort aux pieds brûlés pourrait bien être le frère Alfonso da Poppi…

Le Magnifique avait l'air perplexe.

— Frère Alfonso, mort ? Je ne vois pas comment un saint homme comme lui, connu dans toute Florence pour venir en aide aux plus démunis, peut être non seulement accusé, mais encore pris pour un simoniaque. Qu'il ait trahi ses vœux sacrés afin d'obtenir des faveurs ou de s'enrichir est tout à fait à exclure…

— « Méfiez-vous des faux prophètes qui viennent à vous déguisés en brebis, mais au-dedans ce sont des loups voraces. » Évangile selon saint Matthieu, chapitre 7, verset 15.

Le père Fernando avait parlé sur un ton glacial. Sa silhouette fantomatique assise dans l'ombre se leva et s'avança vers la partie la plus éclairée de la salle. Il se déplaça sans hâte, à pas feutrés, comme flottant en apesanteur, quittant lentement les ténèbres qui l'avaient enveloppé jusque-là. Mais ce qui frappa surtout Léonard, ce fut le très léger boitement du père Fernando : sa jambe droite traînait un peu, presque imperceptiblement.

Comme s'il venait de se rendre compte qu'on l'observait, le frère bomba le torse et s'avança alors d'un pas décidé. Sous sa robe, on devinait le corps d'un homme grand et mince mais musclé et bien proportionné. Un certain malaise semblait s'être abattu sur l'assemblée, comme saisie d'un frisson. Le père Fernando s'exprima d'une voix de stentor.

— Votre Seigneurie, personne ne met en doute la sainteté du frère Alfonso, mais nombreux sont ceux qui voyaient dans ses actions une volonté de gagner votre bienveillance. Qui plus est, son ascension de simple curé de campagne, dans le minuscule village de Poppi, au poste de prêtre pénitencier dans le monastère le plus prestigieux de Florence a suscité pas mal de convoitises et donné lieu à des ragots. Le fait qu'il ait ensuite commencé son mandat en votant en faveur du legs des jardins de San Marco à la seigneurie a été, pour un certain nombre de personnes malintentionnées, un signe clair de son désir de vous plaire. Il a utilisé un bien appartenant à l'Église pour se mettre en valeur auprès de vous.

Le frère ne manquait pas de courage ; peu de gens se seraient permis de s'adresser à Laurent de Médicis avec une telle franchise.

— Un acte qu'un esprit aussi pervers que celui de l'Arrache-Cœur pourrait interpréter comme une « simonie », marmonna le magistrat Caracciolo en hochant lentement la tête, comme s'il se parlait à lui-même.

— Pauvre frère Alfonso, que la paix soit avec lui, ajouta le juge Malagutti en secouant la tête.

Léonard saisit sa chance de revenir à l'enquête. Il ne voulait pas quitter le palais sans obtenir le dernier nom manquant, celui qui correspondait à la quatrième bolge.

— Si le cadavre aux pieds calcinés était effectivement celui du frère Alfonso, alors le premier mystère est résolu. Mais ce n'est pas le seul... Il nous reste maintenant à fouiller le cercle des mages, des astrologues ou des diseurs de bonne aventure qui fréquentent la cour, pour trouver la dernière victime non identifiée. Pour l'instant, nous ne pouvons que supposer l'existence de cette victime car nous n'avons même pas encore retrouvé de corps. Mais malheureusement, je suis convaincu qu'il y a déjà un autre trophée au tableau de chasse de l'Arrache-Cœur.

À vrai dire, maître de Vinci avait déjà sa petite idée. Cette suspicion, telle une imperceptible dissonance dans la partition sur laquelle il construisait son enquête, lui trottait dans la tête depuis qu'il avait découvert le lien entre le meurtrier et *La Comédie*. Au début, ce n'était qu'une vague intuition, comme si une note n'était pas tout à fait à sa place sur la portée. Quelques heures plus tôt, lors du trajet à cheval dans la chaleur de l'après-midi, Léonard avait réfléchi au chaînon manquant. Il avait repensé aux événements de ces derniers jours, à la découverte du corps dans le trou, puis à celui jeté dans la poix, sans omettre aucun détail : les odeurs, les couleurs, les pièces à conviction prélevées sur les lieux. Progressivement, il était remonté encore plus loin dans le temps, jusqu'à la morgue et aux corps de la pauvre Lucrezia et de l'évêque Aldebrando. Et c'est là qu'il avait décelé une fausse note. Oui, il avait perçu, nettement, comme une fausse note. Il passa alors en revue cet après-midi-là, riche en émotions : il revécut l'examen du corps de la jeune fille, puis de celui de l'évêque de Sienne. À ce stade, il avait eu le sentiment, la conviction, de s'approcher de la solution. Il était ensuite remonté encore plus loin dans sa mémoire, s'était revu entrer dans la morgue… Sur les tables en marbre du sous-sol, il y avait trois corps. Trois ? Oui, il en était certain. Celui du prélat, embaumé dans du purin, celui de la pauvre jeune femme, déchiqueté par le fouet, et… celui d'un inconnu qui s'était noyé dans l'Arno, tuméfié et pratiquement méconnaissable à cause des chocs subis par le cadavre, ballotté entre les rochers de la rive et les piliers des ponts. Voilà, c'était ça, la fausse note. Si l'homme s'était simplement noyé, pourquoi avait-il le cou affreusement tordu et la tête presque retournée sur elle-même ? Le jour de la visite dans la salle des morts, Léonard avait à peine regardé ce pauvre corps. Le lien avec le Malebolge n'avait pas encore été établi, et par ailleurs, il n'y avait aucune raison de procéder à l'examen de ce cadavre, ce jour-là, mais à présent… La victime de la quatrième bolge était-elle donc sous ses yeux depuis le début ? Plus il repensait à certains détails, plus il était convaincu d'avoir mis le doigt sur quelque chose d'important.

Léonard n'avait vu le cadavre que quelques secondes, mais sa mémoire, capable de figer une chose aussi fidèlement qu'une peinture sur une toile, lui rendait une image claire : celle d'un homme au crâne rasé, corpulent, avec un gros ventre, un homme pas spécialement grand puisque, pour autant qu'il s'en souvienne, son corps paraissait plus petit que celui de Lucrèce étendu à ses côtés. Il revit la peau, devenue blanche et translucide par la décomposition et le séjour prolongé dans l'eau, les yeux grands ouverts d'un bleu terne, le corps couvert de plaies causées par les chocs contre les pierres, et la chemise pourpre en lambeaux sur le torse... Et si ce n'était pas le corps d'un simple vagabond mais celui de la victime qu'il recherchait ? Oui, il en était de plus en plus certain. Dès que possible, il retournerait à la morgue jeter un coup d'œil au cadavre.

D'après ce qu'il savait, Laurent le Magnifique n'aimait pas spécialement s'entourer de mages et de devins, mais chaque cour en Italie disposait d'au moins deux ou trois astrologues à son service. Trouver lequel des mages admis dans le cercle des Médicis avait disparu serait donc un jeu d'enfant. D'autant plus que, grâce à ses déductions, Léonard pouvait fournir une description de la victime, quoique approximative.

— Votre Seigneurie, avez-vous une idée de l'identité de ce devin au cou brisé ? Moi, je peux déjà vous dire qu'il s'agit d'un homme de forte corpulence mais pas très grand, au crâne rasé. Il a les yeux bleus et aime porter des vêtements de couleur pourpre. Et il vit dans une maison qui donne directement sur l'Arno.

Il attendait avec fébrilité que quelqu'un prononçât le nom qui lèverait enfin le mystère de la quatrième bolge. Et il s'imaginait déjà l'expression stupéfaite des personnes présentes à cette audition. Cependant, ce qu'il lut sur les visages de ceux qui l'entouraient fut bien différent : il n'y vit que perplexité et incompréhension.

— *Messeri*, les relança-t-il, personne ne correspond à cette description parmi les astrologues de la cour ?

— Personne ! répondit lui-même le seigneur de Florence.

Léonard était mortifié : se serait-il trompé ? Le cadavre au cou brisé qui gisait à la morgue n'avait-il donc rien à voir avec les meurtres de l'Arrache-Cœur ?

— Comment ça ? Je suis quasiment certain qu'il s'agissait d'un homme au physique imposant. Un mage, un astrologue, un devin, qui ne pouvait passer inaperçu à la cour.

C'est Laurent de Médicis lui-même qui mit fin à cette situation fort embarrassante.

— *Messer* de Vinci, pour tout vous dire, nous avons déjà une idée de l'identité de la victime correspondant à la bolge des mages. Mais c'est justement votre description qui ne colle pas. Car en réalité, ce n'est pas un homme, mais une femme. Mme Ursula, la voyante personnelle de mon épouse Clarice. Personne ne l'a vue depuis plusieurs jours. Comme le frère Alfonso, il semble qu'elle ait disparu dans la nature. Et chez elle, on a trouvé une grande flaque de sang.

15

La réunion dura jusqu'au beau milieu de la nuit. Léonard, fourbu, finit par accepter la proposition de *ser* Pardo de rester au Palagio Novo, dans l'une des chambres destinées aux visiteurs. Lorsque Laurent le Magnifique s'était retiré dans les étages supérieurs, suivi comme son ombre par l'inquisiteur tout de noir vêtu, Léonard était resté un petit moment avec Bencio. Lui aussi dormirait à Florence, puis, tôt le matin, il retournerait à Anchiano pour y chercher tous les accessoires nécessaires à une nouvelle autopsie. Il fallait examiner le corps de *fra* Alfonso da Poppi, s'il s'agissait effectivement de lui, et ce qu'il restait du malheureux Baldinotto dei Guicciardi, cuit à petit feu dans le chaudron de poix.

Mais pour Léonard, cette longue journée n'était pas encore terminée : la révélation sur la voyante disparue l'avait interpellé et laissé perplexe. Se pouvait-il qu'il ait fait fausse route ? Se pouvait-il que son intuition concernant le lien entre le noyé avec la victime de la quatrième bolge fût erronée, le résultat d'une pure coïncidence ou d'une erreur de jugement ? Car si le corps qui manquait à l'appel était effectivement celui de Mme Ursula, qui était le gisant sur la table de marbre ? Un simple vagabond, victime d'une chute accidentelle dans l'Arno après quelques verres de trop ? Ces questions allaient forcément tenir l'inventeur en éveil toute la nuit.

Léonard se connaissait bien et savait pertinemment qu'il ne trouverait pas le sommeil avant de revoir le cadavre non identifié. Ainsi, à peine eut-il pris congé de tout le monde qu'il fit semblant de se retirer dans la chambre qu'on lui avait attribuée et fila discrètement vers la sortie du palais. S'il parvenait à sortir sans être repéré par un garde, il n'aurait aucun mal à se rendre à la morgue. Une fois Laurent remonté dans ses quartiers, le palais fut plongé dans un silence assourdissant. S'il y avait des sentinelles en service à cette heure tardive, elles étaient très certainement positionnées aux endroits stratégiques, les entrées et les escaliers menant aux appartements de Sa Seigneurie. L'inventeur ne rencontra en effet aucune difficulté à rejoindre l'atrium, à pas de loup, rasant les murs. Mais une fois devant l'entrée principale, il trouva la grande porte verrouillée.

Que faire, à présent ? N'ayant aucune intention d'abandonner son enquête nocturne, il devait à tout prix trouver un moyen d'ouvrir ces imposantes portes en noyer. Il s'approcha et examina la serrure : si au moins il avait eu un clou à sa disposition… Il observait le trou de la serrure lorsqu'une main s'abattit subitement sur son épaule. Il fit volte-face en poussant un petit cri étouffé, prêt à fournir toutes sortes de fausses excuses à son assaillant. Mais en se retournant, Léonard reconnut immédiatement la moustache de Lapo Caperna

— Calmez-vous, *messer* de Vinci, c'est moi… Pendant que vous parliez à Sa Seigneurie, j'ai repensé au corps du noyé, celui qui est à la morgue. On ne l'a pas vraiment regardé, l'autre jour, mais à la lumière de vos observations, ce ne serait peut-être pas inutile d'y jeter un coup d'œil, histoire de voir s'il porte l'une des marques distinctives de l'Arrache-Cœur. Je pensais vous le proposer demain matin, mais je vous ai vu rôder dans les couloirs, alors je me suis dit que vous deviez souffrir du même genre d'insomnie que moi. Je me trompe ou, comme je le pense, nous avons la même idée derrière la tête ? Parce que si c'est le cas, suivez-moi, il n'y a aucune raison d'affronter le froid de la nuit : le Palagio Novo et le Bargello sont reliés par un passage souterrain qui mène directement à la morgue. Si vous me laissez vous montrer le chemin, nous y serons en quelques minutes.

— Vous m'avez fichu une de ces frousses...

Léonard mit une bonne minute à se remettre de sa frayeur. Il avait emporté du charbon de bois et du papier, et dans un sac, les instruments chirurgicaux nécessaires à l'examen du corps. Il suivit le soldat et ils s'enfoncèrent tous deux dans le palais. Lapo Caperna, qui visiblement connaissait le chemin par cœur, traversa plusieurs salles et couloirs, puis se dirigea d'un pas décidé vers un escalier qui descendait dans une galerie souterraine conduisant à la morgue. Les deux hommes se retrouvèrent bientôt plongés dans l'obscurité la plus totale. Le passage était désert, ils ne rencontrèrent aucun obstacle sur leur chemin.

— Attendez, murmura Léonard à l'attention du soldat qui avançait devant lui dans le noir. On ne voit strictement rien, ici. Je vais faire un peu de lumière...

De la sacoche qu'il emportait toujours, Léonard sortit un tube à essai en verre fin, scellé avec de la cire à cacheter.

— Cette poudre pyrophorique devrait faire l'affaire...

D'un coup sec, Léonard arracha la cire protégeant le récipient et la surface de la fine poudre contenue à l'intérieur s'embrasa immédiatement, éclairant la galerie d'une lueur blafarde.

— Encore un de vos tours de magie, s'amusa le soldat qui s'approcha, curieux, en tendant les mains. Je peux voir ça ?

— J'appelle ça une torche à feu froid, expliqua Léonard. Il s'agit d'un alliage de cérium et d'autres métaux qui, au contact de l'air, réagit et prend feu spontanément. Je scelle le mélange dans des tubes à essai qui, une fois ouverts, peuvent se transformer en d'excellentes torches portables. Comme celle-ci…

Satisfait de son explication, Léonard tendit la torche au soldat, qui la soupesa d'abord, puis la tint à bout de bras bien au-dessus de leurs têtes. Ils s'engouffrèrent dans un escalier aux marches de pierre abruptes. L'accès à la morgue était protégé par une imposante porte en bois mais, comme ils le pensaient, la serrure n'était pas verrouillée. Ils se retrouvèrent bientôt dans un couloir étroit. Si son sens de l'orientation ne le trompait pas, Léonard estimait que pour atteindre la salle des corps, il faudrait qu'ils aillent tout au fond. Au demeurant, l'odeur de décomposition qui commençait à corrompre l'atmosphère confirmait la proximité du royaume des morts.

— Nous y sommes !

Lapo Caperna bifurqua à droite et ils se retrouvèrent devant la morgue. La puanteur de la chair pourrie avait beau être d'ores et déjà insupportable, Léonard n'aurait pas rebroussé chemin pour tout l'or de Florence.

Au milieu des ténèbres, la lumière de la torche créait un halo spectral. Ce n'est que lorsque le soldat alluma les lampes à huile accrochées aux murs que Léonard put enfin y voir un peu plus clair. Sur une dalle de marbre, le corps de l'évêque Aldebrando reposait dans un cercueil en bois ouvragé, attendant ses funérailles solennelles dans la cathédrale. La dépouille n'était que partiellement recouverte d'un linceul, on voyait son visage cireux, fantomatique, ses yeux creusés. Un embaumeur avait dû s'occuper de lui car il semblait en assez bon état malgré les jours écoulés depuis sa mort. Quant au cadavre de la pauvre Lucrèce, il s'était volatilisé.

— Son père a demandé qu'il soit ramené chez eux pour recevoir les honneurs qu'il mérite, l'informa Lapo

Caperna. Les obsèques auront lieu aujourd'hui, en début d'après-midi, dans la cathédrale de Santa Maria.

Le cadavre qu'ils étaient venus examiner se trouvait toujours à l'endroit où Léonard se souvenait l'avoir vu la première fois. Personne n'y avait touché. Le drap souillé que le soldat avait retiré et jeté sur l'étagère lorsqu'il avait découvert le corps, pour le montrer à l'inventeur, se trouvait toujours dessus. La tête du noyé, courbée de façon anormale, comme si elle n'était pas attachée, formait un angle improbable avec le cou.

Lapo Caperna alla chercher toutes les lampes à huile qu'il put trouver et les disposa autour du cadavre. Cependant, la lumière jaunâtre et vacillante n'était pas idéale pour un examen détaillé. Et la torche s'était éteinte.

— Contentons-nous de jeter un coup d'œil ce soir ; demain, on procédera à un examen plus approfondi.

Il s'agissait bien du corps d'un individu adulte de sexe masculin. Lapo Caperna fit un signe de tête en direction du pénis qui dépassait d'une touffe de poils sombres et crépus recouvrant le pubis.

— Je crois qu'on perd notre temps, *messer* de Vinci.

— Moi, j'ai une théorie et j'aimerais bien m'assurer que… commença Léonard en se penchant sur le cou de l'homme, une lanterne à la main. Cassé, confirma-t-il. Oui, aucun doute là-dessus. Une violente torsion a fracturé les vertèbres de ce pauvre hère. Demain, on regardera ça de plus près mais je suis certain que l'atlas, la première vertèbre de la colonne vertébrale, a été séparé de l'axis dans un mouvement de rotation, provoquant une paralysie immédiate.

Un autre détail attira ensuite l'attention de Léonard : le lambeau de tissu pourpre qui entourait la poitrine de l'homme, par ailleurs entièrement nu. À vrai dire, il l'avait déjà remarqué lors de sa première visite. La bande de tissu faisait environ deux paumes de large et entourait toute la circonférence de la poitrine.

— Et ça, qu'est-ce que c'est ?

— Je crois que c'est sa chemise, elle a dû s'entortiller dans l'eau, à cause du courant.

— Faites-moi un peu de lumière par ici.

Léonard sortit une petite lame tranchante de sa sacoche, puis il tendit une paire de longues pinces à son compagnon.

— Aidez-moi, soulevez légèrement à cet endroit...

En essayant de ne pas érafler la peau livide du cadavre, l'inventeur coupa le tissu violet.

— Doux Jésus ! s'exclama le soldat.

Le corps gonflé de l'homme, une fois libéré de la bande de tissu autour du torse, révéla quelque chose de tout à fait inattendu : une poitrine de femme. L'homme était de forte corpulence, certes, mais ce que le tissu masquait n'était pas une simple accumulation de graisse. Il s'agissait clairement de seins de femme, avec de petits mamelons rosés à peine esquissés. La bande de tissu pourpre avait de toute évidence été portée pour les comprimer et les dissimuler. Mais ce qui avait surtout fait réagir le soldat était une entaille longue comme une paume, à hauteur du cœur.

— L'Arrache-Cœur ! s'exclama à son tour Léonard.

Le séjour prolongé du corps dans l'eau avait effacé toute trace sang et la blessure avait pris une teinte blanchâtre, mais l'assaut portait indiscutablement la signature de celui que l'inventeur et le soldat commençaient à bien connaître.

— Comme je le pensais, le cœur n'est plus là. Compte tenu de la fracture au cou et de la blessure à la poitrine, il ne fait guère de doute qu'il s'agit là de la victime de la quatrième bolge.

Lapo Caperna avait l'air perplexe.

— Mais alors, qu'est-il arrivé à Mme Ursula ? Et qui est cet homme ? Et pourquoi a-t-il… ça ? s'interrogea le soldat en désignant les seins qui, sur ce corps masculin, semblaient tout à fait incongrus.

— Passez-moi la loupe.

Léonard s'approcha du visage du cadavre et l'examina longuement, effleurant la peau fine de ses doigts. Puis, il se pencha sur la poitrine.

— Pas de barbe, pas de poils, commenta-t-il, comme s'il se parlait à lui-même, avant de saisir le prépuce meurtri à l'aide des pinces métalliques, et de soulever le pénis de l'homme. Voilà, c'est bien ce que je pensais… Voyez par vous-même.

Lapo Caperna s'inclina à son tour pour observer l'endroit que Léonard lui indiquait. Et de nouveau, il poussa un cri d'effroi.

— Mais comment est-ce Dieu possible ? Quel maléfice est à l'origine de… cette chose ?

Sous l'organe génital masculin, au lieu des testicules et du scrotum, un vagin s'ouvrait.

— *Messer* Carpena, je vous présente Mme Ursula, la diseuse de bonne aventure. Un être hermaphrodite !

— Ni homme ni femme !

— Au contraire, homme et femme à la fois. Capable de se transformer en l'un ou l'autre en un claquement de doigts, sans éveiller le moindre soupçon. Une bande de tissu pour dissimuler et aplatir les seins, pas de maquillage et des vêtements masculins, et voilà un homme. Un peu de maquillage, une perruque, un décolleté généreux et la bande de tissu descendue un peu plus bas pour relever et comprimer le pénis. Et voici Ursula, une voyante qui lit l'avenir et donne de sages conseils à *monna* Clarice et aux autres dames de la cour. Ce petit jeu a dû lui être bien utile dans la vie pour brouiller les pistes et détourner l'attention de cette particularité.

Ces révélations semblaient mettre le soldat passablement mal à l'aise.

— Un être capable de tromper n'importe qui, donc…

— Pas de tromper, non… Mais d'être réellement, selon les situations, un homme ou une femme. Pour les Grecs de l'Antiquité, ces êtres étaient d'origine divine : une de leurs légendes raconte qu'une nymphe tombée follement amoureuse d'un beau jeune homme demanda aux dieux de fusionner son corps féminin avec le sien. Et cette requête lui fut accordée…

— Des hérésies de païens, tout ça ! le coupa le soldat. Quoi qu'il en soit, ça ne nous explique pas comment cette… femme, cette Mme Ursula, a fini dans l'Arno.

Léonard avait déjà sa petite idée. Si l'Arrache-Cœur était capable de transporter un cadavre, comme cela s'était produit avec celui de l'évêque Aldebrando dans la fosse à purin des abattoirs des Médicis, Mme Ursula était trop lourde, trop grande et grosse pour qu'il puisse la porter sur ses épaules sur plus de quelques mètres.

— Mon cher Lapo, je serais prêt à parier que lorsque nous irons chez la diseuse de bonne aventure, nous constaterons qu'il y a dans ses appartements au moins une fenêtre donnant directement sur le fleuve… M'est avis que le meurtrier l'a jetée à l'eau pour ne pas courir le risque que le corps soit découvert trop tôt. Il savait que *mona* Clarice remarquerait immédiatement l'absence de son astrologue personnelle, et que les recherches commenceraient forcément chez elle, alors il a jeté le corps dans l'Arno…

Ils terminèrent l'examen du cadavre à l'aube. Comme Léonard l'avait pressenti, l'hermaphrodite était déjà mort lorsqu'il avait été jeté dans le fleuve : les poumons ne contenaient pas d'eau. Malheureusement, ce séjour dans l'Arno avait effacé tous les autres indices : Léonard et Lapo Caperna ne trouvèrent aucun élément susceptible de contribuer à étoffer le portrait du meurtrier.

— Nous ferions mieux d'aller nous reposer quelques heures. Demain, ou plutôt aujourd'hui, la journée va être chargée : il va falloir aller chez cette malheureuse, puis examiner le corps de *messer* Baldinotto, et ensuite essayer de découvrir si celui retrouvé dans le trou, les pieds brûlés, est bel et bien le frère Alfonso da Poppi. Bien que, malheureusement, il n'y ait guère de doutes là-dessus…

Éreintés, plongés dans leurs pensées, les deux hommes cheminèrent en silence dans les catacombes. Ils se saluèrent une fois remontés au palais et se donnèrent rendez-vous quelques heures plus tard. Le cerveau de Léonard n'avait pas une minute d'arrêt, il spéculait, essayait de retrouver le moindre indice oublié. Dès qu'il entra dans sa chambre, il décida de coucher sur papier ce qu'il avait découvert lors de l'examen du cadavre de Mme Ursula. Il n'avait encore écrit que quelques lignes lorsqu'il fut interrompu par un tumulte dans le couloir. L'instant d'après, on tambourinait à sa porte.

— Qu'est-ce qui se passe ?

C'est la voix de Lapo Caperna qui lui répondit.

— Vite, *maestro*, il faut descendre tout de suite. Il y a du nouveau…

Léonard se frictionna le visage dans une bassine d'eau fraîche laissée dans un coin par les domestiques, puis il attrapa sa veste et se précipita en bas. Dans le bureau de Sa Seigneurie Laurent de Médicis, outre le seigneur de Florence, se trouvaient déjà *ser* Pardo, le magistrat Caracciolo et Lapo Caperna.

— Que se passe-t-il ? répéta l'inventeur à la cantonade.

Un signe de tête du Magnifique fit tomber le silence dans la salle.

— Un homme de la milice demande à être reçu : il prétend avoir des éléments importants à nous communiquer, expliqua *ser* Pardo, qui s'était avancé vers la porte, une main sur le pommeau de son épée, prêt à dégainer pour défendre son seigneur.

Le commandant suprême de la police secrète sortit de la salle pour revenir presque aussitôt, suivi d'un homme portant l'uniforme aux couleurs des *Otto*.

— On a retrouvé une autre victime de l'Arrache-Cœur, s'empressa d'annoncer *ser* Pardo, apostrophant Sa Seigneurie Laurent de Médicis. Mais cette fois-ci, on a réussi à le capturer. On a pris le meurtrier en flagrant délit, les mains encore souillées du sang de celle qu'il venait de tuer. On l'a eu, le coupable a été mis aux fers !

16

11 avril, prison du Bargello

Le responsable des gardes du Bargello tint à accompagner Léonard et Lapo Caperna jusqu'à la porte de la cellule. C'est là que Bencio, qui venait d'arriver d'Anchiano, les attendait. Il leur avait fallu presque deux jours pour obtenir le droit de voir le présumé criminel. Deux jours que l'inventeur et le contremaître avaient passés dans l'attente d'une convocation, deux jours passés d'une antichambre à l'autre, à faire la navette entre Palagio Novo et le Bargello. L'arrestation du coupable présumé mettait apparemment un terme à leur enquête. *Ser* Pardo avait disparu, tout occupé qu'il était à essayer de savoir si le danger pour Sa Seigneurie pouvait être définitivement écarté. Léonard, lui, n'avait pas l'intention de considérer l'affaire comme close, tout du moins pas avant de s'être entretenu avec le prisonnier. Finalement, grâce notamment à la persistance et au don de persuasion de Caperna, *ser* Pardo avait accepté de les laisser rencontrer le suspect. Même le magistrat ne pouvait se permettre de lui opposer un refus. Et finalement, l'invitation tant attendue était arrivée.

— Je tiens à ce que vous quittiez cette prison avec la certitude mathématique de la culpabilité de cet homme, avait déclaré *ser* Pardo. J'en ai discuté personnellement avec le magistrat Malagutti, qui m'a assuré que nous avons mis la main sur le coupable que nous recherchions. Il n'a aucun doute à ce sujet. Mais la vie de Sa Seigneurie est en jeu, et en cas d'erreur de jugement de notre part concernant le meurtrier de Malebolge, nous pourrions baisser la garde, ce qui permettrait au véritable Arrache-Cœur d'avoir le champ libre pour mener à bien ses plans macabres.

Du chef de la police secrète des Médicis, le commandant des geôliers avait reçu l'ordre de se mettre à l'entière disposition de Léonard.

— Entrez. Nous avons déjà commencé avec la corde... Nous essayons d'obtenir une explication sur la raison qui l'a poussé à tuer une pauvre nonne avec autant de cruauté. Mais même s'il ne parle pas, de toute façon, nous avons déjà assez de preuves pour le confier au bourreau... L'homme a tout avoué !

Léonard frissonna ; il savait parfaitement à quelle torture le soldat faisait allusion en parlant de la corde. Rien d'étonnant à ce que le prisonnier se soit confessé : n'importe qui aurait avoué n'importe quoi pour échapper à un tel supplice. Si elle durait assez longtemps et était infligée avec force, cette torture rendrait le prisonnier invalide à jamais. Les mains du malheureux étaient attachées dans le dos à l'aide d'une corde passée ensuite dans une poulie fixée au plafond. L'homme était alors soulevé, suspendu par les poignets, de sorte que tout son corps pesait sur les articulations des épaules. Ensuite, la corde était relâchée brusquement puis soudain bloquée à nouveau, ce qui entraînait une série de violentes secousses et finissait par disloquer les bras de la victime. Dans certains cas, pour augmenter la douleur, des poids étaient également attachés aux chevilles du supplicié.

Si la victime s'obstinait à se terrer dans le silence, avec une pince chauffée à blanc on lui arrachait les ongles et les doigts, ou bien l'on enfonçait sous ses ongles des éclats de bois tranchants auxquels, ensuite, on mettait le feu. La limite de la douleur, dans les prisons de Sa Seigneurie, n'avait d'égale que la limite de l'imagination de la personne qui menait l'interrogatoire, ainsi que, bien entendu, la volonté du juge qui assistait au supplice et ordonnait de nouveaux châtiments. Tout était permis pour obtenir une confession complète.

Un seul regard sur le pauvre homme nu suspendu à un mètre de hauteur suffit à Léonard pour comprendre qu'il ne pouvait en aucun cas s'agir de l'Arrache-Cœur. Au fond de lui, l'inventeur avait réellement nourri l'espoir que les sbires de *ser* Pardo aient attrapé la bonne personne. Mais si cet homme-là était vraiment le meurtrier, se dit Léonard, alors il était prêt à rentrer à pied à Anchiano, après s'être rasé la tête et avoir retiré ses chaussures.

Le prisonnier était bien trop jeune. Il avait tout au plus une vingtaine d'années, était plutôt beau mais beaucoup trop maigrichon. Il ne présentait aucune des caractéristiques du portrait de l'assassin de Malebolge. Physiquement, il n'était pas assez imposant : grand, certes, mais efflanqué et avec une ossature fine. Alors que l'Arrache-Cœur était un homme d'âge mûr, très costaud malgré les années. Le pauvre homme confié aux soins des bourreaux de Laurent de Médicis était à mille lieues de tout cela.

Lapo Caperna avait déjà découvert ce qui s'était passé pendant la nuit. Le garçon s'appelait Tebaldo Acciaroli et était un jeune clerc de l'église de Santa Maria del Fiore : il avait été surpris sur les lieux du crime par plusieurs frères venus à la cathédrale à minuit pour réciter le *nocturnus*. Les hommes venaient d'entonner le chant « Venite, exultemus Domino » lorsqu'un cri déchirant, provenant de la crypte, les avait arrachés à leurs prières. Ils s'étaient immédiatement précipités dans les catacombes pour aller voir ce qui se passait et là, avaient découvert un sarcophage de bronze ouvert et une scène digne de l'enfer sur terre : le jeune clerc, les yeux rivés sur le cercueil ouvert, la mine hagarde, avait les mains couvertes de sang et tenait un poignard à la main. À l'intérieur, là où la dépouille de l'évêque aurait dû se trouver, gisait le corps sans vie d'une nonne dans une scène obscène, la poitrine dénudée et parcourue de haut en bas par une épouvantable plaie béante. Malgré leur effroi, les moines avaient tenté de raisonner l'homme. Mais en les voyant approcher, le jeune clerc s'était éloigné du cercueil, les yeux exorbités.

— C'est moi qui l'ai tuée, avait-il balbutié, complètement fou. C'est ma faute... Le diable s'est emparé d'elle pour me punir de mes péchés.

Puis il s'était lancé dans l'escalier et était remonté dans l'allée principale de l'église en proférant des paroles insensées. Il était allé droit vers le grand autel, menaçant d'un couteau quiconque se dressait entre lui et son but. Une fois devant le tabernacle, il était tombé à genoux en sanglotant.

— Pitié, pitié...

Il avait même essayé de se tuer avec le poignard :

— Je l'ai tuée, je veux mourir !

Mais les sentinelles postées jour et nuit à l'entrée de la cathédrale l'avaient empêché de mettre fin à ses jours. Pour l'immobiliser, ils l'avaient frappé à la tête avec le manche de leurs hallebardes. Et après l'avoir capturé, ils l'avaient remis aux soldats de la garde des *Otto*.

Quand Léonard, Lapo et Bencio entrèrent, le juge Malagutti se trouvait déjà dans la cellule. L'homme de loi était installé sur un confortable fauteuil tapissé de velours rouge, apporté spécialement pour lui du Bargello. Il sirotait un petit verre rempli à ras bord d'une liqueur ambrée. Une bouteille en cristal était posée sur une table à trois pieds.

— Ah, maître de Vinci, approchez donc... On m'a prévenu de votre arrivée. *Ser* Pardo m'a demandé en personne de vous laisser voir cet assassin.

D'un grand geste de la main, pointant son index potelé vers le garçon suspendu aux cordes, il désigna le prisonnier, sans une seule fois daigner le regarder.

— Voulez-vous boire une gorgée de cet armagnac tout à fait exceptionnel ? Je l'ai fait spécialement venir de France… Un nectar tout ce qu'il y a de plus divin, ajouta-t-il, visiblement insensible aux gémissements de l'homme au supplice à quelques mètres de lui. *Ser* Pardo pense que vous allez forcément avoir des doutes… Mais vous savez, *maestro*, aujourd'hui on condamne avec beaucoup moins de preuves qu'il n'y en a dans ce cas. C'est bien lui le coupable, cela ne fait aucun doute. On l'a eu ! Il a tout avoué de lui-même, bien qu'il n'ait pas encore voulu raconter les détails de la mort de la religieuse et qu'il n'ait pas expliqué pourquoi il a choisi de la laisser dans ce cercueil, mourir de faim et de soif. Mais ce ne sont là que des détails. Il a admis l'avoir tuée, c'est déjà largement suffisant. Il ne reste plus qu'à le clouer au pilori et Sa Seigneurie pourra enfin dormir sur ses deux oreilles.

L'homme de loi semblait bien sûr de lui. Et face aux objections de Léonard, il s'enferma dans une position de défense inflexible.

— Il s'est confessé de son plein gré, argua-t-il. Et pas une seule fois, non, mais à plusieurs reprises. Devant de nombreux témoins, qui plus est. Il a été pris sur le fait, sur la scène du crime, couvert de sang de la tête aux pieds. Je ne pense pas avoir jamais eu une affaire de meurtre aussi facile à résoudre, conclut alors le magistrat avec un sourire satisfait sur son visage grassouillet et rougeaud. C'est bien lui le coupable, croyez-moi. Et maintenant, je vous laisse, je n'en peux plus d'être dans cette cellule malodorante et je tiens à rentrer chez moi pour le déjeuner. Par ailleurs, le procès aura lieu aujourd'hui même et je dois préparer le dossier. Allez en paix, maître Léonard, il n'y aura qu'un verdict : coupable !

À ce moment-là, comme pour sceller cette conviction, un faible murmure franchit les lèvres du jeune homme suspendu à la corde.

— J'ai péché, laissez-moi mourir. Je l'ai tuée, je ne voulais pas. Maria, Maria, qu'est-ce que je t'ai fait ?

Au désespoir, le supplicié éclata en sanglots. L'aveu complet de culpabilité était difficilement contestable… Mais plus Léonard regardait ce corps décharné suspendu à la corde, plus il était convaincu qu'il ne s'agissait pas de l'Arrache-Cœur. Alors pourquoi s'accusait-il ? La perspective d'être torturé à mort ne pouvait tout de même pas lui être agréable. Léonard était intrigué. Comment pouvait-on aspirer à ce genre de mort ? Par le passé, certaines personnes torturées avaient avoué des crimes qu'elles n'avaient pas commis afin de mettre fin au supplice, certes, mais dans ce cas, le jeune homme avait fait des aveux bien avant d'être amené dans cette cellule. Et pourquoi, s'il s'agissait effectivement de l'Arrache-Cœur, ne faisait-il référence qu'à son dernier crime ? Comment était-il possible qu'un meurtrier capable d'écorcher vive une jeune fille, de cuire un homme dans de la poix, d'en noyer un autre dans du purin, de brûler vif un prêtre et de briser le cou de Mme Ursula se mette soudain à craquer et avoue ce meurtre, uniquement ce meurtre ? Le châtiment aurait été le même, de toute façon, et personne n'aurait eu une once de pitié pour lui. Pourquoi ne pas mentionner les autres victimes ? Était-il envisageable que Tebaldo Acciaroli ne soit coupable que du meurtre de la religieuse et qu'il n'ait rien à voir avec les crimes précédents ? Léonard était persuadé qu'il y avait un seul esprit malade derrière tous ces crimes. Une seule et même main, celle d'un assassin irréductible. Non, ce pauvre gamin en sanglots ne correspondait en rien au portrait de l'Arrache-Cœur.

Si le plan du meurtrier était de détourner l'attention générale de cette manière, il atteignit parfaitement son but. Après l'aveu de culpabilité du jeune homme, personne ne prit la peine de vérifier ou de recouper certains éléments.

Les recherches de Léonard furent interrompues. Se dire que le coupable était derrière les barreaux rassurait tout le monde. À quoi bon essayer de comprendre toutes les étapes et tous les mobiles derrière ces mises en scène aussi macabres qu'ignobles ? Tebaldo Acciaroli était le bouc émissaire idéal, choisi pour clore rapidement l'affaire. Laurent le Magnifique, qui voulait la peau de l'assassin de sa nièce adorée et de certains de ses proches collaborateurs, avait besoin d'un coupable. Une fois Tebaldo exécuté, la page serait tournée. Et l'Arrache-Cœur en profiterait pour frapper à nouveau.

Léonard était très contrarié : il espérait convaincre le magistrat de Romagne de le laisser s'entretenir seul avec le prisonnier mais le magistrat trancha, catégorique.

— Jusqu'à ce qu'il ait été jugé et déclaré coupable, ou innocenté par un tribunal, personne ne peut lui parler, sauf moi-même et le magistrat Caracciolo. C'est la loi qui le veut ainsi. Le prisonnier a avoué, je ne vois donc plus la nécessité de recourir à vos services, maître de Vinci.

Une réponse qui n'appelait aucune discussion et qui invitait clairement l'inventeur à se retirer.

Il ne restait plus à Léonard qu'à saluer l'homme de loi et à quitter la cellule, suivi de Bencio et de Lapo Caperna. S'opposer à Malagutti n'aurait fait que le contrarier et l'inciter à camper sur ses positions avec encore plus de fermeté, ce qui n'aurait pas manqué d'accélérer le processus d'exécution de l'accusé. Léonard avait besoin de plus de temps, il devait trouver un moyen d'avoir une seconde chance d'interroger Tebaldo. Enfin, si le garçon survivait assez longtemps.

Septième bolge

Au milieu de cette masse cruelle et sinistre
couraient des gens nus et épouvantés,
sans espoir de refuge ou d'héliotrope :

Leurs mains étaient liées
par-derrière par des serpents ;
ceux-ci s'accrochaient par la queue
et la tête dans leurs reins, pour se nouer devant.

Et voilà que sur l'un d'eux, qui était de notre côté,
se jeta un serpent le transperçant
là où le cou s'attache aux épaules.

Dante Alighieri, *La Divine Comédie*, chant XXIV

12 avril 1481

L'Arrache-Cœur ? C'est donc comme ça qu'on l'appelait ! Comme s'il était un simple comédien de bas étage, un pauvre brigand des rues. Comme si sa mission pouvait se limiter au détail d'un cœur arraché de sa poitrine ! L'Arrache-Cœur... Le sobriquet d'un vulgaire boucher ! Et maintenant tout le monde utilisait ce surnom insultant... Sales petits hommes, ils paieraient cher cette humiliation. Cela dit, il devait bien l'admettre, cet inventeur sodomite avait fait du bon travail en découvrant son projet avant même que celui-ci ne fût achevé... Mais l'inventeur se berçait d'illusions ; personne n'empêcherait l'Apocalypse qui planait déjà sur Florence !

Envoyer ce clerc pervers aux fers avait été un coup de maître. Cela n'avait pas été bien compliqué : le jeune homme et la pécheresse étaient liés par le démon du sexe et de la luxure. Il avait suffi d'un faux message, d'un rendez-vous... et elle était tombée dans le piège. Certes, il avait été pris de court quand, au moment suprême du sacrifice, alors que les portes de la sixième bolge s'ouvraient, ce sale petit dépravé de clerc avait réussi à lui sauter dessus alors que quelques minutes avant, le gamin était inconscient, soigneusement ligoté à l'intérieur du temple plongé dans l'obscurité. Il ne comprenait toujours pas comment le jeune homme avait pu se libérer. Surgissant de derrière un vieux sarcophage, rugissant comme une bête, le jeune homme avait eu l'audace de l'agresser à mains nues. Mais l'immobiliser et l'assommer avait été un jeu d'enfant. Alors qu'il s'éloignait, il avait entendu ses cris déchirants résonner dans les tunnels des catacombes et, peu après, le bruit des pas des frères qui accouraient. Il aurait bien aimé être là pour assister à la scène. Pauvre petit naïf… Il l'imaginait à présent, suspendu à la corde, au désespoir, conscient d'être à la fois innocent et coupable. Incapable de se défendre devant le bourreau.

Et puis, désormais, il était convaincu que les notables et les conseillers du palais choisiraient d'enterrer l'affaire de l'Arrache-Cœur en exécutant Tebaldo Acciaroli au plus vite, dans l'espoir de mettre fin à cette série de meurtres. C'était le plus beau cadeau qu'ils pussent lui faire : tant que les regards étaient tournés vers le lieu de l'exécution, il pouvait, lui, agir sans craindre d'être dérangé. Excité, il sentait déjà l'odeur du sang…

Il se mit alors à penser à son nouvel adversaire, Léonard de Vinci. À n'en pas douter, avec cet homme il comptait désormais un ennemi de plus : l'inventeur avait découvert le lien entre les pécheurs, même s'il n'avait pas tout à fait pris la mesure de son véritable but. Pensait-il vraiment que son travail serait achevé après la mort de l'abject Laurent de Médicis ? Quel imbécile ! Le seigneur des ténèbres ne s'intéressait au destin d'un seul homme. C'est Florence dans son ensemble qui serait plongée dans l'enfer. Cet immonde repaire de pécheurs serait rayé de la carte, détruit à jamais, et deviendrait un exemple pour le monde de la puissance de Satan et de ses disciples. Ceux qui survivraient seraient terrorisés à l'idée de fréquenter les ruines contaminées de la ville et n'oseraient plus jamais s'en approcher. Et Florence deviendrait synonyme de peur. Pendant des années, des décennies, voire des siècles, la ville serait recouverte de chaux vive et de sel, et l'on incendierait tout, jusqu'à ce que Florence disparaisse entièrement. Et si Satan le souhaitait, le mal se répandrait au-delà des murs de la ville et envahirait le monde entier. L'Apocalypse deviendrait alors réalité. Ainsi, le Seigneur du Mal le remarquerait forcément, il serait satisfait de son travail et le choisirait, lui, pour demeurer à ses côtés au royaume des ténèbres. Son nom serait craint, célèbre à jamais, transmis comme une légende. Et il prendrait place à la gauche du Père du Mal pour toute l'éternité.

— Pape Satàn, Pape Satàn aleppe…

Absorbé par ses prières et ses élucubrations sataniques, celui que tout le monde appelait l'Arrache-Cœur faillit ne pas remarquer l'arrivée du pécheur de la septième bolge. Fort heureusement, le grincement d'une porte en bois massive que l'on ouvre l'arracha à ses pensées et eut l'effet d'une sonnette d'alarme. Il savait que sa nouvelle victime ne serait pas seule lorsqu'elle sortirait dans l'air chaud du coucher de soleil florentin. Mais il la suivrait et n'agirait que lorsque ses compagnons seraient partis. Son plan, comme d'habitude, était implacable, il savait comment agir, quand et où.

Prenant soin de ne pas être repéré, l'assassin observa sa victime s'éloigner en compagnie de quatre soldats vêtus des couleurs du grand pécheur. Puis, une fois arrivé à la hauteur de la *via degli Antellesi*, il le vit se faufiler parmi les peintres du *corso* San Bartolo. Il n'avait pas besoin de le suivre, il savait très bien où il allait : le pécheur de la septième bolge faisait le même trajet tous les soirs pour rentrer chez lui. Il cheminait tranquillement, se pavanant dans son habit clinquant, saluant d'un mouvement de tête ou d'une esquisse de révérence tous ceux qui s'inclinaient sur son passage. L'Arrache-Cœur savait que les gardes poursuivraient leur chemin vers la Piazza della Signoria tandis que le pécheur, comme chaque soir, s'arrêterait pour discuter avec le propriétaire de la boutique de Caparra, Niccolò le forgeron. Ce soir-là, comme prévu, le pécheur ne manqua pas de passer la tête dans la boutique pour échanger quelques mots avec son ami. Ensuite, il fit une halte chez le boulanger, juste à côté, qui vendait de délicieux chaussons de gibier, et ressortit avec un grand panier fumant et parfumé. Enfin, il rentra chez lui.

Quand il vit sa victime arriver devant l'élégant palais où il habitait, l'Arrache-Cœur était prêt.

— *Messer*... Arrêtez, lui dit l'assassin en feignant d'être à bout de souffle, comme s'il venait de courir.

Le pécheur se retourna et le reconnut aussitôt.

— Ah, c'est vous... Qu'y a-t-il de si important pour que vous ayez fait tout ce chemin à pied ? Vous auriez pu m'envoyer un serviteur ou un garde, et ne pas prendre la peine de venir en personne.

— Pardon, mais le temps était compté : Tebaldo Acciaroli, le jeune meurtrier, vient de se donner la mort en prison. Sa Seigneurie en personne vous ordonne de revenir immédiatement au palais pour un entretien privé... J'aurais aimé vous soulager de ce fardeau, mais le Magnifique a été très clair.

Le pécheur semblait contrarié à l'idée de devoir retourner au Palagio Novo.

— Hum, je vois... Bon, laissez-moi demander à un serviteur de livrer ce paquet à ma femme. Il faut également la prévenir que je rentrerai tard ce soir.

L'Arrache-Cœur attendit un bon moment. Puis, alors qu'il commençait à se dire que le pécheur ne ressortirait jamais de chez lui, la porte s'ouvrit et sa victime apparut, se tamponnant la bouche avec un mouchoir. Sa veste était constellée de miettes.

— Suivez-moi, l'invita l'Arrache-Cœur. Dépêchons-nous.

Et, dans les ombres du soir qui peignaient en noir les rues de Florence, le pécheur de la septième bolge lui emboîta le pas, sans avoir la moindre idée de ce qui l'attendait.

17

Catacombes de Santa Reparata, dans les souterrains de la cathédrale de Santa Maria del Fiore

Rien de rien. L'inspection de la scène du crime de la malheureuse sœur Maria n'avait absolument rien donné. Cette fois, Léonard n'avait trouvé aucune trace de l'Arrache-Cœur. On aurait presque dit que cet effroyable crime n'avait pas eu lieu à cet endroit, que le lourd sarcophage contenant le corps de la pauvre fille n'avait été amené dans la crypte de la cathédrale, offert aux regards de tous, que bien plus tard, après le meurtre. Il n'y avait pas la moindre empreinte sur le sol en dalles de pierre des catacombes de Santa Reparata. Hormis celles de Tebaldo Acciaroli. Lapo Caperna, déjà à l'œuvre sur place avant l'arrivée de Léonard, avait remarqué, dans le coin où le jeune homme avait été retrouvé, quelques traces de sang et, sur une pierre tombale voisine, l'empreinte d'une main ensanglantée. Léonard s'était empressé de la recopier sur une feuille de papier en reproduisant le moindre détail, bien déterminé à la comparer avec celles du clerc emprisonné.

L'examen de la pierre tombale n'avait rien donné lui non plus. Le meurtrier l'avait sans doute choisie précisément parce qu'on y avait sculpté une représentation de la dépouille de l'abbé Arnolfo da Colodi, vêtu de la robe de son ordre et paré d'accessoires sacrés. Le cercueil en lui-même était en bois, tapissé de plomb à l'intérieur, tandis que la partie supérieure était recouverte de bronze doré.

Maintenant que Léonard savait où l'Arrache-Cœur puisait son inspiration, il n'eut aucun mal à comprendre ce qui se cachait derrière cette mise en scène. « Ils avaient des capes aux capuchons baissés devant les yeux, faites sur le modèle de celles que l'on fait à Cluny pour les moines. Dehors elles sont dorées, tant qu'elles éblouissent ; mais dedans toutes de plomb. » Le sarcophage de l'abbé correspondait parfaitement à cette description, avec son tissu de plomb doré pour envelopper le pécheur de la sixième bolge.

Léonard se mit à réfléchir. Le sixième cercle du Mal, décrit par Dante dans le chant XXIV de *La Comédie*, était le lieu de l'enfer où les hypocrites se voyaient punis. Qu'est-ce que cette pauvre fille avait bien pu faire pour être considérée comme le symbole d'un tel péché ? D'elle, il ne savait pas grand-chose : cousine au troisième degré de Sa Seigneurie Laurent, elle avait moins de vingt ans et était novice chez les Augustines depuis deux ans. La mère supérieure et ses consœurs arrivées sur les lieux après la découverte du corps l'avaient décrite comme une jeune fille très douce, un modèle de vertu, toujours prête à venir en aide à ses camarades. Une âme pure et innocente qui, du moins en apparence, n'avait de toute sa vie rien fait pour mériter une fin aussi épouvantable.

Cependant, Léonard avait remarqué que l'une des religieuses, la plus jeune, sœur Sophia, était restée silencieuse, alors que les autres n'avaient de cesse de chanter les louanges de la malheureuse victime. Sœur Sophia, elle, semblait mal à l'aise. Pourtant, aux dires de la mère supérieure, c'est elle qui était la plus proche de la novice assassinée : les deux femmes se connaissaient bien avant même leur entrée au couvent puisqu'elles étaient amies depuis leur plus jeune âge. Après avoir prononcé leurs vœux, elles avaient partagé une cellule et continué à vivre dans une grande proximité. C'est pour cette raison que maître de Vinci avait demandé à Bencio de se rapprocher d'elle en toute discrétion, afin d'essayer de découvrir ce qui semblait la tourmenter. Pendant ce temps, il incombait à Léonard et à Lapo Caperna de distraire la mère supérieure et les autres sœurs.

Léonard parut satisfait lorsqu'il aperçut le garçon échanger des propos visiblement animés avec la jeune religieuse. Les autres femmes étaient occupées à ramasser les os et les accessoires mortuaires de l'abbé Arnolfo, jetés à la va-vite dans un coin par le meurtrier, qui avait vidé le sarcophage afin d'y faire de la place pour sa victime.

— Qu'il repose en paix. Demain, quelqu'un viendra refermer la tombe et la remettre à sa place.

La mère supérieure se dirigea d'un bon pas vers la sortie de la crypte, talonnée par les sœurs. Sœur Sophia les rejoignit en faisant un timide geste d'adieu à Bencio. Léonard se précipita vers son assistant.

— Alors, que t'a-t-elle dit ?

— Pas grand-chose, maître. Elle avait peur que la mère supérieure la convoque et la punisse parce qu'elle l'avait vue parler, seule, avec un homme, mais…

— Allons, parle, Bencio, n'attends donc pas que je te tire les vers du nez !

Le garçon leva les yeux au ciel, agacé par tant d'impatience.

— Sœur Sofia n'a pas dit les choses clairement mais m'a laissé entendre que la victime était d'une ferveur à toute épreuve, quelqu'un d'une bonté extrême, la charité même. Et que c'est justement sur ces personnes saintes que s'abat parfois le tourment des tentations, sous différentes formes. Ces derniers temps, sœur Maria avait beaucoup prié pour se libérer des tentations du mal. Surtout après avoir rencontré un jeune clerc, il y a un an, qui avait failli remettre en question sa vocation…

— Tebaldo ! s'exclama Lapo Caperna avec enthousiasme.

Léonard fit une moue.

— Ne tirons pas de conclusions hâtives, pas sans preuves. Bencio, continue, s'il te plaît. A-t-elle mentionné le nom du jeune homme ?

— Malheureusement, non. À vrai dire, je ne pense pas qu'elle connaisse l'identité de cet homme. Elle m'a seulement dit que sœur Maria l'avait rencontré par hasard. Il accompagnait monseigneur l'archevêque Rinaldo Orsini lors d'une visite au couvent. Apparemment, ils n'avaient fait qu'échanger un regard, au début. Mais, pour reprendre les termes précis de sœur Sophia, c'est après, quand la sœur se rendait à la cathédrale, qu'ils avaient finalement « appris à mieux se connaître ». Quant à savoir ce qu'elle entendait par là, la religieuse n'a pas voulu faire de commentaires...

— Mais c'est on ne peut plus clair : ces deux-là sont devenus amants, interpréta le soldat. L'Arrache-Cœur s'est servi de cette passion interdite pour attirer la jeune femme et la tuer. Et c'est pour ça que Tebaldo continue à dire qu'il est responsable de sa mort. Maintenant, tout est clair ! Il ne l'a pas tuée physiquement, mais il croit l'avoir condamnée en l'amenant ici. Et il ne veut pas salir sa mémoire en racontant leur relation. Il préfère être exécuté... S'il avouait une relation avec une religieuse, de toute façon le résultat serait le même pour lui, il serait exécuté pour avoir commis un acte impur. Seules les modalités de la mise à mort changeraient puisqu'au lieu d'être écartelé, il finirait au bûcher. Donc, il se terre dans le silence. Voilà !

Léonard tempéra l'enthousiasme de Lapo Caperna.

— Tss, tss, ce n'est pas comme ça que nous arriverons à la vérité, Caperna ! Tout ça, ce ne sont que des suppositions, rien de plus. Vous avez probablement raison, mon cher, mais vous ne disposez d'aucune preuve. Si nous voulons sauver la tête de Tebaldo, nous devons nous appuyer sur d'autres éléments. Nous pensons, mais nous ne savons pas si le clerc était réellement le petit ami de la pauvre sœur Maria, ou une simple connaissance, ou bien autre chose. Attention, nous sommes en train de prendre pour argent comptant ce qui relève d'une simple hypothèse !

L'inventeur avait haussé le ton, comme lorsqu'il grondait un de ses jeunes disciples d'Anchiano. Bencio n'était plus guère intimidé par les accès de colère de son maître, mais le soldat, lui, fut visiblement décontenancé par tant de fermeté ; il n'avait jamais vu Léonard perdre son sang-froid depuis qu'il le connaissait, même dans les situations les plus pénibles.

— Maître de Vinci, voyons… Tous les indices recueillis aujourd'hui pointent dans la même direction. Et nous ne disposons pas de beaucoup de temps si nous voulons arrêter le bourreau assez vite.

Léonard, s'étant peut-être rendu compte qu'il était allé trop loin, reprit sa manière habituelle de parler, calme et conciliante

— Pardonnez mon emportement, *messer* Caperna, veuillez m'excuser. Mais ce n'est pas en suivant la première piste qui vient à l'esprit que nous gagnons du temps. À ce stade, je pense que Tebaldo Acciaroli en sait beaucoup plus que ce qu'il a bien voulu nous dire jusqu'à présent… Il faut absolument que nous lui parlions, lui expliquer que nous savons pourquoi il s'accuse et qu'il n'a donc plus aucune raison de nous cacher quoi que ce soit. Promettez-lui le pardon s'il avoue sa liaison et s'il nous aide à attraper l'Arrache-Cœur. S'il veut vraiment expier ses péchés, il doit nous aider à mettre la main sur le véritable assassin.

Après cet échange animé, Lapo Caperna retrouva à son tour son calme.

— Oui, mais il reste le problème de Malagutti, qui n'a pas l'air de vouloir nous laisser le voir. Il a probablement peur que sa proie lui échappe alors qu'il se prépare déjà à recevoir les félicitations de tous et, c'est certain, les grands honneurs, qui ne manqueront pas lorsqu'on apprendra qu'il a mis fin au complot et capturé le redoutable Arrache-Cœur.

Sur ce point, Léonard était entièrement d'accord avec Lapo Caperna.

— Pour le moment, le magistrat est considéré comme le sauveur de Florence, mais s'il s'avérait qu'il s'apprête à mettre à mort la mauvaise personne, il tomberait bien vite de son piédestal. Il serait obligé d'aller voir Sa Seigneurie et d'admettre que Tebaldo Acciaroli n'est pas le coupable, et que, donc, le meurtrier court toujours. Il en ressortirait complètement discrédité, surtout après avoir rassuré tout le monde et avoir clamé haut et fort que le meurtrier a été arrêté...

— Quoi qu'il en soit, suggéra Bencio, qui n'était pas du genre à se laisser abattre, vous pourriez tout de même vous tourner vers *ser* Pardo, non ? Après tout, c'est lui qui vous a demandé d'enquêter... Si vous lui expliquez vos raisons, il appuiera forcément votre requête.

— Mon petit, répondit Léonard en secouant la tête, tu es encore bien naïf. Ce que je peux te garantir, c'est qu'à moins d'apporter de nouvelles preuves, et des preuves convaincantes, incontestables, cette affaire sera officiellement close après la mort du jeune Tebaldo. C'est dans l'intérêt de tous. Sauf, bien sûr, si... si le meurtrier décide de frapper à nouveau, avant l'exécution. Mais si, comme nous le pensons, l'Arrache-Cœur est lui-même à l'origine de ce rebondissement inattendu, vous pensez bien qu'il va se garder de faire une nouvelle victime tant que Tebaldo est toujours vivant.

— Qu'est-ce qu'on fait, alors ? On ne peut tout de même pas laisser mourir un homme innocent !

— Mon garçon, ce n'est pas en revêtant l'armure rutilante du paladin que nous parviendrons à nos fins…

Lapo Caperna, en tant qu'officier de la redoutable milice des *Otto di Guardia e Balìa*, connaissait bien le réseau de relations à l'œuvre au sein de la seigneurie.

— Ce qu'il faut, conseilla-t-il, c'est faire profil bas, ne pas trop laisser paraître notre mécontentement. Et exploiter les faiblesses des autres. C'est comme ça que l'on procède à la cour des Médicis si l'on veut obtenir quelque chose, et certainement pas en s'opposant ouvertement à un homme aussi puissant que Malagutti.

Léonard opina de la tête.

— Lapo a raison. Le juge nous a déjà refusé cet entretien, ce n'est pas en essayant de lui forcer la main qu'il cédera. Il est assez puissant pour tenir tête à *ser* Pardo, alors vous pensez bien qu'avec nous… Et Sa Seigneurie n'a aucune raison de prendre position en notre faveur, cela reviendrait à admettre publiquement que le magistrat qu'il a lui-même choisi s'est fourvoyé…

— Alors on va laisser Tebaldo se faire tuer ? Vous ne le croyez donc pas innocent ?

C'était la première fois que Bencio tenait tête à son mentor.

— Si, mon garçon, si. Moi aussi, je suis convaincu que le pauvre jeune homme n'a pas tué la religieuse. Tout ce que je dis, c'est qu'il faut tirer les bonnes ficelles, et les portes s'ouvriront. Comme tu le sais, à Florence, il y a deux magistrats étrangers…

— *Messer* Malagutti et *messer*… Caracciolo ! l'interrompit Bencio.

Léonard lui fit signe de se taire puis reprit la parole.

— La rumeur court que derrière les civilités et les politesses, il y a de l'animosité entre ces deux-là… Caperna, savez-vous quelque chose à ce sujet ?

— En effet, les deux magistrats ne se supportent pas et ce n'est un secret pour personne au Bargello, commença le soldat avant de poursuivre à voix basse, comme s'il craignait d'être entendu par des oreilles indésirables. Le Bolognais vient de prendre ses fonctions, le Napolitain termine les derniers mois de son mandat. Mais ce n'est pas ça qui a envenimé leurs relations : ils sont complètement différents, tant au niveau du tempérament que de leur conception de la justice. Malagutti a envoyé plus de personnes à la potence en quelques mois que Caracciolo pendant tout son mandat. Le premier prend tout avec la légèreté de celui qui aime bien vivre au milieu des fêtes, des amants et des maîtresses, de la bonne chère et des salamalecs. L'autre mène une vie aussi ascétique qu'un moine franciscain. En cette période de cohabitation forcée, il est rare que tous deux tombent d'accord sur quoi que ce soit. En public, ils se font passer pour le duo de juristes le plus solidaire de toute l'histoire de Florence, mais en privé, ils ne peuvent pas se sentir.

Lapo Caperna marqua une pause puis jeta des regards furtifs autour de lui pour vérifier que personne ne l'écoutait.

— Et Sa Seigneurie Laurent, continua-t-il en chuchotant, n'aime pas prendre parti pour l'un ou l'autre, mais en réalité il a toujours eu une certaine sympathie pour le Bourbon, qu'il considère comme une véritable sommité en matière de lois et d'arguties. Donc, si le magistrat Caracciolo en personne vous désignait pour enquêter sur la relation entre la sœur Maria et Tebaldo, Malagutti réfléchirait à deux fois avant de s'y opposer, parce qu'il risquerait de perdre les faveurs du Magnifique. Alors pourquoi ne pas laisser au prévôt napolitain le soin de vous ouvrir la voie, hum ?

Léonard sourit.

— Vous êtes un fin et précieux observateur, *messer* Caperna. Je vais suivre vos conseils ; et je vais même aller plus loin, d'ailleurs…

Bencio avait écouté d'un air confus l'échange entre son maître et le soldat. Et il semblait encore plus perdu que d'ordinaire.

— Mais maître, comment allez-vous faire pour entrer en contact avec le juge Caracciolo ? Ce n'est pas comme si vous pouviez frapper à sa porte et lui demander de vous accorder ce que son collègue vous a officiellement refusé. Il serait bien obligé de vous dire non à son tour, pour ne pas se mettre son homologue à dos…

L'inventeur arborait un petit sourire malicieux.

— C'est vrai, on m'a refusé cet entretien, à moi. Mais personne n'a rien dit au représentant de l'ordre qui se trouve ici. Et comme moi, *messer* Caperna a été chargé de l'enquête. Il est donc tout à fait normal qu'il se présente devant un magistrat pour réclamer cette entrevue avec le suspect. Nous avons peu de temps, mais ce sera suffisant. Utilisons ces quelques heures pour déplacer nos pions avec stratégie !

Déjà il se dirigeait vers la sortie, lorsqu'il se retourna subitement, comme frappé d'une illumination soudaine.

— Savez-vous jouer aux échecs, *messer* Caperna ?

Le soldat le regarda d'un air interrogateur. Léonard déversa alors un flot de paroles.

— Moi, ça me passionne, je dirais même que ça me fascine. Récemment, j'ai lu le *Ludus scacchorum* de Fra Jacopo da Cessole. Une vraie révélation : il parle du jeu comme d'une allégorie de notre société. Sur l'échiquier, il y a des pièces nobles qui occupent différentes fonctions : le roi et la reine sont aux commandes, les cavaliers s'occupent de tout ce qui relève du militaire, les tours, de l'administratif, les fous, de la justice. Mais vous ne pouvez pas espérer faire échec et mat si vous ne déplacez pas les huit autres pions, qui représentent, comme il se doit, le peuple. Vous devez leur donner une identité précise, attribuer à chacun les pensées et les comportements propres aux différents corps de métier, décider qui parmi eux est un fermier, un artisan, un notaire. Ou alors un marchand ou un médecin, un aubergiste ou un coquin rusé. Leur donner une âme, en somme. En essayant de déplacer chaque pion dans la bonne direction, nous gagnerons notre partie contre l'Arrache-Cœur. Moi, je m'occupe de trouver des réponses sur les trois corps que nous n'avons pas encore examinés. Et vous, Lapo, je vous charge d'approcher Caracciolo et d'obtenir de lui ce qui nous tient vraiment à cœur…

18

13 avril, morgue du Bargello

— ¡Por todos los santos ! Jamais, jamais ! Je m'oppose à cette abomination, Vinci ! Si vous comptez vraiment triturer le cadavre de cette pauvre nonne, il faudra me passer sur le corps ! Vos sales pattes de sodomite ne toucheront pas ce corps pur ! Ni aujourd'hui, ni jamais !

Le visage du père Fernando Ignatius d'Oviedo était cramoisi de rage et les veines de son cou, si gonflées que Léonard crut un instant que le Dominicain allait être pris d'un malaise. Arrivé à la morgue avec Bencio, l'inventeur s'était retiré dans l'antichambre, où l'attendaient le cadavre de *ser* Baldinotto dei Guicciardi et la dépouille, pensait-il, de *fra* Alfonso da Poppi. Quelques heures plus tôt – c'est *ser* Pardo qui l'en avait personnellement informé –, le corps sans vie de la pauvre novice avait également été transporté dans les sous-sols du Bargello. Et grâce à l'intervention de Laurent de Médicis en personne, de l'archevêché était arrivée l'autorisation officielle de procéder à l'autopsie, autorisation nécessaire pour éviter la colère de l'Église. Ce que le frère dominicain, de toute évidence, ignorait.

Léonard n'avait pas encore terminé un premier examen superficiel du corps de la victime de la cathédrale lorsque les cris de forcené de l'inquisiteur avaient résonné dans le couloir. À ce moment-là, maître de Vinci était encore occupé à essayer de nettoyer ce qui restait du cadavre de l'homme retrouvé dans la poix. Il abandonna son autopsie quelques instants et sortit précipitamment de la salle.

— ¡ Por Dios ! Plutôt mourir que de voir le corps de notre sœur Maria profané ! Quant à vous... *Vade retro Satana !*

Malgré les deux fidèles gardes des *Otto* chargés de faire respecter les ordres de *ser* Pardo, selon lesquels aucune personne extérieure à l'enquête ne devait entrer dans cette pièce, et qui tentèrent d'arrêter l'homme en soutane, ce dernier, comme possédé, avait déjà pratiquement atteint la porte. Gesticulant comme un fou, il fonçait droit sur l'inventeur comme un cavalier donnant la charge. Lors de leur rencontre, la veille, Léonard avait déjà remarqué que sous sa soutane, le père Fernando cachait un physique athlétique. Il avançait à présent à toute allure dans la galerie, sa soutane flottant autour de lui, avec la fougue d'un joueur de *calcio* florentin, brandissant un crucifix comme s'il s'agissait d'une épée. Pour la première fois Leonardo eut l'occasion de bien le regarder : dans la pénombre des appartements de Laurent de Médicis, il avait eu l'impression que l'inquisiteur était un homme d'une trentaine d'années, mais à présent, de près, dans la galerie souterraine éclairée par les torches accrochées aux murs, il vit que le frère était beaucoup plus âgé, dans cette fourchette d'âge difficile à estimer, entre quarante et cinquante ans, peut-être plus. Grand, avec un visage de fouine et des yeux exorbités en perpétuel mouvement qui furetaient comme s'il voulait tout contrôler dans son champ de vision. Il arborait cette expression fougueuse, obtuse et mauvaise de celui qui est convaincu d'être le détenteur de la vérité absolue, peu disposé à la médiation et au dialogue. Et il vociférait, ses mains constamment gantées de noir gesticulaient dans tous les sens, menaçant des flammes éternelles quiconque se mettait en travers de son chemin.

Au-delà de l'habit noir et blanc de sa congrégation, l'Espagnol semblait être le genre d'homme tout à fait prêt à passer de la confrontation verbale à la violence physique. Et Léonard n'avait aucune intention d'en arriver aux mains avec cette brute. Il était donc en train de réfléchir à ce qu'il faudrait dire pour apaiser un tel courroux lorsqu'une voix leur parvint du bout du tunnel.

— Qu'est-ce que c'est que tout ce tapage ?

Léonard reconnut immédiatement le ton, à la fois glacial et autoritaire, de *ser* Pardo. Il poussa un soupir de soulagement. S'il y avait quelqu'un capable de calmer le père Fernando, c'était bien le commandant en chef de la police.

Messer Pardo dei Giovannini, venu s'enquérir de l'avancement de l'enquête, arriva donc au beau milieu de cette scène, inadmissible à ses yeux. La colère de l'Espagnol n'avait pas été de bon conseil.

— *Madre de Dios*, se lança le frère en faisant un signe de croix. *Ser* Pardo, vous n'allez pas me dire que vous partagez la curiosité vile et morbide de ce pervers qui devrait finir sur le bûcher…

— Comment osez-vous ? le coupa le chef de la police secrète d'une voix transformée en un sifflement grave, semblable à celui d'une vipère prête à fondre sur sa proie. Comment osez-vous proférer de telles iniquités ? Maître de Vinci est ici sur ordre de Sa Seigneurie, pour tenter de percer le mystère de l'Arrache-Cœur. Il s'agit là d'une mission spéciale, qui le place au-dessus de tous ceux qui pourraient entraver la recherche de la vérité. Et c'est ce que vous, imbécile, êtes en train de faire. Je vous conseille donc, mon père, de tenir votre langue et de disparaître immédiatement. Sinon, c'est vous qui serez demain matin entre les mains du bourreau.

— Mais, mais…

Le frère, loin d'être convaincu, savait néanmoins parfaitement que *ser* Pardo était capable de mettre ses menaces à exécution. Seulement, son fanatisme était plus fort que tout.

— *Messer* Pardo, en tant que bon chrétien, allez-vous donc permettre à cet homme au sombre passé, honteux, de poser ses mains impures sur le corps d'une religieuse ? D'offrir à ses yeux et à ses vils fantasmes l'image d'une sœur au corps dénudé ?

Ser Pardo ne prit même pas la peine d'argumenter. Sur un signe de tête de sa part, les deux gardes s'emparèrent du moine et le traînèrent vers la sortie de la morgue.

— Enfermez-le dans sa chambre, leur cria *messer* dei Giovannini. Qu'il y reste jusqu'à ce qu'il ait appris à obéir aux ordres de Sa Seigneurie. Nous avons déjà perdu assez de temps comme ça.

En dépit de la perspective d'un confinement dans sa chambre, le frère ne put retenir son ardeur incontrôlable.

— Vinci, tu vas mourir pour ce que tu t'apprêtes à faire ! Dieu t'a maudit et tu brûleras bientôt dans les flammes de l'enfer pour l'éternité ! Tu es un pécheur, tu dois être puni. Et c'est moi qui allumerai le feu sous tes pieds !

Le père Fernando continua à déblatérer jusqu'à ce qu'il disparaisse avec son escorte. Et de nouveau, l'inventeur eut l'impression de le voir boiter légèrement, une particularité qui se manifestait en général dans les moments de tension ou de grande fatigue physique.

— Maintenant, vous pouvez retourner au travail, commenta *ser* Pardo, l'arrachant à ses pensées.

— Et lui ? demanda Léonard, curieux.

— Oh, il va passer quelques heures à ruminer tout ça dans sa chambre, mais rien de plus. L'Église est très puissante à Florence, vous savez. L'abbé de San Marco va accourir pour implorer le pardon de Sa Seigneurie, au nom de son inquisiteur. Ce soir, il sera sorti. En attendant, vous pourrez terminer votre examen sans être dérangé. Je dois vous dire que Sa Seigneurie aime bien le père Fernando, qui a un parcours singulier : avant de prononcer ses vœux, il appartenait à l'ordre de Sainte-Marie de Bethléem et a participé, en tant que jeune moine guerrier, à la défense de Constantinople contre le siège des infidèles ottomans. On dit qu'en tant que soldat, c'était un fou furieux. Certains le considèrent comme un héros…

Léonard était de plus en plus intrigué.

— Continuez, je vous en prie…

— Je veux bien vous dire ce que je sais, mais ce n'est pas grand-chose. Le 29 mai 1453, en plein effondrement de l'Empire byzantin, le frère Fernando sauva la vie d'un certain *messer* Gaspare Cattaneo della Volta, un noble de Gènes qui allait devenir le père de *madonna* Simonetta, une jeune fille d'une rare beauté qui, sans cet acte de bravoure du soldat religieux, ne serait jamais née et ne serait jamais tombée amoureuse de *messer* Giuliano, le frère bien-aimé de Sa Seigneurie, qui malheureusement trouva la mort lors de la conjuration des Pazzi. En mémoire de feu son frère, Laurent le Magnifique tient le clerc espagnol en haute estime, tolérant même ses crises de colère légendaires. Ceux qui le connaissent bien et qui l'ont vu à l'œuvre à Avignon comme inquisiteur à la cour du duc d'Anjou disent que c'est un homme dangereux, habile à l'épée et capable d'envoyer au bûcher les hérétiques par dizaines. Faites attention, Léonard. C'est un ennemi à ne pas sous-estimer.

19

— Eh bien, Bencio, on dirait qu'on n'a pas grand-chose à examiner…

Les restes piteux, enrobés de poix, de ce qui avait été *ser* Baldinotto dei Guicciardi avaient été disposés sur la table de marbre de la morgue. La dépouille prenait très peu de place par rapport à celle d'un corps entier. Il s'agissait principalement d'os noircis, recouverts de lambeaux de chair mutilée et, par endroits, carbonisée. Immédiatement après avoir quitté le chantier naval, Léonard avait demandé à Lapo Caperna d'envoyer ses hommes filtrer le contenu du chaudron pour récupérer autant d'os que possible et tout autre objet qui aurait pu y tomber. Et il ne fallait pas perdre un instant car le fond allait se solidifier et devenir compact en refroidissant. Les éléments récupérés lors de cette fouille avaient été placés à côté des restes, sur une sorte de plateau en bois. Un fatras de morceaux noircis, de différentes formes et tailles. Il ne restait qu'une main qui, bien que largement racornie par la chaleur, était demeurée à l'extérieur du liquide visqueux et était donc quasiment intacte. C'était également le cas d'une partie de la jambe gauche, presque intacte elle aussi, de mi-cuisse jusqu'au pied.

— Je crois que pour pouvoir comprendre ce qui se cache là-dessous, il va falloir nettoyer chaque élément en profondeur. Et ça ne va pas être une mince affaire. Prépare un pot d'huile de lin, Bencio, que tu maintiendras tiède. Elle va permettre de ramollir et de retirer des os cette poix.

Après, on nettoiera le tout avec du vinaigre. Moi, en attendant, je vais m'occuper des parties encore entières…

Léonard laissa Bencio emporter les morceaux de corps retrouvés dans le chaudron. Puis, avec sa fidèle loupe collée à l'œil, il passa la main et la jambe au peigne fin dans l'espoir que ces quelques fragments de cadavre lui livrent un indice susceptible de faire avancer l'enquête. D'abord, il observa l'anneau en or : oui, il portait bien le sceau du capitaine de justice, celui qui servait à imprimer la signature de Baldinotto. Ce qui laissait peu de doutes quant à l'identité de la victime, à moins que quelqu'un d'autre n'ait porté ce bijou à sa place. Mais pour identifier le corps, Léonard disposait d'un autre atout : la femme de la victime, *monna* Lucrezia, avait confié aux hommes de Lapo Caperna qui étaient allés lui annoncer la découverte du corps un détail crucial : deux ans plus tôt, le capitaine de justice avait eu un grave accident de cheval, il s'était fracturé le tibia et le péroné de la jambe gauche. Retrouver un signe de ces fractures permettrait de donner enfin un nom incontestable à la mystérieuse victime de l'Arrache-Cœur. C'est donc sur la jambe gauche, en bon état de la cuisse au pied, que l'inventeur concentra toute son attention.

— Voyons voir… Regardons un peu cette cicatrice.

Bencio observa la marque en forme de paume juste sous le genou. C'est là qu'un des deux moignons du tibia, cassé dans l'accident, avait transpercé la chair et la peau. Léonard s'équipa alors d'une lame courte et bien aiguisée.

— Il suffit normalement de couper la peau et le muscle pour trouver, sur les deux os, le cal qui indique l'endroit où ils se sont ressoudés.

L'assistant, fasciné, n'en perdait pas une miette : sur les deux os, il vit une sorte de cicatrice diffuse mais en relief, qui marquait clairement une fracture désormais guérie.

Ainsi, le doute était malheureusement levé ; il s'agissait bien de *messer* Baldinotto. Il suffisait à présent de recueillir d'autres indices éventuels. Le premier, sur la cheville de la victime, sautait aux yeux.

— Cette marque de saignement montre que les pieds du pauvre homme ont été attachés pour l'empêcher de fuir. Mais le fait que nous n'ayons pas trouvé de morceaux de corde indique que l'homme a été détaché avant d'être jeté dans la poix bouillante. L'huile de lin devrait ramollir la poix, ajouta-t-il en se tournant vers son assistant.

Bencio posa un plateau métallique sur la table : il contenait plusieurs os, suffisamment propres pour être identifiés, et Léonard s'empressa de les disposer sur la table mortuaire dans le bon ordre anatomique. Finalement, malgré l'absence de certaines parties encore couvertes de poix, le squelette de l'homme de loi retrouva une forme à peu près humaine. Et Léonard, avec sa méticulosité habituelle, put commencer à observer les restes, un à un. L'examen des ossements du capitaine de justice confirma ce dont il était déjà convaincu : *messer* Baldinotto était en effet la cinquième victime de l'Arrache-Cœur. L'inventeur tendit la loupe à son jeune élève en lui montrant deux côtes posées sur la surface en marbre.

— Regarde, là… Tu vois ces incisions profondes dans l'os ? Ce sont les marques de la lame avec laquelle notre ignoble assassin a tailladé la poitrine pour en extraire le cœur – la signature de l'Arrache-Cœur, pour ceux qui auraient encore des doutes. Prends le petit bloc d'argile dans mon sac et utilise-le pour faire des moulages de ces incisions. Ça pourrait être utile pour les comparer avec une vraie lame, si d'aventure nous en retrouvons une… Et découvrir s'il s'agit bien de l'arme de l'assassin.

Le corps extrait du trou en forme de puits creusé dans le sous-sol du couvent de Monteorlando fut également avare d'informations. L'identifier, cependant, ne posa aucun problème étant donné que beaucoup de gens connaissaient le frère Alfonso.

— C'est lui, c'est bien le pénitencier... Que la paix soit avec lui, confirma le frère Pietrone, le trésorier du couvent de San Marco. Qui pouvait bien en vouloir à un homme aussi bon que lui ? Alfonso da Poppi était une âme pieuse, indifférente aux tentations. J'espère qu'avec l'aide de Dieu, vous allez réussir à mettre la main sur celui qui l'a tué.

Plus tard, dans l'après-midi, l'histoire que le pauvre corps torturé raconta à Léonard et à Bencio fut un récit de souffrances inhumaines : l'Arrache-Cœur avait d'abord fourré, tête la première, dans une sorte de grande jarre enterrée d'un diamètre d'un bras et assez profonde pour ne laisser dépasser que les membres inférieurs, le corps dénudé de sa victime. Les frères de Monteorlando avaient expliqué à Léonard que ce vaste récipient en terre cuite avait été enterré à la demande de l'ancien père supérieur, grand amateur de sorbets, que l'on préparait avec la neige du mont Prado. Et c'était dans ce trou, dans ce sous-sol froid et humide, qu'il conservait ses réserves de glace. Mais depuis que l'ecclésiastique amateur de glaces était décédé, dix ans plus tôt, cette partie du sous-sol avait été laissée à l'abandon. Y entrer et en sortir discrètement n'était pas bien compliqué puisqu'en plus de la trappe qui menait au cellier du couvent, il y avait également deux autres accès, dont une sorte de long conduit dans lequel on faisait glisser les blocs de glace qui arrivaient à Monteorlando par chariot. Le frère Alfonso était censé assister à un conseil de pénitenciers de différents ordres monastiques qui s'était tenu à Santa Lucia, mais il n'était jamais arrivé à destination. Avec le recul, on pouvait facilement imaginer que le moine, qui, comme il en avait l'habitude, voyageait seul, avait été capturé, torturé et assassiné alors qu'il se rendait là-bas. Le meurtrier l'avait forcément pris par surprise, ligoté et traîné au sous-sol, où il avait mis en scène le sinistre spectacle de sa mort : le Dominicain était un homme malingre, chétif, qui avait passé sa vie à prier et à étudier. Une proie facile pour l'Arrache-Cœur.

Probablement inconscient, l'employé du monastère avait été littéralement fourré dans le trou où il avait dû rester un certain temps dans l'obscurité, la tête en bas, avec très peu d'espace pour respirer. Une fois l'homme réveillé, la douleur de sa position avait dû se faire sentir : nausée, vertige, engourdissement. Le cœur avait dû commencer à s'emballer, la pression du sang qui affluait vers la tête devenant progressivement insupportable. Le premier sentiment d'incompréhension avait probablement vite laissé place à la peur, puis à la terreur. À une sorte de vertige. C'est à ce moment-là que la torture proprement dite devait avoir commencé : l'assassin avait versé l'huile bouillante sur les pieds du malheureux et mis le feu à la substance, qui s'était vite enflammée, brûlant d'abord la peau, puis les muscles et la graisse des pieds et des jambes, carbonisant les tissus dans d'atroces souffrances. Le liquide avait dégouliné et conduit les flammes vers d'autres parties du corps. Les organes génitaux avaient été complètement brûlés, ainsi qu'une bonne partie du ventre et du dos. Le corps présentait même des brûlures sur la nuque et le visage, et une partie des cheveux était à son tour partie en fumée. Telle une bougie humaine, le corps du pauvre frère s'était lentement consumé : sous l'effet de la douleur et de la peur, le frère Alfonso avait tellement gigoté que ses tibias s'étaient littéralement désintégrés sur le bord du trou.

Mais l'Arrache-Cœur n'en avait pas fini avec lui à ce stade. Pour avoir accès à la poitrine de l'homme et en extraire le cœur, le tortionnaire l'avait sorti du trou à l'aide d'une ceinture de moine nouée autour des chevilles calcinées du pauvre homme. Léonard avait retrouvé la corde à moitié carbonisée et encore enroulée autour de ce qui restait des pieds du pauvre homme. Le meurtrier l'avait extirpé du trou – à l'agonie, mais toujours vivant –, lui avait arraché le cœur, avant de jeter à nouveau le corps dans le trou en feu. Et les flammes avaient alors fait leur travail, effaçant toutes les preuves.

La comparaison des marques laissées sur les os des deux victimes par la lame de l'Arrache-Cœur confirma qu'il s'agissait de la même arme blanche que celle utilisée pour tous les autres crimes imputables au tueur de Malebolge.

20

Le corps de la pauvre Maria de Médicis avait été étendu sur la dernière table de marbre. Elle était recouverte jusqu'au cou d'un drap blanc apporté tout spécialement par les sœurs du couvent. Ses cheveux courts étaient blonds comme les blés. Son visage portait les marques de son effroyable agonie : yeux écarquillés, figés dans une expression de terreur incommensurable, bouche grande ouverte dans un hurlement silencieux. Contrairement aux autres victimes, tuées relativement vite, l'Arrache-Cœur avait choisi une mort plus lente pour la jeune nonne. Elle avait été privée d'eau et de nourriture pendant plusieurs jours, claquemurée dans un lourd tombeau de plomb et laissée là, à mourir de chaleur, de peur, de faim et, surtout, de soif.

Bien qu'elle ait été retrouvée en dernier, Léonard n'aurait pas été surpris que la novice fût tombée entre les mains de l'assassin plusieurs jours avant les autres victimes. Il fallait donc découvrir pendant combien de temps elle était restée enfermée dans le sarcophage avant de succomber : en effet, si l'inventeur pouvait remonter jusqu'au jour de son enlèvement, il pourrait peut-être disculper Tebaldo. Mais la tâche s'annonçait ardue : Léonard savait que c'est le manque d'eau qui tue en premier. Une personne pouvait survivre plus de deux semaines sans nourriture. Si l'on était en bonne santé, on pouvait tenir une bonne vingtaine de jours sans rien manger. Mais sans eau, on ne pouvait guère résister plus de quelques jours. Par le passé, Léonard avait longuement étudié les symptômes de la déshydratation sur le corps humain, dans l'espoir d'optimiser les réserves d'eau à stocker sur l'un de ses modèles de bateau, une embarcation propulsée par une grande roue à aubes, destinée aux longs voyages en pleine mer, sans l'aide de voiles. Certains facteurs avaient manifestement précipité la dégradation de l'état de la religieuse : elle avait été retenue prisonnière dans un sarcophage en métal, non ventilé, comprimée et dans une totale immobilité. Et surtout, ce n'était pas la déshydratation qui l'avait tuée, mais le désormais rituel coup de couteau au cœur, asséné alors que la femme était à bout de forces, certes, mais pas encore morte. Combien de temps ses tourments avaient-ils duré ? Quatre, cinq jours ?

Et une autre question le taraudait : pourquoi personne, au couvent, n'avait-il signalé la disparition de la jeune femme ? Pourtant, il ne s'agissait pas d'une simple escapade de quelques heures, non, mais de plusieurs jours. Se pouvait-il que les autres religieuses, habituées aux rituels collectifs tels que la prière à chaque heure dans la chapelle du couvent, le déjeuner et le dîner, ne se soient même pas aperçues de sa disparition ? L'explication la plus probable était également la plus simple : sœur Sophia en savait beaucoup plus qu'elle n'avait bien voulu ou pu le dire à Bencio quelques heures plus tôt. On imaginait aisément que sœur Maria, en proie à la culpabilité et à l'agitation intérieure après sa rencontre avec le jeune Tebaldo et la découverte de ses sentiments pour lui, se fût confiée à sa compagne de chambre. Mais on se figurait moins facilement la réaction de la jeune femme à la confession de son amie : avait-elle accepté de couvrir ce qui, à ses yeux, devait être une véritable abomination, ou s'était-elle volontairement tenue à l'écart de cette histoire en faisant semblant de ne pas savoir ? Étant donné que, du moins au début, la relation entre la religieuse et le clerc s'était déroulée dans la clandestinité, on pouvait en déduire que sœur

Sophia avait choisi de les couvrir en gardant le secret. On comprenait également sans trop de difficultés que, après la disparition de sœur Maria, son amie, redoutant d'être punie pour avoir gardé le silence, eût attendu le plus longtemps possible avant de tout avouer à la mère supérieure. Après avoir appris l'existence de cette relation interdite, la mère supérieure, en toute logique, en avait à son tour tiré des conclusions erronées, persuadée que la disparition de la nonne n'était qu'une fugue teintée de péché, rien de plus. Et à ce moment-là, elle avait probablement choisi de ne pas divulguer la nouvelle, par crainte d'un scandale.

— N'oublions pas, réfléchit Léonard à haute voix, que sœur Maria était la nièce favorite de Laurent de Médicis. Une jeune nonne qui s'enfuit avec son amant, lui-même tenu à un serment de célibat et de chasteté par des vœux religieux, ça n'est pas une mince affaire. Le Magnifique aurait certainement demandé à la responsable du couvent de lui rendre des comptes sur la manière dont elle a laissé la jeune femme bafouer les règles strictes de l'ordre auquel elle appartenait.

Probablement que la mère supérieure, effrayée par les éventuelles conséquences, avait laissé filer, priant néanmoins le ciel pour que la situation revienne à la normale, avec le retour volontaire de la fille prodigue au couvent : étant donné le rang et la famille dont sœur Maria était issue, le secret serait resté entre les murs du cloître, sans que personne n'en sache rien.

Cette hésitation à signaler la disparition de la jeune fille avait probablement été fatale pour sœur Maria. L'Arrache-Cœur avait pu agir sans être dérangé, sans se presser. Et il avait utilisé le jeune Tebaldo pour attirer sa victime. Une proposition de rendez-vous amoureux était probablement parvenue à la religieuse par leurs canaux de communication habituels : voilà ce qui avait incité la jeune femme à s'aventurer hors du couvent. De même, un faux message de la jeune fille avait sûrement incité Tebaldo à se rendre à la crypte. Il suffisait alors au diable noir de s'arranger pour que l'on retrouve le jeune homme à côté du corps sans vie de sa bien-aimée, et le gamin deviendrait le coupable idéal de cet ignoble crime.

D'un geste lent, empreint de respect, Léonard reprit son autopsie et souleva le drap du visage de la nonne. Au moment de la mort, le manque de nourriture avait déjà marqué son corps, mais c'est la soif qui avait fait le plus de ravages visibles : sa bouche était tellement desséchée que la peau s'était déchirée en plusieurs endroits, laissant des sillons profonds sur les lèvres. Les yeux avaient commencé à s'enfoncer et le cadavre présentait des signes de déshydratation sévère ; il avait perdu tout caractère féminin et semblait ratatiné, racorni, vidé. Mais le plus frappant, c'étaient ses mains : la religieuse avait tenté par tous les moyens de se libérer du sarcophage où elle était enfermée. Sur la plupart de ses doigts, il n'y avait plus d'ongles et certaines phalanges étaient rabotées jusqu'à l'os. Le sarcophage était scellé de telle manière qu'elle n'avait aucune chance de pouvoir l'ouvrir de l'intérieur. Comme un peu air s'infiltrait par quelques trous, la jeune fille n'était pas morte étouffée, mais son agonie avait été lente. Elle avait probablement crié et crié encore, jusqu'à ce que sa gorge s'asséchât complètement et qu'elle fût incapable d'émettre le moindre son.

Alors qu'ils avaient abandonné tout espoir de trouver ce qu'ils cherchaient, des preuves permettant de blanchir Tebaldo de toute accusation, l'examen du corps de la nonne révéla enfin un élément intéressant à Léonard et Bencio. À la grande satisfaction de son mentor, c'est Bencio, particulièrement attentif et perspicace ce jour-là, qui remarqua quelque chose.

— Maître, regardez ça...

Léonard de Vinci venait de découvrir complètement le corps supplicié de la malheureuse et était en train de plier le drap qui avait jusqu'à présent dissimulé la nudité de la religieuse. Là, son jeune assistant attira son attention sur les seins et le ventre de la femme. Contrastant avec le petit corps amaigri et flétri par les terribles tortures auxquelles l'Arrache-Cœur avait soumis sa proie, les mamelons rosés de la victime semblaient gonflés, presque turgescents, tandis que le ventre présentait des signes évidents de...

— La malheureuse a accouché il n'y a pas très longtemps ! s'exclama Léonard, effaré par cette découverte pour le moins inattendue.

Au cours d'une des séances de dissection anatomique auxquelles il avait assisté à l'école de médecine, il était tombé presque par hasard sur l'autopsie d'une femme morte en couches. Et les marques sur son corps – notamment sur ses parties génitales – étaient en tout point semblables à celles de la jeune fille étendue sur la table de marbre devant lui. À l'époque, il avait passé plusieurs heures à dessiner, à étudier chaque détail et à coucher sur le papier ce qu'il voyait.

— Bencio, fais-moi un peu de lumière.

Léonard passa en revue le corps de la pauvre nonne pendant un certain temps sans prononcer un seul mot. Enfin, il recouvrit le corps martyrisé.

— Deux semaines, murmura-t-il, un mois tout au plus. Cette femme venait de donner naissance. Les signes sont indéniables... Et je suis prêt à parier que notre mère supérieure sait exactement où se trouve l'enfant.

Cette découverte représentait une avancée inattendue et d'une importante capitale. Léonard se dit qu'il avait enfin en main de quoi prendre le meurtrier par surprise.

— Je mettrais ma main au feu que l'Arrache-Cœur ne savait rien de tout cela.

— J'ai des mauvaises nouvelles, Léonard ! tonna Lapo Caperna en entrant, et à cette voix Léonard sursauta. Malagutti a déjà prononcé sa sentence. Le procès a duré moins de temps qu'il en a fallu pour entrer, s'asseoir et ressortir immédiatement. Tebaldo sera exécuté dans deux jours, dimanche, à l'aube, au *pratello*. Et il n'est pas seulement condamné pour la mort de la nonne, non, mais aussi pour tous les autres meurtres de l'Arrache-Cœur…

Le soldat était allé droit au but, sans grand faire grand cas des formules de politesse. Cette nouvelle, c'était celle que Léonard redoutait le plus. Il faudrait maintenant qu'il trouve une preuve absolument irréfutable pour annuler ce jugement, plus politique que découlant d'une quelconque volonté de justice. Probablement que quelque part, à l'heure qu'il était, le démon noir se moquait bien d'eux. Et qu'il recommencerait à tuer dès que le bourreau aurait rempli sa mission. Léonard secoua la tête.

— C'est de la folie… Ce garçon est innocent.

— La condamnation du magistrat se veut exemplaire : Tebaldo sera écartelé, précisa le soldat, l'air grave. Tebaldo sera accompagné à la potence par les membres de la confrérie de Santa Maria della Croce.

Il s'agissait de la confrérie des Noirs, nom donné à ses membres à cause de la soutane sombre et du capuchon de la même couleur dont ils se couvraient le visage. Leur tâche consisterait à accompagner le condamné durant ses dernières heures, à l'empêcher de se tuer, de se soustraire au châtiment du bourreau. La veille de son exécution, le condamné à mort recevrait le sacrement de la confession dans la chapelle de Santa Maria Maddalena, au sein du Bargello. Puis, le lendemain, à l'aube, il serait transporté dans une charrette, au milieu des huées, des insultes et des railleries de la foule, qui ne manquerait sûrement pas de venir en nombre au spectacle d'une mise à mort aussi sanglante et cruelle.

Le dimanche, aux premières lueurs de l'aube, Tebaldo serait également amené devant la cathédrale, à l'endroit où – selon la condamnation prononcée par le juge – il avait physiquement commis son crime. Là, on lui couperait la main droite, celle avec laquelle il avait tenu la dague. Puis le pauvre clerc entamerait la dernière étape de son calvaire, une longue traversée dans les rues de Florence, durant laquelle il serait exposé à la rage et aux invectives de la foule. Entouré des Noirs, il traversait le centre de la ville, jusqu'à la *via* San Giuseppe, et continuerait ensuite *via* dei Malcontenti, qui débouchait sur la place des exécutions publiques. Là, au *pratello di Nemi*, le condamné serait conduit devant le bourreau, puis dépouillé de ses vêtements. Après la lecture de la sentence et le sacrement de la confession, il serait d'abord éventré, puis émasculé. Ensuite, on l'allongerait sur la roue d'un chariot, bras et jambes écartés. Le bourreau lui couperait les membres, un par un, à l'aide d'une hache, puis il le décapiterait. Les morceaux de son corps seraient ensuite exposés devant les portes de la ville en guise d'exemple : voilà comment finissaient les traîtres de Florence, les ennemis de Laurent de Médicis.

Ainsi, Léonard n'avait plus que quelques heures devant lui pour empêcher cet innocent de connaître un sort aussi effroyable.

— Pas de nouvelles de Caracciolo ?

Comme pour confirmer les sombres prédictions de Léonard, Lapo Caperna secoua la tête d'un air déconfit.

— Je ne pense pas qu'il s'implique dans cette affaire. Il m'a écouté attentivement, m'a posé un tas de questions sur l'Arrache-Cœur et sur notre enquête, mais au final, il ne m'a pas laissé beaucoup d'espoir. Je ne crois pas qu'il intervienne. Et s'il le fait, ce ne sera certainement pas pour s'opposer à la condamnation du pauvre Tebaldo. J'ai eu l'impression que lui aussi a de sérieux doutes sur sa culpabilité, mais je crois qu'il n'a pas envie de s'opposer à Laurent de Médicis pour sauver la vie d'un simple clerc qui, comme il me l'a dit lui-même, « a creusé sa propre tombe ». En revanche, il a accepté de vous voir, maître, et vous attend chez lui ce soir.

À ce stade, Léonard n'attendait qu'une chose du juge napolitain : qu'on l'autorise enfin à rencontrer le prisonnier. Il était convaincu que Tebaldo Acciaroli avait vu, ne serait-ce que quelques instants, l'Arrache-Cœur à l'œuvre et qu'il était le premier et jusqu'à présent le seul témoin oculaire de ce cycle infernal de crimes. Et il était persuadé de pouvoir le sortir de son apathie. Le jeune homme ne savait probablement pas que son amante avait eu un enfant ; peut-être que la nouvelle le secouerait au plus profond de son être, peut-être qu'elle le pousserait à renoncer à ses envies suicidaires, à réagir. Parler au magistrat Caracciolo était donc de la plus haute importance. Il n'y avait pas un instant à perdre : les premières lueurs de l'aube entraient déjà par les fenêtres de la morgue. Il fallait se mettre en route. Cette journée serait une course contre la montre pour sauver la vie d'un homme innocent.

21

Le voilà, il s'avançait justement vers lui. Il le voyait clairement, malgré le volet presque fermé. Même à cette distance, il avait tout de suite reconnu Vinci, avec sa silhouette longiligne, ses longs cheveux blonds et sa barbe négligée qui lui donnaient un air de prophète biblique. Il ne l'avait croisé qu'une fois, mais il l'aurait reconnu entre mille. C'était l'homme qui le pourchassait…

Son ennemi juré marchait au pas de charge, engagé dans une discussion animée avec son assistant, un grand gamin brun qui, s'il ne se trompait pas, devait s'appeler Gancio, ou Poncio… Ils étaient peut-être bien amants, ces deux-là, songea-t-il : il avait entendu parler de l'arrestation de cet homme pour sodomie et maintenant, en les voyant ensemble, maître et disciple, il ne pouvait s'empêcher de se les figurer dans une étreinte immonde. Il frissonna à cette vision, et ferma les yeux si fort que deux larmes chaudes roulèrent sur ses joues. Il serra les poings : de sombres souvenirs resurgirent de sa mémoire, des choses qu'il aurait aimé oublier.

Il observait toujours. Les deux hommes n'étaient plus qu'à une centaine de pas : dans un frisson il imagina le plaisir qu'il aurait à plonger l'acier de sa dague dans leur tendre gorge. Il se concentra tellement intensément sur cette sensation qu'il sentit l'odeur aphrodisiaque du sang et s'en trouva excité. Mais il s'efforça de retrouver son sang-froid. Il devait rester lucide et rationnel s'il ne voulait pas commettre d'erreurs. Malebolge passait avant tout le reste. C'est pour ça qu'il était venu à Florence, pour ça qu'il avait patienté en silence pendant des années : il avait prévu le moindre détail, préparé son plan avec minutie, envisagé toutes les options. Rien n'avait été laissé au hasard. Et c'était avec le même soin qu'il avait choisi les pécheurs. Non pas qu'il fût difficile d'en trouver : Florence était une ville de dépravation et de luxure.

Un gémissement étouffé derrière lui l'arracha à ses réflexions. Le pécheur de la septième bolge se réveillait précisément au moment le plus inopportun. Il se retourna. Le visage de l'homme était cramoisi, comme s'il était sur le point de mourir d'apoplexie, il respirait difficilement, peut-être à cause du bâillon plaqué sur sa bouche. Mais les gémissements qui sortaient de la gorge de sa victime résonnaient dans toute la pièce. Quelqu'un risquait de l'entendre.

Le meurtrier avait décidé d'avancer son plan de quelques heures. Il ne voulait pour rien au monde manquer le spectacle de la mort du clerc. Il se réjouissait déjà de voir, du premier rang, le bourreau qui plongerait sa lame dans les viscères du gamin, pour l'étriper vivant. Il avait plus d'une fois assisté à des tortures de ce genre. Et si le bourreau et ses assistants faisaient bien leur travail, avec rapidité et précision, le condamné pouvait arriver encore vivant au stade ultime, celui de la décapitation. Peut-être le garçon tiendrait-il le coup jusque-là. Assurément, il allait parier quelques pièces sur sa survie jusqu'à la quatrième étape. Dans les tribunes des notables, il y avait toujours quelqu'un prêt à parier sur le coup fatal.

Mais pour l'heure, il devait se concentrer. Il fit volte-face avec la vélocité d'un félin et s'approcha de l'homme corpulent qui gisait, ligoté et bâillonné, dans le coin le plus sombre de la pièce. Il avait maintenant complètement repris ses esprits et le fixait avec des yeux écarquillés de terreur, gémissant et grognant comme un porc à l'abattoir. L'Arrache-Cœur fit quelques pas vers lui. Dans sa main droite, il tenait une lourde masse en bois recouverte de cuir, du type de celles utilisées par les gardes de la seigneurie pour se frayer un chemin dans la foule. L'homme tenta de dire quelque chose, mais le bâillon réduisit ses paroles à un mugissement sourd et inintelligible.

— Malagutti, je vous ai prévenu que je ne tolérerais aucun bruit. Comprenez bien une chose, mon cher ami, c'est moi qui fixe les règles ici et tout acte de désobéissance de votre part sera sanctionné. Rassurez-vous, et je ne vous ferai pas plus de mal que nécessaire.

Sans l'ombre d'une hésitation, le démon noir abattit violemment son bâton sur la tête de son prisonnier. Quelques coups bien ciblés et le juge fut renvoyé dans le monde des rêves – ou plutôt, des cauchemars –, tandis qu'un filet de sang coulait sur son visage. Juste à temps : soudain, quelqu'un tambourina à la porte. Le démon noir respira profondément plusieurs fois puis se ressaisit. Il se força même à sourire : à présent, il avait pour habitude de dissimuler ses véritables émotions de cette manière-là… Il alla ouvrir.

Devant la porte se tenait un garde coiffé d'un chapeau bleu orné d'une plume blanche, vêtu d'un uniforme jaune et bleu paré des boules du symbole des Médicis. Il appartenait à la milice privée de la seigneurie, sous les ordres de *ser* Laurent.

— Monsieur, je vous cherchais, dit l'homme en esquissant une révérence. On vous attend au palais. Je vais vous y escorter. Tout de suite, si vous le pouvez.

Le démon noir continuait à se cacher derrière son sourire.

— Mais bien sûr… Laissez-moi le temps de prendre quelques papiers et mon chapeau et je vous suis. Attendez-moi ici.

Il referma la porte. *Voilà un contretemps très contrariant*, pensa-t-il. Il espérait bien ne pas avoir à retarder plus longtemps l'ouverture de la septième bolge. Pâques approchait et la fin de sa mission arrivait à grands pas. Il n'y avait pas un instant à perdre.

— Voilà, je suis prêt, annonça-t-il en ouvrant la porte, un grand sourire aux lèvres. Allons-y…

22

14 avril, Palagio Novo, bureau du magistrat Carlo Caracciolo

Obtenir une audience avec le prévôt Caracciolo n'avait pas été simple. Le magistrat avait fait savoir qu'il était pris par d'importantes réunions gouvernementales et ne les avait reçus que le soir, au Palagio Novo, où il devait par ailleurs tenir concile avec Sa Seigneurie. Mais, comme Lapo Caperna et Leonardo le subodoraient, le Napolitain refusa de prendre leur parti dans la course contre la montre pour sauver la vie du clerc Tebaldo. Il se contenta, de ses mains gantées de noir, de gratter le cuir chevelu sous sa perruque, d'ajuster les bésicles qu'il portait et de secouer la tête.

— Cher maître de Vinci, je ne nie pas que vos conclusions soient le résultat de vos capacités phénoménales de déduction, mais permettez-moi de vous dire que les preuves sur lesquelles se fonde la condamnation prononcée par le juge Malagutti sont elles aussi le fruit d'une logique implacable et d'une grande rigueur procédurale : ce garçon a été pris sur le fait, les mains souillées de sang, à quelques pas du cadavre mutilé de cette pauvre religieuse. Et il a avoué son crime devant de nombreux témoins.

— Mais je viens de vous expliquer le lien qui unissait le clerc à sœur Maria, l'interrompit Léonard. Je viens de vous parler de l'enfant…

— Oui, oui, et j'ai bien écouté cette histoire d'amour digne d'un poème du licencieux Giovanni Boccaccio.

Mais sur ce point votre lucidité et votre rationalité semblent vous avoir fait défaut : votre reconstitution se fonde sur quelques phrases extorquées à la compagne de chambre de la malheureuse victime, et ces propos, somme toute, ne contiennent pas grand-chose. Quant à la découverte de la grossesse de notre nonne aux mœurs dissolues, je vous rappelle que si l'enfant est bien le fils de Tebaldo Acciaroli, cela pourrait justement constituer un mobile parfait pour ce crime. La jeune femme lui avoue qu'elle attend un enfant, et lui, terrorisé, accablé de honte à l'idée du scandale qui va forcément éclater, la tue. D'ailleurs il a probablement réservé le même sort au nouveau-né et s'est débarrassé d'une présence très encombrante. Croyez-moi, maître de Vinci, la condamnation de mon collègue Malagutti est loin d'avoir été prononcée à la légère.

Non sans mal, après de longues et épuisantes tractations, Léonard parvint néanmoins à obtenir du magistrat napolitain l'autorisation de rendre visite au condamné avant qu'il ne soit conduit à la potence.

— Bon… Je vais donner l'ordre aux gardes de vous laisser entrer dans la chapelle du Bargello et je demanderai aux Noirs de la confrérie de vous autoriser à vous entretenir avec ce garçon, le temps d'une dizaine de rosaires, disons. Mais ensuite, vous devrez partir sans opposer la moindre résistance, sinon vous subirez le même sort que le condamné à mort !

On ne pouvait guère espérer davantage. Le juge Caracciolo les raccompagna sans cérémonie jusqu'à la porte et les congédia sur-le-champ. Léonard, toujours suivi de son fidèle Bencio, salua l'homme de loi et fonça vers la sinistre geôle du Bargello.

La nuit tombait sur Florence. Et ce serait la dernière pour Tebaldo. Le jeune homme avait déjà été prévenu de sa condamnation et confié à la confrérie des Noirs pour son dernier voyage. Léonard et Bencio déboulèrent au palais, à bout de souffle. Étrangement, la sentinelle de la porte principale était déjà au courant de leur visite et de l'autorisation qui leur avait été accordée quelques minutes plus tôt. De toute évidence, Caracciolo disposait d'excellents réseaux de communication et connaissait bien son métier.

— Bencio, retourne au palais et attends-moi là-bas. Quelque chose me dit que tu n'auras pas à patienter bien longtemps...

Léonard entra dans le bâtiment et fila vers la chapelle où Tebaldo Acciaroli passait ses dernières heures. Les « Ave Maria » du rosaire, psalmodiés par les voix graves et tranquilles des Noirs, le guidèrent. Dans la pièce faiblement éclairée à la bougie, le jeune clerc était agenouillé devant l'autel, entouré par des hommes encapuchonnés. Il portait une grande tunique en lin brut, des fers enserraient ses poignets et chevilles. Il paraissait calme, presque catatonique, le regard perdu dans le vide, ses lèvres bougeant à peine au rythme de la prière. Les quelques verres de vin offerts par ses confrères – comme le voulait la tradition – contribuaient probablement à l'état d'étourdissement nécessaire au condamné pour traverser les heures qui le séparaient de la mort. L'atmosphère était irréelle, comme suspendue dans le temps. Tout était nimbé d'un silence sépulcral, un silence rompu seulement par les paroles des prières.

— Veuillez attendre ici, lui murmura une silhouette encapuchonnée en désignant un banc au fond de la chapelle.

Léonard prit place sans quitter des yeux le Noir qui retourna, tel un spectre, vers le prie-Dieu où se trouvait le condamné. La silhouette de l'homme d'Église, tout droit sortie des ténèbres, se pencha sur le clerc et lui chuchota quelque chose à l'oreille. Tebaldo parut perturbé, presque angoissé à l'idée d'avoir un visiteur. L'inventeur le vit secouer la tête et bafouiller quelques mots. Pendant un moment, il craignit d'avoir fait tout ce chemin pour rien. Que le garçon, désormais résigné à mourir, refuse de le voir. Mais bientôt, il le vit se lever et tituber dans sa direction, soutenu par le frère dans son habit sombre.

— Je t'accorde le temps de dix « Ave Maria » et un « Pater Noster », lui rappela l'homme en noir.

Puis, après avoir aidé Tebaldo à prendre place aux côtés de Léonard, il s'éloigna à pas feutrés et les laissa seuls.

L'inventeur observa le garçon. Ses yeux étaient vitreux, son regard, absent, comme si tout ce qui se passait autour de lui ne le concernait pas le moins du monde. Il y avait peut-être eu plus de verres de vin que prévu et la panique avait été remplacée par une sorte d'acceptation, renforcée par sa culpabilité.

— Je suis là pour t'aider, Tebaldo, ta mort n'aurait aucun sens, murmura Léonard dans un souffle, sans provoquer aucune réaction chez le jeune religieux. Dis-moi, pourquoi tiens-tu tant que ça à mourir ?

À ce stade, il y avait déjà eu deux « Ave Maria » ; s'il ne parvenait pas à le faire parler, tous ses efforts auraient été vains. Mais il s'exprima enfin, d'un filet de voix à peine audible dans le bourdonnement des litanies.

— Elle est morte à cause de moi, je l'ai tuée… Je l'ai tuée, je dois payer, répétait-il en boucle, comme pour se convaincre que son choix était le bon. Elle est morte à cause de moi, je l'ai tuée…

Mais Léonard n'était pas là pour entendre ce même refrain.

— Je sais ce qui s'est passé entre toi et Maria, je sais tout. Je sais que tu l'aimais et qu'elle t'aimait, je sais que tu te sens coupable de ne pas avoir pu la sauver. Je sais que vous souhaitiez mourir pour expier votre culpabilité.

Est-ce le nom de Maria qui fit sortir Tebaldo Acciaroli de sa torpeur ? Ses yeux semblèrent revenir à la vie. Le jeune homme regarda Léonard pour la première fois.

— Non, je veux mourir parce que ma vie sans elle n'a plus de sens. Je veux la rejoindre dans l'au-delà pour vivre éternellement à ses côtés. Je sais que nous avons beaucoup péché, que notre amour ne peut être un amour pur. Mais Dieu est bon et miséricordieux, il lit dans nos cœurs. Je suis sûr que mon sacrifice purifiera nos âmes et que nous pourrons vivre heureux ensemble au paradis. Elle est morte à cause de moi, elle ne se serait jamais rendue dans cet endroit si ce n'avait été pour moi. Je l'ai tuée, je mérite d'être tué…

Léonard voulait essayer de le faire changer d'avis.

— Mourir ne servira à rien, tu ne pourras pas la ramener à la vie… Et votre enfant se retrouvera orphelin…

Un éclair passa dans les yeux de Tebaldo.

— Vous racontez n'importe quoi… Je n'ai pas d'enfant !

— Maria a eu un enfant quelques jours avant sa mort. Et le père, c'est toi.

Le condamné reçut cette révélation comme une gifle en plein visage.

— Si tu l'aimais vraiment, tu dois t'occuper de l'enfant, insista Léonard. Il sera toujours temps de mourir plus tard. Courage, Tebaldo, oublie quelque temps ces pensées de mort, tu dois te décider à dire la vérité. Nous n'avons pas beaucoup de temps. Aide-moi à te sortir d'ici vivant !

Léonard interpréta le silence du garçon comme une invitation à poursuivre.

— Dis-moi ce que tu as vu, dis-moi qui l'a tué… Tu as vu le visage de cet homme !

Et soudain, comme si les souvenirs commençaient à rejaillir dans un élan irrépressible, le clerc se mit à raconter :

— Le démon noir… Cela faisait presque trois mois que je n'avais pas pu parler à Maria en privé. D'ordinaire, c'était sœur Sophia, sa compagne de chambre, qui maintenait le contact entre nous. Elle m'avait fait savoir que la mère supérieure nous soupçonnait et qu'elle ne pouvait pas sortir du couvent. Nous avons échangé des lettres, des petits cadeaux… La dernière fois, nous n'avions réussi qu'à nous embrasser à la hâte et à nous chuchoter quelques mots doux, puis Maria a dû retourner à San Gerolamo. On s'aimait, on rêvait de fuir Florence tous les deux et de recommencer une autre vie, une vie normale, ensemble. Mais elle n'arrivait pas à se décider. Elle avait peur que l'ignominie retombe sur son oncle, Laurent de Médicis. Elle ne m'a jamais dit qu'elle attendait un enfant… Et je n'ai rien remarqué. La voix de Tebaldo se fissurait sous l'émotion. Je l'aimais, je l'aimais à mourir.

Léonard voulait absolument revenir au moment où le corps de la nonne a été retrouvé. Il fallait que Tebaldo lui décrive exactement ce qu'il avait vu. Les « Ave Maria » de la dizaine de rosaires accordée par le magistrat Caracciolo étaient presque terminés.

— Je t'en prie, dis-moi ce que tu sais de l'homme qui l'a tuée.

— Il était habillé de noir de pied en cap et avait une tête de diable… Ce matin-là, j'avais reçu un petit mot de Maria, elle me donnait rendez-vous dans les catacombes de Santa Reparata, où nous nous étions souvent rejoints. J'avais hâte de la revoir. En descendant l'escalier qui mène aux cryptes, j'ai entendu un chant étrange, un chant funèbre. Puis j'ai vu la lueur d'une torche. Je pensais que c'était elle qui m'attendait et j'ai couru dans cette direction, mais quand je suis arrivé, j'ai découvert une scène digne de l'enfer… Il était penché sur elle et répétait tout le temps les mêmes paroles. Après, il a pris un couteau et lui a ouvert la poitrine. Il a plongé la main dans l'entaille et lui a arraché le cœur. Et ensuite, il l'a porté à sa bouche et a commencé à le dévorer. Il chantait et mordait dedans, ce fou…

Les sanglots l'étranglèrent, il dut s'arrêter. En arrière-plan, le chant des « Ave Maria » s'enchaînait inexorablement, comme le sable qui coule dans un sablier. À présent, Léonard devait faire vite. Il venait d'apprendre ce qu'il advenait du cœur que le meurtrier arrachait à ses victimes, mais il n'avait pas obtenu de détails permettant de l'identifier.

— Dis-moi tout ce dont tu te souviens sur lui.

— Je n'ai pas vu grand-chose, il faisait sombre et la lumière de la torche n'était pas assez forte…

— Essaye de me le décrire, physiquement, l'exhorta l'inventeur. Était-il grand ou petit ? Mince ou gros ?

— Je ne sais pas trop… Grand, je pense, et certainement pas gros. Il avait un masque de démon, rouge foncé avec deux longues cornes sur la tête. Et tout ce sang… C'était le diable, Satan en personne.

Les Noirs entamèrent le « Pater Noster » : il ne leur restait plus que quelques secondes. Léonard était déçu ; il espérait que Tebaldo lui apprenne bien plus de choses. Mais le temps dont ils disposaient était vraiment trop court. Pour en savoir plus, il faudrait sauver ce pauvre innocent de la hache du bourreau. La prière était terminée : il restait un « Gloria » et ils allaient venir le rechercher.

— Je vais te sauver, Tebaldo, fais-moi confiance.

Léonard accompagna ces mots en lui serrant la main. Les prières terminées, les hommes encapuchonnés s'étaient déjà levés tout en gardant une distance respectueuse, afin de permettre un dernier adieu entre les deux hommes. Le clerc s'était levé pour marcher vers son destin lorsqu'il se retourna vivement, comme s'il se souvenait subitement de quelque chose. Et c'est d'une voix claire qu'il s'exprima :

— « Pendant que tu mourras, je tuerai à nouveau », ce sont les mots que le démon noir a prononcés avant de disparaître dans les ténèbres !

— « Pendant que tu mourras, je tuerai à nouveau », murmura Léonard pour lui-même.

Oui, il savait très bien que l'assassin allait frapper à nouveau. Il restait encore au moins quatre bolges à ouvrir avant que son projet ne soit terminé. Et Tebaldo, le lendemain, à l'aube, serait mort, démembré par la hache du bourreau. Et il n'y pouvait rien. Quelque chose, cependant, n'était pas tout à fait clair pour lui : il ressentait une nouvelle fois cette étrange sensation d'être proche de quelque chose encore insaisissable.

Dehors, le calme régnait sur Florence. Pour la ville, qui ignorait tout de l'horreur du Malebolge, c'était une nuit comme les autres.

Le profil désormais familier du Palagio Novo se dessina au bas de la rue. Il leva les yeux. La fenêtre du bureau de Laurent de Médicis était éclairée : Sa Seigneurie travaillait. On disait qu'il dormait très peu, trois heures par nuit, et qu'il profitait des heures les plus tardives pour écrire des poèmes. Était-ce vrai ? Aux yeux de Léonard, le seigneur de Florence ressemblait à beaucoup de choses, mais certainement pas à un poète.

Puis, tout d'un coup, il eut une illumination, comme un engrenage qui s'encastre parfaitement et ouvre une porte restée fermée jusque-là. Non, était-ce vraiment aussi simple et évident ? L'Arrache-Cœur, emporté dans son délire de toute-puissance, aurait-il vraiment pu faire un tel faux pas ? Vite, il fallait en discuter avec ses compagnons d'aventure. Sans perdre un instant. Avec un peu de chance, ils pourraient sauver le jeune homme et mettre un terme à cette infernale folie meurtrière.

Il courut jusqu'au perron et, toujours en courant, sous les yeux effarés des gardes, il gravit quatre à quatre la volée de marches qui menait aux chambres de ses deux compagnons. Si son intuition était bonne, la nuit allait être très longue et éreintante. S'ils voulaient sauver Tebaldo, il leur faudrait affronter les horreurs de la septième bolge.

23

15 avril, dimanche des Rameaux,
Florence, Palagio Novo

Léonard fit irruption dans la chambre de Lapo Caperna sans même frapper, en répétant, comme pour lui-même, les derniers mots de Tebaldo.

— Vite, vite, nous n'avons que très peu de temps. Et il faut découvrir où il se trouve…

La nuit était déjà bien avancée mais le soldat, malgré l'heure tardive, ne dormait pas à poings fermés. Paniqué par le bruit de cette intrusion, d'instinct, il se leva d'un bond et se jeta sur l'épée qu'il gardait près du lit, appuyée contre le mur.

— *Messer* Léonard, seriez-vous devenu fou ?

— Vite, vite. Où est Bencio ?

— Je suis là, maître, dit le garçon en passant une tête dans la chambre.

Il n'avait probablement pas pu trouver le sommeil lui non plus et avait été intrigué par l'irruption soudaine de Léonard.

— Bien, chuchota Léonard, qui se mit à raconter son bref entretien avec Tebaldo Acciaroli au Bargello. « Pendant que tu mourras, je tuerai à nouveau », ce sont les mots que l'assassin a dits au clerc. Et sans s'en rendre compte, il a révélé quand et probablement où nous allons pouvoir surprendre le criminel à l'œuvre. Il faut y aller, tout de suite, et prier le ciel pour qu'il ne soit pas déjà trop tard.

Une expression de perplexité se lisait sur le visage de Lapo Caperna.

— Mais Léonard, nous savons déjà que l'Arrache-Cœur se prépare à tuer d'autres gens puisqu'il y a dix bolges et qu'il en reste quatre. En quoi ces paroles nous indiquent-elles autre chose que son intention de continuer à tuer, ce qui n'a rien de nouveau ?

— Non, il ne s'agit pas seulement d'une confirmation d'intention, mon cher Lapo, vous faites erreur. Il nous dit littéralement *quand* il va frapper... Le mot « pendant » signifie que ce sera à l'aube ! La Montanina, la cloche du Bargello, a déjà sonné la troisième heure, le jour ne va pas tarder à poindre. L'Arrache-Cœur s'apprête à faire une autre victime, et ça se passera pendant l'exécution de Tebaldo, à un moment où une bonne majorité de la population sera au spectacle, et où, donc, personne ne fera attention à lui. Ainsi, il pourra s'adonner à sa mise en scène macabre sans craindre d'être dérangé. Il veut probablement que le cadavre soit découvert tout de suite après la mission du bourreau accomplie.

Le soldat était maintenant parfaitement réveillé.

— Alors si c'est le cas, le meurtrier doit être en train de se préparer, à l'heure qu'il est, peut-être même qu'il est déjà tout près d'ici. L'exécution de Tebaldo est effectivement une diversion idéale pour que personne ne vienne lui gâcher son plaisir. Mais où va-t-il frapper ? Si nous voulons l'arrêter, il ne nous reste que très peu de temps et la ville de Florence est grande...

La réponse de Léonard était déjà prête.

— Ça, c'est *messer* Dante qui va nous le dire... Bencio, apporte-moi *La Comédie* !

Léonard avait bien fait d'emporter le livre, d'Anchiano, pour le montrer à Laurent de Médicis. Quelques instants plus tard, il feuilletait fébrilement l'ouvrage à la recherche du chapitre qui l'intéressait…

— Alors, voyons voir. Voilà, la septième bolge ! s'exclama-t-il avant de marquer une pause dramatique, puis de reprendre d'une voix de stentor. « Leurs mains étaient liées par-derrière par des serpents ; ceux-ci s'accrochaient par la queue et la tête dans leurs reins, pour se nouer devant. Et voilà que sur l'un d'eux, qui était de notre côté, se jeta un serpent le transperçant là où le cou s'attache aux épaules. » Des serpents, mes amis ! Les pécheurs de la septième bolge sont punis par des serpents venimeux… Fort heureusement, il n'y a pas beaucoup d'endroits à Florence où l'on puisse réaliser une telle mise en scène. Ce pauvre Tebaldo vient de me raconter que l'Arrache-Cœur, ou le démon noir, comme il l'appelle, organise une véritable cérémonie. Et nous aussi, d'ailleurs, nous l'avons bien compris, ce monstre ne se contente pas de tuer ses victimes, il le fait en suivant un rituel précis, avec des litanies à prononcer, un costume à porter, un cœur à… dévorer. Il doit falloir un certain temps pour préparer tout ça, et surtout, pour mener l'ensemble à bien.

— Donc vous dites que si notre homme a prévu de frapper à l'aube, pour que ça coïncide avec l'exécution de Tebaldo, il aura besoin de temps pour se préparer…

— Et c'est là son talon d'Achille ! confirma l'inventeur. Allons-y, nous n'avons plus une seconde à perdre.

Caperna commençait déjà à se préparer, il avait passé sa veste et attachait sa lourde épée à sa taille. Cependant, il arborait une expression de perplexité.

— D'accord, d'accord, mais où allons-nous, *messer* de Vinci ? Vous croyez que je peux lire dans vos pensées ?

— À la ménagerie, mon cher soldat, à la ménagerie ! Au bassin des serpents venimeux. C'est en plein cœur de la ville, un endroit idéal pour l'Arrache-Cœur : il pourra se déplacer discrètement et se livrer à sa mise en scène sans attirer l'attention puisque pendant ce temps-là, les Florentins, et surtout les gardes et la police, seront occupés avec l'exécution de Tebaldo. Notre homme va frapper à quelques pas du Palagio Novo. Si notre intuition est juste, et personnellement je n'ai pas le moindre doute là-dessus, on va pouvoir le surprendre en pleine action… Et cette fois, on va le coffrer ! Mais dépêchez-vous donc, le temps nous est compté.

24

Serpentarium de la via dei Leoni

En quelques minutes les trois hommes gagnèrent la ménagerie de la *via dei Leoni*. Au loin, à l'est, derrière les collines de Settignano, le ciel s'éclaircissait déjà. Derrière les cages d'exposition des animaux, légèrement en retrait, dans une sorte de cloître, un grand réservoir vide abritait les serpents que Mohamed Ibn-Mahfuz, l'ambassadeur du sultan d'Égypte Al-Ashraf Qa'it Bay, avait offerts au Magnifique pour tenter d'obtenir le soutien des Médicis dans plusieurs disputes territoriales avec Mehmed II, seigneur de l'Empire ottoman. Laurent était également connu pour l'intérêt qu'il portait aux bêtes sauvages et, souvent, pour le flatter et obtenir sa bienveillance, marchands, ambassadeurs et hommes d'affaires lui apportaient en cadeau des espèces rares et exotiques, destinées à faire office d'appâts lors de parties de chasse impitoyables, et dont les carcasses ensanglantaient les pavés de la Piazza della Signoria.

Quelques mois auparavant, une galère battant pavillon du sultan d'Égypte avait accosté sur les quais du port et déchargé plusieurs dizaines de paniers contenant des serpents de toutes formes et de toutes tailles. Cobras, pythons, crotales et vipères avaient été placés dans les citernes désaffectées de l'ancienne teinturerie de *maestro* Alberti, laissée à l'abandon depuis que son propriétaire, un fidèle de *ser* Rinaldo degli Albizi, avait été contraint de fermer boutique, banni de Florence en même temps que son protecteur. L'ancienne teinturerie se trouvait dans un vaste sous-sol à quelques pas de la ménagerie de la *via dei Leoni*. Et avec ses grandes cuves équipées d'un ingénieux système hydraulique permettant de les remplir et de les vider à volonté, cet endroit était idéal pour accueillir un serpentarium. Il constituait désormais une des principales attractions pour les habitants de Florence.

Léonard, Lapo et Bencio foncèrent vers les fosses à serpents. Arriveraient-ils à temps pour surprendre et capturer l'Arrache-Cœur ? L'aube n'était plus très loin. Le ciel, plus clair à l'est, se teintait déjà des mille nuances de rose et de bleu qui précèdent le lever du soleil.

— Il serait peut-être bon de prévenir les gardes, pour faire encercler la ménagerie et ne pas laisser l'Arrache-Cœur nous échapper.

Malgré leur course folle, Lapo Caperna n'était pas du tout essoufflé, alors que Léonard, lui, peinait à respirer.

— Non ! haleta-t-il. On n'a plus le temps de mettre en place une opération de grande envergure. Trop tard, il va falloir nous débrouiller tout seuls !

Ils passèrent devant les cages aux lions. Le silence était total, à l'exception de quelques sons émis par les grands fauves qui semblaient dormir paisiblement derrière les barreaux. Les trois hommes firent une dernière halte près de la statue du *Marzocco* de Donatello.

— Les fosses à serpents sont là-bas, derrière les cages, dans la cour intérieure, indiqua le soldat, un doigt pointé vers le bâtiment bas devant eux. Il y a une porte avec un escalier, c'est là qu'on descend pour accéder au serpentarium. Le soleil se lève. Si on a vu juste, l'Arrache-Cœur est déjà là et il ne va pas tarder à procéder à un autre sacrifice. Maintenant, il faut s'approcher avec prudence, pour le prendre par surprise.

La ménagerie était entourée d'une haute grille en fer forgé séparant la zone intérieure de celle destinée au public, mais ils n'eurent aucune difficulté à entrer car le portillon de service, par lequel passaient les employés chargés de nourrir et de s'occuper des animaux, était fermé par une simple poignée. La chaîne qui aurait dû assurer la sécurité du site gisait au sol, coupée en deux. C'est Bencio qui arriva le premier devant le portillon.

— Regardez ! Quelqu'un est déjà passé par ici !

Il poussa la porte de fer, qui s'ouvrit dans un grincement. Les trois hommes se figèrent pour écouter d'éventuels voix ou bruits suspects, mais ils ne perçurent rien d'anormal. La ménagerie était déserte à cette heure. Lapo Caperna dégaina néanmoins son épée qu'il portait à la cuisse. Puis il entra en premier dans l'enceinte. Une fois à l'intérieur, les hommes regardèrent autour d'eux. Il faisait presque jour et ils n'eurent aucune difficulté à repérer le passage qui menait au bâtiment où se trouvaient les serpents. Et c'est à ce moment précis qu'un cri retentit dans le silence de l'aube.

— Vite, ça venait de là !

En véritable homme d'action, le soldat, la lame de son épée brandie devant lui, prit le commandement des opérations. Il fila comme une flèche vers la petite porte en bois qui menait au sous-sol du serpentarium. Le silence, après ce cri inhumain, retomba sur la ménagerie comme un linceul. Les pas pressés des trois hommes crissaient sur le gravier de la cour intérieure.

— Il est fort probable que l'Arrache-Cœur nous ait entendus arriver, il faut agir vite et espérer qu'il se trouve toujours à l'intérieur.

Dans sa course, le soldat tendit à Léonard un poignard tiré d'un fourreau attaché à sa ceinture.

— Toi, Bencio, essaie de rester derrière nous… N'oubliez pas que l'assassin est armé et dangereux. C'est un homme habitué à se battre. Il peut vous mettre en charpie en deux temps trois mouvements.

Ils ouvrirent la porte et se retrouvèrent face à un escalier raide descendant vers un souterrain. Il y faisait plus chaud qu'à l'extérieur et l'humidité les prit à la gorge. Une forte odeur d'eau stagnante et d'urine flottait dans l'air oppressant. Le soleil, presque entièrement levé, éclairait les premières marches : plus bas, on apercevait la lueur vacillante de plusieurs torches. Les trois hommes restèrent un instant cloués sur la première marche, hésitants. Du sous-sol leur parvint soudain un murmure grave, une litanie hypnotique, répétée en boucle.

— Pape Satàn Asmodeus, Pape Satàn aleppe. Pape Satàn Lucifer, Pape Satàn aleppe…

Léonard posa un index sur sa bouche pour signaler à ses deux compagnons de se taire. Mais un nouveau cri glaçant suivi d'un gémissement d'agonie leur confirma qu'il n'y avait plus un instant à perdre.

— Pape Satàn Asmodeus, Pape Satàn aleppe. Pape Satàn Seth…

Lorsqu'ils arrivèrent en bas de l'escalier, sur la dernière marche, le cantique satanique s'arrêta et le silence envahit à nouveau le souterrain.

Les serpents offerts par le sultan Qa'it Bay vivaient dans les anciens bains de teinture où, quelques décennies plus tôt, on teignait des tissus raffinés destinés aux dames fortunées de Florence. Il y avait quatre grandes cuves circulaires de quelque dix pas de diamètre et d'une profondeur d'environ trois bras, où les teinturiers faisaient tremper les pièces de tissu avec des pigments, avant de les faire bouillir dans de grands chaudrons. Le fond en béton des cuves avait pris une coloration spécifique encore bien visible : rouge, bleu, jaune et noir, les couleurs primaires qui pouvaient ensuite être mélangées pour créer toutes les autres teintes.

— Pape Satàn Asmodeus, Pape Satàn aleppe…

Les élucubrations sataniques reprirent soudain avec une vigueur renouvelée, amplifiée par l'écho.

— Ça vient de là-bas… chuchota Lapo Caperna en désignant le fond du *serpentarium*, caché derrière un angle qui empêchait de voir ce qui se passait à l'autre bout de la salle.

Privée de lumière naturelle, cette partie des galeries semblait éclairée ni plus ni moins par les flammes de l'enfer : les lumières des torches projetaient sur les murs mille nuances de rouge et de jaune qui ondoyaient dans l'obscurité de la salle aveugle.

Léonard, encore épuisé par sa course folle, s'appuya un instant sur le bord d'un des bacs pour reprendre son souffle. Mais un sifflement provenant du fond lui fit retirer sa main sur-le-champ. Il jeta un coup d'œil dans la grande cuve mais dans la pénombre, il ne distingua qu'une masse informe. Lapo Caperna détacha une des torches du mur et éclaira le fond de la cuve. Elle grouillait de serpents affolés par le bruit et la lumière soudaine, qui fuyaient de tous côtés. Le visage de Bencio se figea en un rictus de terreur.

— Moi qui ai toujours détesté les reptiles…

Ils continuèrent à avancer vers la zone éclairée. Lapo Caperna, épée à la main, était en tête, suivi de Léonard, armé d'une dague. Bencio, quant à lui, restait à quelque distance, en retrait, tenant la torche comme une massue, prêt à l'utiliser pour se défendre, en cas de nécessité absolue.

— Pape Satàn, Pape Satàn aleppe…

Le chant funèbre devenait de plus en plus fort, plus puissant à chaque pas qui les rapprochait du fond de la salle. C'est Bencio qui, le premier, perçut le danger.

— Vous ne sentez pas une drôle d'odeur ? demanda-t-il en inspirant profondément.

Il flottait dans l'air un parfum sucré, semblable à celui de l'encens, mais plus intense, un parfum qui montait à la tête.

Ils arrivèrent à l'angle. L'Arrache-Cœur devait être là, juste derrière. L'heure de vérité avait enfin sonné. L'odeur, cependant, était de plus en plus tenace, au point que Léonard sentit un début de vertige le saisir. Il regarda ses camarades, essaya de dire quelque chose pour les avertir du danger, puis il toucha l'épaule de Bencio, mais quand le garçon releva la tête, son visage semblait avoir fondu comme de la cire. Que lui arrivait-il donc ?

— Il y a quelque chose dans l'air… Il faut sortir d'ici, crut-il dire, alors qu'aucun son ne franchit ses lèvres.

L'instant d'après, Léonard contourna l'angle et se retrouva soudain en enfer, dans le royaume de Malebolge. Là où l'Arrache-Cœur régnait en maître absolu.

— Pape Satàn, Pape Satàn…

La sensation de vertige s'accrut encore. Tout, autour de Léonard, semblait tournoyer comme s'il était pris dans un tourbillon du fleuve Arno et qu'il s'écrasait contre les piliers du pont Beccai. Ses yeux se fermaient tout seuls et il n'arrivait plus à penser. Il dut s'appuyer contre un mur pour ne pas tomber, ferma les yeux puis essaya de se concentrer pour retrouver un peu de lucidité. Lentement, il rouvrit ses yeux. Devant lui, au-dessus d'une grande cuve pleine de serpents, quelques marches montaient vers ce qui devait être la plateforme d'où l'on sortait les étoffes. L'Arrache-Cœur se tenait là, vêtu d'une longue tunique noire, les bras couverts de sang jusqu'aux coudes. Dans sa main droite, un long couteau ensanglanté. Et dans l'autre, ce que Léonard imaginait être un cœur humain. De deux braseros situés de part et d'autre des marches s'échappait une épaisse fumée blanche, source de leur étourdissement. Le tueur avait utilisé une herbe hallucinogène, probablement de l'ergot de seigle, et la fumée avait saturé l'atmosphère du souterrain. L'inventeur n'arrivait plus à distinguer la réalité de l'hallucination. Tout autour de lui avait l'air en feu.

De la fosse aux serpents provenaient, lui sembla-t-il, des voix humaines qui répétaient inlassablement, tel un sifflement, le mantra satanique de l'Arrache-Cœur. Léonard jeta un coup d'œil à l'intérieur de la cuve et vit des êtres démoniaques, des dragons obscènes, des créatures indéfinies aux traits semi-humains. L'inventeur fut terrifié par tant d'abomination. Cloué sur place. Et où étaient passés ses compagnons ? Il regarda autour de lui. Bencio n'était qu'à quelques mètres de lui, accroupi au pied d'un des piliers soutenant la voûte du sous-sol : il se tenait la tête entre les mains et sa bouche était grande ouverte, comme figée dans un cri de terreur. Léonard vit les cheveux de son fidèle assistant se transformer en serpents. Il détourna le regard et chercha Lapo Caperna. Le soldat était trois ou quatre mètres devant lui, à mi-chemin sur la passerelle en bois qui surplombait la cuve. Lui aussi regardait en bas avec horreur. Un faux pas et il atterrirait au beau milieu des serpents qui fourmillaient au fond.

Et au bout de la plateforme, il était là, lui, l'Arrache-Cœur. À ses pieds gisait le corps désormais sans vie de Malagutti.

Léonard, malgré les puissants effets de la drogue, s'efforça de rassembler ses esprits. Il se trouvait pour la première fois en présence de son ennemi juré et son esprit rationnel essaya de mémoriser tout ce qu'il voyait : apparence, carrure, mouvements particuliers. Tout ce qui pourrait être utile pour comprendre qui se cachait derrière ce masque démoniaque. Mais ses sens affolés lui renvoyaient une réalité déformée par les visions et le délire. Tout ce qui l'entourait, même les choses inanimées, les colonnes, les murs, semblait vibrer et se contorsionner, comme s'il se trouvait dans le ventre fétide d'une formidable créature mythique. Il essaya d'avancer, une main tendue vers le démon.

— Alors te voilà, Léonard de Vinci… L'homme chargé de m'arrêter ! Petit homme sans conséquence, tu ne m'attraperas jamais. Ni toi ni tes amis.

La voix qui sortait du masque terrifiant de l'Arrache-Cœur semblait s'adresser directement à l'esprit embrumé de l'inventeur. L'assassin leva ses mains ensanglantées vers le ciel.

— Pape Satàn aleppe, voici le pécheur de la septième bolge ! hurla-t-il.

Son cri rebondit sur les voûtes du serpentarium. D'un coup de pied il poussa le corps de Malagutti dans la cuve des reptiles.

— Le sacrifice est accompli ! Gloire à Lucifer, à Astaroth ! Gloire à tous les démons de Malebolge !

Puis, d'un geste solennel, il écarta les bras et dans un tonnerre d'explosion des flammes, jaillirent des deux braseros. Un éclair aveugla la salle et l'Arrache-Cœur disparut soudain, comme englouti par l'enfer d'où il était descendu.

Léonard peina à rouvrir les yeux. La lumière l'avait ébloui mais il commençait à recouvrer ses esprits. L'effet de la fumée hallucinogène se dissipait et ses sens revenaient lentement à la normale. Le tueur avait probablement laissé une porte ouverte en quittant le serpentarium à la hâte et le courant d'air qui s'était créé débarrassait l'air ambiant des substances toxiques qui avaient embrouillé son esprit. Peu à peu, le monde qui l'entourait retrouva ses contours habituels. Il n'avait pas oublié qu'il n'y avait pas un instant à perdre s'il voulait sauver la vie du pauvre Tebaldo.

Il essaya de se mettre debout mais retomba aussitôt au sol. Le silence autour de lui n'était rompu que par le sifflement des reptiles dans les cuves du serpentarium. Il se concentra à nouveau avant de rouvrir les yeux. S'il perdait encore du temps, le malheureux Tebaldo serait exécuté pour un crime qu'il n'avait pas commis.

À quelques mètres de lui, Bencio semblait se réveiller d'un long sommeil et regardait autour de lui d'un air désemparé. Le soldat, quant à lui, était inconscient, couché sur le dos, en équilibre précaire sur la passerelle de la cuve aux serpents. Léonard, du bord de la cuve, l'exhorta à ouvrir les yeux.

— Lapo ! Lapo !

Et d'un coup, comme réveillé par une violente secousse, le soldat ouvrit les yeux et voulut immédiatement se redresser, au risque de plonger vers une mort effroyable. Mais son instinct de survie, entraîné par de longues années de bataille, lui dit immédiatement de rester immobile.

— Qu'est-ce qui s'est p… Où suis-je ?

Caperna secoua la tête comme pour se débarrasser des résidus des vapeurs enivrantes. Bientôt, il eut l'air d'avoir complètement récupéré et il prit enfin prendre la mesure de l'invraisemblable situation dans laquelle il se trouvait.

— Aidez-moi. Je ne vais pas tomber…

Bencio se pencha sur le bord de la cuve et lui tendit la main.

25

En quelques instants, le soldat se retrouva en sécurité à côté de la cuve. Et sans perdre une seconde, les trois compagnons se précipitèrent vers la sortie du serpentarium. La ville était désormais bien réveillée. En sortant, ils croisèrent des employés qui se dirigeaient vers les cages de la ménagerie. Après les avoir alertés de la présence du corps du malheureux Malagutti dans la fosse aux serpents, Lapo Caperna, en tant qu'officier de la milice des *Otto di Guardia e Balìa*, ordonna à tous ceux qui étaient là de ne pas mettre les pieds au sous-sol, pour quelque raison que ce soit, et de laisser tout en l'état. Il exigea que la porte soit verrouillée, ainsi que toutes les entrées, et que des sentinelles soient postées pour empêcher quiconque d'entrer.

À présent, l'urgence était de sauver la vie de Tebaldo. Il faisait jour depuis un moment et la procession du condamné s'était sûrement déjà déplacée du Bargello vers le lieu de l'exécution. Léonard comptait sur la lenteur des bœufs de la charrette du condamné et sur la présence d'une foule venue en nombre pour ralentir la progression de la procession. L'idéal aurait été de trouver un cheval et de partir au galop vers Santa Maria del Fiore pour intercepter le condamné avant que le bourreau ne lui coupe la main droite. Malagutti mort, il serait désormais beaucoup plus facile de convaincre le magistrat Caracciolo.

Léonard, peu habitué à l'effort physique, peinait à suivre le soldat et Bencio. Lupo Caperna s'était complètement remis de son étourdissement et semblait désormais avoir pris la situation en main.

— Vite, par là ! Il y a une auberge tout près et on pourra sûrement réquisitionner des chevaux.

En déboulant dans la cour de l'auberge dei Leoni, ils repérèrent deux montures attachées à la palissade, avec selles et harnais. Elles appartenaient probablement à un voyageur qui s'apprêtait à quitter Florence après avoir passé la nuit dans l'élégante auberge.

— Léonard, montez, vite, lui dit Caperna en se tournant vers les familles et les serviteurs de l'auberge qui se précipitaient déjà vers eux. Reculez, au nom de Sa Seigneurie ! Ces chevaux sont réquisitionnés par Laurent le Magnifique, s'écria-t-il sur un ton qui n'admettait aucune contestation – et son uniforme coloré parlait pour lui. Toi, Bencio, retourne tout de suite au serpentarium et attends l'arrivée des gardes. Personne ne doit entrer.

Puis, sans attendre de réponse, il sauta sur l'un des deux destriers et partit au galop vers la cathédrale, suivi d'un Léonard beaucoup moins à l'aise sur un vieux bai qui avait sûrement connu des jours meilleurs. La cathédrale n'était qu'à quelques centaines de mètres mais la foule qui se pressait déjà à Florence à cette heure les empêchait de progresser rapidement, ce qui permit à l'inventeur de ne pas perdre le soldat de vue. Ils traversèrent la Piazza della Signoria et passèrent devant les portes du Bargello. À présent, ils auraient dû entendre les clameurs de la foule accompagnant la charrette du condamné, les invectives, les insultes de la populace. Mais hormis les habituels des fidèles, les clercs et les religieuses se rendant à l'église, la place de la cathédrale était presque déserte. Avait-on décidé de reporter l'exécution ? Léonard regarda autour de lui.

— Se pourrait-il que nous soyons en avance et qu'ils ne soient pas encore arrivés ?

— Non, nous sommes en retard. Et ils sont déjà repartis, dit Lapo Caperna en tendant un bras vers la porte de l'église.

Une main fraîchement coupée était clouée sur le bois de la porte à côté d'une épaisse feuille de papier florentin. Le soldat se mit à lire avec à haute voix, lentement, comme quelqu'un qui n'a pas l'habitude de déchiffrer un texte. Puis il hocha la tête en signe d'agacement.

— « Avec cette main, Tebaldo, clerc de Florence, a pris la vie de la servante de Dieu, sœur Marie de Médicis, dans la sainte cathédrale. Il a donc été condamné à mort par le tribunal au nom du peuple de Florence. Le condamné est remis au bourreau, son corps sera coupé en quatre morceaux. Chaque morceau sera ensuite exposé aux portes de la ville pour servir d'exemple. Que notre Seigneur Jésus Christ ait pitié de son âme. Le 15e jour d'avril 1481. »

Léonard ne pouvait détourner le regard du trophée macabre. Une fois de plus, Lapo Caperna prit les choses en main.

— Allons-y. Ils vont au *pratello di Nemi* ; il faut les devancer si on veut lui sauver la vie. Par ici, *messer* de Vinci, je connais le chemin qu'ils vont emprunter.

Il ne restait plus qu'à jouer des éperons pour qu'ils rattrapent le sinistre cortège au plus vite.

Après un arrêt devant la cathédrale, la procession s'était engagée dans la *via dell'Acqua*, puis dans la *via* San Giuseppe, avant de rejoindre la *via dei Malcontenti*. Au bout, à l'ombre de la Torre della Zecca, où l'on frappait les florins d'or, symboles de la richesse et du commerce de la seigneurie, se trouvait la porte de la justice donnant sur le *pratello* : c'est là qu'on avait installé l'échafaud. Toute la ville de Florence était descendue dans la rue pour assister à l'humiliation et à la mise à mort de Tebaldo. Et la foule qui se pressait dans les rues menaçait de faire échouer la mission de Léonard et de Lapo car malgré leurs chevaux, ils ne pouvaient avancer aussi vite qu'ils l'auraient souhaité. Il restait cependant un petit espoir : le cortège de la charrette avançait lui aussi au pas. En outre, sur le parcours qui menait à l'échafaud de Nemi, il y avait un certain nombre d'édicules où les condamnés pouvaient réciter leurs prières : une sorte de chemin de croix qui avait comme dernière étape la chapelle de la Madone, installée près du nouveau lazaret, à la jonction avec la *via dei Malcontenti*, c'est-à-dire à une centaine de pas de l'échafaud. De là, les condamnés pouvaient déjà apercevoir le bourreau et ses assistants, occupés à aiguiser leurs lames. Et puis, avec un peu de chance Tebaldo se verrait accorder le bénéfice de la *protesta* ; il serait autorisé à dire quelque dernière parole et à réciter une ultime prière.

Mais Léonard et Lapo étaient très conscients de n'avoir pas un instant à perdre. Et au milieu de la foule excitée par l'exécution imminente, les chevaux risquaient de les gêner plutôt que de les aider. Lapo saisit le bras de l'inventeur.

— Il ne nous reste que deux solutions : soit on y va à pied en jouant des coudes et en espérant rejoindre la tête du cortège juste à temps, soit on prend à cheval le Lungarno et on essaie de rejoindre le *pratello di Nemi* par un autre chemin. Il faut stopper cette exécution, mais la vérité, c'est que dans un cas comme dans l'autre, on risque de trouver le garçon déjà mort en arrivant.

Léonard savait pertinemment que ses piètres talents de cavalier finiraient par les ralentir tous les deux.

— Séparons-nous, trancha-t-il. Je vais y aller à pied, et vous, à cheval. Dès que l'un de nous voit le magistrat, il doit le convaincre d'arrêter l'exécution… À présent le sort de Tebaldo est entre les mains de Dieu.

— Dieu semble toujours avoir autre chose à faire dans ces cas-là. C'est entre nos mains à nous qu'est le sort de Tebaldo. Allons-y !

26

Pratello di Nemi, place des exécutions

Le cortège du condamné à mort avait avancé plus vite que prévu. Au milieu des bousculades, des jurons et des injures, Léonard réussit cependant à apercevoir la charrette transportant le malheureux Tebaldo, alors qu'elle avait déjà franchi la porte de la Justice, pour bifurquer finalement vers l'Arno, où l'attendaient le bourreau et son équipe.

— Laissez-moi passer, laissez-moi passer ! grondait l'inventeur en poussant tout le monde.

Mais il n'arrivait presque plus à avancer, il bataillait pour chaque mètre gagné. On aurait dit que toute Florence s'était déplacée pour assister à la mise à mort. L'histoire du clerc qui avait assassiné la jeune religieuse avait fait le tour de la ville, et avec le bouche-à-oreille, la vérité avait été passablement altérée. De jeune ecclésiastique passionnément amoureux, Tebaldo était devenu un monstre en mal d'amour assoiffé de sexe et de sang, qui s'était déchaîné sur la jeune nonne après avoir été éconduit. Et comme si ça ne suffisait pas, le fou de luxure et de désir avait profané son corps, dévoré son cœur. Avec chaque personne l'histoire s'était enrichie de nouveaux détails : la religieuse avait été violée avant d'être tuée, le jeune homme avait souillé son cadavre avant de lui ouvrir la poitrine avec la dague…

Tant bien que mal, Léonard continua à se frayer un chemin à travers le mur humain qui entourait l'échafaud, lorsqu'il réussit enfin à apercevoir Tebaldo. Le jeune homme avait été descendu de la charrette et on l'avait fait monter sur l'échafaud, où il se tenait, dans un coin, soutenu par deux hommes noirs encapuchonnés. Sa chemise autrefois blanche était maculée de sang au niveau de son bras mutilé, et de boue, d'ordures et de fumier, que la foule en colère lui avait lancés. Le visage du jeune homme, terrassé par la douleur de l'amputation et l'effroi de ce qui l'attendait, était encore plus blanc que sa chemise. Un prêtre portant un habit noir orné de deux grands crânes argentés était penché sur lui, il lui murmurait à l'oreille ses dernières prières et tentait de le rassurer.

De son unique main, Tebaldo serrait son poignet mutilé qui, comme c'était la coutume lors des exécutions, avait été cautérisé avec une lame chauffée à blanc et bandé à la va-vite, pour éviter que le condamné ne meure trop tôt.

Léonard hurlait de toutes ses forces.

— Arrêtez l'exécution, cet homme est innocent !

C'était peine perdue. La clameur de la foule était si puissante que même les personnes les plus proches de lui n'avaient pas l'air de l'entendre.

— Arrêtez ! Vous allez exécuter la mauvaise personne ! s'époumonait Léonard.

Mais les cris et les huées de la foule couvraient sa voix. Il fonça devant lui en bousculant les gens et parvint à avancer un peu. À présent, il apercevait la tribune des représentants de l'autorité, à une vingtaine de pas de lui. Le magistrat Caracciolo était installé au premier rang, il regardait le drame qui se déroulait devant lui d'un œil quelque peu distrait. À côté du juge, à sa gauche, était assis *ser* Pardo, l'air toujours aussi austère, entièrement vêtu de noir, tandis que le fauteuil de droite était encore vide, mais pas pour longtemps. Une grande silhouette couverte d'un habit noir et blanc et d'une longue cape sombre se faufila parmi les notables et les gardes et vint occuper le siège vacant. Malgré la capuche qui dissimulait complètement son visage, Léonard reconnut immédiatement le père Fernando, l'inquisiteur de la seigneurie. L'homme était essoufflé, comme s'il venait de courir. Il s'installa à côté du magistrat Caracciolo, non sans l'avoir préalablement salué avec cérémonie. Le magistrat l'attendait probablement pour procéder à la lecture de la sentence de mort.

Léonard chercha du regard l'uniforme coloré de Lapo Caperna. En longeant le Lungarno, le soldat aurait dû arriver bien avant lui. Il entrevit plusieurs uniformes des *Otto*, avec leurs casques à plumes, leurs vestes flamboyantes décorées des boules brodées de la seigneurie, facilement repérables. Mais aucun d'entre eux n'était le chef que l'inventeur attendait. Léonard parvint à s'approcher un peu plus de la loge officielle. Lorsque soudain, sur un signe de tête du magistrat, le brouhaha de la foule cessa en quelques secondes. Et un silence irréel s'abattit sur le *pratello di Nemi*. Le juge napolitain s'était levé et se lança dans la lecture de l'acte d'exécution.

— Tebaldo Acciaroli, fils de Cosimo, par ordre de la république de Florence, je vous condamne à...

Léonard profita du silence qui régnait sur la place pour crier, utilisant tout le souffle contenu dans ses poumons.

— Arrêtez, il est innocent ! Tebaldo n'a pas tué sœur Maria !

Ses paroles eurent l'effet d'un coup de tonnerre. La foule qui l'entourait s'écarta de lui, le laissant seul au milieu d'un cercle vide. Le magistrat interrompit sa lecture et chercha maintenant du regard celui qui avait osé crier. Tebaldo, entre les deux hommes encapuchonnés, avait lui aussi relevé la tête. Son regard parcourut la foule. Mais le premier à réagir fut l'inquisiteur, qui se leva d'un bond, comme poussé par la main de Dieu, désignant Léonard de son doigt osseux.

— Espèce de sodomite, de mécréant ! Comment oses-tu ? Gardes, attrapez ce fou, ordonna-t-il d'une voix frémissant de colère. Et toi, Vinci, tu paieras pour ton impudence, tu vas accompagner ton ami au supplice !

Les hommes aux casques à plumes encerclèrent rapidement Léonard, prêts à le traîner de force sur l'échafaud. Mais l'intervention de *ser* Pardo sauva l'inventeur.

— Halte !

— Cet homme a eu l'audace d'interrompre une exécution et, comme le veut Sa Seigneurie, il doit par conséquent être mis à mort à son tour...

— J'ai dit stop ! rétorqua le chef de la police secrète aux gardes, sans même daigner adresser un regard au frère. Rasseyez-vous, père Fernando. Cet homme a été nommé par Sa Seigneurie Laurent de Médicis pour enquêter sur les crimes abominables qui ont eu lieu à Florence ces derniers temps. Et s'il a quelque chose à dire, j'ai l'intention de l'écouter...

Les gardes en tenue colorée qui avaient désormais saisi l'inventeur par les bras le lâchèrent et firent un pas en arrière. Le magistrat Caracciolo se tourna vers l'inventeur qui, entre-temps, avait réussi à s'approcher au plus près de la tribune officielle.

— *Messer* de Vinci, poursuivit *ser* Pardo, pouvez-vous nous dire la raison de cette intervention fort désagréable ? J'espère qu'il ne s'agit pas d'une simple fantaisie, sinon le père inquisiteur verra sa requête accordée.

— Tebaldo est innocent, *ser* Pardo. Et le magistrat Malagutti est mort. Vous trouverez son corps encore chaud, la poitrine ouverte par la lame de l'Arrache-Cœur, dans la grande cuve du serpentarium de la ménagerie. Quant à Tebaldo, il était l'amant de sœur Maria...

Le père Fernando Ignatius d'Oviedo se releva d'un bond, comme si quelqu'un avait mis le feu à son fauteuil.

— Qu'est-ce que tu racontes ? Comment oses-tu salir le nom d'une sainte épouse du Christ, tuée par ce... ce sale pervers destiné à l'enfer ?

La main et le doigt tendus, les yeux vitreux et la bouche grande ouverte à la recherche d'un terme encore plus injurieux, il s'avança vers Tebaldo qui, courbé de douleur et probablement enivré par le vin qu'on lui avait fait boire, semblait ne pas avoir bien compris ce qui se passait autour de lui.

— Ça suffit ! gronda le juge Caracciolo en ordonnant au père Fernando, d'un geste impérieux, de se rasseoir une nouvelle fois. Continuez, *messer* de Vinci. Vous dites que Malagutti est mort ? Il était en effet censé assister à cette exécution, mais il n'est pas rentré chez lui hier soir, c'est vrai... Maintenant nous comprenons pourquoi !

— J'ai vu moi-même son corps sans vie, victime de la main même qui a tué la nonne. Tebaldo aimait Maria. De plus, peu avant sa mort, la jeune fille a donné naissance au fruit de leur amour interdit.

Le magistrat napolitain ne semblait toujours pas entièrement convaincu.

— Mais... et sa confession, alors ? Ce jeune homme a avoué l'avoir tuée, me semble-t-il.

— Je sais que Tebaldo a été témoin de l'horreur de la mort de sœur Maria. Il a vu l'Arrache-Cœur tuer la femme qu'il aimait, lui ouvrir la poitrine, manger son cœur. Il a compris qu'il avait été utilisé comme appât pour la forcer à sortir du couvent. Devant tant de sauvagerie, il préfère mourir, rejoindre sa bien-aimée dans l'au-delà. Il est écrasé par la culpabilité car il n'a pas pu la sauver d'une fin aussi barbare, c'est pour cette raison qu'il a avoué un crime dont il n'est pas l'auteur. Mais maintenant qu'il sait qu'il a un enfant, peut-être changera-t-il d'avis.

La foule autour de l'inventeur, ravie de la tournure que prenaient les événements, écoutait son récit dans un silence total. Le magistrat, mine renfrognée, demeurait indécis.

— Tu n'es qu'un pauvre idiot, Vinci ! reprit le père Fernando, plus contrarié que jamais. Comment veux-tu que l'on croie à ton histoire ? Qui nous dit que ce n'est pas toi qui as tué Malagutti pour sauver ton petit copain ? Peut-être que le véritable amoureux, c'est toi. Car moi, je ne crois pas un mot de ce que tu racontes ! Léonard de Vinci, tu mérites de finir sur le bûcher. Qui nous dit que ce que tu racontes n'est pas l'œuvre de Satan ?

— Moi, je l'affirme ! résonna une voix puissante, pleine d'autorité, derrière le Dominicain. Moi, je peux témoigner que tout ce qui a été dit par *messer* de Vinci est parfaitement exact.

L'imposante silhouette de Lapo Caperna se fraya un chemin parmi les notables installés dans la loge officielle.

— Monsieur le magistrat, *ser* Pardo, j'ai assisté à tous les événements rapportés par le sieur de Vinci. Et je peux vous confirmer que tout est vrai. Tebaldo n'est pas coupable, même s'il a péché. Mais il n'est pas le meurtrier… L'Arrache-Cœur court toujours.

27

Sur la route de Florence à Anchiano

Après ce qui s'était passé, Léonard ressentit le besoin de rentrer chez lui. Il ne disposait pas de beaucoup de temps car le lendemain, il devrait retourner au serpentarium pour inspecter la scène du crime. Mais il voulait être seul pour passer en revue les événements des derniers jours. L'expérience lui avait appris qu'une phase de terrain devait être suivie d'une autre d'étude, au cours de laquelle les données recueillies étaient examinées, cataloguées et triées en vue d'une révision finale. L'innocence de Tebaldo avait été pleinement reconnue après que les gardes du magistrat eurent trouvé le corps de Malagutti dans la fosse aux serpents. Et malgré les protestations insistantes et violentes de l'inquisiteur Fernando, qui visiblement était le seul à vouloir procéder à l'exécution, comme s'il s'agissait d'une affaire personnelle, le récit de Léonard, étayé par celui de Lapo Caperna et de Bencio, avait convaincu le magistrat de libérer le pauvre clerc. *Ser* Pardo leur avait assuré que, compte tenu de l'erreur judiciaire qui venait d'être commise, on considérerait la perte de sa main comme un châtiment suffisant. Le clerc échapperait au bûcher mais il serait banni de la ville, exilé loin de Florence.

Léonard était vidé. Oui, toutes ces horreurs l'avaient vidé. Avec les célébrations du dimanche des Rameaux ce même jour, c'était le moment idéal pour quitter Florence et retourner à sa demeure d'Anchiano, loin de tout ce sang et de cet enfer sur terre. L'inventeur savait que seul le calme de sa grange atelier pourrait lui permettre de retrouver la concentration nécessaire pour tenter de découvrir qui se cachait derrière le masque de démon de l'Arrache-Cœur. Léonard était persuadé que le meurtrier ne s'arrêterait plus une fois si bien parti, et il ne restait plus que deux bolges avant le tour de Laurent de Médicis.

Dans *La Comédie*, la bolge suivante était celle des conseillers perfides qui – selon les mots du grand poète – subirent le supplice du feu. C'était la fameuse bolge d'Ulysse, où celui qui avait pris Troie par la ruse était puni en brûlant à jamais dans un feu inextinguible. Donc, rien de plus facile que d'imaginer l'arme que l'Arrache-Cœur utiliserait pour tuer sa prochaine victime. Et la bolge suivante, la neuvième, consacrée aux semeurs de discorde taillés en pièces par l'épée et le poignard, offrait également de nombreuses possibilités à l'impitoyable démon masqué. Il avait l'embarras du choix quand il s'agissait de frapper avec une arme blanche. Et connaissant la cruauté de l'assassin qu'ils pourchassaient, on pouvait être certain qu'il allait tout faire pour respecter à la lettre les vers de l'illustre poète. Enfin, si Léonard ne mettait pas ses plans à mal. Oui, parce que cette fois, Léonard avait une piste. Ou plutôt, un suspect. Il ne savait pas encore si son aversion pour le père Fernando l'influençait, mais l'apparence de l'homme d'Église, le fait qu'il ait été combattant par le passé, la claudication, bien que légère, que Léonard avait remarquée à plusieurs reprises… tout plaidait contre le père Fernando. Sans compter que, comme *ser* Pardo le lui avait révélé à la morgue, il avait été inquisiteur général en Avignon, et avait donc eu tout loisir de faire l'acquisition de boutons à l'atelier du tailleur Giovanni à Aix-en-Provence, située tout près d'Avignon. De surcroît, la robe noire qu'il portait toujours par-dessus son habit pouvait facilement être à l'origine des filaments retrouvés sur le lieu de la mort de l'évêque Aldebrando. Et le fait qu'il appartienne à l'ordre dominicain justifiait qu'il fût en possession d'une corde en guise de ceinture. Son discours sur l'enfer, le châtiment, le péché, les pécheurs et la justice divine faisait de lui le suspect idéal. Sans compter qu'il avait insisté pour faire exécuter Tebaldo, même si le jeune homme avait été innocenté. Tout bien considéré, les éléments à charge contre lui étaient accablants.

Léonard avait remarqué que le frère était arrivé en retard au *pratello di Nemi*. Venait-il directement du serpentarium ? Pour le moment, la rigueur scientifique de l'inventeur l'empêchait de tirer des conclusions hâtives. Au demeurant, le suspect, n'avait pas l'air de posséder de bottes d'équitation à talons : le dominicain portait habituellement de simples sandales en cuir. Mais on ne pouvait exclure qu'il eût d'autres sortes de chaussures, naturellement. Après tout, comme *ser* Pardo le lui avait expliqué, le père Fernando avait servi dans l'ordre de Sainte-Marie de Bethléem dans sa jeunesse. Et en tant que guerrier, il savait certainement monter à cheval, ce qui était impensable en sandales ouvertes. Si Léonard trouvait dans la chambre du frère des bottes qui correspondaient aux empreintes moulées dans les abattoirs des Médicis, alors...

Sur le trajet du retour, chevauchant Giotto, l'inventeur dressa la liste des preuves et des indices avec un esprit ouvert. Aborder une enquête scientifique en ayant déjà une réponse en tête pouvait conduire à la catastrophe. Heureusement, il avait donné congé à ses élèves toute la semaine et Bencio ne rentrerait pas à Anchiano.

Avant de quitter Florence, Léonard avait enjoint son disciple à ne pas baisser la garde un seul instant.

L'Arrache-Cœur devait être furieux comme jamais après la rebuffade de la relaxe de Tebaldo. Le risque était bien réel : l'Arrache-Cœur pourrait s'en prendre à l'un d'entre eux pour se venger et les punir de l'avoir défié. C'est pour cette raison que l'inventeur avait conseillé à son apprenti de ne jamais trop s'éloigner de l'expert Lapo Caperna. Avant de partir, il lui avait remis un sac contenant l'une de ses dernières inventions et s'était assuré qu'il en comprenait le fonctionnement : si le garçon l'utilisait, il en était convaincu, elle pourrait lui sauver la vie.

28

Florence

— Vinci, Vinci, Vinci…

L'Arrache-Cœur enrageait. La nuit venait de tomber et il ruminait, obnubilé par celui qui était devenu son grand ennemi, le plus dangereux de tous. Par le passé, il n'avait quasiment jamais sous-estimé quelqu'un, et l'idée d'avoir commis cette erreur, maintenant, au moment le plus délicat de sa vie, alors qu'il œuvrait déjà à sa grande fresque de la mort en l'honneur de Satan, le mettait hors de lui. Il avait mal jugé cet inventeur et son duo mal assorti de disciples. Non seulement ce Vinci avait réussi à comprendre son plan, à l'anticiper à la perfection, mais il avait également deviné très vite la nature de l'œuvre qui l'avait inspiré, le livre. Et pour couronner le tout, il était parvenu à lui voler une de ses victimes ! Le petit clerc pervers ne faisait pas partie des dix élus appelés à ouvrir les portes de Malebolge mais il était une pièce importante de son *opus*. La mort d'un innocent aurait dû marquer de sang toute la ville, de manière indélébile, et tout le monde aurait alors accusé Laurent le Magnifique d'être un seigneur injuste et malfaisant. C'est dans ce climat délétère qu'il comptait ouvrir les portes de la dernière bolge. Et là, ç'aurait été la fin de Florence !

Mais au lieu de cela, ce moins-que-rien avait osé le défier ! D'abord, il avait eu l'audace de tenter de l'arrêter au serpentarium, à l'ouverture de la septième bolge, et après, il avait débarqué au *pratello* pour empêcher l'exécution de Tebaldo. De quoi vous rendre fou de rage. Vinci allait regretter de s'être opposé au pouvoir de l'enfer. Il allait souffrir... Et quelle joie ce serait alors de voir la douleur et les larmes dans les yeux de ce sodomite !

Oui, la chasse était ouverte, à présent. Il était à l'affût, les pupilles dilatées, prêtes à imprimer le moindre mouvement de sa proie dans l'obscurité, les oreilles dressées pour capter le moindre son. Et comme à chaque fois, il ressentait cette étrange excitation qui lui donnait l'impression d'être une sorte de divinité. Oui, il était l'instrument de Satan, le seigneur des enfers et de Malebolge, le non-dieu plus puissant que Dieu lui-même. Parce que le mal, comme il l'avait appris sur les champs de bataille, témoin de tortures, de brûlures, de mutilations, oui, le mal l'emporte toujours sur le bien. Et ça, Vinci devrait bien finir par le comprendre.

L'Arrache-Cœur scrutait les ténèbres descendues sur Florence comme un linceul noir, à la recherche d'un signe de sa proie. L'excitation se faisait plus pressante. Il caressa la longue lame tranchante comme un rasoir : il la sentit palpiter, frémir, tel un être vivant assoiffé de sang et de chair humaine.

La première fois qu'il s'était entièrement donné à Satan et que le diable lui avait montré sa toute-puissance, il n'était encore qu'un jeune soldat plein de ferveur et de fureur guerrière. À l'époque, il avait été chargé de défendre une petite fortification sur la côte, en compagnie de trois camarades. Leur mission consistait à donner l'alerte en cas d'assaut de pirates musulmans. La vie militaire avait cimenté leur amitié, une amitié proche de la fraternité. Il savait tout sur eux. Il se souvenait de leurs visages, de leurs voix : Lodovico, un jeune novice qui avait décidé d'abandonner la vie monastique et de prendre les armes pour combattre les infidèles ; Marco, un mercenaire vénitien gros comme un ours et toujours de bonne humeur ; et

Patrizio, son meilleur ami, qui venait de la même ville que lui et qui, comme lui, avait demandé à s'engager. Ils étaient inséparables. Ensemble, ils se sentaient invincibles, portés par la main du Seigneur et protégés par la Vierge Marie, à laquelle ils vouaient un véritable culte.

Mais la Vierge ne les avait pas protégés lorsqu'une nuit, les Sarrasins avaient attaqué la petite forteresse en bord de mer. Ils ne les avaient même pas entendus arriver. Marco était tombé en le premier, égorgé comme une chèvre. Lodovico n'avait pas même eu le temps de donner l'alerte avant de subir le même sort. Une mort rapide et sans douleur. Ceux qui avaient eu de la chance, c'étaient les deux autres. Le plus impitoyable des démons n'aurait pu imaginer l'horreur à laquelle Patrizio et lui avaient été condamnés.

À la tête de cette poignée de pirates barbares se trouvait l'infâme Amar Bey, un corsaire bien connu des habitants de la côte pour ses actes d'une cruauté sans nom. Les Sarrasins revenaient d'une tournée de pillages des villages de pêcheurs de la côte et avaient trouvé refuge dans la crique voisine pour se partager le butin, avant de rentrer chez eux.

Ils étaient restés dans la tour pendant trois jours. Et il avait été capturé alors qu'il dormait profondément. Avec son camarade, il avait été traîné, enchaîné, devant le chef des flibustiers. Leurs navires croulaient sous le poids de leur butin, de femmes et d'enfants destinés au marché aux esclaves de Tanger.

Amar Bey était alors un homme d'âge moyen, à la peau brûlée par le soleil, d'une couleur et d'une texture du cuir. Pendant deux jours et deux nuits, on avait soumis les prisonniers aux pires sévices. Il ne se souvenait plus du nombre de fois où il avait été sodomisé, torturé, contraint aux actes les plus vils et les plus humiliants. On l'avait forcé à cracher sur l'Évangile, à blasphémer. Il avait également tâté du fouet et de la lame du couteau du chef des pirates.

Puis, à l'aube du troisième jour, il avait été emmené dans une salle tout en pierre au rez-de-chaussée de la tour. Son ami Patrizio gisait là, inconscient, poignets et chevilles enchaînés aux murs, couvert d'ecchymoses et de crasse de la tête aux pieds, le visage méconnaissable après les coups, la bouche gonflée et pleine de sang, les dents cassées pour l'empêcher de mordre ce que les pirates avaient voulu lui fourrer dans la bouche. Et leur calvaire ne faisait que commencer. Amar Bey avait dit quelque chose à ses hommes dans une langue inconnue, puis quelqu'un l'avait frappé à la tête et il avait perdu connaissance.

À son réveil, il n'avait pas tardé à comprendre : le pirate l'avait enfermé dans la tour et en avait bouché tous les accès, puis ils avaient rejoint leurs bateaux et étaient partis. Il n'y avait aucun moyen de sortir de là : il était condamné à mourir de faim et de soif dans ce tombeau de pierre en bord de mer. Patrizio était toujours avec lui, inconscient. Ses blessures étaient trop graves, il ne reprendrait jamais conscience. Au désespoir, frénétiquement, le prisonnier avait tenté de dégager une issue, il s'était cassé les ongles et avait fini par se raboter les doigts jusqu'à l'os à force de gratter les murs de pierre.

Pendant des jours, il avait survécu en buvant le peu d'eau de pluie qui s'infiltrait du plafond. Il avait beaucoup prié. Des heures durant, à genoux, au sol. Mais Dieu semblait loin de cette prison sur la côte, et sourd à toutes ses supplications. Ainsi, un soir, dans une sorte de délire religieux, il s'était retrouvé à prier Satan, à lui proposer un pacte : en échange de sa survie, il renierait tout ce qui avait été saint dans sa vie jusqu'à ce jour. Il ne se souvenait pas exactement du moment où il avait décidé de se nourrir de la chair de son compagnon. Il se rappelait seulement qu'une fois le premier moment d'horreur passé, il avait trouvé la viande délicieuse. C'est pour ça qu'il avait tenté au mieux d'arrêter les hémorragies quand il prélevait un morceau, pour essayer de maintenir Patrizio en vie le plus longtemps possible. Quand Patrizio avait fini par mourir, il avait mangé son cœur. Et un jour, miraculeusement, un groupe de soldats dépêchés pour comprendre la raison de son silence prolongé était arrivé à la tour et l'avait trouvé là, délirant mais bien vivant. Le cadavre de son ami était un tas de restes misérables et d'os qu'il avait cassés pour pouvoir en sucer la moelle. À partir de ce jour, il était devenu un fidèle serviteur de Satan et depuis, il n'avait jamais trahi son pacte avec les puissances du mal. Et la chair humaine revenait régulièrement au menu.

Un éclat de lumière derrière les fenêtres du premier étage l'arracha à ses souvenirs. Sa victime semblait inconsciente du danger. Il n'aurait aucun mal à la prendre par surprise, elle mourrait sans même se rendre compte de ce qui lui arrivait. Le silence et l'obscurité de la nuit enveloppaient tout. Ou alors, oui, il s'accorderait peut-être quelques minutes pour s'amuser un peu. Après tout, elle avait osé le défier. Elle méritait de souffrir. Il serra le manche de son arme. Il aimait cette dague, une véritable extension de son corps.

À bas bruit, il s'approcha de la fenêtre. Le gamin était penché sur une table, absorbé. Il entendait presque sa respiration. L'Arrache-Cœur avança à nouveau, atteignit le mur et se cacha. Il lui suffisait de bondir, de frapper et de disparaître dans l'obscurité.

Le temps que Bencio comprenne que quelque chose se passait et il était déjà trop tard. L'Arrache-Cœur avait grimpé sur le rebord de la fenêtre et brandissait la lame serrée dans son poing. Il se jeta sur le jeune homme et asséna un premier coup. Il sentit avec satisfaction la dague frapper sa proie, qui laissa échapper un petit cri de surprise et de douleur. L'homme au masque de démon passa un bras autour du cou de Bencio, serra, et plaqua sa main sur la bouche de la victime pour l'empêcher de crier. Il poignarda une nouvelle fois Bencio en plein cœur mais la pointe acérée rencontra une résistance inattendue et ripa.

— Au secours… Alerte ! Alerte !

Que se passait-il ? Sa victime aurait déjà dû agoniser à ses pieds, le cœur fendu, transpercé. Mais visiblement, quelque chose clochait. Non seulement elle n'était pas morte, mais elle réussissait à appeler à l'aide. Pourtant, il était sûr et certain de l'avoir touchée.

— Tais-toi, tais-toi ! Et meurs…

L'Arrache-Cœur frappa encore la poitrine avec la dague. Mais à nouveau, la lame acérée ne parvint pas à pénétrer dans ce corps.

— Bencio, écarte-toi !

Soudain, le bruit d'une porte que l'on ouvre obligea l'assaillant à lâcher prise. Sur le seuil, une formidable épée à la main, Lapo Caperna avait fait irruption dans la pièce. Il ne fallut qu'un instant au soldat aguerri pour comprendre ce qui se passait dans la chambre que *ser* Pardo avait mise à leur disposition au Bargello.

Mais l'Arrache-Cœur fut plus rapide et bondit vers la fenêtre par laquelle il était entré.

— Pape Satàn, Pape Satàn aleppe… murmura-t-il, encore indécis.

Peut-être aurait-il pu se jeter sur l'intrus : il savait y faire au corps-à-corps, il serait certainement capable d'avoir le dessus sur ce grand gaillard. Mais il ne pouvait pas se permettre de courir le risque d'être blessé, ou pire encore, tué, avant d'avoir accompli sa mission. Il valait mieux renoncer et prendre la fuite. Il maudissait le masque qu'il avait sur le visage : il ne fallait pas le porter en combat rapproché parce que, il s'en rendait compte à présent, ce masque réduisait son champ de vision. Il sentit le rebord de la fenêtre dans son dos.

Il tenait toujours le garçon par le cou et de sa dague maintenait le soldat à distance.

Il réfléchissait encore quand Bencio fit un mouvement brusque pour tenter de se dégager. Il lui décocha un violent coup de coude au sternum qui coupa le souffle à son agresseur. Mais il en fallait plus que ça pour se débarrasser de lui. Le démon noir asséna un autre coup de couteau au jeune garçon. La lame d'acier aurait dû s'enfoncer dans le foie, mais elle glissa à nouveau sur le côté. Il frappa encore et encore mais la dague était à chaque fois repoussée par une force obscure. Lorsque soudain, il la sentit pénétrer dans la chair. Bencio poussa un cri étranglé et l'Arrache-Cœur en profita pour passer par-dessus le rebord de la fenêtre. Il s'enfonça dans l'obscurité.

Lapo Caperna se rua à la fenêtre mais l'assassin avait déjà disparu. Son camarade, blessé, terrassé par la douleur, s'était effondré au pied de la fenêtre et semblait inconscient.

— Bencio, Bencio, ça va ?

Dans sa main, il tenait quelque chose. Le soldat s'agenouilla. Un faciès hideux et démoniaque… Au cours de la bagarre, Bencio avait réussi à arracher le masque qui dissimulait le visage de son assaillant. Caperna le ramassa et l'examina. On aurait dit du cuir tanné, une représentation du mal absolu, un visage tordu dans un rictus qui faisait froid dans le dos.

— Bencio, réveille-toi… murmura Lapo en secouant son ami.

Un gémissement du blessé le rassura. Une estafilade au front avait voilé de sang son beau visage, mais s'il s'agissait de son unique blessure, Bencio pouvait s'estimer heureux. Lapo Caperna le prit par les épaules, ce qui arracha un geignement prolongé au jeune homme. Lorsque Bencio fut allongé sur le lit, le soldat commença à inspecter le corps de la victime, à la recherche d'autres blessures. Il avait clairement vu le meurtrier frapper à plusieurs reprises pour atteindre les organes vitaux. Il ne comprenait pas comment il avait pu rater son coup, surtout de si près.

Caperna dénoua les liens de la tunique que le jeune homme portait sur son pantalon resserré aux genoux, comme la mode le voulait à l'époque. Il découvrit au moins trois déchirures dans le tissu, bien visibles, mais il n'y avait aucune trace de sang. Sur un bras, il nota une petite entaille laissée par un coup de lame : rien de grave, ce n'était qu'une blessure superficielle. Il remonta la tunique du garçon. Sous le fin vêtement de lin, Bencio portait un étrange gilet sans manches d'un style que Lapo n'avait jamais vu auparavant. On aurait dit du feutre avec, à l'intérieur, des petites plaques de métal scintillant, très fines. Une sorte de cotte de mailles, en somme, mais beaucoup plus légère et plus solide. Grâce à cette double couche de protection, cette étrange armure était à la fois facile à porter et impossible à transpercer. Une diablerie qui avait certainement sauvé la vie du garçon et qui ne pouvait être que le résultat du génie de Léonard de Vinci.

— Que se passe-t-il ?

La voix de Bencio le tira de ses réflexions admiratives. Le garçon avait repris ses esprits et regardait autour de lui, l'air perdu. Le coup à la tête porté par l'Arrache-Cœur avec le manche de la dague avait été violent mais le jeune assistant avait la tête dure. L'attaque lui avait fichu une peur bleue mais il semblait être en bonne voie de rétablissement. D'ailleurs, il commençait à se souvenir de ce qui s'était passé.

— C'était l'Arrache-Cœur ?

Le soldat acquiesça.

— On peut dire que tu as eu de la chance, Bencio. Et le gilet blindé de maître Léonard a fait le reste. En dehors de quelques cicatrices que tu pourras exhiber fièrement à ta petite amie, tu n'as rien à craindre. En plus, tu as même réussi à lui arracher ça. Regarde, c'est son masque. Il faut immédiatement aller le monter au maître. Lui saura lire tous les secrets qui se cachent derrière ce morceau de cuir, j'en suis sûr.

29

16 avril, Anchiano, près de Vinci,
résidence de Léonard de Vinci

Léonard avait voulu se retirer immédiatement après le dîner pour examiner une nouvelle fois les éléments recueillis au cours de ses investigations, mais ses plans avaient été en partie contrariés par le petit Lupo. L'enfant était très attaché et lui et, l'ayant entendu arriver, n'avait pas voulu aller se coucher avant de lui soutirer quelques câlins et une poignée de prunes du jardin de maître Arrigo, aussi sucrées que du miel. Si cet interlude affectueux avait mis du baume au cœur du maître, il avait néanmoins perdu un temps précieux. La nuit était déjà bien avancée lorsqu'il se mit enfin au travail.

L'inventeur passa de longues heures à l'examen des preuves rassemblées jusque-là. Le jour allait se lever lorsque le bruit de sabots de deux chevaux au galop lui fit relever la tête. Il sortit. Qu'est-ce qui avait bien pu pousser Bencio et Lapo Caperna à venir le voir déjà, à affronter les dangers d'une longue chevauchée nocturne ?

— Maître, maître !

Bencio avait l'air particulièrement excité, contrairement au soldat, qui affichait une mine grave. Qu'avait-il bien pu se passer à Florence pour qu'on vienne le chercher si vite ? Les deux hommes descendirent de leurs montures, s'avancèrent, et Léonard remarqua immédiatement les taches de sang sur la tunique de son jeune assistant. Mais l'agilité avec laquelle le jeune homme était descendu de cheval, dans un mouvement digne d'un cavalier chevronné, le rassura quelque peu : il devait s'agir d'une simple blessure sans gravité.

— Que s'est-il passé ? Entrez, entrez, nous serons plus à l'aise pour parler autour d'un bon petit déjeuner.

Lapo Caperna raconta ce qui s'était passé et vida en quelques secondes le verre de vin épicé que Léonard avait posé devant lui. Puis ce fut le tour de Bencio.

— Il était fort. Rapide. Vous aviez raison quand vous disiez que c'est quelqu'un qui s'y connaît en combats. Si je n'avais pas porté votre gilet de protection, je serais probablement mort en moins de temps qu'il n'en faut pour le dire. Il m'a frappé à plusieurs reprises mais les plaques de métal ont empêché la plupart des coups de m'atteindre. Sauf ici, sur le bras, et sur le front. Mais avant de m'écrouler, j'ai réussi à lui arracher ça...

Le jeune homme sortit de sa besace le masque qu'avait porté l'Arrache-Cœur et le tendit à Léonard.

Il s'agissait de toute évidence d'une pièce de cuir traité et tanné afin d'obtenir une couleur sombre, presque noire. Le faciès semblait figé dans un hurlement de douleur, dans une expression intense, si réaliste qu'elle communiquait à merveille malaise et tristesse infinie.

— Voyons voir ça de plus près... Il me faudrait un peu plus de lumière.

L'inventeur saisit l'objet du bout des doigts, comme s'il avait peur de le toucher. Il prit la loupe sur l'établi puis s'avança vers la fenêtre et ouvrit les volets en bois pour laisser entrer la lumière matinale. C'était une belle journée de printemps, les rayons du soleil caressaient à présent les collines vertes de Vinci.

À travers la lentille grossissante, le moindre détail du masque de l'Arrache-Cœur devenait clairement visible.

— Ça représente une sorte de démon. Et… Oh, mon Dieu ! s'exclama-t-il soudain en laissant tomber la loupe qui se brisa en mille morceaux. C'est… c'est…

— Qu'y a-t-il, maître de Vinci ?

L'inventeur avait blêmi, comme si son sang s'était soudain figé dans ses veines.

— Ce n'est pas un masque… C'est une tête d'humain. Bencio, passe-moi une autre loupe sur l'établi.

L'inventeur se remit aussitôt à son inspection pour confirmer son intuition.

— Regardez, *messer* Caperna. Le masque ne présente aucune couture ni aucun signe de découpe : il est d'une seule pièce, c'est indéniable. La bouche et les yeux n'ont pas été reproduits avec des découpes mais en utilisant les orifices naturels dans la peau. Regardez, là, à de nombreux endroits, malgré la teinte très noire de la peau, les pores sont encore visibles. Et sur les joues on distingue des poils de barbe. Et là, il y a bien des sourcils… Aucune reproduction, même réalisée par le plus grand artiste, ne peut imiter la réalité avec autant de fidélité. Ce masque a été fabriqué avec le visage dépecé d'un homme.

Il suffit alors d'observer le masque de l'autre côté pour obtenir une confirmation supplémentaire de cette hypothèse glaçante. À l'intérieur, on voyait clairement les marques laissées par la lame du couteau utilisé pour perpétrer ce massacre. Lapo Caperna fixait le masque avec un mélange d'horreur et de dégoût.

— On dirait que c'est ancien…

Léonard observait à présent le lambeau de peau morte avec un intérêt non dissimulé.

— Il a probablement plus d'un siècle, ce masque, même s'il est bien difficile de le dater comme ça, à vue de nez. On a dû laisser sécher la peau pendant un bon moment, pour qu'elle durcisse et conserve son expression d'origine. Après, elle a probablement été fumée dans un premier temps, puis tannée, afin de ne pas se décomposer. D'où cette couleur sombre. Et le plus intéressant, c'est… là, regardez, à l'intérieur il y a une marque au fer rouge, on dirait un symbole. Et là, quelques mots et une date. Dommage qu'avec le temps, ce soit devenu difficile à déchiffrer… Mais prenons les choses dans l'ordre. Bencio, passe-moi du papier et de l'encre.

Léonard recopia l'étrange symbole sur la feuille : un ensemble de points, de lignes et de gribouillages apparemment dénués de sens. L'inventeur ne fut satisfait que lorsqu'il parvint à reproduire le tout avec fidélité.

— Qu'est-ce que ça veut dire, maître ?

— C'est peut-être un symbole ésotérique, mais c'est la première fois que je vois ça.

Puis il passa à l'analyse de l'inscription.

— Il va falloir assouplir la peau afin qu'elle retrouve une partie de son élasticité, alors on pourra sûrement lire ces mots.

Léonard saisit un bâton du genre de ceux qu'il utilisait pour parachever ses tableaux : à une extrémité, il avait enroulé une pelote de laine, qu'il trempait dans l'huile de lin pour tirer ses couleurs. Avec de grandes précautions, il enduisit légèrement l'intérieur du masque d'huile de lin, là où quelques mots avaient été gravés.

— Voilà, on voit enfin quelque chose : regardons ça de plus près…

Il leur fallut un bon moment pour déchiffrer la plupart des lettres de l'inscription. Ce qu'ils réussirent à reporter sur la feuille était loin de former une phrase explicite : « Po… censis m…st.rii Her…s Mona.h.s in .omi.e. S… anae f…ta. » Une véritable énigme.

— Si nous parvenons à percer le mystère de cette inscription, je suis convaincu que nous trouverons le nom de la personne qui a perpétré cette horreur…

— Maître Léonard, je crois que je connais quelqu'un qui pourrait nous donner un coup de main, intervint Lapo Caperna, resté silencieux jusque-là. Il y a quelques années, j'ai rencontré un alchimiste, un certain Bortolo da Varagine. Pour être précis, je l'ai même arrêté, précisément parce qu'il était accusé de pratiques occultes. Il risquait de finir sur le bûcher. Fort heureusement pour lui, celui qui avait porté les accusations est mort subitement et on a été obligés de le libérer. Après, j'ai appris à bien le connaître et il m'a même aidé dans certaines affaires… Je crois me rappeler où il vit, et je pense qu'en échange de quelques pièces, il serait tout à fait disposé à répondre à nos interrogations.

— Parfait, alors qu'attendons-nous ? Bencio, prépare Giotto, on part en balade.

La caverne de l'occultiste – il s'agissait littéralement d'une caverne, puisqu'il vivait dans une sorte de grotte creusée à flanc de colline – se trouvait en dehors des murs de Florence, au bord d'un petit ruisseau. On disait qu'un saint ermite y avait vécu et trouvé la mort autrefois, qu'il avait choisi ce trou dans la roche pour expier ses péchés et prier dans la paix. Lorsque les trois voyageurs arrivèrent, l'homme était occupé à surveiller quelque chose qui cuisait dans une grande marmite en cuivre. La grotte, spacieuse, n'était pas sans rappeler l'atelier de Léonard de Vinci : le désordre y régnait en maître, même si – contrairement à la grange d'Anchiano – tout ici était vieux et couvert d'une épaisse couche de crasse et de moisissure verdâtre : le sol était jonché d'objets, des piles de parchemin froissé, des feuilles de papier épais couvertes de dessins et de formules. Et des pots, des récipients, de toutes formes et de tous types, pour la plupart cassés, ébréchés ou fêlés, s'entassaient un peu partout. On comptait aussi de curieux engins et des dizaines de bougies consumées.

Une puanteur indescriptible se dégageait d'une série de bocaux en verre contenant un liquide jaunâtre dans lequel flottaient d'étranges créatures.

— Bortolo, nous avons besoin de tes services.

L'homme, d'un âge difficile à déterminer, n'était en tout cas plus tout jeune. Une barbe épaisse, poisseuse, constellée de restes de nourriture et de saleté, couvrait la majeure partie de son visage. Ses cheveux clairsemés, tout aussi sales que sa barbe, donnaient l'impression d'être infestés par une armée de vermine. Son corps maigre était d'une telle crasse qu'il avait pris une teinte brunâtre complètement artificielle. L'alchimiste semblait fasciné par un récipient scellé partiellement et immergé dans la marmite.

— *Homonculus*... murmura-t-il en désignant le bocal en verre qui mijotait devant lui.

Ses mains étaient de loin la partie la plus répugnante de son corps, avec de longs ongles jaunâtres cassés. Lentement, il saisit le récipient avec une sorte de pince et l'enveloppa d'un tissu d'une couleur indescriptible.

— *Homonculus*... répéta-t-il avec l'air de quelqu'un qui révèle un grand secret. Je crois que cette fois, ce sera la bonne...

Léonard, sans se soucier des miasmes émanant du chaudron, s'approcha. L'alchimie l'avait toujours intrigué, même s'il considérait la plupart des mythes qui y étaient rattachés comme de simples fables bonnes à faire perdre leur temps à ceux qui leur consacraient pourtant toute leur vie. Mais c'était la première fois qu'il assistait à une tentative de donner naissance à un homoncule et sa curiosité innée en fut titillée. L'idée de pouvoir créer un homme miniature à partir de rien, un être capable de servir son maître, de réaliser ses volontés et de le mettre en relation avec l'au-delà le fascinait et il ne voulait rien manquer de cette expérience ambitieuse. L'alchimiste posa le bocal sur l'une des tables de la grotte et retira le couvercle. Avec une aiguille rouillée, il se piqua le bout du doigt et un peu de sang perla sur la pulpe. À sa grande surprise, Léonard entendit soudain un petit bruit provenant de l'intérieur du bocal. Suivi d'une sorte de couinement à peine audible. Y avait-il véritablement quelque chose de vivant là-dedans ?

— Ça suffit, Bortolo ! s'agaça soudain Lapo Caperna en rompant le silence de la grotte. Je devrais t'arrêter pour sorcellerie. Et cette fois, quoi qu'il arrive, tu n'échapperas pas au bûcher... Nous sommes ici pour obtenir des informations et nous n'avons pas de temps à perdre.

L'alchimiste se retourna d'un air effrayé, cligna des yeux et serra le récipient enveloppé dans le tissu, comme pour le protéger du soldat. Puis il alla le poser sur une étagère dans le recoin le plus sombre de la caverne.

— Je reviens tout de suite, mon petit, n'aie pas peur, personne ne te fera de mal, dit-il tout bas alors qu'à nouveau, un faible son sortit de l'intérieur du bocal. Que voulez-vous ? demanda le vieil alchimiste aux intrus en se laissant choir sur une chaise comme s'il était exténué. Je travaille sur cette expérience depuis six mois, vous arrivez à un moment crucial et vous exigez que je laisse tout tomber pour vous écouter...

— Ne fais pas d'histoires, vieil homme, lui conseilla le soldat sur un ton martial. On te pose quelques questions simples et après tu pourras retourner à tes potions.

Bortolo finit par se résigner à abandonner son expérience alchimique, du moins pour quelques minutes.

— Eh bien allez-y, je vous écoute.

Lapo Caperna fit un signe de tête à Léonard pour l'inviter à s'exprimer.

— Bencio, le masque.

Le garçon le sortit de sa besace et alla le donner directement au vieil alchimiste. Au premier regard sur l'objet le visage crasseux de l'homme prit une expression piquée de curiosité.

— Laisse-moi voir ça…

Il saisit le masque et fila vers l'entrée de la caverne, un endroit plus lumineux. Il le retourna à plusieurs reprises, observant chaque détail.

— Savez-vous qu'il s'agit de peau humaine ?

Au hochement de tête d'assentiment de Léonard, l'alchimiste continua à examiner l'objet. Il s'attarda quelques instants sur l'inscription et le symbole gravés à l'intérieur.

— Vous feriez mieux de brûler ce machin et de jeter ses cendres dans l'Arno, conclut-il. Ce masque est maudit ; il n'apportera que des ennuis.

D'un geste brusque, il le rendit à Bencio, puis tourna les talons et s'enfonça dans la grotte, comme s'il voulait déjà retourner à ses occupations. Mais Lapo Caperna le rattrapa par le bras et le tira en arrière.

— Tu vas où, Bortolo ? Tu dois nous en dire plus.

— Parfois, il vaut mieux ne pas savoir, rétorqua le vieil homme en se dégageant.

Léonard se campa entre les deux hommes et fit un signe de tête à son compagnon.

— Doucement, Lapo, vous lui faites peur, dit-il avant de se tourner vers l'alchimiste. Maître Bortolo, parfois on a besoin de savoir, même quand on n'en a pas spécialement envie… Veuillez nous en dire plus, je vous en conjure. Il en va de l'avenir de Florence. Si nous ne pouvons pas arrêter l'homme qui l'a porté, des tas de gens vont mourir.

— Et pourquoi devrais-je me soucier des autres ?

L'homme semblait plus déterminé que jamais à retourner auprès de son homoncule. Mais une nouvelle fois, la main de Lapo Caperna l'arrêta au moment où il essayait de se retirer au fond de son antre. Le vieillard réagit vivement en se dégageant à nouveau de l'emprise du soldat. Enfin, il arracha le masque des mains de Bencio et se mit à parler avec irritation et empressement, comme s'il voulait se libérer d'un poids désagréable.

— Ce masque n'est pas humain, mais diabolique. Vous voyez ce symbole et cette inscription ? demanda-t-il tandis que, d'un ongle jaune, il indiquait les marques à l'intérieur. C'est le sceau d'un démon. Pour être tout à fait précis, il s'agit du démon Astaroth, grand-duc des enfers, aide de camp de Satan. C'est la signature que ce diable laisse pour témoigner du pacte qu'il passe avec ceux qui lui vendent leur âme !

— Et alors ? Qu'est-ce que ça veut dire ? s'enquit Léonard.

— Ce masque est donc le gage d'un pacte satanique, le cadeau que le démon Astaroth a fait à celui qui lui a vendu son âme, développa brièvement l'alchimiste.

— Et cette inscription ? Avez-vous une idée de ce qu'elle signifie ? Nous n'avons pu déchiffrer que quelques lettres...

Léonard montra du doigt les mots apparemment dénués de sens gravés à l'intérieur du masque et Bortolo se pencha sur l'inscription. Il marmonna pendant un certain temps, puis releva la tête vers Léonard.

— C'est du latin : « Fait au monastère de Podlažice par le moine Hermanus au nom de Satan. » Vous avez déjà entendu parler d'Herman le Reclus ?

Les mines médusées des trois hommes l'incitèrent à poursuivre.

— Il y a plus de deux siècles, en Bohème, un moine a vendu son âme au diable. En une seule nuit – avec l'aide d'une légion entière de démons –, il a dessiné un codex enluminé d'une beauté incomparable. Une Bible, pour être tout à fait précis. Mais une Bible maudite. Satanique. Où ce n'est pas le Seigneur Dieu qui est révéré, mais le roi des enfers. Grâce à la puissance de cette magie, le moine Herman s'est voué corps et âme au culte de Satan et est devenu son esclave. À cause de ce pacte, ses frères le déclarèrent hérétique et le condamnèrent à mort. La nuit du Vendredi Saint 1229, ils l'emmurèrent vivant dans sa cellule. Mais la légende veut que les démons aient réussi à subvenir à tous ses besoins : nourriture, eau, belles femmes. Et Herman le Moine devint ainsi Herman le Reclus, le serviteur du diable. Et ça, c'est une de ses œuvres. Vous feriez bien de brûler ce truc et de le renvoyer en enfer, d'où il vient. C'est un objet maudit, et si vous ne le détruisez pas, vous vous en mordrez les doigts toute votre vie.

30

Sur la route d'Anchiano à Florence

La visite chez l'alchimiste avait confirmé ce qu'ils savaient déjà. Que l'Arrache-Cœur était un adepte du diable et, au vu de la signature trouvée dans le masque, qu'il avait probablement conclu un pacte avec Astaroth, l'un des démons le plus puissants de l'enfer. Bortolo, impatients de retrouver son homoncule, avait fini par leur confier que depuis quelque temps, des rumeurs couraient dans le monde de l'occultisme florentin sur un disciple de Satan appelé le Fils d'Astaroth, qui aurait vendu son âme au diable en échange de la vie éternelle. Mais on ne savait rien de lui, personne ne l'avait jamais vu et nul ne l'avait jamais rencontré. Le seul indice utile, quoique fort vague, était la rumeur selon laquelle le sataniste était un homme insoupçonnable, très influent, un proche de Laurent le Magnifique. Et ce nouvel élément pointait une fois encore, de façon désormais insistante, en direction du père Fernando Ignatius d'Oviedo.

Le moment était venu pour Léonard de partager ses soupçons avec ses amis et celui qui l'avait chargé de mener l'enquête. Mais il hésitait encore. Signaler à Lapo Caperna et, surtout, à *ser* Pardo, les éléments à charge indéniables qui menaient au frère dominicain aurait certes donné un coup d'accélérateur décisif à son enquête, la clôturant de fait. En outre, les indices allaient tous clairement dans le même sens : l'âge et le portrait brossé à partir des preuves correspondaient parfaitement à ceux du père Fernando. Mais avant de l'accuser formellement, Léonard voulait disposer de preuves incontestables. Il savait qu'il n'avait plus beaucoup de temps : il restait trois morts avant la fermeture du Malebolge et s'il découvrait plus tard que ses soupçons étaient effectivement fondés, chaque nouvelle victime serait un poids de plus sur sa conscience. Il aurait fallu pouvoir surveiller le père Fernando à présent, mais se concentrer sur un seul et unique suspect signifiait également, en cas d'erreur, donner carte blanche à l'Arrache-Cœur.

Dès qu'il eut quitté la grotte de l'alchimiste, Léonard échangea quelques mots avec Bencio et le renvoya à Anchiano : ses blessures n'étaient pas encore cicatrisées et le danger qu'il avait couru à cause du meurtrier incitait à la prudence. Le garçon avait par ailleurs besoin de se remettre de ce tourbillon d'émotions. Ainsi, Léonard lui donna rendez-vous au Bargello le lendemain seulement. Quant à lui, il se rendrait, accompagné de Lapo Caperna, sur la scène de crime du serpentarium à la recherche de nouvelles preuves, puis il déciderait de la marche à suivre. Le corps du pauvre Malagutti devait être examiné car bientôt, Léonard en était sûr, l'Arrache-Cœur choisirait la victime de la huitième bolge. Il n'y avait pas un instant à perdre.

Pendant le trajet vers Florence, Léonard céda et confia ses doutes sur le frère Fernando à son compagnon de voyage. Il découvrit qu'il n'était pas le seul à le soupçonner. Lapo Caperna était arrivé, seul, à la même conclusion.

— À mon avis, proposa Léonard, le mieux à faire serait de se séparer. Nous irons ensemble au serpentarium pour voir si l'Arrache-Cœur a laissé des traces derrière lui, mais après, pendant que j'examinerai le corps de Malagutti, vous irez trouver *ser* Pardo et vous lui ferez part de nos soupçons sur le père Fernando. Il faut lui demander de nous fournir un nombre suffisant d'hommes pour le faire surveiller vingt-quatre heures sur vingt-quatre. Il faudra savoir où il est et ce qu'il fait à toute heure du jour et de la nuit. Avec un peu de chance, il commettra une erreur et nous l'attraperons avant qu'il ne puisse tuer d'autres victimes.

Alors que les premières ombres de la soirée commençaient à se profiler dans les rues et sur les places du centre de Florence, une foule excitée se pressait autour du portique latéral de la Piazza del Palagio Novo, au milieu de brusques éclats de voix, d'exclamations, d'applaudissements et d'acclamations.

— Qu'est-ce que c'est que ce vacarme ? se demanda l'inventeur qui ne comprenait pas ce qui pouvait fasciner tant de personnes.

— Maître de Vinci, j'en déduis que vous n'avez jamais assisté à un match de *calcio*...

— Eh non, en effet, mon cher Lapo. J'en ai entendu parler et je sais que c'est un jeu qui rencontre beaucoup de succès auprès des jeunes, mais je n'ai jamais eu l'occasion de voir une partie. Qui ferait du *calcio* à Anchiano ? Arrêtons-nous un instant, si vous voulez bien. Vu l'heure qu'il est, ça doit être presque terminé de toute façon.

Ils eurent toutes les peines du monde à se frayer un chemin à travers le mur compact de spectateurs rassemblés sur une petite tribune montée à l'ombre du porche. La grande place qui s'ouvrait devant eux avait été transformée en une sorte de terrain de jeux, avec deux grands carrés dessinés au sol à la craie. Plusieurs dizaines d'hommes évoluaient dans cet espace, une moitié vêtue d'élégantes livrées rouges, l'autre habillée en bleu. Les deux équipes se déplaçaient de manière compacte, en essayant d'intercepter une balle en cuir. Et visiblement, du moins en apparence, les joueurs ne suivaient aucune règle précise pour parvenir à leurs fins. Il s'agissait certainement d'un jeu passionnant, mais de toute évidence pas fait pour les faibles et les petites natures, car pour essayer de garder ou de récupérer le ballon, les participants ne lésinaient pas sur les tacles et les coups d'une grande brutalité.

— Un grand nombre de joueurs sont des nobles, d'autres, des soldats, expliqua Lapo Caperna. J'avoue que moi-même, j'aime bien jouer au *calcio*, c'est mon petit côté bagarreur. Les Azzurri, bleus, c'est l'équipe du quartier de Santa Croce, et les Rossi, les rouges, celle du quartier de Santa Maria Novella. Il y a aussi l'équipe verte de San Giovanni, et l'équipe blanche de Santo Spirito, dont je fais modestement partie.

— Poursuivez, mon cher, lui enjoignit l'inventeur avec un vif intérêt. J'aimerais connaître les règles de ce jeu : qui sait, peut-être serai-je capable de comprendre quelque chose à ce qui me semble, tout du moins pour l'instant, être purs chaos et folie.

— Eh bien, il y a deux équipes de vingt-sept joueurs, qu'on appelle les *calcianti*, développa le soldat. Chacune a quatre gardiens de cages, trois défenseurs, cinq milieux de terrain et quinze attaquants. Chaque joueur à un rôle bien précis. Les gardiens et défenseurs défendent, les milieux de terrain essaient d'arrêter les actions de l'adversaire et de renverser le jeu, et les attaquants, eh bien, doivent attaquer le camp adverse. L'objectif est de marquer un but en déposant le ballon dans la cage en filet suspendue à mi-hauteur, au fond du terrain.

Il ne fallut guère longtemps à Léonard pour repérer, dans chacune des deux équipes, les deux joueurs principaux dont le rôle était d'attaquer.

— Ce sont les deux meilleurs joueurs sur les vingt-sept, ils peuvent se déplacer partout et faire ce qu'ils veulent, expliqua Lapo Caperna en tendant le bras pour désigner l'un des joueurs, torse nu. Celui-là, le géant, c'est Vasco della Francesca, probablement le plus grand champion de Florence de ces dernières années. On dit qu'il est doté d'une force surhumaine. Quand on le regarde jouer, on voit bien qu'il utilise sa tête bien plus que ses muscles.

Léonard se découvrait une véritable passion pour ce jeu. Regarder le géant en bleu évoluer, il fallait bien l'admettre, était fascinant. Cet homme avait une vision du jeu largement supérieure à celle de tous les autres sur le terrain. Son équipe était menée d'un demi-point et ce n'est qu'en obtenant un point complet, avec un but, qu'elle pouvait gagner le match. Les Rossi commençaient à sentir le doux parfum de la victoire. Depuis un certain temps, les Azzurri harcelaient la ligne de défense de l'adversaire, qui semblait tenir sans problème. Soudain, le champion de Santa Croce récupéra le ballon mais au lieu d'attaquer, il recula vers sa ligne de défense. Ce mouvement provoqua une réaction immédiate des adversaires, qui se lancèrent à sa poursuite. Mais c'était un piège : le champion italien fit une passe à l'un de ses coéquipiers, puis se lança vers l'avant du terrain. L'autre joueur tira, loin, très loin, avec une précision époustouflante. Le ballon atterrit entre les bras du géant, qui le déposa dans le filet de l'adversaire. Les Azzurri avaient gagné.

— Il vaudrait mieux y aller, maintenant, suggéra Lapo Caperna.

En quelques minutes, les deux hommes s'étaient extraits de la foule. Lorsqu'ils arrivèrent au Bargello, la nuit était déjà bien avancée.

Huitième bolge

D'autant de flammes resplendissait toute
la huitième bolge, comme je m'en aperçus
dès que le fond m'apparut.

Et comme celui que les ours vengèrent
vit le char d'Élie à son départ,
quand les chevaux se dressèrent vers le ciel,

si bien qu'il ne pouvait le suivre des yeux,
et ne vit qu'une flamme seule,
qui comme une petite nuée, s'élevait :

ainsi chacune avançait par le creux
de la fosse, sans montrer son butin,
et chaque flamme emportait un pécheur.

Dante Alighieri, *La Divine Comédie*, chant XXVI

17 avril

« La plus haute pointe de l'antique flamme commença à faseyer en marmonnant, semblable à celle que tourmente le vent. » L'Arrache-Cœur cita de mémoire les versets rapportant la rencontre entre Dante et Ulysse. Il aimait vraiment beaucoup ce chant de *La Comédie*. C'était peut-être pour cette raison que la perspective de l'ouverture imminente de la huitième bolge le mettait dans un tel état d'exaltation.

Tout était en place. Bientôt sa mission serait accomplie. Les portes de l'enfer s'ouvriraient et son seigneur, Astaroth, sortirait de Malebolge pour prendre la tête de ses légions démoniaques. Et lui, il serait là à l'attendre, il serait récompensé par d'immenses richesses et par la vie éternelle. Et Florence n'était que le début. Grâce à lui et à son sacrifice, les armées infernales allaient conquérir la terre entière. Mais l'heure n'était pas aux rêvasseries : il restait encore trois bolges avant d'atteindre le but tant désiré, et il fallait faire vite : même si Vinci et ses acolytes n'avaient aucune chance de l'arrêter, il valait mieux ne pas les sous-estimer. Plus tôt il arriverait au sacrifice ultime, plus tôt il obtiendrait gloire, richesse et pouvoir. Cette fois aussi, il avait choisi sa victime avec soin. Bientôt, elle n'aurait que ce qu'elle mérite et servirait d'exemple au peuple florentin.

— Bonjour, Votre Excellence.

La voix le fit sursauter. Le pécheur se tenait là, debout devant lui, souriant anxieusement, comme s'il voulait lui dire quelque chose d'important. L'Arrache-Cœur frissonna de plaisir, se réjouissant déjà à l'idée de passer à l'acte. Pour dissimuler son excitation, il se retourna et revêtit le masque de sérénité hiératique qu'il aimait porter lorsqu'il apparaissait en public.

— Bonjour à vous, que le Seigneur vous bénisse…

Il fut satisfait de la façon dont il avait réussi à moduler sa voix pour que rien de ce qui lui traversait l'esprit ne transparût. Il regarda son interlocuteur droit dans les yeux. Celui-ci parlait avec animation, bougeait les mains et gesticulait pour souligner ses propos. Mais lui ne l'écoutait pas. Il se contrefichait de ce qu'il lui disait puisqu'il allait bientôt mourir, de toute façon… Son regard s'attarda sur une petite veine bleutée au niveau de la tempe de l'homme. En se concentrant bien, il la voyait pulser. Dans un frémissement, il s'imagina brandir sa dague d'un coup ferme et précis, et plonger la lame au bon endroit, puis lécher le sang.

— Il faut l'arrêter, pour le bien de Florence, s'épanchait sans discontinuer le pécheur de la huitième bolge. J'ai bien essayé d'en parler à Sa Seigneurie, mais il s'agit du protégé de *ser* Pardo, alors évidemment… Mais si vous, qui êtes un proche du Magnifique, vous pouviez lui en toucher deux mots, peut-être que…

L'Arrache-Cœur ayant manqué une bonne partie du discours du pécheur, il ne savait même pas de qui il parlait. Mais son heure était venue. À présent, l'Arrache-Cœur redevint alerte, il allait pouvoir commencer. Il savait exactement ce qu'il lui restait à faire. Convaincre l'homme de le suivre ne serait pas bien difficile : il s'était creusé la tête pendant des heures pour mettre au point son enlèvement, et à présent, grâce à Satan, c'était lui qui lui offrait une occasion rêvée.

— Vous avez entièrement raison. Nous devons avertir Sa Seigneurie du danger. Et il faut veiller à ce que *ser* Pardo ne puisse pas intervenir pour sauver son protégé. Sa Seigneurie nous en sera reconnaissante. Bien, alors que diriez-vous de me suivre ? Nous pourrions passer chez moi et essayer de dresser une liste détaillée et précise des plaintes. Puis nous irons voir le Magnifique et vous verrez qu'il nous écoutera.

Sur ces entrefaites, il le prit délicatement par le bras et mit le cap vers le palais où il résidait.

— Suivez-moi, mon bon ami, suivez-moi. Une fois chez moi, nous nous installerons devant un petit verre d'*amontillado* arrivé droit d'Espagne la semaine dernière. Nous allons réfléchir tous les deux au sort de ce Vinci… qui est en train de devenir un vrai problème.

31

Florence, serpentarium du seraglio dei Leoni

En pénétrant dans le serpentarium, Léonard eut la sensation d'entrer à nouveau de plain-pied dans un cauchemar. L'odeur des serpents, ce mélange d'exhalaisons sauvages et d'odeurs humides désagréables, lui agressa les narines et lui provoqua une telle nausée que pour descendre l'escalier, il dut s'appuyer sur l'épaule de Bencio, revenu d'Anchiano à l'aube.

Le silence sépulcral du serpentarium n'était perturbé que par quelques sifflements reptiliens. Du haut des marches, Léonard aperçut les grandes cuves et le coin du mur derrière lequel il avait plongé en enfer : les souvenirs de ses hallucinations l'assaillirent, la panique monta dans sa gorge et il eut soudain du mal à respirer.

— Maître, ça ne va pas ?

Bencio le rattrapa par le bras, lui évitant une terrible chute dans l'escalier. L'inventeur craignait qu'il restât suffisamment de vapeurs hallucinogènes dans l'air pour lui causer de nouvelles visions abominables. Lentement, il réussit à reprendre le contrôle de son esprit et de son corps. Devant lui, le soldat inquiet s'était également arrêté.

— Vinci, vous ne vous sentez pas bien ?

— Si, si, ça va mieux, beaucoup mieux, les rassura Léonard en prenant la main de son jeune assistant.

Lapo atteignit bientôt le bord de la cuve et regarda à l'intérieur. Le corps du juge était pratiquement recouvert de serpentins colorés. Des cobras de toutes sortes, des vipères, des aspics avaient pris possession du cadavre.

— Quelqu'un a-t-il une idée pour éloigner tous ces serpents ? Le sortir de là va prendre du temps et pourrait s'avérer particulièrement périlleux.

Léonard de Vinci secoua la tête. Rien dans cette maudite enquête ne semblait simple. Il fallait trouver une solution. Et vite.

L'automate, peut-être ? Il pourrait éventuellement y accrocher le corps et s'en servir pour l'extraire de la cuve. Il pourrait envoyer Bencio le chercher à Anchiano, mais organiser le transfert du guerrier mécanique à Florence allait être long et compliqué. Et surtout, il faudrait une bonne journée de travail rien que pour l'assembler. Non, mieux valait se contenter de ce dont ils disposaient sur place, notamment de l'objet que le garçon lui avait rapporté de l'atelier : une perche en bois avec un robuste sac en toile de jute à une extrémité, terminé par une sorte de demi-lune en métal qui s'ouvrait et se refermait en actionnant un mécanisme.

— *Salam aleikum.*

La voix le prit par surprise et le fit bondir. Il était convaincu qu'il était seul avec Bencio et le soldat dans le souterrain. Il fit volte-face. Devant lui se trouvait un homme de petite taille, mince, à la peau bistre, vêtu d'une étrange tenue. Plus que maigre, il avait l'air littéralement desséché par le soleil. Son visage couvert d'une barbe clairsemée était marqué de profondes rides dessinant une toile d'araignée autour de ses petits yeux noirs. On aurait dit que le soleil avait aspiré tous les liquides de ce corps malingre, ne laissant que la peau sur le squelette. Une singulière coiffe bleu cobalt était enroulée autour de sa tête et retombait sur le côté. Le caftan qu'il portait était du même bleu profond.

— *Salam aleikum*, répéta le petit homme. Je m'appelle Jafar bin Mamud et je suis gardien des serpents. Ici est maison des serpents, c'est moi je m'occupe des serpents.

Originaire d'une tribu touareg du désert, le petit homme avait été formé dès son plus jeune âge pour devenir charmeur de serpents. Ces reptiles n'avaient aucun secret pour lui. Il savait comment les approcher. Depuis qu'il était enfant, on avait régulièrement ajouté une petite quantité de venin à sa nourriture, de sorte qu'au fil du temps, il était devenu pratiquement immunisé contre les morsures de ses compagnons reptiliens. Il avait été chargé par le sultan d'Égypte, Al-Ashraf Qa'it Bay, de sélectionner les plus beaux spécimens à offrir au Magnifique et de veiller à ce qu'ils reçoivent un foyer digne de ce nom. Il les nourrissait, les soignait et veillait à ce qu'ils restent à bonne distance de ses amis mortels.

Léonard essaya de lui expliquer le mécanisme de sa tige attrape-serpent, mais ce dernier, après avoir bien observé l'objet, le posa dans un coin en secouant la tête. Maître de Vinci tenta malgré tout de le convaincre de l'utilité de son invention, il attrapa même deux petits cobras avec sa pince et les déposa dans le sac. En fin de compte, il dut se rendre à l'évidence : il y avait beaucoup trop de reptiles, il était impossible de les attraper tous. Il fut donc obligé de s'en remettre aux connaissances de Jafar bin Mamud. En dehors des quelques mots avec lesquels il s'était présenté et de quelques autres formules de politesse, le Touareg ne connaissait pas la langue florentine. Mais il réussissait à se faire comprendre sans trop de problèmes.

— *Rajul mayit*, dit-il en désignant le corps sans vie de Malagutti. Homme mort !

— Oui, le cadavre. Il faut éloigner les serpents du corps si nous voulons l'examiner.

Le petit homme au teint jaunâtre hocha la tête et leva une main. Un geste qui aurait facilement pu être interprété comme un refus si le charmeur de serpents ne s'était pas soudain jeté, sans une hésitation, dans la fosse à reptiles. Dans la main il tenait un simple bâton. Et dans la bouche, une sorte de petit sifflet qui émettait un son semblable à celui des reptiles agacés.

D'un pas décidé, le Touareg avança vers le corps de la victime qui gisait du côté opposé de la cuve, là où il avait été jeté par l'assassin. De son bâton, il tapait le sol en rythme, et à ce bruit répondait en contrepoint le sifflet.

Les serpents devaient être habitués à sa présence car ils ne semblaient ni indisposés ni effrayés. Au contraire, comme s'ils obéissaient à un ordre impérieux, ils s'écartaient pour le laisser passer. Le petit homme ne montrait aucune peur lui non plus. Pourtant, il était entouré de dizaines de serpents parmi les plus dangereux du monde. Une seule fois Léonard le vit hésiter. Il n'était plus qu'à deux pas du corps lorsqu'un grand cobra royal, de plus de deux mètres de long et aussi épais qu'une haussière de navire, se dressa, peut-être agacé de devoir quitter sa moelleuse couche. Le sifflement furieux du reptile glaça le sang de Léonard et du soldat Caperna. Mais cela ne sembla pas apeurer le gardien, qui se contenta de s'arrêter un instant pour donner quelques petites tapes, du bout de son bâton, sur la tête du cobra. En quelques secondes, Jafar avait rejoint le malheureux Malagutti. Sans perdre un instant, le soldat lui tendit une corde épaisse. Le petit homme était incapable de soulever le corps nu et sans vie du juge, qui devait peser au moins trois fois plus que lui. Mais Léonard lui expliqua, à grand renfort de gestes, qu'il lui suffisait de passer la corde sous les bras du mort. Ensuite, ils se chargèrent de le remonter.

— Pas besoin d'un examen détaillé pour comprendre ce qui l'a tué, murmura Lapo Caperna en désignant du doigt la plaie bien nette sur la poitrine de la victime.

Ce meurtre était clairement signé par l'Arrache-Cœur. Jafar, intrigué, s'était penché sur le cadavre.

— Morsures de serpent, expliqua-t-il en montrant plusieurs petites blessures sur le corps, avant de secouer la tête comme pour exprimer sa ferme condamnation d'une telle cruauté et de tant de violence.

Léonard n'avait pas oublié la scène cauchemardesque du meurtrier levant au ciel le trophée sanglant qu'il venait d'arracher de la poitrine de sa victime.

— Le cœur n'y est plus. C'était sûrement la même arme.

Lapo Caperna tendit une main vers la plaie béante laissée par la lame vengeresse de l'Arrache-Cœur.

— Comme les autres vict…

Il n'eut pas le temps de terminer sa phrase.

— Malédiction !

Un serpent surgit de l'entaille dans la poitrine du juge et se jeta sur la main droite du soldat. Le reptile s'était probablement lové dans un coin encore chaud du corps et, dérangé, était passé à l'attaque. Dès qu'elle eut mordu, la bestiole s'éloigna à toute vitesse vers le bord de la cuve en ondulant. Le serpent, noir comme la nuit, faisait moins d'un bras de longueur.

— *Almawt al'aswad !*

Jafar bondit, rattrapa le reptile et le plaqua au sol avec son bâton fourchu, l'empêchant ainsi d'avancer. Le sifflement enragé du serpent captif faisait froid dans le dos. Le Touareg se pencha et, sans hésiter, saisit le serpent par la tête et le jeta dans un lourd sac en cuir attaché à sa ceinture.

— Mort noire… Vite ! Venin très poison, très dangereux. Pas longtemps.

Léonard se retourna. Lapo Caperna était tombé à genoux près du corps du juge Malagutti. On aurait dit qu'il priait. Dans la lumière des torches qui éclairaient le serpentarium, son visage avait blêmi et déjà il transpirait à grosses gouttes. Sa main gauche était plaquée sur l'endroit où il avait été mordu. À côté de lui, Bencio avait l'air paniqué. Jafar revint vite auprès du soldat et l'aida à s'allonger par terre.

— Aide-moi si vous voulez ami vivant. Pas bouger, pas bouger du tout, expliqua-t-il à Bencio en lui montrant comment maintenir le soldat bien immobile.

La respiration de Lapo Caperna n'était déjà plus qu'un souffle faible et irrégulier. L'inventeur étreignit la main de son ami, guettant avec inquiétude les symptômes de l'empoisonnement, de plus en plus évidents.

— Il va s'en sortir ?

— *Inch'Allah.*

Entre-temps, d'un geste expert, le Touareg avait sorti le serpent de l'épais sac en cuir. Il le tenait à présent par le sommet du crâne, l'empêchant ainsi de se contorsionner et de mordre à nouveau. En exerçant une pression sur les côtés de la gueule du reptile, l'homme la força à ouvrir grand ses mâchoires. D'une des poches de son habit bleu, il tira une fiole scellée par une petite peau d'animal tendue. D'un mouvement vif, il la fit passer sous le nez du serpent qui, rapide comme l'éclair, mordit la peau fine et la perfora de ses deux longs crochets en forme d'aiguille. L'homme lui maintint alors la tête immobile, forçant ainsi la mort noire à rester accrochée un certain temps. Après quelques instants, le charmeur de serpents détacha le reptile de l'embout de la fiole puis le lança sans ménagement dans la fosse où il rejoignit ses congénères.

— Mort noire pas responsable mordre. Serpent défend maison, dit l'homme en désignant d'abord le petit reptile, puis le cadavre du juge.

Au fond de la fiole, on apercevait quelques gouttelettes transparentes.

— Poison…

Puis le charmeur de serpents sortit un sachet d'herbes de son caftan. Il en mit une poignée dans sa bouche et commença à mastiquer, avant d'extraire de sa tunique un bol dans lequel il recracha le mélange. Il y incorpora une pincée de poudre blanche prélevée dans un second sachet. Pour finir, il ajouta quelques gouttes de venin au mélange, qui se mit à grésiller. Il hocha la tête en signe de satisfaction puis tendit à Léonard une fiole en verre sombre remplie, celle-ci, d'un liquide non identifié.

— Médicament fort. Boire, tout.

Lapo semblait maintenant avoir sombré dans ce profond sommeil qui précède la mort. Sa respiration était de plus en plus irrégulière et une mousse blanchâtre s'était formée autour de sa bouche. Ses yeux étaient révulsés, on ne voyait plus que le blanc. Sa main, à l'endroit où il avait été mordu, avait enflé hors de toute proportion et autour de la marque de la morsure, la peau avait pris une couleur pourpre foncé qui s'étendait désormais bien au-delà du poignet. Léonard porta la fiole aux lèvres du soldat et essaya tant bien que mal de lui faire avaler l'antidote jusqu'à la dernière goutte.

— Vite, aide-moi Bencio, faisons vite, l'exhorta Léonard.

Sans perdre une seconde, en silence, le petit homme avait déjà entaillé la zone de la morsure avec son couteau et appliqué la pâte obtenue en mélangeant les herbes et la poudre. Au contact de la plaie, le mélange réagit comme de l'huile versée dans une poêle bouillante.

— *Inch'Allah* ça marche, commenta le Touareg en bandant la main de Lapo avec un tissu propre. Maintenant, attendre. Si lui assez fort, il vit…

32

Temple satanique dans les catacombes de Santa Reparata

Le pécheur de la huitième bolge lui avait donné du fil à retordre. L'Arrache-Cœur savait certes que l'homme, malgré l'habit qu'il revêtait désormais, avait un passé de guerrier, mais il ne s'attendait pas à ce qu'il soit toujours aussi en forme et prompt à se battre.

Après l'avoir invité chez lui, il l'avait fait asseoir dans un fauteuil et lui avait servi un petit verre de l'excellent *amontillado*, ce vin liquoreux qu'il faisait venir de Montiles, au royaume de Castille. Heureusement qu'il y avait ajouté quelques gouttes d'un distillat de belladone de son invention, assez pour assommer un bœuf, car dès que le pécheur avait saisi ses intentions tout sauf amicales, l'Arrache-Cœur avait frôlé la catastrophe.

L'homme, après avoir compris qu'il était tombé dans un guet-apens, s'était emparé d'un grand chandelier en bois recouvert de feuilles d'or et l'avait brandi comme une massue. Pendant plusieurs minutes, l'Arrache-Cœur avait réussi à se tenir à bonne distance, puis, lorsque le breuvage avait commencé à faire effet, il était finalement parvenu à désarmer sa victime.

— Vous ? Vous, Excellence ? Mais pourquoi ?

À peine ces mots avaient-ils franchi les lèvres de la victime qu'elle s'effondra et se cogna la tête contre la table basse, brisant au passage la précieuse bouteille de cristal contenant le vin corrompu. Pendant un instant, l'assassin avait bien cru que le pécheur était mort. Le choc, violent, avait laissé une profonde entaille dans le cuir chevelu de l'homme, juste au niveau de sa tempe gauche. Mais en s'approchant, l'Arrache-Cœur avait poussé un soupir de soulagement, voyant que le pécheur était bien vivant, seulement évanoui.

À présent la victime respirait profondément, émettant parfois quelques gémissements à peine audibles. L'assassin se pencha sur le pécheur. Inutile d'essayer d'absorber le sang qui coulait dans ses cheveux. Il suffisait qu'il tienne encore quelques heures. Cette nuit-là, la porte de la huitième bolge s'ouvrirait. Et Florence assisterait à un spectacle inoubliable. L'heure avait sonné pour les habitants de la ville, ils devaient se préparer pour l'arrivée du seigneur des Ténèbres, Astaroth.

Le pécheur était résistant. Malgré le coup à la tête, il se remit rapidement et bientôt, dans un coin de la pièce, il commença à se contorsionner pour tenter de se dégager des liens qui l'immobilisaient. L'Arrache-Cœur l'observait. Il connaissait bien cet homme, il l'avait rencontré à de nombreuses reprises, ils avaient souvent discuté ensemble, échangé des opinions et des impressions. Pourtant, l'idée de le tuer d'une manière aussi abominable ne lui faisait ni chaud ni froid. Et de toute façon, le sacrifice de cet homme était la clé qui ouvrirait le huitième cercle de Malebolge.

Comme d'habitude, il avait tout prévu jusque dans les moindres détails. Il savait comment échapper aux contrôles, comment gagner le lieu du sacrifice sans encombre. D'ailleurs il avait emprunté cette même route plus d'une fois. Mais il se sentait agité car ce soir, le risque d'être découvert était bien réel. Et ce satané Vinci représentait une autre inconnue.

Mais il s'occuperait de l'inventeur d'Anchiano et de ses compagnons plus tard. L'heure de l'ouverture d'une nouvelle bolge approchait. Et cette fois, il agirait au grand jour, dans un lieu très fréquenté et bien protégé par des dizaines de gardes armés. Le funeste mantra coula de ses lèvres comme un torrent impétueux.

— Pape Satàn, Pape Satàn aleppe… Astaroth, seigneur des enfers, écoute la prière de ton serviteur. Protège-le de tes ennemis et aide-le à accomplir la mission que tu lui as confiée. Pape Satàn Astaroth…

Un gémissement l'arracha à ses psalmodies démoniaques. Le pécheur devait commencer à se douter que sa fin approchait. D'ailleurs, c'était une personne instruite, qui avait probablement lu *La Comédie*. Ainsi, il devait avoir deviné à quel tourment il allait être soumis. L'idée d'être englouti par les flammes et de terminer son voyage sur terre d'une manière aussi atroce ne devait pas le réjouir vu l'énergie qu'il déployait pour tenter de se libérer. Et dire que dans sa vie, il avait lui-même envoyé des dizaines de personnes au bûcher en déblatérant sur le paradis et la vie éternelle : à l'heure de vérité, sa foi semblait vaciller. L'assassin s'avança vers lui et en se baissant pour tester la résistance des nœuds, une massue à la main, il lui sourit.

— Allez, sois sage. Tout sera bientôt terminé et ton âme sera aux côtés de Satan et de ses légions. Plus tu gigotes, plus la transition de ce monde vers celui des ténèbres sera douloureuse.

Puis, sans une once d'hésitation, il le frappa violemment, à la tête, et le pécheur plongea dans un trou noir sans fond.

33

19 avril 1481, Jeudi saint in Cena Domini, hôpital de Santa Maria Nova, cloître de la seigneurie

Lapo Caperna était inconscient lorsque, sur ordre de *ser* Pardo en personne, il fut transporté dans la nouvelle aile de l'hôpital de Santa Maria Nova. Quand le chariot avec le soldat arriva devant l'entrée principale, une paillasse propre et les meilleurs médecins de la ville l'attendaient déjà à l'intérieur.

Étendu sur son lit, il paraissait mort, respirant d'un mince souffle. Seuls les battements ralentis de son cœur attestaient de son combat contre la mort. Bencio et Léonard se relayaient pour veiller sur lui : la crainte que l'Arrache-Cœur décidât d'achever le travail du reptile en éliminant le plus puissant et le plus entraîné de ses ennemis était loin d'être infondée. Fort heureusement, rien de tel n'arriva et les portes de Malebolge restèrent fermées.

Il ne restait plus à l'inventeur et son assistant qu'à attendre et espérer que leur ami se réveille. Chaque jour, chaque heure, chaque minute qui passait était un petit pas vers la vie, un signe que le Touareg avait vu juste : l'antidote et la concoction d'herbes avaient agi en éliminant une bonne partie du poison. Il restait donc un petit espoir.

Comme chaque jour, *ser* Pardo passa à l'heure du déjeuner pour s'assurer que tout allait bien et vérifier que le blessé était traité avec les meilleurs égards.

— Notre Caperna a un tempérament d'acier. Ce n'est pas un petit serpent qui va arrêter un vaillant soldat de

Florence comme lui. Les médecins disent que son cœur bat à nouveau normalement et que, s'il n'y a pas de rechute, il vivra. Pour l'instant, on ne peut rien faire de plus pour lui, il faut simplement qu'il se repose.

Léonard se pencha sur le corps de son ami, regarda son visage cireux et essuya son front trempé de sueur.

— Va-t-il s'en sortir ? s'enquit-il auprès du charmeur de serpent qui observait la scène depuis l'autre bout de la salle – alors que lui non plus n'avait pas quitté un instant le chevet du blessé.

— *Inch'Allah*, oui, dit Jafar en s'approchant du malade. Chaud, très chaud, poursuivit-il, une main sur le front du soldat. Le corps il se débat. Il est fort. Il va rester avec nous. Mais il doit dormir. Beaucoup dormir...

Sa main était désormais moins gonflée et moins brunâtre. Si Lapo survivait pendant les prochaines heures, l'espoir serait permis. Cependant, l'enquête sur le Malebolge ne pouvait en aucun cas s'arrêter. Bientôt, la huitième bolge ouvrirait ses portes et l'Arrache-Cœur ajouterait une nouvelle victime à sa liste. Il fallait faire quelque chose pour l'empêcher de frapper à nouveau.

Léonard ne pouvait rester plus longtemps au chevet de son ami : il ne lui restait plus qu'à prier le ciel et à continuer sans lui. *Ser* Pardo lui indiqua la porte.

— *Messer* de Vinci, j'aimerais vous parler un instant...

Dehors, sous le portique du cloître de la seigneurie, ils étaient protégés du soleil printanier qui brillait sur Florence. Ils déambulèrent côte à côte autour du petit jardin intérieur. Il y avait un parfum de fleurs dans l'air, et rien dans la nature ne laissait présager d'un danger imminent sur la ville et ses habitants.

— Sa Seigneurie a été très affectée par la mort du magistrat. Après avoir arrêté Tebaldo, nous avons baissé la garde trop tôt... Certains pensaient qu'il suffisait d'attraper quelqu'un, coupable ou non, pour enterrer l'affaire. Et Malagutti a payé pour sa naïveté, payé de sa vie ! Personnellement, je suis d'accord avec vos conclusions. La cible ultime de toutes ces mises en scène macabres est bel et bien Laurent de Médicis, le cœur battant de cette ville. Nous devons redoubler d'efforts pour comprendre qui se cache derrière ces assassinats. Le temps passe vite, trop vite, alors maintenant, plus que jamais, vous avez mon soutien inconditionnel. Des fonds et des moyens illimités. Attrapez l'Arrache-Cœur. Attrapez-le vite... Dites-moi tout ce que vous savez, maître de Vinci, dit *ser* Pardo en prenant l'inventeur par le bras comme un père le ferait avec son fils, je vous en prie, dites-moi que nous allons bientôt l'attraper...

Léonard lui rapporta les événements de ces derniers jours sans rien omettre. Comment ils avaient réussi à anticiper les intentions du tueur et comment, une fois l'agresseur pris sur le fait dans le serpentarium, ils n'avaient pas réussi à l'arrêter. Il lui confia leurs soupçons concernant l'inquisiteur dominicain et demanda que des hommes le surveillent jour et nuit, afin de découvrir son éventuelle culpabilité.

— Je peux faire bien plus que ça, confirma *ser* Pardo. Je vais convoquer le père Fernando !

— Je ne pense pas qu'un aveu obtenu sous la torture soit crédible... En outre, l'inquisiteur n'est pas du genre à céder à la pression. Je pense qu'il vaudrait mieux le faire suivre et le prendre la main dans le sac.

Le chef de la police esquissa un sourire.

— Pour qui me prenez-vous, maître de Vinci ? Qui vous parle de torture ? Quelques jours en tant qu'invité au Bargello apporteront la meilleure preuve qui soit. Si la série de meurtres de l'Arrache-Cœur s'arrête, nous saurons que nous tenons là notre homme. Et nous aurons sauvé Florence. En attendant, continuez à surveiller et à enquêter, regardez autour de vous, sans préjugés. Allez, remettez-vous au travail et apportez-moi des preuves pour clouer cet homme au pilori avant qu'un malheur s'abatte sur Sa Seigneurie. Montrez-moi que les espoirs que j'ai placés en vous étaient justifiés. Si le Magnifique venait à mourir, je pourrais vous tenir pour responsable, d'une certaine manière...

La menace à peine voilée resta suspendue dans l'air chaud du printemps. Cependant, Léonard n'avait nullement besoin de menaces pour avoir la ferme intention de faire de son mieux. Ils convinrent que Léonard pourrait interroger le père Fernando le soir même.

Le pécheur de la huitième bolge allait réussir à se libérer. Depuis plusieurs heures, il frottait la corde qui lui enserrait les poignets contre l'angle du mur. Bientôt, elle céderait. Et il pourrait alors chercher un moyen de s'enfuir. Depuis qu'il s'était réveillé, il nourrissait une idée fixe : se libérer et sortir de cette pièce. Il savait très bien que s'il restait là, il mourrait brûlé vif.

Il n'avait jamais considéré *La Comédie* de Dante Alighieri comme un chef-d'œuvre. Bien au contraire. Il trouvait l'ouvrage vulgaire, dépravé, parodique. Si cela n'avait tenu qu'à lui, ce livre aurait mis à l'index, la postérité pouvait bien s'en passer. Cependant, il l'avait lu, et se souvenait parfaitement de ce qui s'était passé dans la huitième bolge : des pécheurs engloutis dans les flammes éternelles. Ayant servi l'Église toute sa vie pour gagner son accès au paradis, il n'avait aucune intention de souffrir les douleurs de l'enfer de son vivant. Il fallait donc trouver une solution. C'était un guerrier, il se battrait jusqu'au bout !

Il repensa à l'Arrache-Cœur. Jamais, au grand jamais, il n'aurait imaginé que derrière ce masque démoniaque se cachait l'une des personnalités les plus connues de Florence. Un serviteur de la seigneurie insoupçonnable, apparemment intègre, un homme de foi et de justice. Personne ne le soupçonnerait, personne ne pourrait l'arrêter. C'était en partie pour cette raison, aussi, qu'il devait absolument réussir à se libérer. Ou le destin du seigneur de Florence serait scellé.

34

Palais du Bargello

Il était bien d'accord avec *ser* Pardo, il fallait se remettre au travail. Pourtant, Léonard se sentait frustré. L'examen du corps du magistrat Malagutti n'avait apporté aucun élément nouveau à l'enquête, si ce n'est la confirmation de ce qu'il savait déjà. L'arme utilisée était toujours la même, tout comme la façon dont le malheureux avait été tué. La seule différence, d'aucune utilité pour le moment, était une tache de craie retrouvée sur l'une des épaules de la victime. Mais Léonard lui-même n'aurait su dire si elle était liée à l'assassinat ou si elle faisait plutôt partie des habitudes hygiéniques du magistrat. Rien de significatif, donc, même si, bien entendu, toute preuve recueillie sur le lieu du crime pouvait, *a posteriori*, se révéler cruciale. Outre la mise en scène et les atroces tortures, toutes les victimes avaient été tuées en se faisant arracher le cœur de la poitrine. Les coups de fouet, la poix bouillante, les flammes et les serpents n'avaient servi qu'à recréer les tercets de *La Comédie*. Un grandiose spectacle de sang et de mort. Et chaque indice, chaque pièce à conviction pointait droit vers le père Fernando. Tout correspondait, tout semblait l'accuser.

Son profil correspondait parfaitement à celui de l'Arrache-Cœur : son âge, son habit noir, sa ceinture de religieux, sa stature, sa légère claudication, son passé provençal, solitaire, son habileté à manier les armes et à monter à cheval. Mais il manquait une preuve incontestable, une preuve qui ferait voler en éclats tous les doutes, quelque chose qui le relierait directement à au moins un des meurtres. Certes, il connaissait personnellement toutes les victimes, il faisait partie du cercle restreint de la seigneurie, mais Léonard ne disposait pas d'indice plus incriminent. Il lui manquait quelque chose, mais quoi exactement ? De toute façon, d'ici peu il l'interrogerait en personne, et à l'heure qu'il était, les hommes de main de *ser* Pardo chargés de faire venir le père Fernando au Bargello devaient déjà être arrivés. Et l'inventeur allait enfin pouvoir lui parler, en face à face. Un coup sourd à la porte de la chambre qu'on lui avait attribuée au Bargello fit sursauter Léonard, plongé qu'il était dans ses pensées. À l'aide d'un drap, l'inventeur recouvrit les dessins éparpillés sur la table et la liste des preuves qu'il avait accrochée au mur. C'étaient très probablement les gardes du palais qui venaient l'avertir de l'arrestation de l'inquisiteur. Léonard demanderait à le voir sur-le-champ. Il ouvrit la porte à la volée.

Bencio se tenait sur le seuil, l'air hagard de quelqu'un qui n'a pas dormi depuis longtemps, les yeux marqués comme s'il avait beaucoup pleuré. Depuis l'instant où Lapo avait été admis à l'hôpital, le jeune homme avait veillé à son chevet sans interruption. En comptant la terrible nuit au serpentarium, Bencio n'avait pas fermé l'œil depuis au moins trois jours.

— Maître ! J'ai tout mis dans la charrette. J'ai pris ce que vous aviez demandé à l'atelier et je suis venu directement ici…

Léonard l'informa des derniers événements, de sa conversation avec *ser* Pardo et de la capture imminente du père Fernando.

— Dieu soit loué… Le cauchemar est terminé, alors, maître ?

L'inventeur fut bien obligé de tempérer l'enthousiasme du jeune assistant.

— Non, Bencio, pas encore… Nul doute que les indices convergent tous vers l'inquisiteur, mais la science m'a appris que si une expérience n'a pas été pleinement démontrée, elle n'a aucune valeur. Et il en va de même pour notre enquête : la précipitation est mauvaise conseillère… Quoi qu'il en soit, nous n'allons pas tarder à connaître la vérité !

Comme si ces paroles avaient déclenché l'étape suivante, on toqua alors à la porte. Les hommes de *ser* Pardo venaient chercher l'inventeur pour interroger le père Fernando. Léonard désigna à son élève la table jonchée de feuilles, des dessins et des notes.

— Bencio, finis de tout remettre en ordre et va m'attendre à l'hôpital, retourne auprès de Lapo. L'interrogatoire du frère risque de prendre un certain temps… Je te rejoins dès que j'ai terminé. Et en attendant, si tu peux, essaye de dormir un peu. J'ai besoin que tu sois en forme !

Sur ces recommandations, Léonard alla ouvrir la porte. Deux soldats, dans leurs uniformes colorés arborant le blason des boules des Médicis, l'attendaient.

— On y va, messieurs ? Je suis prêt, leur dit l'inventeur. Il est ici ?

— Malheureusement, non, maître de Vinci. Toute la milice des *Otto* est à sa recherche et quadrille Florence mais nous n'avons pas encore réussi à trouver le père Fernando…

— Mais comment est-ce Dieu possible ? Il faut absolument le retrouver avant qu'il ne frappe à nouveau.

La nouvelle apportée par les deux soldats laissa Léonard abasourdi. Après la mort du magistrat Malagutti, il savait que peu de temps s'écoulerait avant de découvrir un nouveau meurtre. La perte de la trace du principal suspect était un terrible coup porté à cette affaire.

Avec Lapo Caperna luttant entre la vie et la mort, Léonard devait se passer d'une aide précieuse dans ses investigations. D'autant plus qu'il avait décidé de laisser Bencio au chevet du soldat pour s'assurer que l'Arrache-Cœur n'allait pas parachever l'œuvre du serpent. Il ne lui restait plus qu'à faire preuve de logique : pendant que les hommes de *ser* Pardo ratissaient la ville, il lui fallait tenter d'anticiper les mouvements du tueur. Le fait que le père Fernando ait disparu ne faisait que confirmer ses suspicions, ne laissant désormais guère de doute quant à l'identité de l'Arrache-Cœur. Même si au fond de lui, Léonard préférait en garder un petit. Le père Fernando devait avoir compris qu'il avait été démasqué et se terrer quelque part dans l'espoir d'accomplir le rite de Malebolge dans les temps. Dimanche prochain, ce serait Pâques : Léonard était persuadé que l'Arrache-Cœur ferait tout ce qui était en son pouvoir pour arriver au bout de sa série de meurtres avant la fête la plus importante du christianisme.

Jusqu'à présent, il l'avait laissé mener la danse, il s'était contenté de constater ses actes maléfiques. Désormais, il allait changer de tactique : de poursuivant, il allait devenir proie, de sorte que ce serait l'Arrache-Cœur qui viendrait à lui. Il le provoquerait, le pousserait à se montrer au grand jour. Et il lui tendrait un piège. Si, comme il le pensait, c'était bien l'inquisiteur qui se cachait derrière le masque diabolique, il fallait exploiter son tempérament colérique et violent pour provoquer sa colère. Mais le temps lui était compté. Il devait agir avec ruse et, surtout, prendre les devants.

— Bencio, pour commencer je vais aller jeter un coup d'œil dans la chambre de frère Fernando. S'il s'agit bel et bien de l'Arrache-Cœur, je trouverai forcément des éléments à charge…

35

Temple satanique des catacombes de Santa Reparata

— Mon Dieu, mon Dieu, pourquoi m'as-tu abandonné ?

Le pécheur de la huitième bolge était sur le point de se libérer les mains lorsque la porte de la cellule de marbre noir se rouvrit. Quelques secondes de plus et la corde aurait cédé. L'entrée de l'Arrache-Cœur empêchait toute tentative d'évasion. L'homme en noir ne dit pas un mot lorsqu'il découvrit le lien prêt à se rompre. Il regarda sa victime droit dans les yeux pendant un moment puis sortit une dague du fourreau qu'il portait à sa ceinture. Et d'un coup il plongea la lame dans le bras du captif. Un coup de couteau violent, profond, asséné sans la moindre hésitation ni once de pitié. Une douleur explosive frappa l'homme comme un coup de fouet. L'instant d'après le sang se mit à couler abondamment de la profonde entaille.

— Ne t'avise plus d'essayer de t'échapper… La prochaine fois, je t'arracherai les yeux. Si tu essaies de crier, je te coupe la langue. Je me fiche de savoir si tu arrives au sacrifice avec des membres en moins. J'ai besoin de toi vivant, pas entier…

L'heure approchait. La huitième bolge n'allait pas tarder à s'ouvrir. Recroquevillé dans un coin, le pécheur semblait avoir perdu la raison. L'après-midi avait été pénible pour tous les deux : l'homme avait sacrément lutté. Il avait tout fait pour tenter de s'enfuir. De sorte qu'il avait fallu lui couper la langue et lui arracher les deux yeux, finalement. C'était peut-être mieux comme ça, après tout. L'endroit qu'il avait choisi pour ouvrir la porte du Malebolge et montrer à Florence l'enfer dans toute sa gloire était situé en plein centre de la ville. Il faut dire qu'il avait minutieusement préparé chaque étape, anticipé tous les éventuels dangers. La découverte d'une carte indiquant un ancien passage secret qui lui permettrait d'atteindre sa destination en toute tranquillité avait été un coup de chance inespéré. L'enfer était de son côté. Dans quelques minutes, ils arriveraient sur le lieu du sacrifice : il avait parcouru l'étroit tunnel à plusieurs reprises les jours précédents et il en connaissait maintenant chaque recoin. Au début, en étudiant la carte, il avait craint que la galerie ne fût plus praticable, à cause d'un éboulement, par exemple. Mais non, grâce à Satan il n'avait pas tardé à se rendre compte que le tunnel était en parfait état, comme s'il avait été creusé spécialement pour lui. Encore quelques heures et la nuit tomberait sur Florence, apportant un message pour les habitants.

Il observa le pécheur. Malgré la gravité de ses blessures, il était tout à fait capable de le suivre jusqu'à l'endroit prévu. Au fond, il l'enviait : le soir même, ce serviteur d'un faux dieu serait en route vers la gloire de l'enfer, il serait consacré et purifié par le sacrifice auquel il était destiné. Il s'assura que la porte était bien fermée et se dirigea vers la grande armoire en bois foncé. Les deux portes étaient admirablement sculptées d'un bas-relief représentant un ensemble de squelettes enlacés dans une sorte de danse macabre et sensuelle. Dans la penderie se trouvait une collection de longues robes sombres, certaines unies et sans ornement, d'autres parées de complexes passementeries dorées. Il en sélectionna une entièrement noire.

Sur l'étagère supérieure il avait entreposé ses masques : c'étaient ceux fabriqués par Herman le Reclus avec la peau du visage de ses malheureux frères tués dans les chambres froides du couvent de Bohème. Chaque masque représentait la tête d'un des démons de l'enfer. En les voyant, il sentit la rage monter, une rage dirigée contre Léonard de Vinci et ses sbires : comment avaient-ils osé lui dérober un de ces chefs-d'œuvre ? Ils le lui paieraient. Dans la nouvelle Florence, quand il prendrait le pouvoir au nom d'Astaroth et des démons de l'enfer, il n'y aurait pas de place pour les gens comme eux. Il les éliminerait tous, un par un, les torturerait avec délectation et leur infligerait d'atroces douleurs. Comme le moine maudit, il leur arracherait lui-même la peau du visage, sans les tuer, pour fabriquer de nouveaux masques. Ensuite, il leur ouvrirait la poitrine et dévorerait leurs cœurs. Mais pour le moment, il fallait se concentrer. L'ouverture de la huitième bolge approchait et le voyage à venir, bien que court, devait être abordé avec la plus grande prudence. Dans une prière il demanda aux démons de le protéger de tous les dangers.

Il s'avança vers une petite porte et pénétra dans une pièce éclairée par un brasero et quelques bougies noires. Contre le mur d'en face se dressait un autel couvert d'étoffes précieuses, couleur des ténèbres elles aussi, surmonté d'un grand retable d'une remarquable finesse représentant un diable sur fond de flammes et de damnés de l'enfer. Il se trouvait dans le saint des saints du temple satanique.

— Ave Astaroth, mon Seigneur, ton serviteur est là.

L'Arrache-Cœur fit quelques pas puis s'agenouilla devant l'effigie. Il ne semblait pas être dérangé par l'odeur pestilentielle qui se dégageait d'un plateau placé juste devant l'image du démon. Des morceaux racornis de chair putréfiée, portant tous des marques de morsure, étaient tout ce qu'il restait des sept cœurs humains.

— Pape Satàn Asmodeus, Pape Satàn aleppe…

L'obscure cantilène qui s'échappait de ses lèvres prenait des airs de comptine obscène. D'abord faible, hésitant, le chant prit progressivement de l'ampleur. Les portes de la huitième bolge allaient s'ouvrir.

36

Monastère de San Marco

À peine eut-il ouvert la porte de la cellule où vivait le père Fernando, au monastère dominicain de San Marco, au cœur de Florence, que ses narines furent assaillies par une odeur forte, astringente, une odeur de renfermé, d'affaires jamais lavées. Et la crasse, en effet, régnait en maître dans la pièce où logeait l'inquisiteur.

— D'habitude, un frère est chargé de faire le ménage... expliqua à Léonard le frère Girolamo Savonarola – le jeune religieux désigné pour l'assister dans ses recherches au sein du monastère –, avec l'air gêné de quelqu'un qui s'excuse par avance. Tous les frères doivent maintenir leur lieu de vie propre, mais dans certains cas, comme pour l'abbé ou l'inquisiteur, une aide est prévue. C'est un autre frère qui s'occupe de nettoyer leur chambre, de laver les draps, le linge et les soutanes, de préparer les repas et, de manière générale, de s'assurer que tout est bien tenu. Mais le père Fernando est tellement accaparé par sa mission que...

— Que cet endroit n'a pas été nettoyé depuis des mois... le coupa Léonard, qui balayait du regard tout ce qui se trouvait dans la petite pièce, en quête du moindre indice.

— Le père Fernando n'aime pas que quelqu'un fouille dans ses affaires. Et il a interdit à qui que ce soit de venir ici...

Le frère Girolamo n'était pas à son aise. Léonard l'avisa un moment : aussi fin qu'une cigogne, avec un nez pointu, crochu, et une voix profonde de baryton qui contrastait avec sa frêle silhouette. Il remplissait son rôle d'escorte avec un ennui non dissimulé, comme s'il considérait cette tâche comme une perte de temps. La présence même de Léonard et des gardes à l'intérieur de San Marco avait été perçue comme une intrusion intolérable dans un lieu sacré. En somme, son attitude bien peu cordiale ne faisait que souligner la froideur et la circonspection avec lesquelles Léonard et ses compagnons avaient été accueillis à San Marco.

Le monastère florentin, fondé à la fin du XIIIe siècle par les Bénédictins, était depuis peu occupé par des frères dominicains. C'est là que l'inquisiteur envoyé par Rome avait été accueilli, à bras ouverts, lui. En arrivant, l'inventeur avait dû attendre dans l'antichambre que l'abbé ait terminé ses dévotions. Il avait entendu le chant de la messe *in Cena Domini*, puis les prières d'adoration du Saint Sacrement et les offices du Jeudi saint. Puis il avait fallu attendre que l'abbé prenne une collation. Seuls le nom de *ser* Pardo et la menace de le faire intervenir directement, menace proférée après presque trois heures d'attente, lui avaient permis d'entrer dans le monastère.

L'abbé ne s'était jamais présenté à Léonard, préférant rester dans l'ombre, et avait envoyé le plus jeune de ses frères pour l'accueillir et l'accompagner. C'est seulement en fin d'après-midi que Léonard put avait enfin pu avoir accès à la chambre de l'inquisiteur.

— *Messer*, je vous prie, respectez le caractère sacré de ces murs et de ce jour si particulier... l'exhorta *fra* Girolamo.

Mais Léonard n'avait aucune intention d'être respectueux. Au contraire, il était prêt à tout pour mettre la main sur des preuves susceptibles d'incriminer l'inquisiteur dans l'affaire des épouvantables crimes de l'Arrache-

Cœur. Ou de le disculper, mais il fallait, d'une manière ou d'une autre, des certitudes.

— Veuillez attendre dehors, ordonna-t-il au jeune religieux qui le suivait déjà dans la pièce.

— Mais, mais... L'abbé m'a demandé de ne pas vous laisser seul un seul instant, balbutia le jeune frère Savonarola, décidément bien agité. *Messer* de Vinci, au nom de Dieu... Je dois rester à vos côtés. Nous sommes dans un monastère, un lieu sacré. Vous n'avez pas le droit de venir ici et de vous comporter comme bon vous semble. Ce bâtiment appartient à l'Église...

Léonard ne comptait pas entrer dans la pièce avec ce jeune frère pédant. Il s'adressa directement aux deux gardes qui l'avaient accompagné.

— Retenez-le. Par tous les moyens. Et s'il s'énerve, conduisez-le chez *ser* Pardo.

Puis, sans attendre de réponse, il pénétra dans la chambre et referma la porte derrière lui.

La pièce était un véritable capharnaüm. Tout était sale et en désordre. Sur le lit, une simple paillasse, on avait jeté un drap qui devait être blanc à l'origine, mais qui avait désormais pris une teinte indéfinie. Dans un coin, il y avait une pile de vêtements et de linge sale et taché. Dans un récipient se trouvaient deux bols où gisaient encore des restes de nourriture couverts de moisissures verdâtres. Mais l'odeur nauséabonde qui imprégnait toute la pièce provenait en grande partie d'un seau en bois sans couvercle, rempli à moitié d'eau souillée, que l'inquisiteur utilisait probablement pour se soulager et qui avait simplement été poussé dans un coin.

À l'endroit le plus éloigné de l'unique petite fenêtre donnant sur le cloître, un prie-Dieu en bois sombre placé juste devant une croix attira l'attention de Léonard. Au pied du prie-Dieu, à même le sol, il y avait une robe noire et blanche de dominicain. L'inventeur la ramassa. Comme tout ce qui se trouvait dans cette pièce, elle était sale, maculée de taches, et sentait mauvais. Il remarqua des traces couleur rouille sur le dos de l'habit. C'était du sang. Il ne fallait pas être bien malin pour comprendre que ces taches venaient de plusieurs plaies au dos de celui qui l'avait porté. Et il ne tarda pas à trouver l'origine de ces blessures : dans un coin, jeté par terre, il trouva un fouet incrusté de sang. Il était fait de longues lanières de cuir entrelacées et, au bout de chacune était attaché un petit fragment d'os aussi coupant qu'une lame. Un objet identique à celui qui avait causé la mort de la jeune Lucrezia della Torre.

Cet élément venait certes corroborer la thèse de Léonard mais il ne s'agissait en aucun cas d'une preuve irréfutable : quantité d'hommes, surtout chez les religieux, expiaient leurs péchés en se flagellant. Léonard fourra le fouet dans un sac de jute qu'il avait apporté. Puis il reprit son inspection. Si quelque chose dans cette pièce pouvait prouver un lien entre le père Fernando et les crimes de Malebolge, de toute évidence le religieux ne l'aurait pas laissé traîner. Surmontant une certaine répugnance, Léonard fouilla le lit malodorant. La paille était humide et empestait la moisissure. Des insectes de toutes sortes grouillaient dans l'immonde drap troué. Mais à part les vermines, l'inventeur ne trouva rien d'intéressant. Il fallait chercher ailleurs. Et dans la petite pièce nue, il n'y avait guère d'endroits où l'inquisiteur aurait pu mettre ses secrets en sûreté. Léonard fouilla partout. Se pouvait-il qu'il ne cachât rien ici ? Dans ce cas, pourquoi avait-il interdit à quiconque d'entrer dans sa chambre ? Pourquoi avait-il empêché les frères chargés du ménage de venir la nettoyer sa chambre ?

À présent, il ne restait plus qu'un angle à passer au peigne fin, l'angle que Léonard avait évité pour le moment, là où se trouvait le seau rempli d'eaux usées. En apparence, il s'agissait d'un seau en bois parfaitement ordinaire, aux planchettes maintenues par une bande de métal et étanchéifié grâce à une couche de poix. Mais pourquoi cet inquisiteur ayant droit à tous les honneurs au monastère avait-il choisi un dispositif aussi inconfortable et spartiate alors qu'il aurait pu disposer d'un joli pot de chambre en céramique, avec une assise confortable prévue à cet effet ? Les Dominicains, c'était bien connu, n'étaient pas aussi attachés à leur vœu de pauvreté que les autres ordres monastiques.

Surmontant son dégoût, Léonard s'avança vers le seau. Le sol autour était imbibé d'urine. Il jeta un coup d'œil dans le récipient sans trop s'approcher. Quelque chose ne collait pas. Il regarda de plus près. Voilà… les proportions. Ce seau était bien trop grand. Pourquoi le père Fernando avait-il choisi un réceptacle aussi peu pratique et disproportionné ? Même s'il avait sciemment renoncé au pot en céramique et au confortable siège en bois auquel son rang d'inquisiteur lui donnait certainement droit, il devait bien y avoir dans ce monastère des seaux ou des bassines plus adaptés que celui-là.

Naturellement, si Léonard tenait à percer ce mystère de ce seau, il allait bien finir par devoir s'en approcher. Tout d'abord, il se contenta d'observer son contenu : des eaux usées nauséabondes… Rien qui n'aurait pas dû se trouver là. Puis, en se bouchant le nez d'une main, l'inventeur saisit l'anse et souleva le seau.

Il ne put retenir un petit cri de surprise. Sous le large seau, il y avait un trou. Et à l'intérieur, quelques objets soigneusement enveloppés dans des bouts de toile huilée. Léonard avait découvert la cachette secrète de l'inquisiteur. Il tendit la main et déballa le premier objet : c'était un livret de facture artisanale, à la couverture en papier épais de couleur sombre. Léonard le feuilleta attentivement, perplexe : il contenait des gravures et des dessins d'hommes et de femmes nus, dans des poses variées pour le moins inhabituelles. Les images étaient si vivantes, si bien réalisées qu'elles semblaient réelles. L'inventeur rougit d'embarras, même s'il se trouvait seul dans la pièce. Jamais il n'aurait pensé qu'il y avait autant de variations possibles dans l'accouplement entre deux ou plusieurs êtres humains.

Il posa le petit livre obscène sur la table et attrapa le deuxième paquet. Il s'agissait d'un journal intime : toujours rédigé de la même écriture mais avec des encres différentes. Certaines entrées étaient tellement délavées qu'elles n'étaient plus lisibles. Plusieurs pages avaient souffert de l'humidité, d'autres contenaient des illustrations et des croquis dessinés à la main. Léonard mit le journal de côté, il l'examinerait plus tard. Un troisième livre, plus grand que les autres, s'avéra être une sorte de manuel de torture : il contenait des dessins d'une horreur absolue. Des membres amputés et brûlés, des corps écartelés, des blessures innommables. Un véritable condensé de la sauvagerie dont sont capables les hommes. Léonard, écœuré, s'apprêtait à le remiser avec les autres, lorsqu'un livret plus petit et plus fin s'échappa du milieu du volume. Il s'agissait d'un ouvrage relié, avec une couverture entièrement noire, en cuir. Un petit fermoir doré en forme d'étoile scellait le livre. Intrigué, Léonard l'ouvrit : « Pape Satàn Asmodeus, Pape Satàn aleppe. Pape Satàn Seth, Pape Satàn Lucifer, Pape Satàn aleppe », lut-il à haute voix. Où avait-il entendu cette litanie infernale ? Ce n'était pas la première fois qu'il entendait ces mots, non… Mais oui, bien sûr, c'était le refrain que l'Arrache-Cœur avait entonné dans le serpentarium ! Léonard frissonna. Le père Fernando était-il donc bien le meurtrier de Malebolge ? À présent, comment en douter ?…

Il fallait prendre le temps d'examiner ces livres minutieusement. La clé pour arrêter le coupable de tous ces assassinats était sûrement cachée entre ces lignes. La chambre du religieux ne contenait probablement pas d'autres éléments intéressants. De toute façon, les hommes de Pardo allaient continuer à fouiller la pièce. Lui, il avait déjà trouvé ce qu'il cherchait.

37

Scriptorium du monastère de San Marco

Lorsque le frère Girolamo vit Léonard sortir de la cellule du père Fernando avec les volumes dans une main et le sac de jute contenant le fouet dans l'autre, il sortit de ses gonds.

— Oh non, non, non, s'étrangla-t-il. Vous ne pouvez rien prendre, le prieur vous a autorisé à entrer et à jeter un coup d'œil, sans rien toucher. Laissez ça ici…

Mais pour rien au monde l'inventeur n'aurait renoncé à examiner ces livrets.

— Toi, dit-il à voix basse à l'un des deux gardes de *ser* Pardo, fais taire cet excité. Et s'il entrave notre enquête, arrête-le ! Quant à toi, va voir le prieur et demande-lui de nous indiquer un endroit tranquille où je pourrai m'asseoir pour étudier ces ouvrages. L'identité de l'Arrache-Cœur pourrait être cachée là-dedans.

— Mais, mais, *messer*… La colère du Seigneur vous frappera si…

La voix désormais suraiguë du jeune frère paniqué indiquait qu'il était prêt à se jeter sur Léonard. Mais l'inventeur était pressé.

— Si tu ne te tais pas tout de suite, ce garde va te rosser, je te préviens. Et je t'assure que tu vas le sentir le passer.

À l'extérieur des fenêtres à triple lancette qui s'ouvraient sur le cloître intérieur, le soleil avait commencé à descendre derrière les collines. Encore quelques heures et il ferait nuit. Il ne restait plus qu'à espérer que l'Arrache-Cœur n'avait pas choisi cette nuit-là pour ouvrir les portes d'une nouvelle bolge. Il n'y avait pas une minute à perdre. Les livres qu'il tenait en main pourraient l'aider à comprendre une fois pour toutes si un meurtrier impitoyable se cachait sous la capuche et le regard austère de l'inquisiteur. Une fois la confirmation obtenue, il déclencherait, avec l'aide de *ser* Pardo, la plus grande chasse à l'homme depuis le complot des Pazzi. Et le cauchemar de Malebolge serait peut-être enfin terminé.

— Maître de Vinci, par ici. Le prieur vous fait savoir que vous pouvez utiliser le scriptorium. Les moines vont bientôt se réunir pour dîner, puis ils se retireront pour les vêpres dans la chapelle centrale du couvent, et personne ne vous dérangera plus.

C'était dans cette grande salle que les moines perpétuaient la tradition des copistes de textes, sacrés ou non, créant de nouveaux volumes, des enluminures, des manuscrits. Le frère Girolamo les accompagnait toujours et se montrait désormais remarquablement docile. Le jeune homme avait dû être tancé vertement par le prieur pour son excès de zèle, de sorte qu'à présent il n'osait même plus lever les yeux vers ses invités. D'un air réticent, mais sans piper mot, il fit entrer Léonard dans le scriptorium, une grande salle voûtée adjacente au cloître, qui abritait une dizaine de tables inclinées. Le silence était total. Par quatre grandes fenêtres filtrait la lumière dorée du jour qui se transformait progressivement en coucher de soleil. Plusieurs moines étaient concentrés sur leur travail, penchés sur des volumes ouverts de grand format. Et si l'un d'eux remarqua l'entrée du petit groupe de visiteurs, personne ne fit cas de leur présence. Seul un très vieux frère chauve, à la longue barbe blanche tachetée de jaune, à la bouche édentée, s'approcha d'eux.

— Je suis le père Sebastian, dit-il avec un léger accent espagnol en désignant d'un geste de la main un grand banc en bois situé au centre de la salle.

C'était l'endroit idéal pour lire car la lumière entrant par les fenêtres y était de loin la meilleure. *Dommage qu'il s'agisse d'un lieu un peu trop visible*, songea léonard. N'importe quelle personne ayant de bons yeux pourrait voir ce que lisait Léonard.

— Je suis le bibliothécaire, laissez-moi vous conduire à votre poste de travail. Le prieur m'a demandé de me mettre à votre service. Si vous le souhaitez, je peux vous aider à examiner vos ouvrages.

L'inventeur n'aima pas l'éclair de curiosité malsaine qu'il vit, l'espace d'un instant, passer dans le regard du père Sebastian.

— Merci mais je préférerais étudier ces pages seul.

Ignorant les hochements de tête du frère, il se dirigea vers une petite table à l'écart des autres, dans un coin, loin des regards indiscrets.

— Apportez-moi une lampe, demanda-t-il à l'un des deux gardes.

Il posa les livres du père Fernando sur la table, sortit une loupe de sa poche et se prépara à lire.

Coupable ou non coupable, si le Dominicain s'était donné tant de mal pour dissimuler ces volumes, cela voulait bien dire qu'il les considérait comme importants, et il devait bien y avoir une raison à cela. Pour ce qui était du livret licencieux, Léonard comprenait aisément pourquoi le père Fernando tenait tellement à le soustraire à d'éventuels regards indiscrets. Le rôle même de l'inquisiteur pouvait également justifier la nécessité de dissimuler le manuel de torture. Mais les deux autres volumes, le journal intime et le livret satanique, devaient recéler quelque chose de vraiment crucial. Ou du moins, de crucial aux yeux du frère espagnol.

Léonard mit donc de côté, pour commencer, les deux premiers livres et se pencha d'abord sur le volume relié. C'était un bel ouvrage d'une vingtaine de pages seulement, aux feuilles de papier, chose rare, blanchies. La couverture avait l'air d'être en cuir mais il ne l'aurait pas juré… En repensant au masque de l'Arrache-Cœur, l'inventeur frissonna au contact du livret. La couverture était toute simple : on y avait gravé l'habituelle étoile à cinq branches avec la tête de bouc à l'intérieur. Il tourna la page. Belle impression, avec les caractères allemands classiques rendus célèbres par la Bible de Gutenberg. Une œuvre d'art onéreuse, très certainement. *In nomine Satanae…* L'*incipit* qui suivait le texte du *Pape Satàn* ne laissait guère de doute : il s'agissait d'une sorte de missel dédié au diable.

Léonard parcourut les pages avec un vif intérêt. Et la première chose qu'il remarqua, ce fut une empreinte de sang sur l'une des pages intérieures. On aurait dit que quelqu'un avait ouvert le petit livre avec du sang sur les mains. Il observa la marque à la loupe. Une série de crêtes, de sommets et de dépressions. Quant à savoir si la comparer avec celle d'un éventuel coupable et constater qu'elles sont identiques pourrait être considéré comme une preuve irréfutable… Il faudrait que Léonard se penche plus sérieusement sur la question plus tard. Mais dans le scriptorium de San Marco, le temps lui était compté. D'ailleurs il n'en aurait pas assez pour lire tout le livret satanique. Il balaya donc du regard les pages à la recherche de signes d'usure, d'annotations, n'importe quoi, tout ce qui serait susceptible de confirmer que l'inquisiteur avait bel et bien utilisé ce livre. Mais à son grand dam, à part l'empreinte, l'ouvrage était intact.

Dans le journal, en revanche, il trouva de nombreuses traces de l'auteur. Dans ce cas, il s'agissait d'un vrai carnet intime, abîmé et déchiré en plusieurs endroits. Il était entièrement écrit à la main et couvrait une période d'une dizaine d'années. Il ne s'agissait pas d'un journal de bord tenu au quotidien. Parfois, plusieurs mois s'écoulaient entre les entrées. Mais tout était écrit de la même main, avec des encres et des plumes différentes. Probablement celle du père Fernando. Entre les pages, il y avait parfois des feuilles pliées, des images saintes, et même une fleur qui devait sécher là depuis des années. Léonard ouvrit une page au hasard.

7 juillet 1476
Voyage entre Saragosse et Tolède
10 juillet
Avec l'aide de saint Dominique et de la Vierge couronnée, nous avons examiné le cas des trois sorcières emprisonnées dans les cachots de l'évêché. Moi, père Fernando, dominicain, inquisiteur du Saint-Siège, je les ai condamnées au bûcher afin qu'elles soient purifiées par la mort.

Le livret était un condensé d'horreurs. Les activités de l'inquisiteur y étaient décrites par le menu. Le portrait d'un homme impitoyable qui cherchait à punir plutôt qu'à juger se dessinait peu à peu. Quiconque se retrouvait entre ses griffes était déjà condamné. Peu importe ce que la personne pouvait dire pour sa défense, des aveux étaient arrachés durant de longues heures de torture ignoble et se terminaient toujours par une condamnation au bûcher : femmes, hommes, personnes âgées, et même de très jeunes gens. Jamais un doute, jamais une hésitation, mais toujours cette certitude d'être face à un coupable qu'il fallait absolument punir.

Léonard était écœuré. Et de plus en plus convaincu qu'il tenait là la bonne personne. Celui qui se cachait derrière le masque démoniaque de l'Arrache-Cœur. Ce genre d'homme était capable de tout.

Il tourna les pages du journal et constata non sans surprise que les dernières entrées dataient de plusieurs mois. La dernière remontait au 24 janvier 1481.

J'ai présenté à Laurent de Médicis mes lettres de créance en tant qu'inquisiteur. Il les a acceptées de bon gré. Je crois que je vais faire un excellent travail ici. Il est désormais de mon devoir de purifier Florence du chancre du péché. L'heure est venue.

Et puis plus rien. L'inventeur feuilleta les pages blanches puis les examina à la loupe, mais ne remarqua rien de particulier. Il chercha les traces d'éventuelles pages arrachées. Rien. Le journal de l'inquisiteur s'était arrêté là. Rien n'avait été ajouté après cette date. Pourtant, il restait encore plusieurs dizaines de pages blanches à remplir. Apparemment, le père Fernando avait subitement oublié qu'il tenait un journal.

Léonard le mit de côté et prit le manuel sur les techniques de torture. Il contenait une première partie pleine de conseils sur la façon de mener un interrogatoire. Certains chapitres étaient consacrés aux prières et aux expressions à utiliser lors des séances de torture afin que l'âme de la victime – souvent une femme – puisse être sauvée pendant que le bourreau œuvrait. Léonard feuilleta l'ouvrage à la recherche d'un indice caché. La partie la plus pertinente pour son enquête était celle qui expliquait comment maintenir en vie le plus longtemps possible les personnes soumises à la torture et aux mutilations. Mais à part quelques vagues conseils d'ordre médical, il n'y avait rien d'intéressant. Rien qui aurait permis d'associer le Dominicain aux meurtres de Malebolge.

Il ne lui restait donc plus que la brochure obscène. Léonard fut tenté de renoncer à l'examiner. Il se faisait tard et chaque seconde comptait. Le père Fernando était bien l'Arrache-Cœur. Le fouet, le missel satanique, le tempérament violent que l'on percevait nettement en lisant son journal, son obsession du péché, des pécheurs et des châtiments à leur infliger : derrière le féroce inquisiteur espagnol se cachait un adepte du diable, ça ne relevait plus d'une simple hypothèse.

Léonard se leva. Il n'était pas d'humeur à regarder des scènes graveleuses. Il récupéra les livres et les fourra dans son sac. Le moment était venu de faire part des résultats de ses investigations à *ser* Pardo. Et de lancer la chasse à l'homme qui, espérait-il, mènerait à l'arrestation du frère, sauvant ainsi Laurent de Médicis et la seigneurie tout entière.

Un bruit sourd résonna sous les voûtes de la salle. Il se baissa pour ramasser les livres qu'il venait de laisser tomber. Et soudain un détail lui sauta aux yeux. Une petite feuille avait glissé du livre érotique qui s'était ouvert en tombant par terre. Il la saisit entre deux doigts : à première vue elle était vierge. Un petit morceau de papier sans signification, arraché quelque part, peut-être inséré dans le livre pour marquer une page particulièrement intéressante. À présent, la lumière du soleil avait tellement diminué qu'il dut approcher la feuille de la lampe pour mieux la voir. Et c'est à ce moment-là que, comme par magie, un symbole apparut sur le papier. De l'encre sympathique ? Forcément, oui ! Quelques instants plus tard le dessin était devenu parfaitement visible : et Léonard le reconnut immédiatement. C'était la signature du démon Astaroth, la même que celle gravée dans le masque d'Herman le Reclus.

D'une main fébrile il saisit le livre obscène. Il le passa d'abord en revue rapidement, puis prit le temps de se pencher sur chaque page à la recherche de notes. Rien, à part ce petit bout papier. Il le reprit entre ses mains. En refroidissant, le dessin avait disparu. Il rapprocha la feuille de la source de chaleur. Et de nouveau le sceau d'Astaroth fut révélé, comme par magie. Le père Fernando avait dû utiliser une plume trempée dans du jus de citron ou de l'urine, ou une autre substance capable de se matérialiser sur commande, en la chauffant. Léonard savait bien que ces méthodes étaient usitées depuis fort longtemps pour communiquer en toute discrétion ou pour transmettre des informations secrètes ou confidentielles. Mais pas une seconde il n'avait imaginé tomber sur un tel subterfuge dans les livres de l'inquisiteur.

Et soudain, il eut une intuition. Il s'empara du journal du Dominicain, l'ouvrit à une page vierge et l'approcha de la flamme d'une bougie en prenant soin de ne pas la brûler. Lentement, la page se couvrit de mots.

10 janvier 1481

J'ai été convoqué. Le général de l'ordre veut me parler.

12 janvier

On m'a confié une mission difficile. À Florence, une rumeur court : il paraît qu'il y a là un sataniste capable d'invoquer les démons. Il m'incombe de le découvrir et de le tuer avant qu'il ne puisse accomplir le rituel. Je pars immédiatement pour Florence. J'ai reçu l'ordre de mes supérieurs de me rendre au monastère de San Marco, où l'on m'offrira l'hospitalité.

15 janvier

Le voyage a été pénible à cause de la neige mais grâce à Dieu nous sommes arrivés à bon port. Le prieur m'a reçu

avec tous les égards. Grâce à lui je vais bientôt pouvoir rencontrer Sa Seigneurie.
24 janvier
J'ai été reçu par Laurent de Médicis avec une grande courtoisie. Je crois que Sa Sainteté m'a choisi parce qu'il sait que le seigneur de Florence a une dette d'honneur envers moi. À Constantinople, j'ai sauvé la vie de messer Gaspare Cattaneo della Volta, le père de madonna Simonetta, la dame dont son défunt frère Giuliano était follement épris. Cela va sans aucun doute m'aider.
27 janvier
La bienveillance de Sa Seigneurie et mon statut d'inquisiteur m'ouvrent toutes les portes. Si mon ennemi est en ville, je le découvrirai.

Puis les entrées, quasiment quotidiennes jusque-là, cessaient pendant exactement un mois. Mais à la lecture de la page suivante, Léonard eut un choc.

19 février
J'ai peut-être trouvé la bonne piste. Le serviteur de Satan se cache au sein même de la cour. Ce soir, je dois voir l'informateur qui connaît l'identité de cet homme. Il m'a proposé de me rendre chez lui, seul…
20 février
Mon Dieu, pourquoi m'as-tu abandonné ? Je viens d'arriver dans ma chambre et je me suis prosterné devant le corps crucifié de Notre Seigneur Jésus Christ. Ma mission a échoué. L'informateur a été tué. J'ai trouvé un petit livre noir sur lui. Je pense qu'il l'a arraché des mains de son meurtrier.
22 février
J'ai échoué, je ne suis pas à la hauteur des attentes de mes frères. Je suis un pauvre pécheur sans rédemption possible. Je dois prier et faire pénitence. Je vais retourner à Rome.

29 février
Mes supérieurs me demandent de rester à Florence et de continuer l'enquête.

Les entrées suivantes remontaient seulement à quelques jours.

8 avril
J'ai rencontré un certain Léonard de Vinci, sodomite qui a échappé au bûcher et qui désormais se consacre à l'enquête. Si cet homme ne se trompe pas, le sataniste est déjà à mi-parcours de sa mission. Comment ai-je pu ne pas découvrir ça moi-même ? Suis-je donc complètement aveugle et sourd ?
9 avril
Nous l'avons eu ! Il s'agit d'un clerc, arrêté pour le meurtre d'une malheureuse nonne. Pris sur le fait, il a tout avoué.

Puis plus rien, les entrées à l'encre sympathique s'arrêtaient là.

38

Catacombes de Santa Reparata,
souterrains de la cathédrale de Santa Maria del Fiore

L'Arrache-Cœur regardait le pécheur en se demandant s'il serait capable de le suivre jusqu'à la porte de la huitième bolge. L'homme était affaissé dans un coin, sa soutane noire et blanche de Dominicain déchirée en plusieurs endroits et maculée de sang. Depuis qu'il lui avait coupé la langue, le visage du pécheur n'était plus qu'un masque de sang coagulé autour de la bouche, dans lequel ressortaient les deux orbites vides.

— Debout, c'est l'heure. Il faut y aller. Debout, pécheur. Ne fais pas semblant de ne pas entendre si tu ne veux pas que je te coupe aussi les oreilles…

Il s'approcha du frère qui essayait de se relever. Il l'attrapa par le bras et l'aida à se mettre sur pied. Malgré la douleur et les mutilations, visiblement il pouvait marcher. Pendant un court instant, l'Arrache-Cœur ne put s'empêcher d'admirer son courage.

— Si j'avais dû te traîner, on aurait perdu du temps et risqué de ne pas arriver à temps.

L'assassin portait une longue soutane noire unie, qu'il avait choisie avec soin quelques heures plus tôt. Il portait autour du cou une chaîne en or assortie d'un gros pendentif en forme de pentacle, à l'intérieur duquel trônait une tête de bouc en émail précieux. Son visage était couvert par l'un des masques d'Herman le Reclus. Il était à nouveau le démon noir, le Grand Bouc, le serviteur d'Astaroth. Et une nouvelle nuit de gloire s'annonçait pour l'enfer.

Il se tenait derrière le père Fernando et piqua le dos de l'inquisiteur avec la lame de sa dague.

— Pas un bruit… Sinon tu es mort. Hoche la tête si tu as compris… Bien. Allez, on y va.

Le démon noir ouvrit la porte et, d'une bourrade dans le dos, indiqua au frère de se mettre en route. Ils arrivèrent bientôt dans le hall circulaire du temple et franchirent une porte en bois. Puis, une légère pression de la main au bon endroit suffit pour qu'une dalle qui dissimulait l'entrée du royaume de Satan s'ouvrît docilement.

L'air froid et vicié de la crypte leur agressa les sens. Le silence régnait dans les caveaux de Santa Reparata. À cette heure-là, la cathédrale était fermée et ils ne croiseraient personne en chemin. L'Arrache-Cœur poussa le père Fernando le long d'un passage flanqué de pierres tombales et de sarcophages en marbre incrusté. Puis, arrivés au pied d'un escalier menant à l'étage supérieur, ils bifurquèrent à droite et s'engagèrent, entre deux sépultures, dans une galerie étroite.

Il avait fait ce trajet des dizaines de fois, précisément pour n'avoir aucun mal à se déplacer dans l'obscurité. Le souterrain était plongé dans une pénombre lugubre. Seules quelques bougies laissées sur les tombes éclairaient un peu les caveaux. Il fallait accélérer le pas s'il voulait atteindre le lieu du sacrifice à temps.

— Allez, avance donc !

Quelques pas devant lui, il entendait la respiration laborieuse du pécheur, son souffle rauque. Il fallait rester sur le qui-vive. Certes, il était gravement blessé, mais c'était un homme dangereux : il avait sûrement compris qu'il faisait là son dernier voyage. Et s'il décidait de tenter le tout pour le tout, il n'allait pas tarder à se rebiffer. À moins que les mutilations qu'il lui avait infligées ne lui aient ôté la volonté de se battre. En tout cas, avec un homme comme ça, il valait mieux se méfier.

— Allez, plus vite, insista-t-il en le poussant dans le dos pour que le frère avance plus vite.

Bien qu'aveugle, le père Fernando ne pouvait guère se tromper de direction puisque les deux hommes cheminaient dans un étroit tunnel de pierre, juste assez large pour une personne. À présent qu'ils s'éloignaient de Santa Reparata, l'obscurité se faisait plus dense. Mais l'assassin savait pertinemment qu'ils ne rencontreraient aucun obstacle jusqu'à la porte située au bout du passage secret. La partie la plus difficile et la plus dangereuse viendrait après. Mais avec l'aide d'Astaroth, tout se passerait bien.

— Arrête-toi, et ne fais pas de bruit, dit l'Arrache-Cœur en s'approchant de la porte. Pas un geste, pas un mot.

Ces derniers jours, il avait à plusieurs reprises graissé la serrure et les charnières de la porte devant laquelle il se tenait. Il suffisait d'un bruit ou d'un craquement trop sonore pour que les gardes débarquent. Et ce serait la fin. Il avait plusieurs fois envisagé la possibilité d'être découvert et avait déjà décidé que, dans ce cas, il se suiciderait.

Mais pour le moment, tout se passait bien. Le pécheur semblait prêt à coopérer. Et la porte ne fit pas le moindre bruit en s'ouvrant.

— Marche ou tu es mort.

Au-dehors, le silence régnait. Ils pénétrèrent dans un passage bas en pierre d'une vingtaine de pas de longueur. Au bout, un escalier menant à l'étage supérieur, où l'on apercevait la lueur d'une torche.

— Avance, et ne t'arrête pas, ordonna le démon noir en le piquant avec la lame de sa dague. Plus vite… Il y a des marches, monte !

Le passage secret les avait menés droit aux souterrains du Palagio Novo. Il avait découvert ce tunnel sur une carte jalousement conservée dans le bureau privé de Laurent de Médicis. Le passage avait été creusé pour permettre la fuite en cas de danger : le seigneur de Florence pouvait ainsi quitter le palais à tout moment sans être vu. Si l'Arrache-Cœur l'avait voulu, il aurait pu trancher la gorge de son prisonnier, monter quelques étages à pas de loup, pénétrer dans la chambre à coucher où Sa Seigneurie dormait avec sa bien-aimée et le tuer dans son sommeil. Mais ce n'était pas encore le moment.

39

Scriptorium de la bibliothèque
du monastère de San Marco

Ainsi, le père Fernando n'était pas l'Arrache-Cœur, mais un limier que l'Église avait lancé aux trousses du terrible meurtrier de Malebolge. Un sentiment d'impuissance s'abattit sur Léonard. Si toutes les preuves qu'il avait rassemblées jusqu'à présent correspondaient au portrait du Dominicain, la découverte du journal intime avait été comme une gomme effaçant entièrement un dessin déjà bien élaboré. Si le père Fernando n'était pas l'Arrache-Cœur, alors qui se cachait derrière le masque démoniaque ? Et surtout : qu'était-il arrivé au frère ? Personne ne l'avait vu depuis l'exécution ratée de Tebaldo. Il avait quitté le *pratello di Nemi* fou de rage, lançant des anathèmes à tout le monde et invoquant un châtiment divin. Et il n'avait pas remis les pieds à San Marco. Vu ce que Léonard venait de lire, il n'y avait guère que deux possibilités : soit le frère avait découvert une nouvelle piste et pourchassait l'Arrache-Cœur, soit la nouvelle victime, le pécheur de la huitième bolge, le prochain à mourir, n'était autre que lui. Cette dernière hypothèse était loin d'être fantaisiste étant donné que la huitième bolge punissait les conseillers perfides ; le père Fernando était lui-même l'un des membres les plus écoutés du Conseil de la seigneurie. Si cette hypothèse se confirmait, et que le frère dominicain n'avait pu arrêter à temps l'Arrache-Cœur, alors c'était que l'homme d'Église était mort. Mais par où Léonard devait-il reprendre l'enquête ?

Si seulement il disposait de plus d'indices… Il n'y avait pas de temps à perdre. L'inventeur sortit du scriptorium en coup de vent, percutant au passage le frère Girolamo Savonarola qui, de toute évidence, était resté tapi dans un coin sombre du cloître pendant tout ce temps.

— Qu'avez-vous découvert ? s'enquit le jeune frère sur un ton calme – ou peut-être essayait-il simplement de glaner quelque information à rapporter au prieur.

— Je crois que le père Fernando est en grand danger. Si nous ne le trouvons pas rapidement, il risque d'être tué sauvagement… J'ai de bonnes raisons de croire que l'inquisiteur est actuellement entre les mains d'un assassin sanguinaire. Et que la prochaine victime à être sacrifiée aux démons de l'enfer, ce sera lui. Si nous ne nous dépêchons pas, nous ne parviendrons même pas à sauver son âme.

— Un tueur satanique à Florence ? Ah ! Évidemment, ce cloaque, ce temple du péché et de la fornication ne pouvait donner naissance qu'au fils du Mal. Tous les jours je dis que dans l'ombre du Palagio Novo se cache le prince des ténèbres…

Apparemment, l'allusion aux enfers avait émoustillé le frère Girolamo. Mais Léonard n'était pas d'humeur à supporter ces divagations.

— Taisez-vous, vos sermons ne m'intéressent pas. Il faut agir rapidement, savoir, et tout de suite, si le père Fernando a dit à quelqu'un où il allait, avec qui il avait rendez-vous.

— L'inquisiteur est parti tôt ce matin, et vous, vous être en train de perturber les célébrations du Jeudi saint.

Une voix grave de baryton interrompit l'inventeur. De l'ombre d'une arche du cloître, où il s'était probablement arrêté pour écouter leur conversation, émergea un frère. Contrairement au frère Girolamo, vêtu de l'habit noir et blanc traditionnel des Dominicains, celui-ci portait une soutane entièrement noire. Il était tellement gros que la ceinture qui lui enserrait les hanches menaçait de céder. Son double menton frémissait et son ventre semblait occuper tout le cloître. Le frère Savonarola, mains jointes, inclina la tête de la plus aimable des façons et recula d'un pas.

— Monseigneur…

Le nouveau venu ne le gratifia même pas d'un regard et s'adressa à l'inventeur.

— C'est donc vous, maître Léonard de Vinci… dit l'homme au double menton en esquissant un sourire. Le père Fernando m'a beaucoup parlé de vous. Il apprécie votre esprit et votre capacité à décrypter des indices. En revanche, il craignait que votre implication dans cette affaire sordide ne fasse échouer sa mission. Il avait repéré ce… cet Arrache-Cœur, comme vous l'appelez. Ce serviteur du diable. L'inquisiteur l'avait baptisé le Grand Bouc. Et il était convaincu d'avoir découvert son identité. Hier soir, il m'a confié qu'il devait voir le magistrat Caracciolo ce matin, pour lui faire part des preuves de son enquête. Au-delà de ça, personne ne sait strictement rien. Le père Fernando ne partageait jamais ses trouvailles. Son rôle lui imposait une discrétion absolue. Il était le bienvenu dans notre monastère en tant qu'homme de foi et de culture, mais je ne pourrais vous dire s'il avait des confidents parmi mes frères. Vous pouvez continuer à fouiller tant que vous voudrez ici, dans l'enceinte du monastère, mais vous ne trouverez rien d'autre. L'homme que vous cherchez est parti ce matin peu après les laudes pour se rendre au Palagio Novo. Peut-être que don Carlo pourra vous donner d'autres informations.

Puis, sans attendre de réponse, le prieur tourna les talons et se dirigea vers le réfectoire du monastère.

— Venez, frère Girolamo, laissons maître Léonard à ses conjectures. Je ne veux pas être en retard : les herbes amères et le pain azyme de la Cène vont refroidir. Et la longue adoration eucharistique nous attend. La nuit est tombée, allons prier pour le père Fernando...

Il fit un geste impérieux de son énorme main, sur laquelle scintillaient des bagues ornées de pierres précieuses multicolores. Et il s'éloigna, son énorme ventre dansant au rythme de ses pas, lorsque soudain il marqua une pause, comme s'il venait de se souvenir de quelque chose qu'il avait oublié de dire, et se retourna vers Léonard.

— Attention, maître de Vinci, la nuit à Florence est parfois bien plus sombre et sinistre que ce que l'on imagine. Votre ennemi est puissant, il a l'enfer de son côté... Soyez prudent, jeune homme, je vous en conjure !

Il exécuta un rapide signe de croix dans l'air puis fit volteface et s'éloigna. Léonard le vit disparaître par une porte du cloître. Il était tard à présent, l'heure du souper était loin et les bonnes gens de Florence se reposaient déjà. L'idée de débarquer chez le magistrat au milieu de la nuit n'enchantait guère l'inventeur mais le temps lui était compté. Il était convaincu que cette nuit-là, au plus tard à l'aube, l'Arrache-Cœur achèverait le rituel d'ouverture de la huitième bolge. Et si ce qu'il redoutait par-dessus tout arrivait vraiment, le père Fernando mourrait. Chaque seconde comptait. Si ce que le prieur lui avait révélé était vrai, le magistrat napolitain serait en mesure de lui expliquer les circonstances dans lesquelles l'inquisiteur avait été amené à se jeter dans la gueule du loup. Qui plus est, si le frère avait confié ses soupçons sur l'identité du sataniste au magistrat, celui-ci était désormais à son tour en danger. Léonard devait à tout prix s'entretenir au plus tôt avec l'homme de loi, quitte à le tirer du lit et provoquer sa colère.

40

Rues de Florence

Le magistrat occupait une demeure dans un élégant bâtiment gris situé *via dei Neri*, à une centaine de mètres du Palagio Novo. L'inventeur accéléra le pas et emprunta la *via dei Calzaiuoli* en direction de la Piazza della Signoria. Malgré l'heure tardive, le centre de la ville était encore animé. Des torches illuminaient les façades des palais aristocratiques et dans la taverne del Budellino encore ouverte, un luth jouait une marche endiablée accompagnée par le chant approximatif de quelques ivrognes. Une patrouille de gardes portant l'uniforme des *Otto* fit irruption dans la rue principale depuis une ruelle latérale. Les soldats étaient armés de longs bâtons visant à dissuader les plus fêtards de déranger le voisinage. En voyant la cohorte, certains passants se réfugièrent dans l'ombre d'une arcade. À quelques centaines de pas de là, imposante, la tour du Palagio Novo dominait Florence. La fenêtre du bureau du deuxième étage était éclairée, signe que Sa Seigneurie ne s'était pas encore retirée pour la nuit. Sur la place en contrebas, malgré la présence de la patrouille chargée de veiller à la tranquillité nocturne des Florentins, quelques badauds s'arrêtaient encore pour discuter avec des amis tandis que deux pochards, bras dessus bras dessous, probablement en quête d'un endroit pour dessoûler tranquillement, s'efforçaient de se tenir droit et de passer inaperçus.

À une centaine de pas de sa destination, l'inventeur voyait déjà que les appartements du magistrat étaient plongés dans l'obscurité. Encore quelques minutes et il saurait ce que l'inquisiteur avait découvert. Le père Fernando savait observer, c'était un bon enquêteur, il en était persuadé. Et même bien plus doué que lui puisque la piste qu'il avait suivie jusqu'à présent pour démasquer le Dominicain s'était révélée une impasse.

Il arriva au petit palais où habitait Caracciolo, gravit les trois marches montant à la porte en bois sombre, saisit le pesant heurtoir de fer en forme de poing et frappa fort, à plusieurs reprises. Le métal résonna sur le bois comme un coup de tonnerre sur la place silencieuse plongée dans le noir.

Soudain, l'Arrache-Cœur se figea. Le moment le plus périlleux était arrivé, la moindre erreur pouvait lui être fatale. Le père Fernando s'était arrêté lui aussi. Comme l'avait pressenti l'assassin, le frère n'avait pas encore renoncé. Bien au contraire : en son for intérieur il avait décidé de saisir la moindre occasion pour prendre son tourmenteur par surprise. Pas forcément pour s'enfuir, d'ailleurs... Car même s'il parvenait à empêcher l'Arrache-Cœur de le tuer, sa vie serait un enfer : aveugle et muet, il devrait se résigner à passer les années qui lui restaient dans l'obscurité sans pouvoir communiquer avec qui que ce soit.

Il devrait s'en remettre à la miséricorde et aux bons soins de ses frères, à leur magnanimité. Toute sa vie il ne serait plus qu'un poids mort pour son entourage. Non, mieux valait tenter par tous les moyens de contrecarrer les plans diaboliques de l'infernal bourreau. En prier pour que Dieu lui accorde une mort rapide et digne.

Depuis qu'il avait quitté la salle où il avait été torturé, le père Fernando était extrêmement attentif à tout ce qui se passait autour de lui. Il devait être tard, à présent, la nuit avait dû tomber : le trajet dans le long passage souterrain avec son bourreau leur avait pris un bon moment. Sans voir où il se trouvait, l'inquisiteur avait néanmoins détecté une odeur de renfermé et de terre humide. Ses mains avaient effleuré des murs de pierre brute. Il s'agissait d'un tunnel étroit, dans lequel il fallait avancer à la file indienne, d'environ trois cents pas de long, au bout desquels ils avaient gravi un escalier en colimaçon avec des marches en pierre.

C'est à partir de ce moment-là qu'il avait senti la nervosité du meurtrier. Sa respiration était devenue saccadée. Oui, il avait perçu une tension. La peur d'être découvert, à n'en pas douter. Des gardes patrouillaient peut-être dans les parages. Mais il ne pouvait pas crier. La lame de la dague était alors plaquée contre sa gorge. Et il savait que l'homme n'hésiterait pas un instant à la lui trancher. Il suffirait alors à l'assassin de rebrousser chemin, de s'engouffrer à nouveau dans ce qui devait être un passage secret et de se volatiliser. Une ombre parmi les ombres de la nuit.

S'il voulait réussir à le prendre par surprise, il fallait attendre d'arriver à l'endroit où il avait l'intention de le conduire. Lui faire croire qu'il était trop affaibli et terrifié pour se rebeller, incapable de réagir. Il n'hésita donc pas à simuler un léger évanouissement, comme si ses jambes ne pouvaient plus le soutenir. Dans la seconde il sentit le corps de l'assassin se contracter.

— Debout ! Ce n'est pas le moment de flancher !

La voix de l'homme que l'on appelait l'Arrache-Cœur avait tout du sifflement d'un serpent. Une voix hargneuse.

Ils restèrent en silence quelque temps puis l'inquisiteur entendit une porte s'ouvrir en grinçant sur ses charnières.

— Dépêche-toi… Tout droit, sans t'arrêter. Pas un bruit sinon tu es mort.

Le frère obtempéra. Ils se trouvaient à présent dans un couloir plus large. Le passage secret menait probablement au sous-sol d'un autre bâtiment et de là ils étaient remontés dans une habitation. Dans l'air, à présent beaucoup plus chaud, flottait une odeur de cuisine. Un silence total régnait. Il sentit la lame de la dague lui piquer la peau et un filet de sang coula dans son cou. S'il ne voulait pas mourir dans cet endroit, il fallait continuer. Il avança d'un pas traînant. Le couloir était large. Il devina à la chaleur sur sa peau qu'il devait être éclairé par des torches.

L'Arrache-Cœur l'agrippa soudain par le bras et le poussa violemment. Le Dominicain entendit, quelque part devant lui, des voix puis des rires, des bruits de pas qui venaient vers eux. De plus en plus près.

— Et là elle m'a dit que si je ne l'embrassais pas tout de suite, elle s'en irait.

Éclats de rire.

— Et qu'est-ce que t'as fait, alors ?

— Ben j'ai remonté sa jupe… C'est pas comme si je pouvais la renvoyer chez son mari.

Nouveaux esclaffements. Allaient-ils être repérés ? Les bruits de pas se rapprochaient. Les voix devenaient plus fortes. Ces hommes venaient peut-être de l'autre bout du couloir ou d'une pièce voisine. Soudain, le meurtrier le tira sur le côté.

— Silence, lui chuchota-t-il à l'oreille.

Le père Fernando entendit nettement les deux voix se rapprocher. Encore quelques secondes et ils passeraient devant eux. Puis il entendit une porte s'ouvrir et bientôt le bruit du heurtoir qui se referme.

— Vite, sors de là ! lui ordonna l'Arrache-Cœur et après une dizaine de pas il le fit pivoter. Monte !

Le pied du captif rencontra une marche et il faillit trébucher. Un escalier… L'inquisiteur était toujours collé à lui, derrière. Les marches étaient raides, étroites. Le bourreau lui lâcha le cou et la lame passa dans son dos. C'était peut-être le bon moment pour essayer d'agir.

Mais il continua à grimper en se balançant, les deux mains contre les murs, roué de fatigue, comme si ses mutilations l'avaient désormais entièrement vidé de son énergie. Si sa tête n'était qu'un casque de douleur lancinante, son esprit, lui, était bien alerte et son corps, bien que diminué, prêt à l'action. En premier lieu, il devait comprendre où il se trouvait. Bien connaître le champ de bataille était l'un des premiers commandements de tout bon soldat. L'escalier lui semblait interminable. Où allaient-ils s'arrêter ? On aurait dit qu'ils montaient directement au paradis. Était-ce donc une tour ? Une sorte de beffroi ? Certainement pas un bâtiment ordinaire, en tout cas. Il n'y en avait pas d'aussi haut à Florence.

L'ascension continuait. Oui, c'était forcément une tour, mais laquelle ? Quelle église avait un clocher aussi haut à Florence ? Et pourquoi monter au sommet ? Il sentit soudain sous ses pieds que la dernière marche avait été franchie. Presque sans réfléchir, il avait compté : deux cent vingt-trois. Où étaient-ils ? Que manigançait le démon noir ?

— Pape Satàn, Pape Satàn aleppe…

La funeste litanie rompit le silence. Le père Fernando comprit que s'il voulait arrêter l'Arrache-Cœur, c'était maintenant qu'il fallait passer à l'action. Il n'allait pas tarder à mourir. Il projeta ses bras vers l'endroit d'où la voix semblait provenir et fit des moulinets. En vain. Ses doigts ne firent que saisir de l'air.

— Pape Satàn, Pape Satàn…

La voix venait de sa gauche ! Il essaya à nouveau de se jeter sur son assaillant, mais à nouveau il échoua. Cependant, ses mains tombèrent sur quelque chose de grand… en bois. On aurait dit une croix appuyée contre un mur. À tâtons il identifia le contour d'une balustrade crénelée. Et là, il comprit où il se trouvait : au Palagio Novo, en haut de la tour d'Arnolfo, qui dominait toute la ville de Florence. Mais pourquoi l'Arrache-Cœur l'avait-il amené là ? Soudain, son bourreau l'aspergea d'un liquide à forte odeur d'alcool et l'instant d'après il perçut une nouvelle sensation. Une sensation de chaleur. Forte, intense. Son bourreau avait dû allumer une torche. Le père Fernando savait qu'il avait été condamné à la mort par le feu : c'était le supplice auquel étaient soumis les pécheurs de la huitième bolge.

— Pape Satàn Seth, Pape Satàn Ishtar, Pape Satàn Lucifer, Pape Satàn Baal…

Désormais la voix de l'Arrache-Cœur l'assaillait de toutes les directions. Le père Fernando tenta une nouvelle attaque désespérée et soudain il agrippa un tissu, l'habit du meurtrier, oui ! L'espace d'un instant, l'inquisiteur crut qu'il avait réussi. Il l'avait attrapé ! Mais l'espoir ne dura qu'une fraction de seconde : soudain sa tête explosa sous l'effet d'une souffrance indescriptible. Une lame tranchante s'enfonça dans sa poitrine, lui déchira les entrailles, et il eut juste le temps de sentir l'assassin lui arracher le cœur. L'instant d'après le néant l'accueillit dans une paix éternelle. Il avait rendu son dernier souffle.

Léonard recommença à frapper à la porte. Les coups résonnaient dans toute la place. Il savait que le juge vivait seul et peut-être le vieux magistrat napolitain avait-il le sommeil lourd. Ou peut-être, avec l'âge, était-il devenu un peu dur d'oreille. Il jura dans sa barbe. Chaque seconde perdue devant cette porte fermée pouvait signer l'arrêt de mort du père Fernando.

Un groupe d'hommes sortit de la taverne Budellino qui s'apprêtait à fermer : ils étaient au moins une douzaine et leurs cris parvenaient indistinctement aux oreilles de Léonard. Ils devaient être passablement éméchés car ils riaient et parlaient fort, sans se soucier du sommeil de ceux qui habitaient le quartier. Deux d'entre eux avançaient en titubant, se soutenant mutuellement pour rester debout. Un troisième entonna une ritournelle disgracieuse de la voix rauque et discordante de celui qui a bu trop de vin. Les autres reprirent la chanson en un chœur gouailleur.

Léonard secoua la tête avec désapprobation. Pourtant, dans un passé pas si lointain, l'austère inventeur d'Anchiano avait lui aussi passé des nuits entières à la taverne del Ribaldo à faire la fête. L'époque où il buvait jusqu'à l'aube, s'adonnait aux pires excès, aux folies et aux crises de rire lui semblait bien lointaine. Il se retourna vers la porte et tambourina. Il était déterminé à faire sortir le magistrat du lit, quitte à réveiller toute Florence.

Soudain, un cri provenant du groupe d'ivrognes le fit se figer.

— Grand Dieu... Regardez là-haut ! Là-bas, là-haut, dans la tour...

Léonard leva la tête vers la tour d'Arnolfo qui surplombait le Palagio Novo. Il se passait quelque chose là-haut. Dans l'obscurité de la nuit, une lumière scintillait et prenait rapidement de l'ampleur. On aurait dit qu'un incendie s'était déclenché au sommet de la tour. Lorsque soudain, une masse flamboyante passa par-dessus le parapet, dégringola sur quelques mètres, puis s'immobilisa le long de la façade. Une grande croix en flammes, à l'envers.

— La huitième bolge...

L'inventeur frissonna de surprise et de peur. Quelques secondes après, des gardes déboulaient sur la place.

— Vite, leur dit Léonard, suivez-moi, il faut bloquer toutes les sorties !

Léonard fila ventre à terre vers le palais et les gardes lui emboîtèrent le pas. L'entrée du palais se trouvait à quelque deux cents mètres : entre-temps, les soldats chargés de la sécurité du Palagio Novo accouraient sur la place pour assister au spectacle qui se déroulait au-dessus de leurs têtes. La croix renversée continuait à brûler, brillant de mille feux comme un phare au milieu de la nuit, visible de tous les coins de Florence. Si l'Arrache-Cœur voulait envoyer un message aux Florentins, il avait réussi son coup. Dans toute la ville, des fenêtres et des portes s'ouvrirent et les gens sortirent dans les rues pour voir ce qui se passait. Le symbole de la croix de Satan sur la façade du palais de la seigneurie faisait l'effet d'une bannière brandie par une armée conquérante.

— Bloquez tous les accès, vite ! Verrouillez tout ! tonna Léonard face aux gardes du palais. Vite, si nous voulons attraper le coupable il faut faire vite !

Mais la plupart des hommes semblaient fascinés par la croix en feu qui se consumait sur la façade de la tour. L'inventeur atteignit l'une des entrées du bâtiment, suivi par une escouade de gardes. Il était à bout de souffle.

— Fermez les portes, fermez les portes, pour l'amour de Dieu ! Fermez tout immédiatement.

Les hommes en uniforme finirent par l'écouter et un chef de milice aboya ses ordres. Bientôt les lourdes portes en bois furent refermées. Léonard n'avait pas l'habitude de courir, il avait l'impression que ses poumons allaient éclater dans sa poitrine. Son cœur battait à tout rompre et lui remontait dans sa gorge. À l'intérieur du bâtiment, dans la salle des gardes, il s'empara d'une dague qui traînait sur une table.

— Vérifiez qu'il n'y a pas d'autre sortie ! Et vous, avec moi, à la tour ! Sortez vos armes. Et rappelez-vous que l'homme que l'on cherche est une bête assoiffée de sang, prête à tout. Si on arrive à le coincer, il va se battre jusqu'au bout, alors qu'il faut l'attraper sain et sauf. Suivez-moi, messieurs ! Mais attention, ne touchez à rien, ajouta-t-il avant de se jeter dans l'escalier de la tour.

41

Léonard fut le dernier à arriver en haut de la tour. Les gardes et serviteurs du Palagio Novo grouillaient déjà sur la plateforme.

— Les preuves… murmura-t-il, comme pour lui-même. Place ! Place !

Mais personne ne faisait attention à lui. Comme si personne ne l'avait entendu. Il refit une tentative.

— Laissez-moi passer ! Que tout le monde sorte d'ici !

Il avait beau s'être exprimé avec plus d'autorité que précédemment, nul ne semblait l'entendre. On ne l'écoutait pas.

— Ne touchez à rien, je vous en supplie…

Son appel ne resta qu'un vœu pieux. Il y avait trop de pagaille sur la petite plateforme de la tour. Et personne ne l'écoutait.

— Qu'on laisse passer *maestro* de Vinci, chargé de l'enquête par Sa Seigneurie Laurent de Médicis !

Comme d'un coup de baguette magique, une voix de stentor mit fin à la bousculade au sommet de la tour. En quelques secondes, tout le monde se tut.

— Dehors, messieurs, tout le monde dehors !

Léonard, reconnaissant immédiatement cette voix, se retourna vivement.

— Lapo, mon ami… Je vous ai laissé dans un lit d'hôpital, à vous battre contre le venin d'un serpent, et vous voilà…

L'inventeur n'en croyait pas ses yeux. L'officier, telle une apparition qui tombe à point nommé, se tenait devant lui dans son flamboyant uniforme coloré. Lapo Caperna semblait amusé par l'expression de stupéfaction de Léonard.

— Ce n'est pas un serpent sarrasin qui allait m'arrêter, tout de même ! Je suis allé faire un petit tour jusque devant les portes du paradis et j'ai rebroussé chemin. Le mire n'en revenait pas quand il m'a vu sur pied. Et me voilà…

L'idée de poursuivre l'enquête avec ce loyal soldat à ses côtés rendit son optimisme à Léonard. D'autant plus qu'il avait maintenant un plan : comme souvent, il avait eu une intuition fulgurante comme l'éclair, l'impression d'avoir subitement pris conscience de quelque chose. Quelque chose qu'il avait longtemps cherché, et sans succès pour le moment. Mais à présent, il avait mis le doigt dessus. Et il savait ce qu'il lui restait à faire. Tout était enfin clair.

— Remontez cette croix… Mais doucement, hein !

Au premier regard il vit ses doutes confirmés. Cloué à la croix, il y avait un cadavre carbonisé, et Léonard savait déjà qu'il s'agissait du père Fernando. À présent, il ne restait plus que quelques personnes sur la terrasse. Seulement lui, Lapo Caperna et deux gardes de la milice des Médicis. Peu importe, de toute façon : la horde de tout à l'heure avait très probablement effacé toute trace du meurtrier. Léonard s'approcha de la croix de bois noircie par les flammes. Une odeur répugnante de chair carbonisée flottait dans l'air. Il ne restait plus grand-chose de l'homme.

— Messieurs, j'aimerais que vous reculiez de quelques pas. J'ai besoin de place pour mes observations. Lapo, s'il vous plaît, prenez une torche et venez près de moi.

Pour réussir, il aurait besoin de l'aide de Lapo Caperna. Et surtout, de sa complicité et de son silence. Il fallait lui faire part de son plan loin des oreilles indiscrètes.

Léonard s'approcha du cadavre. Il s'exprima à voix basse, presque en chuchotant, pour ne pas être entendu des deux gardes qui s'étaient éloignés d'une dizaine de pas, comme on le leur avait demandé.

— Regardez, sieur Caperna, commenta l'inventeur en se penchant sur le corps pour montrer à Lapo Caperna l'entaille dans la poitrine du crucifié. Il l'a cloué sur la croix et lui a arraché le cœur. C'est donc bien l'Arrache-Cœur, sans l'ombre d'un doute. Maintenant, je vais vous demander de garder pour vous ce que je vais vous dire, murmura-t-il en se tournant vers le soldat, l'index tendu vers les restes noircis et encore fumants. Je suis convaincu que ce pauvre homme est le père Fernando, mais pour l'instant, cela doit rester entre nous. Officiellement, l'inquisiteur est l'homme que nous recherchons, il est en fuite et sait maintenant qu'il a été repéré. Il ne faut pas que quelqu'un apprenne qu'il est mort. Tout le monde doit croire qu'il est vivant, en bonne santé et… en cavale. J'ai un plan, mais il faut que vous me fassiez confiance sur toute la ligne, même si ce que je vais vous proposer vous paraît insensé. Je n'ai jamais eu autant besoin de vous que maintenant, mon cher ami… Si vous me faites confiance nous l'attraperons avant qu'il ne s'attaque à Sa Seigneurie. Mais il faudra suivre mes instructions sans jamais remettre en cause ce que je vous demanderai de faire…

Une esquisse de sourire se dessina sur le visage du soldat éclairé par la torche, puis il hocha la tête discrètement.

Léonard était convaincu que le corps accroché à la croix était bel et bien le cadavre du pauvre inquisiteur, mais s'il devait s'en tenir au peu qui avait survécu aux flammes, rien ne pourrait venir confirmer son hypothèse. Le feu avait réduit l'inquisiteur à un pantin désarticulé et noirci. Des pieds au bassin, la partie la plus exposée aux flammes, il ne subsistait presque rien, à tel point qu'il était même difficile de dire au premier coup d'œil s'il s'agissait d'un individu masculin ou féminin. La peau du visage était carbonisée et noire, la bouche, ouverte dans un dernier cri sans fin.

— On dirait qu'avant de le tuer il lui a coupé la langue et crevé les yeux, dit l'inventeur à voix basse après avoir inspecté le corps. Il a été longuement torturé.

Ensuite, Vinci ferma les yeux et se concentra sur les sensations recueillies par ses autres sens. Il y avait d'abord l'odeur pestilentielle de la chair brûlée et de la fumée. Et une autre odeur prégnante… Léonard expira à fond, puis inspira profondément, lentement, en se concentrant sur cette étrange odeur. De l'alcool. Oui, l'alcool que le tueur avait probablement utilisé comme liquide inflammable. Léonard regarda autour de lui. Et sa curiosité fut récompensée : dans un coin il aperçut une grande cruche en verre, du genre de celles que l'on conserve sous une couche de chaume pour garder la boisson bien fraîche. Il la ramassa avec précaution, en essayant de la toucher le moins possible. Et il l'examina à la lumière de la flamme que Lapo Caperna tenait au-dessus de lui. Sur le verre verdâtre, il vit clairement l'empreinte d'un doigt. Mais c'est ce que le récipient avait contenu qui l'intéressait tout particulièrement. Léonard plongea le nez dans le goulot. De quoi s'agissait-il ? De *grappa* ?

— Qu'est-ce que c'est que ce distillat… Une eau-de-vie ?

— On dirait plutôt plus de l'*aguardiente*, déclara un garde moustachu derrière eux. Attendez, je voudrais vérifier…

Le soldat approcha ses marines du goulot du récipient et renifla.

— Oui, c'est de l'*aguardiente*, aucun doute là-dessus. Du bon, en plus. Vous pouvez me faire confiance.

Léonard le regardait d'un air interrogateur.

— C'est une liqueur espagnole, expliqua Lapo Caperna. Très alcoolisée. Un peu comme notre *grappa*, mais moins aromatique et plus forte. Il s'y connaît, Pepe, c'est vrai : je l'ai condamné à au moins une dizaine de jours de prison et à autant de coups de bâton après l'avoir surpris ivre en plein service. S'il n'était pas si bon soldat, il aurait déjà été renvoyé de la milice, et sans les honneurs.

Le gardien moustachu fit retomber la tension du moment en éclatant d'un rire sonore.

— Il y a un dicton qui dit que si tu veux une bonne gueule de bois, il faut te soûler à l'*aguardiente*. Ça emporte vraiment la gueule, si je peux me permettre. Dommage qu'ici, à Florence, très peu de gens apprécient ce remarquable breuvage. Mais chaque fois que je vais dans les territoires espagnols, j'en rapporte une bonne quantité.

— Dommage surtout qu'ici cet alcool n'ait pas servi à s'enivrer.

La voix qui interrompit le conciliabule venait de l'escalier. La silhouette noire de *ser* Pardo était passée inaperçue dans l'obscurité de la nuit. Le commandant en chef de la police secrète s'avança vers eux. Léonard hocha la tête à l'attention de Lapo Caperna puis se tourna vers le nouveau venu.

— *Ser* Pardo, pouvez-vous faire transporter le cadavre à la morgue ?

— Comme vous voudrez, *messer* de Vinci.

Le chef de la police donna les ordres nécessaires à ses hommes tandis que Léonard se dirigeait déjà vers l'escalier, suivi de près par Lapo Caperna. L'inventeur tenait toujours à s'entretenir avec le magistrat et toute cette agitation devait bien l'avoir réveillé à présent.

Alors qu'il posait un pied sur la première marche, la main gantée de *ser* Pardo se posa sur l'épaule de l'inventeur.

— Sieur de Vinci, un dernier mot. Dites-moi que je n'ai pas eu tort de placer ma confiance en vous, dit-il d'une voix menaçante. Dites-moi que Sa Seigneurie n'a rien à craindre. Vous le savez, mon cher Vinci, votre sort est intimement lié à celui de *ser* Laurent. S'il lui arrive malheur, vous mourrez à votre tour. Vous m'avez bien compris ?

— Je sais qui est l'Arrache-Cœur, s'empressa de répondre Léonard.

Il n'avait pas eu à réfléchir une seconde de plus. À présent, sa stratégie était choisie. Et s'il se trompait, eh bien… il en accepterait les conséquences. Il avait en face de lui l'homme le plus puissant et le plus dangereux de Florence ; il ne pouvait plus reculer.

— *Ser* Léonard, j'espère que vous ne plaisantez pas… Je pourrais, à la rigueur, accepter un échec, mais certainement pas un mensonge, dit *ser* Pardo avant de poursuivre sur un ton plus amène. Qui est-ce, pour l'amour de Dieu ? Dites-moi qui est cet assassin. J'ordonnerai qu'il soit arrêté et exécuté sur-le-champ, coupé en dizaines de petits morceaux et donné en pâture aux bêtes de la ménagerie… C'était la huitième victime, il en reste donc deux. Vous dites que la dernière sera Sa Seigneurie. De combien de temps disposons-nous ? Un, deux jours ? Une semaine ? Un mois ? Si Laurent de Médicis meurt, la République s'effondrera avec lui. Florence deviendra *de facto* un territoire à conquérir pour quiconque aurait des velléités d'invasion. Le duc Sforza se précipiterait aux portes de la ville en moins de temps qu'il en faut pour le dire, sans parler de l'armée du pape… Et ça, je ne l'accepterai jamais. Il faut arrêter l'Arrache-Cœur avant qu'il ne commette son dernier acte de folie. Êtes-vous bien certain de ce que vous avancez ?

Léonard eut un instant d'hésitation.

— Oui, je sais qui est l'Arrache-Cœur, confirma-t-il. Mais si vous voulez le capturer vivant, il faudra suivre mes instructions. Commencez par faire transporter ce corps à la morgue. Et donnez l'ordre de faire arrêter le père Fernando : il faut absolument le retrouver si nous voulons enfin percer ce mystère. Je suis convaincu qu'il sait un tas de choses. À présent, je dois m'absenter pour quelques heures, il faut que je retourne chez moi récupérer certains accessoires dont je vais avoir besoin. Mais dans deux jours, à la fin de la célébration de la veillée pascale, quand le Conseil se réunira au Palagio Novo, je vous révélerai tout.

Ser Pardo, cependant, perdait patience. Hors de lui, il se mit à crier.

— Parlez, Vinci, c'est un ordre ! Le père Fernando est l'assassin, c'est bien ça ? Sinon pourquoi le rechercher ? Il faut me dire ce que vous savez, et tout de suite ! Attendre deux jours de plus pourrait être une erreur fatale.

L'homme s'était avancé vers lui d'un air menaçant, et bien qu'il fût plus petit que Léonard, et plus âgé, l'inventeur sentit sa fureur lui glacer les sangs. *Ser* Pardo n'était pas du genre à accepter un refus et aimait encore moins recevoir des ordres. Bientôt, cependant, le commandant de la police se calma, baissa d'un ton et sa voix ne fut plus qu'un murmure froid.

— Dites-moi qui est cet homme si vous tenez à la vie… Je pourrais vous faire arrêter, vous forcer à parler. Un signe de tête de ma part et demain, c'est le bourreau qui s'occupera de vous.

Léonard était resté calme, comme souvent lorsqu'il était convaincu d'avoir trouvé le bon moyen de résoudre certains problèmes mathématiques. Il ressentait un certain soulagement et une grande clarté d'esprit.

— *Ser* Pardo, je suis parfaitement conscient de l'importance de cette enquête. Seulement si je vous révélais ce nom maintenant, l'homme risquerait de nous échapper. Et alors ce serait ma parole contre la sienne. Laissez-moi agir comme je l'entends et quand je le coincerai, je vous assure qu'il n'y aura plus aucun doute sur sa culpabilité. Vous voulez un nom ? Vous l'aurez, bientôt. À ce moment-là sa culpabilité sera si évidente que vous n'aurez même pas besoin de faire appel à un tribunal pour le condamner à la peine qui s'imposera.

— Dites-moi au moins si vous pensez que le père Fernando se cache derrière l'Arrache-Cœur.

Léonard le fixa longuement sans proférer un mot. Alors *Ser* Pardo se tourna vers le soldat Caperna.

— Et toi Lapo ? Es-tu convaincu que l'inquisiteur est l'auteur de ces crimes ?

Léonard retint son souffle ; si son ami le trahissait en révélant l'identité du corps brûlé, ce serait la fin. Il voulait lui faire confiance, ce qu'ils avaient vécu ensemble ces derniers jours les unissait pour la vie, et il savait que l'estime dans laquelle il tenait le soldat était amplement réciproque, mais Lapo était un homme de *ser* Pardo, un officier de la milice des Médicis, et sa loyauté allait avant tout à Laurent et à son commandant. Le soldat se racla la gorge avant de répondre.

— Je crois que si maître Léonard pense que le Dominicain est impliqué dans ces crimes, c'est qu'il a ses raisons. Laissez-le travailler, *ser* Pardo, je suis convaincu qu'il est sur la bonne voie.

Le chef de la police secrète parut rassuré par les propos de son subordonné.

— Bien. Je lancerai ce soir un nouvel avis de recherche qui s'étendra à l'ensemble du territoire de la République. S'il est encore là, nous l'attraperons. Et quand il sera entre nos mains, il nous dira tout ce qu'il sait, ça, je peux vous le garantir. Mais attention, maître de Vinci, nous ne pouvons nous permettre le moindre faux pas. Je vous rappelle que c'est aussi votre vie qui est en jeu.

Léonard le salua en s'inclinant légèrement, puis descendit lentement l'escalier de la tour, suivi de Lapo Caperna. Il venait de s'engager sur le seul chemin possible pour mettre un terme à cette folie meurtrière. Et il avait menti à *ser* Pardo : il n'avait pas de nom, pas le moindre portrait de l'assassin, aucune certitude. Pourtant, il sentait que le dénouement approchait.

42

20 avril, Vendredi saint, rues de Florence

— Savez-vous donc vraiment qui est l'Arrache-Cœur ?

La question que Lapo Caperna venait de lui poser, alors qu'ils descendaient les marches, ne le surprit nullement. Il était même prêt à parier, si tant est qu'il eût l'âme d'un parieur, que le soldat la lui poserait avant même d'avoir atteint le rez-de-chaussée. Pendant un instant, l'inventeur songea à répondre par une demi-vérité. Mais la loyauté dont venait de faire preuve son ami envers lui l'empêcha de lui mentir.

— Non. Du moins, pas encore. J'ai des soupçons. Mais rien qui me permettrait de donner un nom.

Le soldat, désormais à ses côtés, resta muet quelques secondes, comme s'il réfléchissait à ce qu'il venait d'entendre.

— C'est risqué de mentir à *ser* Pardo, vous savez. Tout aussi risqué que de l'envoyer à la recherche d'un fantôme… Pourquoi lui avoir fait croire que le père Fernando est toujours vivant ?

— Je tiens à ce que tout le monde le croie. Et je veux que la nouvelle de la chasse à l'homme arrive jusqu'aux oreilles de l'Arrache-Cœur. C'est le seul moyen pour qu'il tombe dans le piège que je vais lui tendre. Mon cher Lapo, nous suivons le meurtrier depuis un bon bout de temps, nous avons bien failli l'attraper, et nous avons réussi à comprendre comment il fonctionne, ce qu'il cherche à accomplir, et comment. Et au serpentarium, il s'en est fallu de peu pour que nous l'arrêtions. Mais il a toujours quelques longueurs d'avance sur nous, donc il nous faut changer de stratégie, sinon nous serons toujours à la traîne.

Ils traversèrent la place sans rencontrer âme qui vive. Le spectacle de la mort étant désormais terminé, le parvis du Palagio Novo avait été déserté. Dans l'air, des remugles de chair humaine carbonisée hantaient encore la nuit florentine. Léonard profita du court trajet qui séparait le siège de la seigneurie de la maison du magistrat pour informer Lapo Caperna des événements qui s'étaient produits pendant qu'il était à l'hôpital, plongé dans le coma après la morsure du serpent venimeux.

Le soldat l'écouta avec un vif intérêt, opinant de la tête de temps à autre. Et lorsqu'il entendit parler de l'ouvrage pornographique trouvé dans la cellule de l'inquisiteur, il ne put se retenir de s'esclaffer.

— Lapo, poursuivit Léonard, nous devons absolument faire croire à tout le monde que le meurtrier est le père Fernando : je compte ainsi sur *ser* Pardo pour informer Sa Seigneurie de nos soupçons. Quant aux soldats à qui on a confié la chasse à l'homme, ils se chargeront du reste en faisant courir le bruit que l'inquisiteur, désormais identifié, s'est enfui de Florence. Je veux que le Magnifique se sente à peu près en sûreté. Il faut que tout le monde pense que le cauchemar touche à sa fin. Et nous, nous allons garder les yeux ouverts.

Ils cheminèrent un moment en silence puis Léonard reprit le fil de ses pensées.

— Vous vous souvenez de la partie de *calcio*, l'autre jour ?

— Qu'est-ce que le *calcio* vient faire là-dedans ? s'étonna le soldat qui, l'instant d'après, sembla comprendre le lien. Ah oui, vous pensez à la stratégie de Vasco della Francesca ! Quand on ne fait qu'attaquer, on risque de perdre le match... En revanche, si l'Arrache-Cœur cesse d'être une proie et décide de s'en prendre à nous, on l'aura enfin dans notre ligne de mire. L'appât, ce sera nous... Et quand il viendra nous chercher, on redeviendra des chasseurs chargés de ramener le gibier à la maison. Donc vous avez un plan de ce genre, hum ?

Léonard opina de la tête.

— Découvrir que ses actes à lui sont attribués à quelqu'un d'autre devrait le convaincre de s'occuper de nous...

— Et ce serait une bonne chose, ça ?

— Disons que la partie ne sera probablement pas sans danger, mais c'est notre seule chance de démasquer ce monstre...

Lapo ne semblait toujours pas convaincu.

— Hum. Mais si, en l'attirant à nous, nous nous retrouvions finalement à faciliter la tâche du meurtrier ? Qui nous dit que l'Arrache-Cœur n'en profitera pas pour tuer Laurent de Médicis ?

— Mon cher ami, cela n'arrivera pas, déclara Léonard. Les bolges de Dante sont au nombre de dix, pas neuf. Et ce sont des meurtres longuement prémédités, avec une forte connotation rituelle et religieuse, bien que nous parlions de démons dans ce cas. Je suis fermement convaincu que Sa Seigneurie est la dixième victime, pas la neuvième. Il doit d'abord y avoir un autre crime pour que le projet satanique s'accomplisse. Sinon, il perdrait, si je puis dire, de son pouvoir magique.

— Donc si je vous comprends bien, maître de Vinci, notre but est de l'amener à modifier ses plans de départ, de sorte que ce soit nous qu'il choisisse pour les neuvièmes victimes... C'est bien ça ?

— Quand on y pense, ce ne serait pas la première fois qu'il déciderait de passer à l'acte sous le coup de la rage :

c'est déjà arrivé quand il a essayé de tuer Bencio. Et Tebaldo aussi aurait pu être une de ses victimes. L'assassin a un plan bien précis, certes, il a d'ailleurs certainement déjà choisi qui et comment il va tuer, mais il a également prouvé qu'il réagit volontiers aux émotions fortes, qu'il est prêt à s'écarter de ce qui était prévu initialement. Je dirais même que quand il agit sur une impulsion, aveuglé par la colère, il commet des erreurs : il s'est fait prendre son masque au Bargello, et au *pratello di Nemi* nous avons réussi à arrêter le bourreau à temps. Je crois que j'ai compris ce qui se passe dans sa tête. Il se sent pur, invincible. Un héros du mal. Il tient absolument à ce que ses actes soient reconnus, pour obtenir la bénédiction des dieux de l'enfer, qu'il vénère. Il ne supportera pas que ses mérites soient attribués à quelqu'un d'autre, et encore moins à un frère inquisiteur qu'il a lui-même tué. Donc il va tout faire pour prouver que ce que nous affirmons est entièrement faux. Et qu'y a-t-il de plus probant comme preuve que d'essayer de nous tuer ? Depuis le début, il nous sous-estime et s'il continue comme ça, il tombera dans notre piège.

Après avoir marqué une pause, l'inventeur reprit d'une voix grave.

— J'ai l'intention d'être choisi comme la neuvième victime. Moi, et seulement moi. Il faut que ce soit un duel entre lui et moi. Quant à vous, mon cher Lapo, tout comme Bencio, vous devrez rester dans l'ombre. Nous ne pouvons pas courir le risque qu'il fasse marche arrière. C'est moi qui l'ai défié, c'est moi qui vais l'affronter…

Léonard savait que si quelque chose tournait mal, il y laisserait la vie. Mais il n'avait pas l'habitude de reculer devant les difficultés. Le visage du soldat était devenu sérieux.

— Alors comment on procède, maintenant ?

— La seule personne qui puisse nous mettre sur une piste, c'est le magistrat. C'est le dernier à avoir vu le père Fernando. Le moindre indice qu'il pourrait nous fournir aura son importance. Le Dominicain aurait-il pu lui faire part de ses soupçons ? Et s'il n'est pas en mesure de nous apporter des informations utiles, nous mettrons tout de même en place le plan que j'ai en tête. Mais rappelez-vous, Lapo, officiellement, pour nous l'Arrache-Cœur a maintenant un nom et un visage, celui de l'inquisiteur. Ne l'oubliez surtout pas. Même pour le magistrat, le coupable qui est en cavale, c'est bien le frère Fernando.

Ils arrivèrent devant la façade austère de l'immeuble où habitait le juge. Et de nouveau, pour la deuxième fois de cette terrible nuit, Léonard frappa à la porte. Au loin, à l'horizon, les premières lueurs du matin commençaient à percer l'obscurité. L'aube n'était plus très loin. C'était le Vendredi saint, le jour de la mort du Christ. Pour un adorateur de Satan, il s'agissait de la fête la plus importante de l'année. Difficile d'imaginer, donc, que l'Arrache-Cœur n'avait pas prévu de frapper à nouveau le soir même, pour marquer la Passion et la mort de Jésus. Léonard priait le ciel pour avoir le temps de tendre le piège qui se dessinait de plus en plus clairement dans son esprit.

L'inventeur cogna à plusieurs reprises le heurtoir, en vain, lorsque soudain la porte s'ouvrit avant qu'il n'ait le temps de faire une dernière tentative. Bizarrement, ce n'était pas un domestique qui se tenait dans l'entrebâillement mais le magistrat en personne. On aurait presque dit qu'il s'attendait à cette visite.

— Maître de Vinci, entrez donc. Vous aussi, soldat... Installez-vous dans mon bureau et permettez-moi d'aller enfiler quelque chose de chaud, je suis à vous dans un instant.

L'inventeur et le soldat traversèrent l'atrium. Tout comme l'austérité de la façade le laissait présager, l'intérieur du bâtiment n'était que dépouillement et solennité. Contrairement aux résidences des marchands florentins argentés, où les madones de la bourgeoisie et de l'aristocratie de la ville rivalisaient d'imagination pour décorer leur logement d'un luxe de tapisseries, rideaux et œuvres d'art, ici rien ne laissait supposer une quelconque recherche de beauté et de confort. Dans l'antichambre fraîche réservée aux visiteurs, c'est sur un vieux coffre que ces derniers devaient s'asseoir. Un grand tableau aux couleurs sombres représentant le roi Salomon en train d'ordonner à des gardes, épées à la main, de couper en deux un enfant réclamé par deux mères constituait la seule décoration des murs gris de la salle. Un autre mur était entièrement couvert par une bibliothèque rustique en lourd bois de noyer, débordant de volumes, de parchemins et d'ouvrages. Tous, apparemment, de nature juridique. Et dans l'air stagnait cette odeur désagréable, typique des lieux jamais aérés habités par des gens qui ne se préoccupent guère des tâches ménagères et de l'hygiène.

Le magistrat napolitain s'absenta quelques minutes et revint, vêtu d'une longue toge noire. La pâleur extrême de son visage contrastait avec le col sombre de sa robe. Dans une main il tenait un verre dans lequel il versait à présent une poudre blanche.

— Excusez-moi, mon estomac n'est plus ce qu'il était, dit-il en buvant goulûment, avant de fermer les yeux un instant. Ah, ça va mieux, beaucoup mieux. Alors, dites-moi tout. Avez-vous une idée de l'identité du pauvre homme qui a été cloué sur la croix ? Qui a brûlé sur la tour ?

— Eh bien, la vérité, c'est que nous ne le savons pas encore, répondit Léonard. Il pourrait s'agir de n'importe qui, sachant que jusqu'à présent, l'Arrache-Cœur s'en est pris uniquement à des membres de l'entourage proche du Magnifique. Mais identifier cette victime sera impossible tant qu'un examen approfondi n'aura pas été effectué : le feu a complètement rongé le visage et une bonne partie du corps de ce malheureux. Nous en saurons peut-être plus après l'avoir examiné, à la morgue… Comme dans le cas de Mme Ursula, pour espérer une piste, il va falloir se renseigner et savoir si quelqu'un a disparu de la cour de Sa Seigneurie. Mais personnellement, je n'hésiterais pas à donner un nom à notre meurtrier : je crois que derrière les masques démoniaques de l'Arrache-Cœur se cache le père Fernando Ignatius d'Oviedo, l'inquisiteur.

Un rictus d'étonnement mêlé d'incrédulité se dessina sur le visage du juge. Et Léonard était bien décidé à enfoncer le clou.

— Disons que de nombreux indices nous permettent de l'identifier, poursuivit-il. C'est un homme violent, capable de s'ériger en juge, habitué à condamner à mort tous ceux qu'il considère comme des pécheurs. En outre, de nombreux éléments viennent parfaitement se glisser dans la mosaïque qui prend forme : il y a son passé dans un ordre monastique de combattants, son aptitude à monter à cheval, sa boiterie, que vous avez peut-être également remarquée vous aussi. Quant au fil noir, il pourrait provenir de son habit, tout comme le fouet, utilisé par un grand nombre de frères pour se punir de leurs péchés. Et vous vous souvenez du calvaire du pauvre Tebaldo Acciaroli ? Le frère a fait irruption au *pratello* au moment où moi aussi j'arrivais, alors que je venais de croiser le chemin de l'Arrache-Cœur au serpentarium… Et puis, il y a le fait qu'il ait insisté lourdement pour que je n'examine pas le corps de la nonne. Pour finir, nous constatons aujourd'hui qu'il s'est volatilisé depuis un certain temps… Beaucoup d'indices, donc, qui nous mènent à lui.

Puis, comme s'il s'agissait d'une procédure de routine, Léonard posa au juge une question capitale pour lui.

— Avant de disparaître dans la nature, le père Fernando a dit qu'il devait passer chez vous, et c'est d'ailleurs pour cette raison que j'ai accouru ici cette nuit, juste après être allé au monastère. Je craignais pour votre vie. J'ai frappé un bon moment mais personne n'a ouvert. Et quand j'ai vu la croix en feu, je croyais bien que la victime de la huitième bolge, c'était vous... Je suis heureux de vous trouver ce matin en bonne santé.

Le juge semblait perturbé par ce scénario.

— Je m'excuse de vous avoir fait attendre, j'ai le sommeil très lourd. Je suis un vieil homme à présent, vous savez. Et je vis seul, à l'exception de deux domestiques qui retournent le soir chez eux. Quant à l'inquisiteur, je l'ai attendu plusieurs heures. Il m'avait parlé de révélations surprenantes à me faire. Mais j'ai attendu en vain, il n'est jamais venu... Et maintenant, avec ces accusations contre lui...

Le juge s'avança vers la fenêtre. Il avait l'air troublé.

— Donc, d'après ce que vous dites, on peut estimer que cette histoire est enfin terminée... Inutile de dire qu'une erreur pourrait être fatale à Sa Seigneurie... Vous êtes sûr de vous ?

— Dans quelques heures, je serai en mesure de vous fournir la preuve incontestable de la culpabilité du frère. *Ser* Pardo a accepté de déclencher une chasse à l'homme dans toute la République. Et une réunion extraordinaire du Conseil est déjà prévue pour après-demain, après la veillée pascale : je vous soumettrai mes preuves à ce moment-là, quand tout doute sera levé.

— J'espère pour vous que vous ne vous trompez pas, déclara le juge en se dirigeant vers la sortie, signe clair qu'il s'apprêtait à les congédier.

Il avait l'air impatient de se débarrasser de l'inventeur et du soldat. Léonard, absorbé dans ses pensées, hocha distraitement la tête. Le magistrat salua les deux hommes rapidement et les raccompagna jusqu'à la porte. Il voulait probablement être le premier à annoncer au Magnifique la fin de la menace qui planait comme une épée de Damoclès au-dessus de sa tête.

L'aube florentine rafraîchit les idées de l'inventeur. Dans son for intérieur, il estimait que désormais, pour la première fois, du moins en théorie, il était en position de force. Mais pour mettre son plan en pratique, il devait retourner sans perdre un instant à Anchiano, avant que l'assassin ne lance son neuvième et avant-dernier défi.

— Je dois rentrer chez moi, Lapo, et j'ai besoin de vous. J'aimerais que vous vous rendiez au Palagio Novo. Parlez bien fort, et à tous ceux que vous croiserez : oui, tout le monde doit savoir que nous recherchons activement le père Fernando pour les meurtres de Malebolge. Utilisez vos talents de persuasion auprès des hommes et des soldats. Toute Florence doit savoir que nous connaissons maintenant l'identité de l'Arrache-Cœur, que la menace est écartée et que l'assassin ne va pas tarder à être capturé.

Le soldat l'attrapa par l'épaule.

— Non, Léonard, je ne vous laisserai pas seul. Je suis plus habile que vous à l'épée, et si nous devons affronter le démon noir, ce sera côte à côte. Ce soir, je vous rejoindrai à Anchiano et nous attendrons qu'il vienne vous chercher.

Léonard secoua la tête.

— Non, non, Lapo. Si vous ne voulez pas tout faire rater, il va falloir me laisser seul. Je vous en conjure. De mon côté, je vais réserver un joli petit accueil à notre homme, mais pour y arriver, je ne veux pas avoir à penser à quelqu'un d'autre que moi-même. Je vous en prie, respectez cette volonté… Il faut absolument que vous et Bencio suiviez mes ordres. Ne vous approchez pas d'Anchiano… Si tout se passe comme prévu, ce soir je serai prêt à affronter l'Arrache-Cœur. Et je vous promets que j'en sortirai vainqueur.

— Mais…

— Pas de « mais », mon ami. Je vous rappelle aussi que *ser* Pardo m'a confié le commandement de cette opération. Vous resterez donc à Florence, et vous m'aiderez en faisant courir le bruit que nous sommes à la recherche de l'inquisiteur.

— Et le corps brûlé ? Vous ne voulez pas y jeter un coup d'œil d'abord ?

Léonard fit « non » la tête. Sa nouvelle idée relevait certes du pari, mais au fond de lui il n'avait aucun doute sur le fait qu'il s'agissait bel et bien du père Fernando. Et se lancer à la recherche de nouvelles preuves sur ce cadavre était une perte de temps. Non, il ne tirerait rien d'intéressant de ce tas de chair calcinée et de cendres. Et à présent, chaque minute qui passait rapprochait Florence du désastre.

Neuvième bolge

Qui pourrait jamais, même en prose,
dire pleinement ce que je vis de sang
et de plaies, même en le disant et le redisant ?

Et tous les autres que tu vois ici,
de leur vivant semèrent discordes
et schismes, et pour cela ils sont ainsi fendus.

Un diable est là derrière qui nous apprête
cruellement, faisant passer
chacun de cette troupe au fil de l'épée,

quand il a parcouru le tour de douleur ;
car les blessures sont refermées
avant de revenir devant lui.

Dante Alighieri, *La Divine Comédie*, chant XXVIII

Un coup de lame, une simple estafilade de sa dague et le rituel de la neuvième bolge serait accompli. Pas de flammes, pas de serpents, pas de poix ni de trou dans le sol. Un travail simple, propre et rapide. Comme dans les vers de *La Comédie*, le pécheur de la neuvième bolge mourrait « au fil de l'épée ». Il se réjouit intérieurement de sentir que l'enfer était pleinement de son côté. Satan était avec lui. Bientôt, son pénultième devoir le rapprocherait de la gloire éternelle. Et les portes de l'enfer s'ouvriraient pour la neuvième fois. Sa victime avait été désignée : le semeur de discorde et de schismes passerait au fil de l'épée. Il lui dévorerait le cœur. Dès lors, il ne resterait plus que la dixième bolge.

Il rit en pensant à ce Vinci, ce maudit gnome qui prétendait lui voler le mérite de l'ouverture des dix bolges : encore quelques heures et tout le monde comprendrait qu'il avait menti. C'était lui, le démon noir, l'esclave de Satan, le serviteur de Baal, et lui seul.

— Pape Satàn Seth, Pape Satàn Ishtar, Pape Satàn Lucifer…

Dans les catacombes de Santa Reparata, celui que tout le monde appelait désormais l'Arrache-Cœur était agenouillé dans la salle circulaire du temple satanique, au centre du pentacle de bronze incrusté dans le sol de marbre noir. Il portait sa tunique noire et l'un des masques de démon d'Herman le Reclus, couleur ponceau. Devant lui, au sol, il avait posé l'arme de la miséricorde, parfaitement propre et aiguisée, prête à extraire le cœur de la poitrine du pécheur dans la neuvième bolge. Le corps de l'homme se balançait au rythme du cantique satanique dont l'écho rebondissait sur les murs noirs comme la nuit. Il était paisible, glacial, prêt. Aussi impitoyable qu'un serpent venimeux du serpentarium. Dans sa poitrine son cœur battait lentement, avec régularité, et l'air entrait dans ses poumons sans être entravé.

Il se sentait de nouveau pleinement maître de ses émotions. Pourtant, le matin même, lorsqu'il avait appris que son œuvre de sang et de mort était désormais attribuée à quelqu'un d'autre, à ce pourceau de Dominicain qui avait fini sur la tour, sa fureur avait bien failli l'emporter. Le père Fernando, ce moins-que-rien, comparé à lui ! À cause de ce Vinci, tout le monde se croyait en sécurité, tout le monde pensait que son chef-d'œuvre, son hymne à la gloire de Satan, était l'œuvre d'un misérable frère ! Son premier réflexe avait été une envie irrépressible de faire fi de toutes les précautions habituelles, de prendre sa dague, débusquer cet inventeur sodomite et sa bande, le garçon efféminé et le soldat moustachu, et de les massacrer un à un. Ensuite, il n'aurait aucun mal à s'approcher de Laurent de Médicis et à le réduire en charpie. Mais en bon guerrier, il savait qu'il devait avant tout obéir aux ordres : le rituel devait être exécuté à la lettre, car Satan, Astaroth et ses généraux de l'enfer ne toléreraient aucune déviation. C'est grâce à ce raisonnement qu'il était parvenu à calmer ses nerfs et à apaiser sa rage. De toute manière, ce n'était qu'une question de temps. Tout serait bientôt révélé au monde. Et le démon noir triompherait dans la gloire du mal éternel.

43

Sur la route de Florence à Anchiano

Léonard était déjà en chemin lorsque le soleil montant commençait à réchauffer l'air de cette nouvelle journée. Les grands champs de blé et les potagers qui tapissaient le fond de la vallée avaient bientôt cédé la place aux vignobles des hauteurs environnantes de la capitale de la République florentine. Et malgré l'heure matinale, quantité de paysans et de métayers étaient déjà au travail dans les rangées de vigne.

— Dépêche-toi, Bencio, il n'y a pas un instant à perdre.

Giotto, ravi de pouvoir enfin galoper après plusieurs jours passés dans les écuries du Bargello, avait devancé de quelques centaines de pas le destrier monté par Bencio, beaucoup moins rapide et plus âgé. Léonard tourna la tête dans tous les sens comme s'il cherchait quelque chose.

— Voilà, arrêtons-nous là.

De la main, il désigna un bosquet de chênes et de châtaigniers au bord la route qu'ils suivaient depuis un moment. L'inventeur tira sur les rênes, le cheval répondit en frémissant, ralentit puis s'arrêta.

— Attends-moi ici, cria Léonard à Bencio, encore loin. Je n'en ai pas pour longtemps.

Puis, après avoir décroché sa sacoche de la selle, il s'enfonça dans les bois en se faufilant entre les troncs et les branches, et disparut.

Bencio se sentait anxieux : depuis que les deux hommes avaient quitté Florence ce matin-là, l'assistant avait l'impression que quelqu'un les suivait. D'ailleurs, il s'était arrêté à deux ou trois reprises pour regarder derrière eux, mais il n'avait aperçu personne. À présent, l'absence de son compagnon de voyage décuplait son appréhension.

Au bout d'un certain temps d'attente, Bencio commença à s'inquiéter sérieusement. Léonard s'était-il perdu ? Où était-il donc parti ? Les meutes de loups, en cette saison printanière, descendaient des montagnes Giovi et Falterona et rôdaient souvent autour des habitations, et s'ils étaient particulièrement affamés et nombreux, ils pouvaient même leur arriver d'attaquer un homme seul. Et puis, il y avait toujours le risque de tomber sur quelque bandit de grand chemin prêt à tout pour faire les poches des voyageurs. Au demeurant, Giotto était un beau cheval qui aurait pu attirer l'attention de brigands.

Mais ce qu'il redoutait le plus pour son mentor, c'était de tomber sur l'Arrache-Cœur : Léonard ne lui avait pas caché la vérité, le meurtrier courait toujours et, étant libre de frapper à nouveau, il avait très probablement inscrit leurs noms sur sa liste de victimes à venir. Il fallait se montrer extrêmement prudent.

Quand il estima que l'inventeur s'était absenté vraiment trop longtemps, Bencio attacha les rênes des deux chevaux à un arbre et pénétra à son tour dans les bois. Il ne lui fallut pas longtemps pour apercevoir la silhouette de Léonard à travers les branchages : l'inventeur ramassait quelque chose par terre, près d'un gros tronc de chêne couvert de mousse. Le jeune homme fut parcouru d'une bouffée de soulagement.

— Maître… Je croyais que vous vous étiez égaré.

— Ne t'inquiète pas, mon petit Bencio, j'avais seulement besoin de quelques ingrédients qui me seront fort utiles le moment venu… Maintenant, reprenons la route, j'ai trouvé tout ce qu'il me fallait, ajouta-t-il en montrant son sac au garçon.

À l'intérieur, l'apprenti aperçut de gros champignons orange aux branchies jaunâtres, des baies et des herbes. Il ne voyait absolument pas en quoi ces choses toutes simples pourraient être utiles à son mentor. On aurait dit les ingrédients d'une soupe plutôt que des accessoires pour tendre un piège.

— Allez, Bencio, ne traînons pas. Nous avons déjà perdu trop de temps. Et je commence à avoir sacrément faim… En route !

Léonard fit preuve d'une surprenante souplesse en sautant sur le dos de Giotto. Le jeune homme n'était pas encore sur sa monture que l'inventeur avait déjà disparu au détour d'un virage en épingle. Ils arriveraient bientôt à Anchiano, juste à l'heure du déjeuner. Ils étaient affamés et ne demandaient qu'à se mettre les pieds sous la table. Peut-être *monna* Tonia avait-elle préparé sa délicieuse soupe au chou noir et la servirait-elle sur une grande tranche de pain grillé, assaisonnée d'un filet de bonne huile d'olive et d'un soupçon de poivre noir. Cette simple pensée suffit à lancer les deux chevaux au triple galop. Mais leur déception fut amère quand ils comprirent qu'il n'y avait point de repas chaud pour eux à la maison.

— Maître Léonard, vous n'y pensez pas ! l'admonesta la bonne. De la soupe ! Et quoi encore ? Auriez-vous oublié quel jour nous sommes aujourd'hui ? Le Vendredi saint, le jour où notre Seigneur Jésus Christ est mort, et pour tous les bons chrétiens, un jour de jeûne et de pénitence… Je sais bien que je ne peux pas vous demander de ne pas travailler, mais de là à vous nourrir, un vendredi de la Passion, ça non, pas question !

Mais les regards implorants de Léonard et Bencio, morts de faim, auraient probablement réussi à émouvoir une pierre et *monna* Tonia finit par mettre de côté sa ferveur religieuse. Elle adorait ses garçons.

— Bon, bon, ça va. Alors juste un petit bol de soupe et un quignon de pain. Rien d'autre. Et après, il faudra faire pénitence…

L'inventeur et son assistant ne se le firent pas dire deux fois : jour de jeûne ou pas, ils se jetèrent sur la nourriture, prenant même une deuxième ration de soupe avant de nettoyer les grands bols de faïence avec la mie du bon pain. Les deux hommes se déclarèrent rassasiés. Et l'instant d'après Léonard prit un air grave.

— Mon bon Arrigo, ma chère Tonia, il faut que vous m'écoutiez très attentivement, maintenant. Ce soir, toute personne qui se trouvera dans cette maison après le coucher du soleil courra un grand danger… *Monna* Tonia, si je ne me trompe pas, votre sœur vit à Orbignano, à deux heures de marche d'ici. Maître Arrigo, je voudrais que vous sortiez la grande charrette, que vous y mettiez votre épouse et le petit Lupo, et que vous partiez au plus vite. Ce n'est que pour une nuit, dès demain matin vous pourrez tous revenir sans crainte…

— Maître Léonard, répondit Arrigo, si vous êtes en danger, je tiens à rester avec vous. Vous êtes comme un fils pour moi. Je ne me sens pas vieux et inutile comme vous avez l'air de le penser, et je sais encore manier l'épée.

Malgré son âge, le vieux métayer arborait l'expression déterminée du combattant qu'il avait été par le passé. Dans sa jeunesse, Arrigo s'était distingué comme homme d'armes et avait combattu sous la bannière des Médicis dans de nombreuses batailles. Léonard hésita à le laisser rester mais finalement, il décida qu'il valait mieux être seul face à l'assassin de Malebolge, pour ne pas être distrait par une autre présence. Avant la tombée de la nuit, il enverrait également Bencio loin d'Anchiano. Si son piège échouait, au moins il serait la seule victime.

— Je connais ta vaillance, mon cher Arrigo. Mais personne ne doit rester dans cette maison à part moi une fois le soleil couché. Tout se passera bien, rassurez-vous.

— Maître… intervint Bencio d'une voix pleine de ressentiment. Depuis le début je participe à la traque de cet assassin et maintenant vous voulez me priver de la joie de le voir vaincu ?

— Bencio, tu iras rejoindre Arrigo et *monna* Tonia ce soir. Je veux que tu les protèges, si besoin est. Et demain matin de bonne heure, tu iras à Florence : je te dirai plus tard ce qu'il faudra faire. Ce soir, je dois rester seul dans cette maison. On ne discute pas. Pour affronter le démon noir au mieux, je ne dois avoir personne d'autre à surveiller, vous comprenez ? Sinon, je serais trop occupé à penser à votre sécurité et je risquerais de perdre de vue la mienne… N'insistez pas. Et maintenant, mes amis, dépêchez-vous, partez. Quant à toi, Bencio, arrête de bouder et viens avec moi à l'atelier. Il va nous falloir plusieurs heures de travail pour mettre en place un piège capable de contenir la fureur de ce démon… Mais j'ai en tête quelque chose qui devrait faire l'affaire.

44

Bargello, bureau de ser Pardo

Lapo Caperna attendait d'être invité à pénétrer dans la grande salle qui abritait le bureau privé de *ser* Pardo dei Giovannini.

— Entrez, *messer* Caperna.

Bien qu'il ait été enrôlé dans la milice de l'*Otto di Guardia e Balìa* dès l'âge de seize ans, c'était la première fois que Lapo Caperna se présentait dans ce bureau : il avait toujours été un homme d'action et avait gagné son grade sur le terrain. Au service des Médicis, il avait participé au siège de Volterra en 1472 sous les ordres de Federico d'Urbino, ainsi qu'à la défense de Città di Castello contre les troupes du pape Sixte IV. Après la conjuration des Pazzi, Lapo Caperna avait également été chargé d'aller chercher Bernardo di Bandino à Constantinople et de le ramener à Florence. Il avait toujours été soldat.

Pour toutes ces raisons, il éprouvait un profond respect pour son supérieur. Un respect dû à sa grande expérience, à son passé de chef des armées, d'homme de la République toujours en première ligne. Il avait été témoin de ses talents de guerrier, de son habileté à l'épée et de son courage au combat. De son absence totale de compassion envers les ennemis de son seigneur, aussi. Mais il n'avait pas peur de lui. Il savait que *ser* Pardo était, avec ses subordonnés, un homme juste, qui savait donner l'exemple, en temps de guerre comme en temps de paix.

— Caperna, asseyez-vous. Dites-moi, comment se porte *madonna* Beatrice ? Sauf erreur de ma part, il me semble que votre mère souffre de consomption…

— Merci, *ser* Pardo, nous avons bien reçu les médicaments que vous nous avez envoyés. Et elle va beaucoup mieux, maintenant. Mon père vous transmet ses salutations.

Ser Pardo connaissait tout de ses sujets : le nom de leurs parents, de leurs frères, de leurs sœurs. Il demandait des nouvelles de leurs femmes, de leurs enfants et, dans certains cas, même de leurs maîtresses. Il savait ce dont ils avaient besoin et y pourvoyait souvent lui-même lorsqu'un de ses hommes avait des ennuis. Il connaissait tout des vices, des vertus, des forces et faiblesses de chacun de ses soldats. En revanche, il n'hésitait pas à bannir des rangs de sa milice ceux qui ne répondaient pas à ses attentes et à faire punir, parfois durement, ceux qui se comportaient mal. En même temps, il était généreux en récompenses et en faveurs.

La question que Lapo attendait fusa avant même que le soldat soit installé dans le fauteuil indiqué par *ser* Pardo.

— Où en est la traque du père Fernando ?

— Eh bien, expliqua Lapo Caperna, nous avons envoyé des patrouilles à chaque poste-frontière et des messagers dans les États voisins, aussi. Même dans l'État de l'Église, où il pourrait bien avoir de puissants protecteurs. Nos agents secrets à Rome l'attendent de pied ferme ; s'il lui prend l'envie de faire un rapport à ses supérieurs, il sera tout de suite capturé et ramené ici. Si le père Fernando se montre en public n'importe où sur le territoire de Sa Seigneurie, il sera immédiatement arrêté et amené sur-le-champ à Florence…

— En êtes-vous bien certain ? Je doute qu'un homme mort puisse aller bien loin… Si vous cherchez le père

Fernando, allez donc plutôt faire un tour à la morgue. Vous le trouverez sur l'une des tables en marbre, prêt à être examiné.

Les mots de *ser* Pardo, prononcés avec son flegme habituel, de sa voix grave, firent tressaillir le géant en uniforme. Son commandant en chef savait. Comment Lapo avait-il pu s'imaginer qu'il pourrait l'embobiner aussi facilement ?

— Mais, je...

— Cher ami, ne dites rien, ça risquerait d'aggraver votre cas. Vous serez puni pour m'avoir menti, vous en êtes conscient, j'espère.

L'homme tout de noir vêtu affichait à présent le sourire sardonique de quelqu'un qui vient de surprendre un petit enfant les doigts dans le pot de confiture. L'imposante moustache qui couvrait la majeure partie du visage du soldat ne suffisait pas à cacher ses joues rouges de honte.

— Bien sûr, *ser* Pardo, j'accepterai votre punition. Mais je vous demande de bien vouloir croire Léonard de Vinci, quand il...

Le commandant lui fit signe de se taire en levant une main. Et le soldat obéit dans l'instant. C'était trop tard, *ser* Pardo ne lui pardonnerait jamais cette trahison. Lui et ses deux compères se retrouveraient probablement au *pratello di Nemi* le lendemain, à l'aube... Il ne lui restait plus qu'à espérer un peu de pitié de la part de son chef, une fin rapide, peut-être, indolore et digne.

Lapo sentait le regard brûlant de *ser* Pardo sur lui. Ce n'était pas tant la mort qui l'effrayait, ni la douleur que le bourreau pourrait lui infliger, mais l'impression d'avoir déçu à la fois son supérieur et son compagnon d'aventures lui nouait la gorge.

— J'accepterai votre châtiment, même la mort, si tel est votre souhait, *ser* Pardo, mais...

— Mais vous continuez à me sous-estimer, mon cher Caperna. Vous sous-estimez mon intelligence.

L'homme en noir installé à son bureau se leva d'un bond. En quelques enjambées il avait rejoint le soldat. Lapo Caperna, sans oser se retourner, l'entendit faire les cent pas derrière lui. Soudain une main gantée s'abattit sur son épaule.

— Soldat, buvez donc une goutte de cette liqueur, vous êtes un peu pâle tout à coup, dit *ser* Pardo en lui tendant un petit verre de cristal florentin rempli d'un liquide ambré et parfumé. Rassurez-vous, ce breuvage n'est pas empoisonné… Et ce n'est pas non plus de l'*aguardiente*.

Le commandant en chef de la police politique des Médicis, l'homme le plus redouté et le plus dangereux de Florence, se fendit, chose rare, d'un sourire. Le soldat prit le verre et le vida d'un trait : l'alcool était fort, bon. En descendant dans son estomac, il lui procura une agréable sensation de brûlure. Il lui sembla recouvrer ses esprits. *Ser* Pardo était retourné s'asseoir à son bureau.

— Moi aussi je me serais comporté comme Léonard. Je veux dire que j'aurais eu des soupçons, sur moi. Après tout, je suis un homme d'un certain âge, qui a servi dans l'armée, qui a également beaucoup voyagé, et assez riche pour se payer des bottes et des vêtements de luxe… Et qui s'habille toujours en noir. C'est donc mon portrait craché. Sauf sur un point, s'arrêta-t-il soudain pour marquer une pause d'une grande théâtralité. Je ne suis pas l'Arrache-Cœur, moi !

— Commandant, pas un seul instant je n'ai pensé que…

— Erreur, grosse erreur, mon cher ami. Personnellement, je trouve le fait que maître de Vinci m'ait considéré comme suspect tout à fait normal et à son honneur. Qu'il ait par conséquent préféré ne pas me tenir au courant de son plan me semble une décision réfléchie, raisonnable…

ajouta *ser* Pardo en cédant à un soupir qui détendit un peu l'atmosphère. C'est précisément pour ça que j'ai tenu à ce que Léonard de Vinci se charge de cette enquête, voyez-vous. Pour avoir une personne indépendante, capable de raisonnements inhabituels et complexes, une personne qui n'exclue rien ni personne. Moi y compris. En revanche, le fait qu'il ne m'ait pas encore accordé sa confiance me fait redouter le pire… Parce que cela veut dire que lui-même ne sait toujours pas qui est l'Arrache-Cœur. Et pourtant il a juré de nous livrer l'assassin demain, lors du Conseil extraordinaire de la seigneurie qui se tiendra après les vêpres. Seulement, si Léonard échoue, je crains qu'il ne soit alors trop tard pour pouvoir assurer la protection de Sa Seigneurie.

La voix de *ser* Pardo se réduisit à un murmure, comme s'il craignait d'être espionné dans son propre bureau, entre ces murs du Bargello pourtant acquis à sa cause.

— J'ai parfaitement compris que faire croire à tout le monde que le père Fernando est le coupable est un moyen de diversion pour Léonard. Mais pas uniquement : c'est également le meilleur moyen de s'attirer les foudres de l'assassin… Seulement, attention ! L'Arrache-Cœur pourrait s'avérer trop puissant, même pour un génie comme Léonard de Vinci. C'est pour toutes ces raisons, je vous en conjure, que vous devez absolument me faire part de son plan, et dans les moindres détails. Vous devez me faire confiance, car vous, vous me connaissez depuis des lustres, vous savez que je suis loyal envers Sa Seigneurie et envers la République. Et je suis de votre côté. Alors dites-moi tout, c'est un ordre…

45

Catacombes de Santa Reparata, dans les souterrains de la cathédrale de Santa Maria del Fiore

L'heure était venue d'ouvrir les portes de la neuvième bolge. Le pécheur avait été choisi. Bientôt, le semeur de discorde aurait ce qu'il méritait et lui, il s'élèverait un peu plus haut vers les honneurs de l'enfer. Un court instant, le doute l'assaillit. Pourquoi accorder à quelqu'un d'aussi insignifiant, d'aussi inutile, le privilège de s'asseoir à la même table que Satan, Baal, Astaroth et tous les grands généraux de l'armée de l'enfer ? Peut-être eût-il été préférable de choisir quelqu'un d'autre. Mais à présent, il était trop tard pour changer de cible. Le sort en était jeté.

Le démon noir se leva. Il avait suffisamment prié. Il se sentait gonflé à bloc, capable de tout. L'heure était venue de passer à l'action. Il passa la porte de la salle circulaire et pénétra dans l'antichambre. Sur l'étagère, il sélectionna un des masques d'Herman le Reclus. Celui-ci était remarquable. Il le caressa : les yeux étaient écarquillés, figés dans une expression d'épouvante, la bouche, grande ouverte, les sourcils épais et les pores de la peau, visibles à l'œil nu. L'Arrache-Cœur le glissa avec précaution dans un sac en cuir, avec sa dague et la tunique rituelle qu'il porterait juste avant de passer à l'acte. Il n'y avait pas un instant à perdre s'il voulait prendre sa victime par surprise.

Avant de partir, son regard se posa sur un étrange ceinturon de couleur sombre. Un ceinturon en cuir, d'une dizaine de centimètres de large, avec une imposante boucle en argent. Mais ce qui le rendait véritablement unique, c'était une douzaine de fioles en verre vénitien attachées par des liens, toutes fermées par un bouchon lui-même scellé avec de la cire rouge. Cette ceinture était splendide. Elle avait été créée spécialement pour lui par un maître cordonnier florentin, remercié d'un coup de couteau miséricordieux à la gorge. Bientôt, il porterait cette ceinture. Il était impatient de l'attacher autour de sa taille et de se présenter, avec elle, aux portes de l'enfer, en tant que démon parmi les démons.

Mais le moment de gloire n'était pas encore arrivé. Il vérifia que la clé ne faisait pas trop de bruit en tournant dans la serrure et jeta un coup d'œil dehors avec prudence. Il avait eu beau huiler la serrure, le mécanisme était ancien et la clé, usée. Au-dessus de sa tête, le linteau gravé de la phrase de Dante se fondait dans les ombres de la nuit. Les catacombes de Santa Reparata étaient, comme à l'accoutumée, silencieuses et désertes. Lentement il balaya du regard l'ensemble de son champ de vision. Il aurait été impardonnable que quelqu'un découvre le temple satanique sous la cathédrale avant qu'il ait terminé le rituel de Malebolge. La moindre erreur, une porte ouverte trop négligemment ou claquée au mauvais moment, et quelqu'un risquait de découvrir son antre.

Serrant dans son poing le sac contenant les vêtements sacrés, il sortit à la hâte, verrouilla la lourde porte en bois décoloré derrière lui et pressa le pas vers l'escalier menant à la basilique supérieure, juste sous la grande voûte de Brunelleschi.

Comme à chaque fois qu'il se préparait à tuer, l'Arrache-Cœur frémissait d'excitation. Le feu de son entrejambe lui montait jusqu'aux joues. Dans sa bouche, sur sa langue, il sentait déjà le goût du sang, sous ses dents la texture de la chair crue qui se déchire.

Il se serra dans la cape de laine noire qu'il portait par-dessus son habit de la même couleur en maudissant son âge, responsable des douleurs qui ravageaient son corps vieillissant. Boitant plus que de coutume, il gravit les dernières marches de l'escalier débouchant dans les catacombes de Santa Reparata. Il ouvrit une petite porte et se retrouva sous la nef de Santa Maria del Fiore. Pour sortir, il fallait traverser toute la cathédrale. Une odeur d'encens flottait dans l'air. Un parfum entêtant, presque écœurant. *Tous des imbéciles*, songea-t-il en observant les hordes de fidèles qui se dirigeaient vers le grand autel. L'église était bondée à cause de l'office du Vendredi saint : l'archevêque Rinaldo Orsini donnait l'eucharistie, comme le veut la tradition la veille de la messe du soir *in Cena Domini*. De loin, il aperçut la silhouette de Laurent de Médicis et de son épouse, *monna* Clarice. C'est de là que partirait le chemin de croix d'ici peu.

— Imbéciles, bande de naïfs. Bientôt, la vérité s'imposera à vous et vous verrez enfin la puissance du monde des ténèbres.

Il haïssait tous ces gens aveuglés par ces faux cérémonials. C'étaient eux, ses ennemis, et il aurait aimé les voir tous mourir, tomber raides morts à ses pieds. Pour lui aussi, c'était jour de fête : c'était la nuit de Gethsémani.

— Mes respects, Votre Excellence.

Une voix le tira de ses sombres pensées de mort. Il s'efforça de sourire. Le sieur Gabriele Adimari, un fonctionnaire de la seigneurie qu'il connaissait bien, le gratifia d'un signe de tête déférent avant de s'éloigner vers le confessionnal.

— Bonsoir, monseigneur…

Cette fois, c'était *ser* Gottifredo degli Alberti, le responsable des affaires commerciales de la famille Médicis à la cour ducale de Milan, qui le salua. L'Arrache-Cœur répondit par une petite courbette. Puis il mit le cap vers la sortie. Il connaissait presque tous les gens qui se pressaient dans les allées ; s'il s'arrêtait pour saluer et discuter avec tout le monde, sa mission échouerait. Encore quelques mètres et il serait enfin à l'extérieur. Il avait besoin de respirer l'air pur du dehors, tout cet encens avait fini par lui donner le tournis. Dehors, le ciel était encore clair, même si le soleil n'allait plus tarder à se coucher.

— Laissez passer !

Les deux cerbères qui gardaient l'entrée de la cathédrale le saluèrent en faisant claquer leurs talons et en redressant leurs hallebardes. Il leur fit un rapide signe de la main, souriant intérieurement, puis se jeta dans la foule florentine qui grouillait sur la place. Il chercha du regard le garçon d'écurie à qui il avait confié son cheval. S'il voulait être à l'heure pour son rendez-vous avec le pécheur dans la neuvième bolge, il devait faire vite. Il ne lui restait plus beaucoup de temps.

Il donna au garçon qui lui tendait les rênes de son destrier une pièce de cuivre, pour laquelle il fut remercié par une révérence. Puis, malgré son âge et sa jambe douloureuse, il monta en selle sans s'aider du marchepied de bois que le jeune homme lui proposait. Sans dire un mot, il attacha le sac en cuir à la selle puis fit partir son cheval au pas. Les rues étaient bondées, il lui fallut plus de temps que prévu pour atteindre les portes de la ville.

Là aussi les gardes, l'ayant reconnu, le saluèrent avec respect. Une fois à l'extérieur des murs de Florence, sur la grand-route, l'Arrache-Cœur éperonna enfin sa monture, qui partit ventre à terre. Il fallait faire vite, l'heure avançait. Il avait un rendez-vous avec la mort à honorer.

46

Anchiano, près de Vinci, résidence de Léonard de Vinci

Léonard et Bencio avaient travaillé sans relâche tout l'après-midi. À présent, l'inventeur était enfin seul et pouvait vérifier ses préparatifs. Tout était en place. Il se passa une main sur le menton : la peau lisse lui procura une étrange sensation mais il avait dû renoncer à sa barbe fournie et à ses longs cheveux blonds pour rendre le piège plus crédible. Et il n'arrivait toujours pas à s'habituer à son crâne rasé de près et à ses joues douces comme celles d'un bébé.

Tout était prêt. Quand les cloches du couvent de Vinci avaient annoncé le début des rites du Vendredi saint et la mort du Seigneur Jésus Christ, Bencio – à contrecœur, en pestant – avait finalement accepté de quitter la maison et d'aller rejoindre Lapo Caperna à Florence pour veiller à ce que tout soit bien préparé selon les instructions de son maître.

Pour que tout se déroule comme prévu le lendemain, lorsque le nom de l'Arrache-Cœur serait révélé à chacun, il incombait à Bencio d'aménager la salle du Conseil selon le schéma que lui avait confié Léonard. Si le meurtrier ne tombait pas dans le piège, tout aurait été vain, mais Léonard ne pouvait en aucune façon se permettre de se présenter devant le seigneur de Florence sans avoir résolu l'affaire. Et pour y parvenir, il avait réservé un joli petit accueil à l'Arrache-Cœur : tout l'après-midi, il avait assemblé, serré, attaché, collé toutes sortes d'objets, testé et testé encore différents endroits, parcours et déplacements.

Tout devait être réglé au cordeau s'il voulait échapper à la mort. Heureusement, la nature semblait être de son côté ce soir-là : dévalant les montagnes vers le fond de la vallée, un vent fort fouettait la colline d'Anchiano mais le ciel demeurait dégagé et serein. Pendant un moment, il songea à enfiler un vêtement de protection semblable à celui qui avait sauvé la vie de Bencio à Florence, mais il se ravisa. L'Arrache-Cœur n'était pas un imbécile et après l'entourloupe du gilet de maille, il serait certainement beaucoup plus prudent. Mieux valait s'en passer, songea Léonard, il serait plus libre de ses mouvements et plus rapide sans le gilet.

Le reflet du miroir lui présentait le visage d'un inconnu. Se voir ainsi chauve lui fit forte impression. Ça va repousser ! se dit-il en passant la main sur son crâne lisse et ses joues glabres. Il regarda encore une fois autour de lui. Son vaste atelier était toujours passablement encombré, comme d'habitude, mais il avait pris soin de dégager toutes les issues durant l'après-midi. Il ne tenait pas à trébucher à cause d'une de ses inventions ou d'un prototype laissé à traîner dans le passage.

Dehors, la nuit était tombée. L'arc de la fenêtre ouverte encadrait les silhouettes des collines toscanes. Il n'y avait aucune autre habitation à proximité et, hormis la lueur des premières étoiles, nulle lumière ne venait briser la toute-puissance de l'obscurité.

Qui sait si l'Arrache-Cœur rôdait déjà dans les parages... Peut-être l'espionnait-il, déjà prêt à jouer de sa lame, aussi rapide qu'un serpent. Léonard scruta la nuit au-dehors mais la différence de luminosité entre l'intérieur faiblement éclairé par quelques lampes à huile et l'extérieur, bien que ténue, l'empêchait de distinguer autre chose que l'obscurité la plus complète.

Il était certain d'avoir tout calculé sans la moindre erreur : si quelqu'un s'approchait, il le saurait immédiatement. Tout autour de la maison, il avait tendu des fils de soie très fins reliés à un engin qui ressemblait à une sorte de métier à tisser : si un fil se cassait, l'inventeur serait alerté par un drapeau qui s'abaisserait devant lui. En fonction de la position du signal d'alerte sur la poitrinière de la machine, il verrait en temps réel de quelle direction venait la menace. Et en observant les drapeaux tomber un à un, il saurait à quelle distance de lui se trouvait l'indésirable invité.

L'intrus ne serait pas conscient d'avoir déclenché l'alerte et poursuivrait tranquillement son approche en catimini, convaincu de ne pas avoir été repéré. Heureusement, Léonard disposait chez lui de grosses bobines de fil de soie fin, qu'il avait commandées dans un atelier situé *via* Porta Rossa, chez le fournisseur de brocarts et tissus de la cour. À l'origine, il avait prévu d'utiliser cette soie pour tisser une étoffe bien particulière, légère et fine, destinée à garnir les ailes de sa machine volante. Mais pour cette fonction le filament arachnéen s'était révélé trop fragile. En revanche, pour l'usage qu'il devait en faire ce soir-là, la soie était idéale, tellement délicate qu'on ne sentait pas la moindre résistance en cassant involontairement un fil. L'importun poursuivrait donc son chemin sans avoir rien remarqué.

Au demeurant, il ne s'agissait pas là de l'unique signal d'alarme que l'inventeur avait mis au point. Il jeta un coup d'œil sur sa gauche : une série de petits miroirs scintillants, captant le reflet d'autres miroirs, lui renvoyaient les images de tous les recoins de la maison. Ses études sur les surfaces réfléchissantes s'étaient avérées fort utiles : pendant deux mois, il avait accueilli à Anchiano Brunellotto da Poveglia, un maître verrier qui lui avait révélé les secrets de son art. Soigneusement disposés et calibrés avec Bencio, ces miroirs lui permettaient de surveiller tous les points d'entrée de la maison.

Il s'approcha lentement de la fenêtre en veillant à ce que personne de l'extérieur ne puisse le repérer. Dans la nuit régnait l'obscurité la plus complète. Au loin, il entendit les aboiements des chiens du métayer Arrigo qui avaient été enfermés dans leur enclos, près des champs. Tout semblait calme. *Classique*, songea Léonard. Le calme avant la tempête.

Il ne ressentait pas de peur. Paniquer aurait d'ailleurs été une grave erreur. Comme cela lui arrivait souvent lorsqu'il était absorbé par une expérience, il était plus anxieux qu'effrayé.

Il s'avança vers le panneau sur lequel il avait épinglé les dessins réalisés durant ces derniers jours agités et remplis de barbarie. Il retraça les étapes de Malebolge, une par une, égrenant la liste d'horreurs qui se dressait devant lui. À présent, c'était le tour de l'avant-dernière bolge, celle qui punissait d'un coup d'épée les semeurs de discorde. Et Léonard n'avait pas intérêt à avoir commis la moindre erreur ce soir, sinon l'assassin se retrouverait devant les portes grandes ouvertes de la dixième et dernière bolge. Si Léonard échouait cette nuit, Laurent de Médicis mourrait.

Il retourna près du métier à tisser. Rien ne bougeait pour le moment. Dans les miroirs, aucun signe de mouvement. À l'intérieur de la maison, il avait éteint plusieurs lampes pour que la lumière ne soit pas trop vive : il avait passé tout l'après-midi avec Bencio à préparer ce qui était – du moins l'espérait-il – sa carte maîtresse. Bien conscient qu'un éclairage trop fort permettrait à l'Arrache-Cœur de voir le piège, Léonard ne voulait pas non plus courir le risque d'affronter un assassin de ce calibre dans un environnement trop sombre.

Il s'assit dans un petit fauteuil. Pendant un court instant il sentit une vague de fatigue le submerger. Depuis plusieurs jours il n'avait guère dormi plus de quelques heures d'affilée, ne s'était pas nourri régulièrement et avait sans cesse couru d'un bout à l'autre de Florence. Ses yeux se fermèrent un instant. Il n'eut pas à se forcer pour les rouvrir.

Son cœur fit un bond. Devant lui, deux drapeaux de la grange venaient de tomber : quelqu'un arrivait par l'arrière de la maison. Un silence inquiétant enveloppait la colline. Les chiens d'Arrigo avaient cessé d'aboyer mais, au loin, Léonard crut entendre leurs gémissements de peur.

Il chevaucha sans relâche à bride abattue. Il fallait gagner Anchiano au plus vite. La nuit n'était pas trop fraîche et la route se trouvait en bon état : malgré l'obscurité, il progressa vite. Le village de Vinci se dessina bientôt devant lui : la position du petit croissant de lune dans le ciel lui indiqua que la deuxième heure de la nuit venait de passer. Il devait se dépêcher s'il ne voulait pas arriver trop tard.

Le cavalier aperçut enfin la crête où se dressaient les grands arbres qui bordaient la propriété de Léonard. Il se doutait bien que l'inventeur était sur ses gardes, prêt à se défendre bec et ongles. Le connaissant, il lui aurait certainement préparé quelques petites surprises. S'approcher de la maison sans être repéré ne serait pas une mince affaire.

Il s'engagea dans le dernier virage puis ralentit et s'arrêta. Il attacha son cheval à une barrière et, de là, continua à pied. La maison semblait plongée dans l'obscurité. La seule lueur provenait de la grange que l'inventeur utilisait comme atelier. Il avança à pas de loup lorsque soudain, il se figea. Quelque part derrière lui, il avait cru entendre un craquement suspect : se pourrait-il que quelqu'un soit tapi dans les fourrés ? Sa main se posa sur le manche de la dague fixée à sa ceinture. Parfaitement immobile, il scruta le paysage fantomatique, attendant que ses yeux s'adaptent au clair de lune. Pendant quelques instants, il cessa même de respirer, tendant l'oreille pour essayer de capter le moindre son. Enfin, il se remit en route. Il avait dû se tromper, aucun bruit suspect ne venait rompre le silence autour de lui.

L'arrière de la maison se profilait à présent devant lui. Il se cacha derrière un pied de vigne. Une des fenêtres était ouverte. À l'intérieur, une ombre se déplaçait. Il rampa sur quelques pas, s'approcha du bâtiment et marqua une longue pause. Oui, c'était bien Léonard, aucun doute là-dessus, il connaissait trop bien cette silhouette, ce profil, pour se tromper. L'inventeur avait l'air nerveux, il faisait les cent pas dans l'atelier. Peut-être qu'il vérifiait ses pièges une dernière fois.

Dans l'obscurité, l'Arrache-Cœur se rapprocha encore davantage de la fenêtre sur la pointe des pieds. Il jeta un coup d'œil furtif dans la grange. Dans son dos, un craquement le fit à nouveau sursauter. Un bruit à peine perceptible, certes, mais cette fois il était certain d'avoir entendu quelque chose. Il se faufila dans le coin le plus sombre de la cour. Derrière la fenêtre, Léonard, quant à lui, n'avait visiblement rien entendu ; il continuait à arpenter la pièce de long en large. Un autre craquement. Et cette fois parfaitement audible. Il y avait bien quelqu'un d'autre dans la cour, quelqu'un qui, comme lui, était tapi dans l'ombre. L'Arrache-Cœur avait identifié un son métallique provenant de sa gauche.

C'est alors qu'une ombre vêtue de noir émergea des ténèbres, escalada la fenêtre d'un bond, pénétra dans le bâtiment et, avec une vitesse foudroyante, attrapa l'inventeur par-derrière. Elle lui passa un bras autour du cou pour l'immobiliser et lui plaqua une main sur la bouche. Puis il y eut le reflet scintillant d'une lame. L'Arrache-Cœur lui asséna plusieurs coups.

Lapo Caperna avait tout vu. Il n'eut pas le temps de réagir. De là où il était caché, il assista, impuissant, à la scène, avant de se ruer vers la fenêtre, un cri étranglé au fond de la gorge. Ça n'aurait jamais dû se terminer comme ça. Cet après-midi-là, *ser* Pardo lui avait demandé de se rendre à Anchiano avec une escouade de gardes armés : l'ordre était de rester en embuscade jusqu'à ce que l'assassin se montre, puis de le capturer et de ramener le prisonnier à Florence. Le soldat demanda à ses hommes de gagner Anchiano et partit lui-même séance tenante, devant eux, persuadé qu'il irait plus vite seul. Une fois arrivé, en attendant ses hommes le soldat s'était approché de la maison pour faire un repérage. Mais la rapidité avec laquelle l'Arrache-Cœur avait agi l'avait privé de toute occasion d'intervenir.

En un instant, le démon noir s'était jeté sur Léonard et l'avait frappé par-derrière. Lapo Caperna avait clairement vu la lame de la dague pénétrer profondément dans le cou, la poitrine et le ventre de son ami. Puis il avait entendu le cri de triomphe de l'assassin. Hors de lui, le soldat bondit et franchit les quelques mètres qui le séparaient du rebord de la fenêtre.

Avec détermination, Lapo Caperna dégaina son épée et sauta par la fenêtre, prêt à défier le démon de Malebolge pour venger la mort de son ami. L'atelier était plongé dans la pénombre. Il aperçut soudain une silhouette vêtue de noir, coiffée d'un effroyable masque rouge sang, une longue dague à la main, traverser en courant la grande pièce encombrée de toutes sortes d'objets insolites. L'homme masqué se retourna vers le soldat en une fraction de seconde. Il l'avait vu. Mais pour le moment, l'agresseur pouvait bien s'enfuir : devant le soldat gisait le corps de l'inventeur. Ses longs cheveux lui couvraient le visage.

— Léonard ! s'écria Lapo.

La tentation de se lancer à la poursuite de l'assassin était forte mais il devait d'abord s'occuper de la victime. Lapo était un soldat aguerri ; il savait bien que les coups que l'Arrache-Cœur avait portés ne laissaient aucun espoir de survie à sa victime. Nul corps ne pouvait résister face à une telle violence.

— Léonard… murmura-t-il en s'approchant.

Il le saisit par l'épaule pour le retourner doucement. Mais dès qu'il posa la main sur le corps, il comprit que quelque chose ne tournait pas rond. Il n'y avait pas de sang, seulement un liquide incolore qui s'écoulait des endroits où la dague avait pénétré. De sa gorge s'échappa alors, tel un sifflement, un rire hystérique et libérateur : si le costume, la barbe et les cheveux étaient bien ceux de maître de Vinci, ce n'était pas lui qu'il avait vu bouger derrière la fenêtre et qu'il tenait maintenant dans ses bras.

— L'automate… dit-il tout bas pour lui-même en regardant le visage dans la lumière.

Il n'y avait là qu'un masque sans traits, avec une épaisse barbe collée sur le menton et une perruque de longs cheveux fixée sur la tête. Il félicitait intérieurement le génie de l'inventeur lorsqu'un bruit sourd le ramena à la réalité. En haut de l'escalier menant à la terrasse, quelqu'un essayait d'enfoncer une porte…

Ainsi, le soldat était là lui aussi. L'Arrache-Cœur remercia les forces du mal qui visiblement ne l'avaient pas abandonné. Il n'avait pas remarqué sa présence dans la cour alors qu'il avait dû passer à quelques pas de lui. C'est ce cri étranglé qu'il avait entendu lorsqu'il avait frappé qui l'avait alerté. Et c'est seulement après qu'il l'avait vu pénétrer dans la grange. Mais son attention était tout absorbée par son but : débusquer le pécheur dans la neuvième bolge, le tuer, et vraiment, cette fois, et lui arracher le cœur. Il ne voulait pas se présenter devant son seigneur Astaroth sans s'être acquitté de la mission qu'il s'était fixée.

Il lui restait donc toujours à trouver l'inventeur. Il regarda autour de lui, essaya de ne pas se laisser distraire par la présence du soldat près du mannequin étendu au sol. Et soudain un léger mouvement au fond de la grande salle attira son attention. *Le voilà !* Léonard courait dans la cage d'escalier montant à la terrasse.

Comme une furie, brandissait sa dague, l'assassin se lança à la poursuite de sa proie. Devant lui, l'inventeur gravissait les marches quatre à quatre, le souffle court. En quelques bonds le démon noir parvint à réduire la distance qui le séparait de Léonard. Il ne perdit de vue sa cible qu'un court instant, lorsqu'elle disparut au coin de l'escalier. Ça y était, il allait le coincer ! À l'angle, il bifurqua et… se retrouva par terre : un fil de fer fixé au niveau de la cheville lui avait fait perdre l'équilibre.

Encore un piège stupide ! lâcha-t-il intérieurement. Il se releva sans tarder et redoubla d'efforts : devant lui, Léonard, désormais proche de la porte menant au toit terrasse, trébucha à son tour sur une marche et ne fut pas aussi prompt à se relever. L'instant d'après, l'Arrache-Cœur était sur lui : le coup de grâce ne parvint cependant qu'à effleurer le corps de l'inventeur, qui se rua sur la porte et sortit sur la grande terrasse, avant de refermer derrière lui. L'Arrache-Cœur entendit distinctement une clé tourner dans la serrure mais il ne s'arrêta pas dans son élan et cogna de toutes ses forces sur la porte. Bien que verrouillée, elle vibrait sur ses gonds et ne tarderait pas à céder.

Vinci n'avait plus aucun moyen de lui échapper. Mais d'abord, l'Arrache-Cœur devait s'occuper d'un autre danger, plus immédiat. Derrière lui, il entendait les pas lourds du soldat dans l'escalier. Instinctivement, dague au poing, le démon noir se mit en embuscade. L'inventeur étant de toute façon coincé sur le toit, plus rien ne pressait. Alors l'assassin attendit, lame dégainée, que le soldat arrive à sa hauteur. Alors il se jeta sur lui. La dague avait visé directement le cœur de son adversaire mais Lapo Caperna était loin d'être novice en matière de corps-à-corps et avait déjà sorti son épée, de sorte qu'il contra facilement le coup qui aurait dû lui déchirer la poitrine. Il attaqua à son tour avec un coup d'épée que l'assassin réussit néanmoins à dévier avec sa dague.

Si le soldat était de toute évidence plus fort physiquement, l'Arrache-Cœur, son arme à la main, se trouvait en position de force du haut des marches, et il se déplaçait avec une surprenante souplesse. Dans une feinte approximative, Lapo tenta d'acculer son adversaire mais sa cheville se prit dans le piège même qui avait fait trébucher l'Arrache-Cœur. Stoppé net par le fil, le soldat tomba tête la première sur une marche et son épée vola plus loin. L'instant d'après l'assassin était sur lui, brandissant sa lame, et le soldat n'eut d'autre choix que de se retourner pour se protéger avec les bras. L'impact fut tel qu'il se sentit dégringoler l'escalier. Dans la chute, sa tête cogna à plusieurs reprises contre les marches et il termina sa course dans l'atelier, inconscient.

De la terrasse, il avait entendu des coups violents derrière lui, puis plus rien. Que se passait-il ? Qu'est-ce qui pouvait bien retarder l'Arrache-Cœur ? Il avait cogné contre la porte quelques secondes mais à présent tout était silencieux. Léonard songea à rouvrir lui-même la porte pour aller jeter un coup d'œil. Mais il n'était pas armé. Et dans le piège qu'il avait si bien élaboré il n'avait pas prévu de corps-à-corps avec le meurtrier, qui l'aurait de toute façon facilement emporté. C'était précisément pour cette raison qu'il avait demandé à Bencio et Lapo de rester à l'écart. Il tenait à être seul à Anchiano. Ce serait lui, sa sagacité et son cerveau contre la dague de l'assassin. Dans ce duel il voulait se battre avec ses propres armes, celles qu'il maîtrisait parfaitement.

Sur la terrasse, le vent soufflait et hurlait, couvrant tous les autres bruits. Mais que se passait-il donc derrière cette porte fermée ? À présent on n'entendait strictement rien. L'Arrache-Cœur avait-il décidé de renoncer à son projet satanique ? Peu probable. Il colla son oreille contre la porte en bois. Soudain un coup fort, un coup de pied, peut-être, le fit reculer vivement. Léonard aperçut le bout de la lame de la dague dans le trou de la serrure. Comme il l'avait prévu, le meurtrier essayait de forcer la porte pour sortir sur la terrasse. Le spectacle touchait à sa fin. La porte, Léonard le savait pertinemment, ne résisterait pas bien longtemps. Bientôt, il serait face à face avec l'homme qu'il pourchassait depuis trop longtemps. Bien. Tout se passait comme il l'avait prévu. Le piège avait été bien tendu. Mais à présent, s'il voulait sauver sa peau, il ne fallait pas traîner. La lame d'acier raclait furieusement le métal de la serrure. Dans quelques instants, la porte s'ouvrirait. L'inventeur se précipita à l'autre bout de la terrasse, où l'attendait une machine recouverte d'un drap blanc. D'un geste impérieux, il découvrit l'engin de bois, de corde et de soie.

Au même instant, la porte s'ouvrit à la volée et l'Arrache-Cœur surgit sur la terrasse. Léonard l'aperçut alors : tout de noir vêtu, un immonde masque de diable rouge sang sur le visage, une longue arme blanche serrée dans son poing. Les deux hommes se regardèrent longuement dans les yeux. Puis le démon lança l'assaut.

Léonard s'était lui aussi déplacé avec rapidité et déjà il sautait dans la machine derrière lui. Il tira un levier et la machine volante glissa rapidement le long des rails de la rampe en bois, déployant ses grandes ailes blanches de chauve-souris. L'inventeur retint son souffle : *Voilà une façon un peu extrême de tester un engin aussi complexe*, songea-t-il. Si la machine ne fonctionnait pas parfaitement, il finirait dans le champ en contrebas, probablement le cou brisé.

Cependant, porté par le vent, le grand oiseau de bois s'éleva aisément dans les airs et survola paisiblement les pentes raides de la colline en direction du fond de la vallée, tandis que l'Arrache-Cœur, resté au bord de la terrasse, s'éloignait de plus en plus et finit par disparaître totalement dans l'obscurité. Sous le grand oiseau, la campagne était plongée dans la nuit, tandis que l'engin, silencieux, glissait lentement. Un soudain courant d'air ascendant le fit subitement remonter, et dans le faible clair de lune, à sa grande surprise, l'inventeur vit au-dessous de lui un groupe de cavaliers apparaître au détour de la route qui montait vers sa maison. Oui, ils se dirigeaient bien vers chez lui. Se pouvait-il que Lapo, désobéissant à ses ordres, ait finalement décidé de voler à son secours ? Peu probable. Le piège avait fonctionné à merveille, de toute façon, l'assassin était marqué. Et puis, les hommes à cheval étaient encore loin, ils venaient de s'engager dans les premiers virages en épingle à cheveux de la côte : il leur faudrait un certain de temps avant d'atteindre la maison. D'autant plus qu'ayant vu passer dans le ciel étoilé l'étrange objet aux ailes de chauve-souris blanches, la cohorte de soldats s'était arrêtée pour admirer ce prodigieux spectacle.

Lentement, la machine volante avait entamé sa descente et finit par atterrir tout en douceur au beau milieu d'un champ d'oliviers : bien qu'à vol d'oiseau, aidée par le vent, elle n'ait parcouru que quelques centaines de mètres, elle se trouvait maintenant au fond de la vallée. Dans son plan initial, Léonard avait prévu de remonter à pied la pente raide d'Anchiano, mais l'arrivée inattendue des soldats lui épargnerait ce trajet pénible. Et leur présence providentielle découragerait certainement l'Arrache-Cœur d'essayer de lui jouer un mauvais tour.

Léonard s'extirpa de la machine pour attendre l'arrivée des hommes à cheval. Il lui tardait de voir l'expression de stupéfaction sur le visage de son ami Lapo. Le vol s'était encore mieux passé que ce qu'il avait imaginé. Éreinté, il s'assit et contempla le ciel étoilé en attendant les soldats : il était trop épuisé pour faire le chemin à pied. L'escapade dans les airs l'avait achevé, il n'avait plus de force ni d'énergie.

Lorsque le petit groupe de cavaliers le rejoignit, il fut déçu de constater que Lapo n'était pas avec eux.

— Maître Léonard de Vinci ? C'est vous ?

— C'est bien moi, confirma-t-il avant de désigner les deux grandes ailes qui dépassaient des hautes herbes du champ. Messieurs, pourriez-vous m'aider à ramener cet engin chez moi ?

Il n'y avait pas d'urgence, il pouvait désormais prendre le temps de rentrer tranquillement chez lui et de se préparer pour l'acte final prévu dans la soirée à Florence.

L'aube s'annonçait lorsque l'engin volant fut démonté selon les instructions de Léonard, placé sur une charrette réquisitionnée dans une ferme voisine, et prêt à être transporté. L'inventeur n'avait qu'une hâte : s'installer quelque part pour se reposer quelques heures avant de seller à nouveau Giotto et de repartir mettre un terme final à ce cauchemar. Son plan avait parfaitement fonctionné.

— Quand vous retournerez à Florence, dites au chef Caperna de m'attendre au palais…

— Le chef Caperna ? Comment ça ? Ne l'avez-vous donc pas vu ? Il est parti devant nous pour se rendre à Anchiano. Il est forcément arrivé bien avant nous…

Un terrible pressentiment transperça le cœur de Léonard comme un pic à glace. Lapo Caperna devait se tenir à bonne distance de chez lui. Lui avait-il donc désobéi ?

— Un cheval, vite, donnez-moi un cheval !

L'inventeur grimpa sur une des montures qu'un des cavaliers s'empressa de lui indiquer. Puis, sans un mot de plus, il partit au triple galop vers chez lui, suivi de plusieurs soldats. En arrivant, il aperçut dans l'atelier la lumière ondoyante d'une lampe se refléter sur les murs. Il poussa un soupir de soulagement : le soldat l'attendait sûrement et avait allumé la lampe pour éclairer la pièce.

Pendant un instant, il s'imagina que l'Arrache-Cœur avait pu se tapir quelque part, l'attendre, refusant de renoncer à son plan machiavélique. Mais la présence des gardes rassurait Léonard, il se sentait en parfaite sécurité. Suivi de deux hommes aux épées dégainées, il franchit le seuil de la grange.

— Lapo, mon ami, es-tu là ? appela-t-il.

Personne ne répondit. L'inventeur entra alors dans l'atelier et tomba à genoux, le souffle coupé. Un cri de rage et de douleur jaillit de sa poitrine et emplit la nuit. Le corps de son ami était suspendu dans l'escalier, ses bras écartés solidement attachés à la balustrade à l'aide du fil de fer utilisé pour le piège dans les marches. On aurait dit le Christ sur sa croix. Son ombre s'étirait sur le sol. Il avait été éventré par une dague du cou au ventre. Nul besoin d'être devin pour comprendre que son cœur avait été arraché.

Derrière sa tête, entre deux balustres, Léonard trouva une feuille de papier sur laquelle l'Arrache-Cœur avait tracé en lettres de sang « INRI ». L'inventeur déchiffra à voix basse : « *Iesus Nazarenus, Rex Iudaeorum*… Jésus de Nazareth, roi des Juifs ».

Dixième bolge

Quand nous fûmes au-dessus du dernier cloître
de Malebolge, de sorte que ses convers
purent apparaître à notre vue,

d'étranges cris me frappèrent,
dont les flèches étaient ferrées de pitié ;
alors des mains je me couvris les oreilles.

Quelle plainte cela ferait, si des hôpitaux
de Valdichiana de juillet à septembre,
et de la Maremme et de la Sardaigne les maux

étaient réunis en une seule fosse ;
celle-ci était telle, et il en sortait une puanteur
comme celle qui vient des membres pourris.

Dante Alighieri, *La Divine Comédie*, chant XXIX

21 avril, catacombes de Santa Reparata, dans les souterrains de la cathédrale de Santa Maria del Fiore

Maudit, maudit Vinci qui avait fini par lui filer entre les doigts avec sa machine volante ! Ah, c'était un plan bien conçu, aucun doute là-dessus puisqu'il avait réussi à lui échapper. Enfin, au moins, il avait eu le temps de se venger sur le géant moustachu, et la porte de la neuvième bolge s'était tout de même ouverte.

Les premières lueurs de l'aube illuminaient la grande coupole de Brunelleschi. L'Arrache-Cœur était agenouillé dans le temple secret des sous-sols de Santa Reparata : il prierait toute la journée sans s'arrêter pour reprendre des forces, les forces du mal. Il était tellement survolté qu'il ne ressentait pas le besoin de manger, ni de dormir. Dès son retour d'Anchiano, il s'était précipité vers l'autel pour se purifier, en vue de sa descente imminente aux enfers. L'arme à utiliser ce soir-là était déjà prête, elle l'attendait patiemment dans la grande armoire noire du temple depuis plusieurs jours, depuis qu'il avait contraint par la force Bartolo da Varagine, l'alchimiste qui habitait dans une grotte, à la lui fabriquer. Il s'agissait d'une potion confectionnée à partir du sang et des humeurs prélevés sur les cadavres de personnes atteintes de la peste noire, de la variole et de la lèpre. Un liquide noirâtre, pur concentré de tous les maux, de toutes les maladies mortelles, dont il avait rempli des petits flacons en verre vénitien fixés à une ceinture spécialement conçue à cet effet. Il suffirait de les briser, de jeter le liquide empoisonné, plus dangereux que mille morsures de serpent, d'araignée et de scorpion, sur Laurent de Médicis pour déclencher la plus grande épidémie que l'histoire ait jamais connue. En aspergeant le seigneur de Florence il périrait d'ailleurs lui aussi, mais cela faisait partie du pacte avec le Seigneur des Ténèbres. Et ce n'est qu'en mourant et en quittant son corps de mortel qu'il pourrait prétendre à la gloire des dieux des Ténèbres. Cette nuit-là, grâce à son sacrifice, les portes de l'enfer s'ouvriraient. Ses ennemis seraient anéantis. Y compris ce Vinci qui pensait avoir échappé à la mort. Et lui, le démon noir, avant minuit, rejoindrait Astaroth dans le royaume des enfers où il vivrait alors éternellement, démon parmi les démons, entouré de richesses infinies, de serviteurs prêts à se jeter à ses pieds. Et il serait jeune, beau et puissant à jamais.

Pour prouver l'efficacité de son poison, l'assassin l'avait testé sur son propre créateur. Il avait suffi de quelques gouttes déposées sur la peau de Bartolo da Varagine pour que l'homme se couvrît instantanément de plaies purulentes et d'ulcères immondes, avant de succomber dans d'atroces souffrances. Et Laurent le Magnifique, Léonard de Vinci, ainsi que tous ceux qui s'étaient mis en travers de son chemin subiraient le même sort. Ensuite, il descendrait dans les rues de la ville et contaminerait les fontaines et l'aqueduc. Et ceux qui tomberaient malades infecteraient alors leurs amis et les membres de leur famille. Florence serait rayée de la carte. Pendant des siècles, plus aucun homme ne mettrait les pieds dans cette ville.

— Pape Satàn Asmodeus, Pape Satàn aleppe. Pape Satàn Seth, Pape Satàn Ishtar…

Tout en psalmodiant son chant funèbre, l'Arrache-Cœur attacha la ceinture autour de sa taille puis s'assura qu'elle était bien dissimulée par sa veste noire. Enfin, il se mit en route vers le Palagio Novo, où devait se tenir le Conseil de la seigneurie. Et où l'on célébrerait bientôt le triomphe de l'enfer et son ascension parmi les démons immortels.

47

Palagio Novo, salle du Conseil

Léonard attendit que les conseillers de la seigneurie se fussent installés avant de prendre la parole. Il avait eu la journée pour anticiper ce qui, si tout se passait comme prévu, se produirait peu après son discours. La mort de Lapo Caperna l'avait profondément affecté. Bien qu'il ne le connût que depuis quelques jours, les épreuves qu'ils avaient traversées ensemble avaient suffi à cimenter une amitié forte et sincère. Il ne connaissait pas véritablement le soldat, ou très peu, mais tous deux avaient combattu côte à côte pour capturer l'Arrache-Cœur. Et Léonard savait très bien que c'était lui qui aurait dû se trouver à la place de Lapo. Le soldat avait choisi de lui désobéir pour le protéger : il était venu à Anchiano pour lui porter secours. Si Léonard avait été au courant de sa présence à Anchiano, il aurait pu le convaincre de le laisser affronter seul le meurtrier.

Le voyage matinal vers Florence fut extrêmement pénible. Le corps du soldat dans son uniforme multicolore imprégné de sang reposait dans une charrette. Léonard chevaucha au pas à ses côtés pour l'escorter jusqu'à la morgue, où le corps fut pris en charge. Une fois cette triste tâche accomplie, l'inventeur fut reçu par *ser* Pardo. Il se décida enfin à faire confiance au commandant de la police secrète. Sans l'aide de Lapo Caperna, il reviendrait sur ses positions et lui ferait part de son plan, sans omettre le moindre détail. Lorsque Léonard franchit le seuil du bureau de *ser* Pardo, celui-ci était déjà au courant de ce qui s'était passé à Anchiano.

— Lapo Caperna était l'un de mes meilleurs hommes. Il mérite de reposer en paix comme le grand soldat qu'il était, mort pour le salut de Florence. Maintenant, *maestro* de Vinci, jurez-moi sur sa mémoire que ce soir nous attraperons le coupable.

Léonard savait que le commandant était profondément attaché à son ami désormais disparu, de sorte qu'il ne fut guère étonné de lire sur le visage pâle et lugubre de l'homme une expression de sincère chagrin.

— Je vous le jure. Ce soir, nous l'aurons...

Léonard entama le récit détaillé des derniers événements et il lui décrivit le plan qu'il avait échafaudé pour démasquer l'Arrache-Cœur.

Bencio, quant à lui, était resté sans voix, les yeux humides, en apprenant la fin tragique du soldat Caperna. Durant les dernières heures qu'il venait de passer à Florence, il avait suivi à la lettre les directives de son maître. La salle du Conseil était désormais aménagée comme Léonard l'avait demandé. De longs rideaux en tissu lourd et opaque avaient été installés aux fenêtres, empêchant la lumière du soir d'y pénétrer. Et un seul et unique lustre, préparé avec soin selon les instructions de l'inventeur d'Anchiano, assurait l'éclairage de la pièce.

— Il faudra rester très prudents, répéta l'inventeur au responsable de la police secrète et à son apprenti. La mort à laquelle l'Arrache-Cœur a condamné Sa Seigneurie est bien expliquée par le grand poète lui-même : ce sera la peste, la lèpre, la variole, enfin, quelque chose qui relève de la maladie, qui contamine. Un poison, une potion, allez savoir... Dès que nous aurons identifié le criminel, il faudra l'empêcher de faire le moindre mouvement. Et surtout ne pas le laisser s'approcher de Laurent de Médicis, quoi qu'il arrive. Moi, j'essaierai de l'occuper, d'attirer son attention sur un autre sujet, de le distraire, en somme, et quand il aura baissé la garde, il faudra s'emparer de lui. Vous devez être prêts à entrer en action rapidement et sans la moindre hésitation, dès que vous verrez ce que je vais à présent vous décrire.

Il expliqua à nouveau avec force détails ce qui allait se passer. Puis, alors que tout le monde se mettait en place, il s'isola quelques minutes pour se concentrer.

Cependant que les conseillers et les hommes les plus influents de Florence commençaient à remplir la salle, les gardes de *ser* Pardo se positionnaient stratégiquement entre les bancs, prêts à intervenir promptement.

Bientôt, Sa Seigneurie Laurent de Médicis fit son entrée dans la salle comble. Il prit place parmi ses conseillers.

— Bien. Nous sommes tous là, nous pouvons commencer, s'exclama-t-il. *Maestro* de Vinci, vous avez affirmé que ce soir vous seriez en mesure de nous révéler l'identité de celui que tout le monde appelle l'Arrache-Cœur, l'homme qui voudrait me voir mort… et qui a tué un de nos hommes les plus appréciés. Vous avez la parole. Et ne vous avisez pas de me décevoir ! tonna le seigneur de Florence, dont la voix résonna dans le silence de mort qui régnait sur la salle.

Les spectateurs semblaient tous retenir leur souffle. Conscient de la pression qui pesait sur lui, Léonard sentit ses jambes flageoler. Mais il était trop tard pour faire machine arrière, à présent.

Il s'avança vers le centre de la salle, un chevalet recouvert d'un drap blanc dans les bras. D'un geste délibérément théâtral, il le plaça juste devant Sa Seigneurie. Puis il se lança.

— Votre Seigneurie, chers messieurs, j'ai été chargé par *ser* Pardo dei Giovannini de mener l'enquête sur un criminel que, pour faire simple, nous appellerons l'Arrache-Cœur. Depuis plusieurs jours, épaulés par mon assistant Bencio et par le regretté Lapo Caperna, nous avons rassemblé des éléments à charge, des preuves. Ce travail nous a permis d'aboutir à un portrait du tueur qui, comme vous le verrez dans quelques instants, laisse peu de place au doute. Et qui par ailleurs nous désigne clairement une personne qui se trouve ici même dans cette salle, parmi vous.

D'un geste emphatique, Léonard posa une main sur le drap. Puis il marqua une longue pause : comme il l'avait prévu, tous les regards convergèrent alors vers le portrait caché sous le tissu, chacun s'attendant à reconnaître immédiatement les traits du faciès d'un collègue. Les visages des spectateurs étaient graves, contractés, les bouches, grandes ouvertes, les têtes, inclinées ou bien droites pour mieux voir. On aurait dit que toute Florence s'était arrêtée de respirer. Le moment de vérité était arrivé. Léonard tira sur le drap d'un coup sec. Au même instant, la pièce fut plongée dans l'obscurité la plus totale. Le lustre que Léonard avait trafiqué – pour qu'il puisse s'éteindre sur commande grâce à un système complexe de soufflerie – avait fonctionné à merveille ! Les épaisses tentures suspendues aux fenêtres empêchaient toute lumière de percer l'obscurité. Léonard parcourut l'assemblée du regard. Devant lui, légèrement décalée sur la droite, dans le noir complet de la pièce, une silhouette luisait d'une lumière verdâtre suffisamment forte pour être visible de tous. Il y eut un peu d'agitation, des voix qui demandaient ce qui se passait, puis un cri de surprise, le bruit de bancs que l'on déplace, le tintement d'armes que l'on dégaine, et très vite la voix de *ser* Pardo retentit.

— Le voilà ! Emparez-vous de lui !

Dans la seconde, Bencio et plusieurs serviteurs du palais firent irruption dans la salle, équipés de torches avec lesquelles ils rallumèrent le grand lustre. Devant Léonard, maintenu par les deux bras par les hommes de la milice de l'*Otto*, le magistrat Caracciolo se débattait.

— Maudit, maudit soit cet homme ! brailla-t-il. C'est de la sorcellerie ! Qu'est-ce que c'est que cette lumière ? Lâchez-moi ! Je suis votre magistrat, je vous ordonne de me lâcher !

La voix autoritaire de *ser* Pardo le coupa dans ses protestations.

— Gardes, tenez-le bien si vous tenez à la vie !

Le commandant en chef de la police s'approcha du juge qui gigotait encore pour tenter de se libérer de l'emprise des gardes. Son visage arborait son expression de toujours, froide et détachée.

— *Messer* Caracciolo, est-ce ceci que vous essayez d'attraper ?

À l'aide son épée, le commandant tailla net la ceinture contenant les flacons de poison que l'on apercevait sous la veste du magistrat. Puis, avec toutes les précautions du monde pour ne pas la faire tomber, il la tendit à Léonard, qui s'en saisit, non sans une certaine crainte, à deux mains, comme s'il s'agissait d'un serpent venimeux.

Le prisonnier, toujours maintenu par les deux gardes, se sachant désormais découvert, tomba à genoux. Puis, dans le silence général, quelqu'un se mit à applaudir. Lentement, deux mains frappaient, sans conviction. Laurent le Magnifique se tourna vers l'inventeur.

— Très beau coup de théâtre, très belle performance, maître de Vinci. La République vous remercie. Pouvez-vous maintenant m'expliquer pourquoi vous accusez le magistrat Caracciolo, ce parfait gentilhomme ?

Et comment fonctionne ce tour de magie avec la lumière verte ? Ou allez-vous me dire qu'il s'agit de pure magie ?

Le magistrat Caracciolo, docile, semblait désormais maté. Léonard regarda le Magnifique droit dans les yeux.

— Comme vous pouvez le constater, le portrait qui se trouve derrière moi n'était qu'une vague ébauche, commença l'inventeur en se raclant la gorge, l'index tendu vers la feuille de papier posée le chevalet. Il s'agit d'une simple esquisse bien éloignée d'un portrait assez précis pour envoyer quelqu'un sur le banc des accusés. Mais je pensais que si je réussissais à inciter le meurtrier à se lancer à ma poursuite et que je cessais, moi, de lui courir après, je pourrais alors peut-être prendre le dessus. Si je le mets en colère, me suis-je dit, peut-être perdra-t-il l'incroyable sang-froid dont il a fait preuve jusqu'à présent en ne laissant que très peu d'indices derrière lui à chaque fois. Et la nuit dernière, alors que toute Florence célébrait la mort de notre Seigneur Jésus, cet homme, celui que nous connaissons tous comme le juge Carlo Caracciolo et qui s'avère être l'assassin de Malebolge, a fait irruption chez moi dans l'intention de me tuer. Ce faisant, il est tombé dans le piège que je lui avais tendu.

Tel un pesant linceul, un silence de mort enveloppait désormais la salle du Conseil.

— Je l'ai provoqué, développa Léonard, en déclarant à qui voulait bien l'entendre que je connaissais l'identité de l'Arrache-Cœur, en répandant la rumeur que le coupable était le malheureux père Fernando, qu'avec la fuite du Dominicain le danger imminent était écarté. Et quand cet homme s'est introduit chez moi hier soir, je lui avais préparé quelques petites surprises, si je puis dire. Notamment un homme mécanique qui me ressemblait, habillé avec mes vêtements. Cet automate portait une perruque faite de mes véritables cheveux et une barbe, ma propre barbe, collée au menton. Il y avait également une machine volante qui, Dieu merci, m'a permis d'échapper à cet homme. Grâce encore une fois aux tercets de Dante Alighieri, je savais qu'il essaierait de me tuer à l'arme blanche car c'est ainsi que les pécheurs de la neuvième bolge ont été punis. Aux endroits où je pensais qu'il allait porter ses coups, j'avais placé des vessies de porc, remplies d'un liquide de mon invention. Liquide dont j'avais également imprégné les vêtements, les cheveux et la barbe de l'automate. Je crois bien que Bencio, mon assistant, se posait des questions sur ma santé mentale lorsque, sur le chemin du retour vers Anchiano, je me suis arrêté pour passer un long moment dans les bois. Regardez, continua Léonard en sortant de la poche de son habit un champignon orangé au pourtour jaunâtre. Voilà ce que je cherchais : ceci est un *Omphalotus olearius*, mais les amateurs de champignons le connaissent mieux sous le nom de « cœur de sorcière ». Il s'agit d'un champignon vénéneux que l'on confond parfois, si l'on n'est pas vigilant, avec les chanterelles – délicieuses, elles. Mais ce champignon est surtout connu pour autre chose que les troubles de l'estomac qu'il provoque : il contient un lait transparent et inodore qui émet une lueur verdâtre dans l'obscurité. Pendant la journée, lorsqu'il est exposé à la lumière, il se recharge. Et dans l'obscurité, il libère sa luminescence. Ce liquide, donc, une fois extrait de champignons sauvages, n'a pas de couleur quand il est en pleine lumière. Moi, j'y ai ajouté quelques ingrédients pour qu'il soit impossible de s'en débarrasser par de simples frottements. Lorsque le meurtrier a attaqué l'automate en l'attrapant par-derrière et en le poignardant avec sa dague, le composé s'est répandu sur sa peau et a imprégné ses vêtements. De manière indélébile, au moins jusqu'à ce soir…

Admiratif, l'auditoire était suspendu à ses lèvres. L'inventeur, cependant, peinait à se réjouir de son triomphe.

Il se sentait encore agité, envahi par un sentiment qu'il n'arrivait pas à définir, comme si quelque chose lui disait que tout n'était pas encore terminé.

— Scélérat, maudit sodomite ! L'enfer te punira ! éructa l'Arrache-Cœur, hargneux.

Léonard l'ignora superbement. L'instant d'après, les invectives du magistrat ne furent plus qu'un marmonnement presque inaudible, comme s'il avait cette fois bel et bien compris, au fond de lui, que la bataille était désormais perdue. Il ne restait plus de l'Arrache-Cœur, recroquevillé sur lui-même au sol, qu'un pauvre petit vieillard vaincu. À la manière d'une lamentation, il entonna son cantique satanique.

— Pape Satàn, Pape Satàn aleppe...

— Emmenez-le ! ordonna *ser* Pardo. Enfermez-le dans sa cellule. Il sera jugé dès demain !

Ses hommes le redressèrent comme on soulève un poids mort et le traînèrent vers la porte de la salle. Les deux ennemis jurés échangèrent un long regard lorsque l'Arrache-Cœur passa devant Léonard. Et l'inventeur comprit alors ce qui le perturbait tant : les yeux de l'homme qu'il avait devant lui n'étaient pas ceux d'un homme qui a renoncé. Malgré son attitude résignée, son apparente soumission, son comportement abattu, non, l'Arrache-Cœur n'avait pas renoncé. Et Léonard n'eut guère le temps de réfléchir davantage : à peine l'escorte et le prisonnier avaient-ils franchi le seuil de la porte qu'un cri inhumain déchira le silence, suivi d'un tumulte. L'instant d'après le magistrat Caracciolo réapparut à la porte : il tenait sa dague dans une main, et dans l'autre, une fiole à moitié pleine d'un liquide noir mortel. Transfiguré, son regard était celui d'un serpent venimeux prêt à mordre. Une voix rauque se fit entendre derrière la porte.

— Il avait une autre flasque de poison... Et une arme blanche cachée dans la doublure de son habit, haleta un des gardes de l'escorte qui apparut alors, chancelant, dans l'encadrement.

Son visage était couvert de pustules et d'ulcères. Le pauvre homme défiguré n'eut pas le temps d'ajouter quoi que ce soit : l'Arrache-Cœur sauta sur lui et lui trancha la gorge d'une oreille à l'autre.

— Ah ! Vous pensiez vraiment m'avoir aussi facilement ?

Le ton triomphant de l'assassin était celui d'un homme qui se sait en position de force et savoure déjà sa glorieuse victoire. Du petit bonhomme pathétique et pleurnichard qui avait quitté la salle quelques secondes plut tôt il ne restait aucune trace. Le bras tendu devant lui, arme au poing, il menaçait quiconque ferait le moindre mouvement.

— Que personne ne s'avise de bouger ! Quant à toi, Vinci, rends-moi immédiatement cette ceinture. J'ai une mission à remplir au nom d'Astaroth, général des enfers.

Il fit un pas vers l'inventeur, brandissant sa dague scintillante dans la lumière. Mais il sembla se raviser.

— Je vais te tuer, Vinci. Mais d'abord, que le pécheur de la dixième bolge meure !

Rapide comme l'éclair, l'assassin se rua vers Laurent le Magnifique, la main qui tenait la fiole mortelle tendue devant lui. La scène se déroula sous les yeux de Léonard comme si elle se passait dans un rêve, beaucoup plus lentement qu'en réalité : il vit le bras de l'assassin s'avancer, le liquide noir jaillir vers le visage de Sa Seigneurie, puis une ombre tout aussi noire et rapide surgir de nulle part et s'interposer entre l'assassin et le seigneur de Florence.

Ser Pardo reçut le poison en pleine face. Hurlant de douleur, il tomba à terre, les mains plaquées sur le visage. Sa peau donnait l'impression de se liquéfier sous l'effet de la redoutable potion, ses yeux étaient déjà brûlés, sa bouche, métamorphosée en cratère sanguinolent. Et ça n'allait pas s'arrêter là : il restait encore assez de poison dans la petite bouteille pour tuer la moitié de Florence. L'Arrache-Cœur lançait déjà un deuxième assaut vers sa cible ultime. Le seigneur de Florence, terrorisé, pétrifié, voyant ses derniers instants arrivés, priait à voix basse.

— Tu peux prier ton Dieu autant que tu voudras, tu n'échapperas pas à l'enfer, misérable !

C'était la fin. L'Arrache-Cœur allait triompher. Soudain une ombre couleur de nuit se jeta sur Caracciolo comme une furie. Malgré ses blessures et ses souffrances indicibles, *ser* Pardo avait réussi à se relever et l'avait attrapé par-derrière. D'un bras il lui enserrait le cou tandis que de l'autre, il parvint à saisir le poignet qui tenait la fiole. L'Arrache-Cœur se retourna, lui asséna plusieurs coups de dague dans le ventre et la poitrine, mais rien ne pouvait plus arrêter *ser* Pardo. Le commandant de la milice des *Otto* ne lâchait pas le bras du magistrat, qui pliait, pliait... Le poison noir restant se mit à couler sur celui qui le tenait entre ses doigts, il toucha ses mains, dégoulina sur ses bras, se répandit sur son corps. Léonard vit très clairement quelques gouttes du liquide létal entrer dans la bouche béante de l'Arrache-Cœur, figée dans un dernier cri. Puis, alors que *ser* Pardo s'effondrait, succombant enfin à l'impitoyable venin, l'Arrache-Cœur, les deux mains sur la gorge, émit un gémissement guttural.

— Misérables... Canailles... Pape Satàn...

Puis, dans un gargouillement sinistre, il tomba de tout son long, comme une masse, le visage déformé par les spasmes et les pustules. Sans rien ajouter, il rendit l'âme, et cette âme partit rejoindre le diable auquel l'Arrache-Cœur avait consacré toute sa vie.

La panique gagna alors rapidement la pétaudière des conseillers du Magnifique. Tous se ruèrent vers la porte pour s'enfuir. Léonard prit la situation en main.

— Ne touchez pas ces hommes si vous tenez à la vie ! Laissez sortir Sa Seigneurie en premier ! Gardes, faites sortir tout le monde, dans le calme. Ensuite, faites interdire l'accès à cette salle et veillez à ce que personne n'entre, jusqu'à nouvel ordre !

L'inventeur s'assura que tout le monde fût éloigné et en sécurité puis jeta un dernier regard aux deux corps défigurés qui gisaient au centre de la pièce, l'un sur l'autre, comme enlacés dans une ultime étreinte mortelle. Enfin, il sortit de la salle du Conseil. À cet instant précis, comme par magie, les cloches de la cathédrale emplirent le silence de la nuit et annoncèrent l'heureuse nouvelle. C'était Pâques, on célébrerait la résurrection du Christ. Et, avec elle, celle de Florence.

ÉPILOGUE

Nous montâmes, lui le premier et moi le second,
jusqu'à ce que je visse les belles choses
que le ciel porte, par une ouverture ronde.
Et par là nous sortîmes,
pour voir de nouveau les étoiles.

DANTE ALIGHIERI, *LA DIVINE COMÉDIE*, CHANT XXXIV

23 avril, Lundi des anges, dôme de la cathédrale de Santa Maria del Fiore

Le défilé de la milice de l'*Otto di Guardia* progressait lentement sur la place devant Santa Maria del Fiore. Les plumes multicolores des casques contrastaient avec les ceintures noires portées en signe de deuil sur les armures rutilantes, les fers de lance des piques scintillaient sous les rayons du soleil qui inondaient Florence. Les cercueils de *ser* Pardo dei Giovannini et Lapo Caperna avançaient côte à côte dans deux charrettes tirées par des bœufs blancs. La ville entière s'était déplacée pour former une longue procession derrière le cortège. Silencieux, hébétés, émus, les Florentins étaient venus rendre hommage aux deux héros qui les avaient sauvés d'une mort certaine. Léonard avait décidé de vivre son deuil dans la discrétion et avait rejoint la petite cour de notables et de courtisans qui suivait le seigneur de Florence.

L'inventeur avait passé la journée de Pâques à reconstituer les événements de la nuit. Assisté de Bencio, il avait fouillé le logement du magistrat : derrière un grand tableau du roi

Salomon, l'inventeur avait découvert des lettres rédigées de la main du juge, sans indication de destinataire particulier. Dans ses écrits, l'homme se livrait sans retenue : il s'appelait Amato Scotto di Perta de son vrai nom et était né non loin de Naples. Il racontait qu'il avait été fait prisonnier par Amar Bey et qu'une fois libéré, il avait continué à adorer le diable et à se nourrir de chair humaine, tuant voyageurs et mendiants au gré de ses périples. De retour chez lui, après une période de maraudage, grâce aux butins récoltés, il avait pu financer ses études de droit à la prestigieuse université napolitaine. C'est en lisant *La Comédie*, dans les tercets de Dante, qu'il avait trouvé un sens à sa vie. Et quand Laurent le Magnifique était arrivé à Naples en 1479, le personnage l'avait tellement fasciné qu'il avait décidé de faire de lui la dernière victime du funeste rituel qui le transformerait en démon de l'enfer. Grâce à des papiers volés sur l'une de ses victimes, il avait pris l'identité du juge Carlo Caracciolo et était parti en Toscane. Le reste, Léonard ne le connaissait que trop bien puisqu'il en avait été le témoin direct.

Lorsque les cercueils de Lapo et de *ser* Pardo passèrent devant lui, il les effleura de la main, les caressant presque. Puis, alors que la foule entrait dans l'église, il tourna le dos à la cathédrale.

— Viens, Bencio, on rentre à la maison, murmura-t-il à son jeune apprenti.

Il sauta sur la selle de Giotto et l'éperonna. Dans les rues désertes et silencieuses de la ville, les cloches de la cathédrale sonnaient le glas, annonçant la fin de cette sombre histoire.

REMERCIEMENTS

Je remercie Angelo Calvisi, Biagio Pirìto et Niky Marcelli, trois remarquables écrivains qui m'ont encouragé à reprendre ce roman alors que je l'avais abandonné ; à Danilo Giovannini, Leonardo Caperna, Giugi Scotto, Claudio Pozzani et Laurent Parodi, mes frères d'âme, qui ont été embarqués dans l'aventure malgré eux ; à mon agent, Marilena Brassotti Ziello, et l'équipe féminine de l'agence Brassotti & Associati ; à mon épatante éditrice, Alessandra Penna. Et à Matteo Strukul, qui fut longtemps un modèle inaccessible… et qui est désormais, aussi, un ami. Un grand merci à David Bourguignon, qui a suivi l'écriture de roman à chaque étape, c'est un peu comme s'il l'avait rédigé avec moi. J'embrasse tendrement Anna et Sofia Chiara, fidèles parmi les fidèles. Et à mon fils Laurent Arnaù, encore petit lorsque j'ai commencé à écrire, et qui porte aujourd'hui la barbe.

Ce livre est dédié à mon père, Sergio Arnaù. J'aurais aimé que tu le lises, papa, mais le temps nous a manqué.

Achevé d'imprimer en mai 2023
sur les presses de la Nouvelle Imprimerie Laballery
58500 Clamecy
Numéro d'impression : 304560

Imprimé en France

La Nouvelle Imprimerie Laballery est titulaire de la marque Imprim'Vert®